경제
경영

열린 생각 열린 책읽기

열린 생각 열린 책읽기 경제 경영

지은이 | 장원종 외 57명
펴낸이 | 손상목
펴낸곳 | 도서출판 인디북
편 집 | 김연순 신선균 조혜민
디자인 | 디자인 텔
기 획 | 안승철
마케팅 | 최영태 박현수 정현철
웹 기획전략 | 박연조
관 리 | 김봉환 길은자

초판 1쇄 인쇄 | 2004. 8. 25
초판 1쇄 발행 | 2004. 8. 31

등록일자 | 2000.6.22
등록번호 | 제10-1993호
주 소 | 서울시 마포구 현석동 105-56 3층
전 화 | 02-3273-6895,6 팩 스 | 02-3273-6897
홈페이지 | www.indebook.com

ISBN 89-5856-024-X 04800
     89-5856-022-3 (세트)

열린 생각 열린 책읽기

경제 경영

장원종 외 57명 지음

사고력과 상상력을 키우는 가장 오래된 미디어 '책' 과 '책읽기'

인디북

독서의 의미

머리말

독서의 중요성은 아무리 강조해도 부족함이 없다. 독서를 통해서 다양한 경험을 쌓고 폭넓은 지식을 얻을 뿐만 아니라 이러한 것을 계기로 해서 삶 그 자체를 풍요롭게 할 수 있기 때문이다. 독서는 여행과 비슷하다. 잘 알려져 있는 바와 같이 여행을 통해서도 우리는 낯선 고장에서 낯선 풍물을 만나고 낯선 사람들과 어울리는 동안 경험과 인식의 지평을 넓히고 삶과 존재에 새로운 의미를 부여하게 되는 것이다. 그러나 놀랍게도 독서는 비록 간접적인 경험을 통해서 일구어내는 성과임에도 불구하고 그 폭과 깊이에 있어서, 그리고 그 수준과 지속성에 있어서 여행을 훨씬 넘어선다는 점이 다르다. 여행은 주로 지각적 경험에 의존하지만 독서는 기본적으로 우리의 상상력에 호소하기 때문이다. 그렇다면 독서는 우리에게 무엇이며 또 무엇이어야 하는가?

우선 독서는 일종의 만남을 의미한다. 이미 언급한 바와 같이 독서를 통해서 우리는 여행에서처럼 낯선 고장의 낯선 풍습과 낯선 사람들을 만난다. 그리하여 그들의 이질적인 사고방식과 생활태도를 접하게 되고 그것을 이해하고 또 거기에 적응하려고 애쓴다.

우리는 에밀리 브론테의 『폭풍의 언덕』에서 '히스클리프'의 사랑과 출세와 몰락을 만나고, 셰익스피어의 '햄릿'이 지닌 고뇌에서 인간의 역설적인 상황을 배운다. 우리는 그들이 당면한 특수한 상황과 시대적인 배경, 문화적인 이질성을 함께 겪음으로써 오히려 그것을 극복하려는 노력을 기울이고 이러한 노력을 통해서 문화적 보편성과 인간성의 본질을 만나게 되는 것이다.

그러나 독서는 이러한 만남을 만남 그 자체로 머물러 있게 하지 않는다. 그러한 만남을 통해서 독서는 우리를 창조의 세계로 인도한다. 석가나 예수, 공자나 소크라테스와 같은 성현들이 남긴 지혜를 통해서 많은 것을 깨닫기도 하지만 동시에 그러한 것을 우리의 현실에 맞게 해석하고 적용함으로써 우리는 새로운 시대와 문화를 창조한다. 만약 독서의 방법이 아니라면 어떻게 우리가 그렇게 먼 옛날의 깊은 가르침을 만날 수 있으며, 그것을 근거로 해서 새롭게 의미 있는 삶을 설계할 수 있을 것인가. 이것은 여행이 호기심을 자극하여 또 하나의 여행을 계획하게 하듯이 독서가 인간의 내면적 세계를 끝없이 방황하게 하는 가장 큰 매력이기도 하다. 이와 같이 독서는 내면의 황무지를 끊임없이 개척하여 마침내 새로운 옥토를 창조하는 것이다.

그러나 이러한 창조가 동시에 인류문화의 진보를 의미하지 않으면 안 된다. 만약 우리가 창조한 것이 단순히 과거의 유산이나 다른 문화의 내용과 차별화되는 것에 그치고 좀 더 진전되는 것이 아니라면 구태여 독서의 중요성을 강조할 필요가 어디 있는가? 그러므로 가령 우리는 단군신화로부터 우리의 정체성을 확인할 뿐 아니라 분단의 시대에 어떠한 방식으로 새롭게 민족적 활로를 개척해야 하는지 가늠해야 하고 또한 우리의 민족과 조상에 자랑할 만한 조국을 실제로 보여 주어야 하는 것이다.

그렇게 하기 위해서는 독서의 의미를 좀 더 차분하게 음미하고 그것을 화초처럼 정성껏 가꿀 마음을 먹어야 한다. 독서는 어느 특정한 개인의 지적 작업이며, 그렇기 때문에 각자 자기에게 필요하고 유익한 서적을 선택해야 하고 그것에 접근하는 적합한 방법이 요구되는 것이다. 그렇게 할 때 독서는 비로소 하나의 만남일 뿐 아니라 창조이고 진보의 의미를 지니게 될 것이다.

이번 『열린 생각 열린 책읽기』의 출간은 이러한 독서의 의미를 확인하고 그것을 더욱 심도 있게 하는 계기가 될 것이다. 서평을 쓴다는 것은 프란시스 베이컨이 말했듯이 '씹는 자세로' 독서해야 가능한 것이며 그러한 비판 정신을 다시 읽는다는 것은 만남과 창조와 진보의 의미를 한층 심화하는 작업이 될 것이기 때문이다. 아무쪼록 이 출판물이 널리 읽히기를 바랄 뿐이다.

서평위원회 위원장
엄정식

차 례

나를 이렇게 만든 것은 우리 마을에 있는 작은 도서관이다.

— 빌 게이츠

기업경영은 거대한 논픽션 드라마

장원종 동국대 명예교수

『끝없는 도전』
고승제 지음 / 1992 / 한국경제신문사

고승제 저 『끝없는 도전(挑戰)』은 부제가 말해 주듯 '세기(世紀)의 기업(企業)·기업가(企業家) 이야기'로서 영국·프랑스·독일·이태리(이탈리아)·미국 그리고 일본과 한국 등의 80여 개의 대표적인 기업과 이들 기업을 일으켜 세운 창업자로부터 역대 후계자들의 파란만장의 역사를 생장과정을 중심으로 흥미진진하게 서술한 책이다.

금일 다국적(多國籍)기업이라고 불리어지는 유럽, 미국, 일본 등의 범세계적 개발도상국의 대기업 창업자들을 보면 거의 모두가 불우한 가정이나 빈농의 아들로 태어나 교육의 기회가 박탈된 채 어릴 때부터 직공 점원에서 출발하여 불굴의 의지와 노력, 기발한 착상을 무기로 끝없는 도전을 감행, 끝내 대기업인으로 대성한 사람들의 이야기가 이 책에 수록되어 있지만 이들이 한 사람의 대기업인으로 성장·발전하는 과정은 천차만별이다. 각자의 타고난 자질, 인간적 개성, 택한 직종, 그때 당시의 정치·경제·사회적 발전단계와 여건(與件), 이밖에 문화·종교·윤리적 배경이 각각 다르기 때문에 이들이 대기업인으로 성장하는 데 있어 부딪치고 극복해야만 했던 시련과 고난의 역사는 크게 다르고 천태만상의 인간 드라마를 연출하고 있다.

따라서 이 책은 기업인의 성장과정을 중심으로 동서와 시대를 달리하고 무대에 각양각색의 인간이 등장하여 보통사람의 상상력을 뛰어넘는 참으로 기발하기 이를 데 없는 연극을 보여 줌으로써 픽션(Fiction)이 아닌 사실의 실제 인물이 직접 등장하는 논픽션의 거대 드라마를 전개해 주고 있다. 이 때문에 이 책은 허구(虛構)일 수밖에 없는 소설이나 희곡이 갖는 한계를 넘어서서 독자로 하여금 인간세계의 리얼한 현실과 인간상을 있는 그대로 직접 목도하고 반추(反芻)해 볼 수 있게 함으로써 커다란 감동과 교훈을 준다.

한편 이 책은 경제·사회의 발전사를 핵심적인 기업의 생성·발전과정을 통해 보다 구체적으로 이해할 수 있게 해 준다. 농경 중심의 중세봉건사회가 산업혁명을 계기로 동력과 기계에 의한 근대적 생산체제, 자본주의로 전환했는데, 이 기계와 동력을 산업현장에서 그 기능을 십분 발휘할 수 있게 한 사람들이 바로 기업인들이고 그중에서도 가장 탁월한 선구적 역할을 담당했던 사람들이 이 책에 수록된 각 분야의 대기업인들이다.

따라서 이같은 기업인들의 역사는 곧 자본주의 경제의 생동하는 발전사를 가장 구체적이면서도 집약적으로 파악할 수 있게 해 준다. 이런 점에서 자본주의 성립 전후의 경제 · 사회 변천사를 공부하는 사람들에게 하나의 좋은 부교재가 될 것이다.

그러나 한편 이 책은 한정된 지면에 80여 개에 달하는 기업과 그 기업의 창업자에서부터 여러 후계자의 행적을 수록하고 있기 때문에 때때로 중간 설명이 결락되어 독자로 하여금 어리둥절하게 만드는 것이 적지 않다. 예컨대 어떤 기업의 경우는 창업 단계에서부터 대기업으로의 발전과정이 체계적으로 일목요연하게 잘 정리되어 있는 데 반해, 어떤 기업에 대해서는 중간과정의 설명이 모호하거나 누락되어 있어 얼른 이해하기 힘든 곳이 적지 않다는 점을 지적하지 않을 수 없다.

또 세계 굴지의 대기업과 기업인들 모두가 성인군자가 아니었다는 것은 주지의 사실인데, 특히 세인의 지탄의 대상이 되어 왔던 기업인조차 그들의 반사회적 · 반윤리적 측면의 행적들이 거의 언급되지 않고 오로지 거만(巨萬)의 부를 형성한 결과만을 지적하는 데 그치고 있다는 점이 이 책의 큰 아쉬움이라고 하지 않을 수 없다.

한편 이 책에 수록된 세계적인 대기업과 기업인의 행적은 우리로 하여금 오늘의 자본주의 사회에서 기업과 기업인이 어떤 것이어야 하는가에 대해 다시 한번 생각해 보지 않을 수 없게 한다.

주지하다시피 자본주의 사회에 있어 일체의 경제활동은 기업을 통해 이뤄진다.

다시 말해 일체의 경제활동의 기동적(起動的) 중심체는 기업이다. 기업은 그의 생산활동(서비스 포함)에 필요한 여러 생산요소 곧 토지, 노동력, 원자재, 기계, 자금 등을 조달·규합하여 생산활동을 전개한다. 이때 조달되는 여러 생산요소에 대해서는 일정한 대가가 지불되는데 이 대가가 기업 측에는 생산비가 되고 대가를 받는 요소공급자에게는 소득이 된다. 그리고 기업은 생산활동의 결과 생산된 제품을 시장에 내다 팔아 투입된 생산비를 회수하고 또 일정한 이윤까지 획득한다. 기업이 노리는 것은 이 이윤이다.

한편 기업의 제품을 구입하는 것은 일반 대중인데, 이들은 기업에 제공한 생산요소의 대가로 받은 소득으로 필요한 물건을 구입할 수 있게 된다. 이렇게 기업의 생산활동을 매개로 해서 기업과 생산요소 사이의 경제적 순환관계가 형성되고 이같은 순환과정에서 일반 대중은 취업의 기회가 주어지는 동시에 소득을 얻게 되고 기업가는 이윤을 획득하게 된다. 이 때문에 자본주의 경제에 있어 기업은 생산·고용·이윤을 창출하는 기동적 중심체가 되는 것이다.

따라서 자본주의 경제의 소장(消長)과 흥망은 그 사회에 얼마나 많은 기업이 존재하고 그들이 얼마만큼 효율적인 생산활동을 수행하고 있느냐에 따라 결정된다. 이 때문에 언제나 기업과 기업인의 책무는 막중하다.

그런데 문제는 일반 대중에게 취업의 기회를 제공하고 필요한 생활용품이나 생산재를 적시에 조달할 수 있게 하는 것이 기실 기업의 이윤추구 활동의 부산물로서 이뤄지고 있다는 점이다. 아무리 절실히 요구되고 있는 생필품도 만약 기업의 이윤이 보장되지 않으면 생산이 축소되거나 때로는 중단된다. 기업은 단순한 봉사기관이 아니기 때문이다. 여기에 기업의 이윤추구와 일반 대중의 생활과 욕구충족 사이에 이율배반적인 관계가 있게 되고 이 상충관계가 원활하게 조정되지 않으면 자유시장 경제는 그 존립이 크게 위협받게 된다.

이 때문에 문자 그대로의 자유시장 경제는 존재하지 않고 기업의 자율적 활동과 정부의 적절한 규제·간섭이 혼합된 이른바 혼합경제 시스템이 형성되고 있는 것이다.

오늘날 자본주의 체제하에서 선진국 또는 경제대국으로 크게 발전한 경제는 기업의 이윤추구를 위한 자율적 활동이 최대한으로 보장되고 있으면서도 자유경쟁 체제에 불가피한 약육강식의 제도적 해악을 적절히 규제하는 시스템(예컨대 독과점 규제법, 토지관련법 등)을 내재화(內在化)시켜 상술한 바와 같은 이율배반적 관계를 조절해 나아가고 있고 기업은 스스로 그의 막중한 사회적 책임을 강조, 실천해 나아가고 있는 것이다.

이 책에 수록된 사회적으로 존경받고 세계적으로 성공한 대기업과 대기업인의 여러 사례에서 보는 바와 같이 영속적으로 크게 성공한 기업일수록 원만한 가족적 노사관계를 바탕으로 자기의 기업을 자기만을 위한 사기업으로 생각한 사람은 없고 기업의 사회적 책임을 다 하는데 진력한 기업이라는 사실을 우리는 주목하지 않을 수 없다. 탐욕스러운 기업은 일시의 성공은 있어도 영속적으로 번영할 수 없다는 철칙이 관철되고 있음을 기업사는 말해 주고 있다.

비근한 예로 일본의 최대 재벌인 미스이(三井) 재벌의 총 주식 중 창업자인 미스이가(家)의 지주율(持株率)이 1956년에 0.46%에 불과했다는 사실이나, 미국에서 지금부터 20여 년 전인 1970년에 739개 대기업 지배자의 97.6%가 기업 내부에서 기용되거나 외부에서 영입된 전문경영인이라는 사실 등은 혼합경제 체제하에서 오늘의 대기업상을 단적으로 표현해 주고 있는 것이다.

우리나라에서도 구한말 금채굴업으로 최대의 갑부가 된 이용익은 일제의 침략으로부터 왕가(王家)와 국가를 보위하기 위해 재산과 신명을 다 받쳐 끝까지 항거하다가 망명처인 시베리아 연해주에서 한 많은 일생을 마감하면서 "한국이 주권을 회복하기 전에는 나의 유해를 고국으로 운구하지 말라"는 유소(遺疎)를 남기고 있다. 해방 후 이용익과 같은 기업인이 적지 않았다는 사실(史實)을 볼 때 해방 후 오늘의 우리나라 일부 대기업과 기업인들의 행태는 무엇이라고 표현해야 옳을지 참으로 암담한 심회를 금할 수 없다.

신 『목민심서』를 읽는 마음으로

김상일 한신대 철학과 교수

『W이론을 만들자』
이면우 지음 / 1992 / 지식산업사

이면우 교수의 『W이론을 만들자』는 요즘 장안의 화제가 되고 있는 저서다. 총 14편으로 되어 있는 이 책은 기(起), 승(承), 전(轉), 결(結)의 순서로 엮어져 있다. 기승전결의 순서대로 우선 책 내용을 요약하면 다음과 같다.

우리의 산업문화에 새로운 발전의 전기를 마련하는 방안의 하나로써, 우리의 독자적 경영철학 W이론의 필요성을 강조하면서 이 W이론의 실체는 우리 민족 고유의 특성인 신바람에 있음을 제안하였고(起), 실사구시의 정신으로 현실을 정확히 파악하고자 산업계 · 대학 · 연구소와 정부의 현황을 있는 그대로 살펴보았고(承), 우리의 의지와 자세에 따라 잠재력이 무한하고, 전망이 밝음을 몇몇 사례를 통하여 증명하였으며(轉), 새로운 발전방안을 제안하였다(結).

필자는 이면우 교수의 글을 끝까지 읽으면서 서양의 X, Y이론이나 일본의 Z이론 다음에 W이론이 갖는 독특성과 그 내용을 알려고 애써 보았다. 그러나 이 교수 자신도 말하고 있듯이 W이론 자체가 아직 있는 것도 완성된 것도 아님을 곧 알게 된다. 그래서 이 책을 처음 읽는 독자들 가운데에는 W이론 자체의 정체가 불분명하여 얼핏 실망할 수도 있을 것이다. X, Y, Z이론같이 치밀한 구조가 이 책 속에 없는 것은 사실이다.

그러나 우리는 이 책 속에서 이 교수의 뚜렷한 한 가지 정신을 발견할 수 있다. 그것은 저자가 우리나라의 산업기술, 교육, 경제, 스포츠 등 여러 분야를 진단하면서 지금 이 나라가 이래서는 안 된다는 염려와 그리고 이렇게 되어져야 한다는 방향 제시를 하고 있는 점이라고 할 수 있다. 그의 나라의 장래에 대한 염려와 걱정은 지금으로부터 200여 년 전에 살았던 다산 정약용(1762~1836)이 가졌던 것과 어쩌면 그렇게 같은지 놀라게 된다. 이면우 교수 역시 '실사구시'의 실학정신을 언급하고 있기는 하지만, 이 나라를 잘 되고 부강하게 만들어야겠다는 그의 열정은 다산의 그것에 못지않게 책 전체 속에 흐르고 있는 것이다. 다산은 그의 『목민심서(牧民心書)』에서 나라가 부강하게 되는 길과 거기에 따른 지도자가 갖추어야 할 제도를 소상하게 적어 놓고 있다. 이 교수는 책의 마지막 장을 '지도자를 기다리며'로 배정하고 있다. "역사적으로 보더라도 변혁의 시대, 격동의 시대, 나라와 겨레의 위기상황에서 걸출한 지도자가 배출되었으며, 이들은 자기를 잊는 희생정신과 솔선수범으로 존경을 받았고 그 시기마다 '밝은 전망과 포부'를 국민들에게 제시함으로써 험난한 여정을 극복하였다. 이 과정에서 지도자들은 예외 없이 국민들의 자부심을 고양함으로써 신바람을 불러일으켰다."(205쪽) 이 교수는 책의 마지막에서 이와 같이 지도자의 역할을 중요시하고 있다. 이 교수의 이러한 생각은 옛날 주나라 문왕(文王)이 강태공에게 "나라를 다스리는 데 가장 힘써 해야 할 일이 무엇인지 알고자 합니다"고 물었을 때에 강태공은 "백성을 이롭게 하여 해치지 말며, 이루게 하고 실패하지 말게 하며, 살려 주고 죽이지 말며, 주고 빼앗지 말며, 즐겁게 하여 괴롭히지 말며, 기쁘게 만들고 성내지 않게 하여야 한다"고 한 말과 상통한다. 한마디로 말해서 백성들이 사는 데 신바람 나게 만들어 주어야 한다는 것이다. 이 신바람의 실체를 공생공사(共生共死)라고 했다.

이 교수는 저서에서 구구절절이 마치 정다산이 가졌던 바와 같은 나라의 장래를 염려하고 있으며 어떻게 하면 우리나라가 과학 입국이 될 수 있는가를 걱정(Worry)하고 있다. 이는 정다산의 200년 전의 걱정과 염려와 유사하다. 그런 면에서 『W이론을 만들자』를 필자는 신『목민심서』와 같다고 보고 싶다. 그리고 그의 W란 바로 '나라 걱정(Worry of our Nation)'이라고 보고 싶다. 사실 W를 'Worry of our Nation'으로 보지 않는다면 이 책에서 과연 W이론이 무엇인지 그 실체를 파악하기란 힘들다. 이 책을 읽는 데에 있어서 독자들이 가장 유의해야 할 점은 바로 이 교수의 다산에 비견할 만한 현대 과학도로서의 우국충정이라고 할 수 있다. "W이론은 아직 없다"(33쪽)고 이 교수 자신이 선언하고 있지만, 이 교수의 나라 걱정(Worry) 이상 더 위대한 W이론은 없다고 본다. 이 책 전편에서 독자는 이 교수의 'Worry'를 구석구석에서 읽을 수 있기 때문이다. "각계각층의 경험과 지혜를 모아 W이론이 그 뚜렷한 형체를 갖추고, 이를 통해 새로운 발전의 계기가 마련되기를 바라면서" 경험 사례를 모아 놓은 것이 이 책의 특징이다. 그래서 그렇게 뽑혀진 경험 사례들은 모두 이 교수의 뼈에 사무치고 피부에 부딪히는 내용들이기 때문에 한마디 한마디의 말들이 모두 공리공론이 아님을 우리는 쉽게 발견하게 된다. 이 점이 아마 이 책만이 가지고 있으며 다른 저술들에게서 쉽게 발견할 수 없는 점들이라고 할 수 있다.

이 교수의 걱정(W)은 우리나라가 지금 십면초가라고 하는 말에 함축돼 있다. 1. 정보통신혁명 2. 지적소유권 3. 핵심부품 규제 4. 후발국 추격 5. 내수시장 개방압력 6. 시장보호장벽 7. 임금인상 근로의욕 상실 8. 고급인력 부족 9. 과소비 풍조 10. 산업기술 취약이 그것이다. 다산도 비슷하게 그의 『경세유표』, 『목민심서』, 『흠흠신서』 등에서 이 교수가 지적한 비슷한 십면초가의 지적을 하고 있어서 매우 가까운 비교가 되고 있다. 십면초가를 극복하기 위해서 온 나라 살림의 총체적 담당자인 정부가 책임지는 자세와 함께 "막대한 사상자를 낼 것을 각오하고, 일치단결하여 활로를 뚫고 필사적 공격을 즉각 개시하는 길일 것이다"(49쪽)라고 했다. 다산이 『원목(原牧)』에서 지적하고 있는 다음 한 구절을 이 교수의 말과 비교해 보라. "목민관이 백성을 위하여 있는가, 백성이 목민관을 위하여 있는가." 백성과 목민관이 공생공사하는 정신, 차라리 목민관이 백성을 위해 존재하는 태도의 변화 없이는 나라가 구제될 수 없음을 다산은 애절하게 지적하고 있다. "일치단결하여 활로를 뚫고 필사적으로 공격을 즉각 개시하자"는 이 교수의 심정을 이 나라 위정자들은 귀를 기울여야 할 것이다.

4장에서의 산, 학, 관(産, 學, 官)이 하나되어야 함의 강조, 5장에서의 선진국으로부터 단순모방의 위험성을 지적하면서 우리 문화에 알맞은 과학기술을 개발할 것을 역설한다. 이것이 동경대학으로부터 당장 배울 것이 없다는 말로 요약된다. 창조하고 끊임없이 변신함 없이는 우리는 살아남기 어려움을 지적하고 있다. 6장에서는 우리 기업이 동맥경화증에 걸려 있음에 비유하면서 우리만의 것을 만든다는 신바람 속에서 동맥경화증의 치료도 가속될 것이라고 했다(56쪽).

7장부터는 소위 이 교수가 칭한 '25인의 죄수부대' 얘기가 실려 있다. 이 교수와 함께 신발명품을 개발해 온 연구진들 주변에 익히 진솔한 이야기들이다. 전연구원이 공생공사할 때에 신바람이 일어났으며 거기서 기적적 창의력과 의욕이 생겼다는 이야기들이다. 작업자들이 신들릴 때 생산성 향상이 120% 혹은 250% 올라갔다는 이야기들은 매우 감동적이며 오늘 기업 분위기에서 신선한 충격이 되고 있다. 9장에서는 QDND, 즉 가장 빠른 시간 안에 중소기업에서 가장 적합한 지도방안이 무엇인지를 지적하고 있다.

마지막으로 결(結)에서 교육의 혁신(10장), 서울올림픽의 교훈(11장), 우리 산업기술 정책의 전개방향(12장), 정보혁명 시대의 유망 사업(13장), 지도자를 기다리며(14장)를 다루고 있다. 창의력 없는 오늘날의 사지선다형적 교육 풍토를 비판하고 있다. 당연한 지적이다. 교육이 도리어 인간의 개성을 파괴시키고 있는 한국교육을 어떻게 치료할까. 누구나 한번 해 보아야 할 걱정(Worry)이다. 서울올림픽이 우리에게 준 교훈은 우리의 특징에 알맞은 양궁, 레슬링, 권투 같은 종목을 개발하라는 것이다. '우리 산업기술 정책의 전개방향' 으로서 '사고의 혁신', '발상의 전환', '상식과 순리의 회복' 이 필요함을 강조한다. 농촌 개울에 노는 흔하디 흔한 피라미가 세계에서 가장 아름다운 관상어가 될 수 있다는 발상 말이다. 그리고 소(미국)머리 위에 앉아 있는 쥐(일본), 그리고 한국은 쥐머리 위에 앉아 있는 벌이 되라는 사고의 혁신. 참으로 기발한 착상이라 아니할 수 없다.

구구절절이 나라 사랑하는, 그리고 이 나라 장래를 걱정(Worry)하는 W이론 이상 없다고 평하고 싶다. 우리 모두가 이 교수같이 나라 걱정하는 WWW의 대가가 되어야겠다.

고물가 현상의 치유책 제시

한기춘 한국외대 경제학과 교수

『돈의 이야기』
밀턴 프리드먼 지음 / 김병주 옮김 / 1992 / 고려원

종이 조각에 불과한 만 원권 한 장이 의미하는 것은 무엇일까? 물이나 공기처럼 우리 생활에 직접적인 도움이 되지 못하는 지폐라는 얇은 종이 조각에 지나지 않는 것이 어떠한 가치를 지니고 있기에 우리 생활과 밀접하게 관련되어 있는가. 이 물음에 대한 해답은 화폐가 사용가치가 아닌 교환가치를 지니고 있다는 점에서 찾을 수 있다. 달리 말하면, 우리 모두가 화폐라고 하는 만 원권 한 장이 어떤 재화나 용역을 얼마만큼 살 수 있는가라는 문제와 직접 또는 간접적으로 연관되어, 사람들의 지폐가 가지고 있는 그러한 구매력에 대한 신용·믿음의 기반 위에 구매력의 일시적 보관수단으로서, 또는 거래

수단으로서 받아들여지고 있기 때문이다. 또한 화폐가 없는 원시적인 물물교환(Barter)에 따르는 거래비용과 정보비용이 매우 컸기 때문에, 즉 물물교환시 파는 사람과 사는 사람 간의 수요와 공급의 이중적 일치(Double Coincidence of Barter) 때문에 교환의 매개수단으로써 '돈'이 통용되어 온 것이다.

이러한 화폐는 사람들이 일정 기간 일한 대가로서 소득의 형태로 지불될 수 있으며, 사람들은 그 소득으로 여러 가지 생활에 필요한 재화와 용역을 구입하고 있다. 그렇다면 화폐가 한 나라 경제에 있어서의 생산과 고용, 그리고 물가에 미치는 영향이 어떠한가라는 논의가 제기된다. 밀턴 프리드먼(Milton Friedman) 교수는 최근 저서 『돈의 이야기(Money Mischief)』에서 그의 평생에 걸쳐 주장해 온 "인플레이션은 언제 어디서나 화폐적 현상이다(Inflation is always & everywhere a monetary phenomenon)"라는 가설을 깊이를 더하여 소상히 소개하고 있다.

먼저 그 이론적 근거는 어디에 있으며, 역사적으로 고찰해 볼 때 경제사실적(經濟史實的)으로도 자기가 주장해 온 인플레이션은 돈의 공급과잉에서 비롯된다는 이론이 검증될 수 있는 것을 설명하고 있다. 다시 말하여, 프리드먼 교수는 이 책에서 화폐 팽창의 여러 요건들에 의해서 인플레이션이 유발되는 과정과, 왜 과도한 화폐 팽창이 일어나는가에 대한 보다 깊은 성찰을 하고 있다.

통화주의(Monetarism)의 거두로 대표되는 밀턴 프리드먼이 주장하는 것은 통화량 증가율과 명목소득 증가율 사이에는 단기보다는 장기에 더욱 밀접하고 일관된 관계가 존재한다는 것이다. 즉, 단기에서는 화폐의 비중립성(Non-neutrality of Money)이라는 영향을 가지게 되는데, 이는 통화량의 변화가 경제의 실질변수들―생산량·소득·고용―에 영향을 미치고 장기에 가서는 이른바 화폐의 중립성(Neutrality of Money)이라는, 통화량이 명목변수―물가―에만 영향을 미치게 된다는 것이 그의 이론이다. 그러한 이유에 대해서는, 통화량의 변화와 인플레이션의 변화 사이에 총 지체시간이 존재하므로 발생한다고 주장하고 있다. 바로 이러한 이유 때문에 일단 디플레이션이나 인플레이션과 같은 물가변동이 시작되고 난 다음, 그것을 과거의 안정적 수준으로 되돌리는 일은 사실상 불가능하다고 주장하면서 궁극적으로는 경제를 안정화시킬 수 있는 방법은 통화량의 증가율 수준을 적정 수준(율)으로 유지시켜 주는 길이라고 주장한다. 이와 관련된 예로, 금과 연결고리를 둔 화폐제도로서 19세기 금본위제도라는 경험적 사실에 기반을 두고 화폐적 현상을 설명하고 있다.

프리드먼이 기술한 바에 따르면, 1873년 미국의 화폐주조법은 은(銀)의 주조재개의 근거조항을 삭제하여 은의 법화(法貨)로서의 지위를 제한하는 법을 시행하기에 이르렀다. 그 결과 은은 기존의 (금·은)복본위제 때와는 달리 화폐 구실을 하지 못하게 되었다. 금에 대한 수요 증가와 비화폐적 성격의 은의 공급 증가는 금·은 가격 비율을 큰 폭의 차이로 상승케 하였으며 금(1)에 대한 은(15)의 비율은 그후 계속해서 상승하였다. 이 결과 총 생산에 비해서 금의 희소성이 증대되었다. 즉 화폐적 성격을 갖는 금에 대한 수요는 급격히 상승했기 때문이다. 재화를 기준으로 한 금의 가격은 상승, 명목가격 수준(금본위제하에서 금을 기준으로 한 가격 수준)은 하락하였다. 그러한 결과 물가하락 현상(Deflation)이라는 매우 불행한 사회적 혼란이 초래케 되었다. 프리드먼 교수의 주장에 따르면 당초의 복본위제와 금본위제가 아닌 은본위제가 채택되었더라면, 금·은 가격비율이 상대적으로 안정적인 상태를 유지했을 것이고 국제간의 환율도 안정세를 유지했을 것으로 보고 있다.

그렇다면 화폐 수량의 변화가 현대경제에서는 어떻게 나타날까? 위에서 언급한 바 있듯이 "인플레이션은 언제나 어디서나 화폐적 현상이다"라는 명제에서 알 수 있는 것처럼 인플레이션의 원인과 이에 대한 처방을 살펴보자면 다음과 같다.

일정 기간 나타나는 한 나라 경제에서의 생산량 증가는 부존자원과 기술 등의 제약으로 인해 일정한 생산량 증가율을 보일 수밖에 없다. 이러한 상황하에서 인플레이션의 원인은 정부에게 그 책임이 있게 되는데, 그 이유는 정부정책을 통해 통화량 증가율이 생산량 증가보다 상당히 빠르게 증가되기 때문이라고 주장한다. 역사적으로도 통화량의 변화가 생산량의 변화를 압도하는 경향은 지속되었을 뿐만 아니라 지속적인 인플레이션이 발생했던 시기치고 그에 상응하는 통화량의 증가가 항상 수반되었음을 잘 나타내고 있다고 주장한다. 이렇게 물가와 통화량이 같은 방향으로 움직임을 보인다면 어느 것이 원인이고 어느 것이 결과인지에 관한 의문이 생긴다. 예시되는 바, "상당율의 인플레이션에 있어서는 통화가 그 원인이고 물가상승은 그 결과이다"라는 결론을 받아들인다면, 노동조합의 임금인상이 생산성을 초과하여 증대됨에 따라 생산비용 증대를 유발시켜 물가 수준을 상승시킨다는 주장은 유효하지 않다. 즉 그의 결론에 비추어 본다면, 노동조합이 다른 이들의 고용기회를 막는다는 것은 인정되지만 노동조합의 임금인상 주장은 인플레이션의 원인이라기보다는 결과라고 보고 있다.

한 단계 더 높여서, 그렇다면 화폐 증발의 근본적인 원인이 어디에 있는가에 대한 질문과 그 문제에 대한 처방도 가능하다. 프리드먼 교수의 주장에 따르면 과도한 화폐 증발, 즉 인플레이션 발생의 주범은 오로지 정부이며 그 정부활동과 관련되어 있다고 한다. 흔히 정치적으로 이루어지는 정부지출의 급격한 증가와 정부의 완전고용 정책, 즉 조세의 증가 없이 정부지출을 증가시키는 정책으로 인해 재정적자가 발생하게 되고 이 재정적자를 충당하기 위해 화폐 증발이 발생되며, 그리고 미국의 중앙은행인 연방준비제도(Federal Reserve)의 정책적 실책에 그 책임이 있다고 한다. 특히 그가 주장하는 것처럼 연방준비제도가 통화규제라는 목적을 위해 실행해 왔던 것은 규제 가능한 통화량 규제보다는 규제능력이 없는 이자율을 규제하려고 노력해 왔다는 점을 통화와 이자율이 모두 큰 폭의 진동을 보였던 이유로 본다. 그의 논리를 뒷받침해 줄 수 있는 논거로 우리가 주목할 점은 그도 언급했듯이, 연방준비제도가 이자율을 규제할 수 있다는 생각이 지배적이어서 매번 경기침체가 있을 때마다 "이자율을 인하하라"는 요구가 있었지만, 반대로 경기 팽창시에는 "이자율을 인상하라"는 반대 요구가 없었다는 사실이다. 따라서 통화량의 규제가 보다 중요함은 그가 말했듯이 "오직 돈이 문제가 된다(Only money matters)"라는 경제철학과의 연관성을 잘 드러낸다.

이론적으로나 역사적으로나 경제성장의 둔화와 높은 실업률을 일시적으로나마 초래하지 않고서는 인플레이션을 없앨 수 없다는 것에 대부분 동의하고 있다. 그렇다면 인플레이션의 하락을, 혹은 안정을 이루기 위해서 그가 제시하는 정책적 방법은 무엇일까. 그것은 두말할 나위 없이 화폐 증가율의 하락이다. 그러나 위에서 언급했듯이, 인플레이션을 하락시키려고 할 때는 상쇄관계(Trade-off)가 존재하게 되고 인플레이션이 발전하는 것과 인플레이션이 치유되는 것과는 시차가 존재한다는 사실이다. 따라서 그 부작용을 최소화하기 위해서 그가 주장하는 바에 따르면, 사전에 정부정책을 일반 국민에게 정확히 예시하고 일관되게 정책을 고수해 나가면서 점진적으로, 그러나 일정하게 인플레이션을 낮추어 정책의 신뢰성을 회복하는 길이 경제의 불안정성을 해소시킬 수 있는 길임을 제시하고 있다.

소위 통화론자로서 서두에서도 언급했던 것처럼 그는 평생을 걸쳐 통화주의라는 이론에 대한 실증 분석에만 전념했던, 다소는 고집스러운 경제학자이지만 현실적으로 우리나라를 포함한 세계의 많은 나라들의 고물가(高物價) 현상을 치유하는 시책면에서 관리나 학자, 그리고 그밖에 관심 있는 사람들에게 반드시 일독을 권하고 싶은 책이라고 평가한다.

전규정 에너지경제연구원 연구위원

『**황금의 샘**』(전3권)

대니얼 예긴 지음 / 김태유 옮김 / 1993 / 고려원

대니얼 예긴 박사의 『The Prize(황금의 샘)』는 출판된 이후 미국과 일본에서 화제가 된 작품이다. 이 책의 양적, 질적인 수준에 관해서는 다음과 같은 일화가 있다. 석유경제학의 거두인 미국 MIT대학의 에들만(M. A. Adelman) 교수는 1974년에 그가 저술하였으며 명저로 이름이 높았던 『The World Petroleum Market(세계 석유시장)』의 후속판을 오랜 세월 동안 준비하고 있었다. 그러나 대니얼 예긴 박사의 『The Prize(황금의 샘)』가 출판된 후, 그는 "이 책에는 내가 쓰려고 하였던 모든 내용이 포함되어져 있으며 보다 상세하고 쉽게 석유의 역사를 기술하였다"라고 말하며 그가 오랜 세월 동안 준비해 온 그

의 원고를 불태웠다.

이 책은 에너지 및 자원을 공부하고 연구하는 자원경제학자라면 꼭 한 번은 저술하고 싶었던 책이었으나 방대한 자료수집과 많은 시간 소요로 엄두를 내지 못했던 작품이다. 이러한 작품을 대니얼 예긴 박사가 저술할 수 있었던 것은 석유를 비롯한 에너지 분야의 연구와 에너지회사의 경영자문을 오랜 세월 동안 수행하여 축적된 경험이 밑바탕이 되었을 것이다. 이러한 점에서 볼 때 이 책은 '상업적 가치' 뿐만 아니라 '학술적 가치' 로서도 높이 평가받아야 될 것이다. 다만 책의 양이 방대하고 오랜 세월을 준비하다 보니 장과 장 사이의 연결이 매끄럽지 못하고 산만하여 독자로 하여금 다소 혼란을 느끼게 하는 점이 옥에 티로 남는다 하겠다.

에너지 역사의 변천을 보면 석탄에서 석유, 그리고 천연가스로 흘러가고 있다. 이것은 에너지의 이용 가능성, 소비자의 기호와 취향, 정치, 환경문제와 같은 외적 환경요인 등이 시대에 따라 변화하고 있고 에너지의 사용이 그 당시 시대상을 반영하고 있기 때문이다. 한때 석유가 남아돌아가고 국제 석유가격이 하락할 당시에 우리는 석유가 국가안보, 문명을 유지하는 데 이제는 더 이상 중요한 역할을 하지 못할 것으로 보았다. 또한 태양에너지, 수소에너지 등 석유를 대신할 수 있는 대체에너지가 조만간 상용화될 수 있을 것으로 보았다. 그러나 사람들이 고려하지 못한 점이 있었다. 그것은 현재 사람들이 사용하고 있는 문명의 이기, 사회 하부구조 자체가 석유에 의존하고 있기 때문에 석유가 다른 에너지로 대체되기 위해서는 이러한 사회체제까지도 타에너지가 사용될 수 있도록 바뀌어야 석유의 대체가 이루어 질 것이라는 점이다. 이러한 점은 석유를 비롯한 에너지의 중요성을 대다수의 사람들이 인식하지 못하고 물과 같이 언제나 이용 가능한 하나의 자원으로 보았다는 데 그 문제가 있는 것이다.

과거 1세기 동안 정치, 경제, 문화, 심지어는 1, 2차 세계대전, 중동 전쟁과 같은 전쟁까지도 석유와 관련되지 않았던 것은 없었다. 그만큼 석유와 같은 에너지는 인간이 살아가는 데 없어서는 안 될 물질이다. 최근 우리나라는 이 중요한 사실을 잊어 가고 있다. 행정부 측의 동력자원부와 상공부의 통합, 에너지 분야의 축소 등은 그 단적인 예라고 할 수 있다. 우리나라와 같이 석유와 같은 자원이 없는 국가의 경우, 석유를 수입하고 있는 국가에 전쟁과 같은 돌발사태가 있거나 석유수송에 차질이 발생한다면 국민생활과 경제발전에 막대한 지장을 초래한다. 물론 최근 울산 앞바다에서 발견된 대륙붕 6광구의 천연가스 개발이 다소의 에너지 공급부족을 해소해 줄 수도 있으나 급증하는 에너지 수요를 근본적으로 충족시키지는 못할 것으로 본다.

이 책은 쉽고 저렴하게 이용할 수 있어 중요하게 인식되지 못했던 석유와 에너지의 중요성을 일깨워 줌으로써 또다시 발발할 수도 있는 '제3차 에너지위기'에 우리나라가 어떻게 대응하는 것이 좋은가를 생각하게 한다. 또한 마지막 장에 석유와 같은 화석에너지가 환경오염의 주범이라는 것을 강조함으로써 21세기에 나아갈 에너지정책 방향이 지속적인 경제성장과 환경과의 조화임을 암시하고 있다.

다음은 이 책을 읽고 나서의 느낌을 메모 형식으로 정리한 것이다.

— 글을 쓰는 일은 필자에게 즐거움과 완성되고 나서의 쾌감을 줌과 동시에 고통스러운 자기 극복의 작업이라고 할 수 있다. 이 책에서 의 풍부한 어휘력, 방대한 자료조사 등은 이를 잘 반영하고 있다.

— 이 책은 "인간이 부나 일확천금을 찾아 헤매는 끊임없는 열정과 욕 망이 문명의 발전에 기여함과 동시에 재앙의 씨앗이 되기도 한다" 는 사실을 느끼게 한다.

— 이 책은 현실에 바탕을 둔 실화소설로 비교적 딱딱한 석유산업의 역사를 사례 연구를 통해 독자들이 흥미를 가지고 보다 쉽게 이해 하는 데 도움을 주고 있다. 또한 이 세상을 살아가는 데 필요한 많 은 경험을 이 책을 통해 제공하고 있다.

— 이 책은 비즈니스 세계에 몸담고 있는 사람은 반드시 읽어야 할 필 독서이다. 왜냐하면 이 책을 읽음으로써 경영자가 체험으로 경제이 론을 현실에 적용한 사례를 배울 수 있기 때문이다. '콜럼버스의 달 걀' 같은 아이디어, 규모의 경제, 수직적 통합을 통한 비용절감, 수 평적 통합에 의한 이윤 창조의 전이와 새로운 산업에 대한 기회 창 출 등이 그 좋은 예라고 할 수 있다.

— 이 책에는 국가간의 외교 전략, 특히 미국, 일본, 영국, 프랑스와 같 은 강대국들의 시장 확보를 위한 전쟁 역사가 현실감 있게 표현되 고 있다. 정치를 하는 이들에게도 권하고 싶은 책이다.

— 이 책에는 수많은 인물들이 등장하고 있다. 석유를 이용하여 막대 한 부를 축적한 스탠더드 석유회사의 록펠러, 로얄 더치 쉘의 헨리 디티어딩, 헤롤드 익스, 폴 게티, 스탠더드 석유회사를 무너뜨리는

데 결정적인 역할을 하였으며 끈질긴 집념과 복수심을 가진 아이다 타벨, 시어두어 루스벨트, 아이젠하워, 윈스턴 처칠, 아돌프 히틀러, 윌슨, 닉슨, 카터, 부시, 사담 후세인과 같은 정치가들, 그외 석유에 관련되었던 많은 사람들의 성공 혹은 실패담, 그들의 철학과 처세술, 그들 사이의 경쟁 등이 딱딱한 석유 이야기를 흥미롭게 이끄는 역할을 하고 있다.

— 이 책은 몇몇 사람들의 창조성과 일에 대한 열정이 인류 역사를 바꾸는 원동력이 된다는 사실을 깨닫게 하고 있으며 그러한 사람들의 공통점이 "시작한 일은 완성시켜야 한다"는 집념과 추진력을 가지고 있다는 점을 느끼게 한다. 또한 새로운 정보, 철저한 시장조사, 운영하고 있는 사업의 효율적인 경영, 시장에 침투 가능하고 이용 가능한 새로운 기술의 도입 등을 적극적으로 추진하는 사람이 성공할 수 있다는 사실을 책 속의 여러 인물들을 통하여 보여 주고 있다. 독자가 이 책을 읽음으로써 인생의 간접경험을 충분히 할 수 있다고 본다.

마지막으로 이 책의 번역에 참여한 이들에게 경의를 표한다. 대니얼 예긴 박사의 원저를 우리말로 옮기는 작업은 방대한 양을 번역하는 데 걸리는 많은 시간의 투여와 에너지 경제학에 대한 깊은 지식이 없이는 불가능하다고 할 수 있다. 다만 문맥상 부드럽지 못하고 직역된 부분을 재판시에 교정한다면 금상첨화가 되겠다.

21세기를 향한 경영혁신

성태경 경기대 경영정보학과 교수

『리엔지니어링 기업혁명』
마이클 해머 외 지음 / 안중호 외 옮김 / 1993 / 김영사

　　만들어진 지 200년도 더 된 규칙들이 지난 19세기와 20세기 동안 미국 기업의 구조, 경영관리, 성과의 기본 틀을 이루어 왔다. 이 책에서는 우리가 이러한 원칙을 버리고 새로운 원칙들을 도입해야 할 때가 왔음을 말하고자 한다. 그렇게 하지 않으면 미국기업들은 문을 닫아야 할 것이다. 선택은 이렇게 간단하면서도 준엄하다.

　　위의 글은 올해 미국 내에서 베스트셀러가 된 마이클 해머와 제임스 챔피의 『리엔지니어링 기업혁명』의 서문 첫 부분을 그대로 옮긴 것인데, 이 문장이 이 책의 성격을 가장 정확하게 표현하고 있다. 이

들은 미국기업들이 19세기와 20세기에 적합하게 설계된 조직을 가지고 그대로 21세기로 넘어가려고 한다는 점을 지적하면서, 이제 전과 완전히 다른 혁신적인 방법을 취하지 않는 이상 과거의 풍요한 미국을 다시 찾을 수 없음을 강조하고 있다.

1980년대 후반에 들어와서부터 기업 내부활동의 업무재편성을 통하여 생산성을 비약적으로 증진시킨 기업들이 나타나기 시작하였다. 이러한 기업 내부활동의 재편성을 관찰한 해머는 1990년 이를 비즈니스 리엔지니어링이라고 명명하고,《하버드 비즈니스 리뷰》에 이를 소개하였다. 같은 시기 데븐포트와 쇼트는 이를 업부재편성(BPR: Business Process Redesign)이라 이름짓고《슬로언 매니지먼트 리뷰》에 발표하였다. 이 글들이 발표된 후 미국에서는 수많은 기업들이 리엔지니어링에 관심을 가지고 기업의 재창조에 힘을 기울이기 시작하였고, 리엔지니어링을 하지 않는 기업은 낙후된 기업인 것처럼 인식하게 되었다.

이 책의 저자인 해머는 전 MIT대학 교수로서 경영혁명의 선구자 및 정신적 지주이며, 고정관념의 타파를 역설하는 그의 세미나는 달변과 냉혹한 비판으로 현재 최고의 인기를 누리고 있다. 공저자인 챔피는 리엔지니어링을 실제로 수행하는 경영컨설팅회사 '인덱스 그룹'의 대표로서 수많은 기업들의 경영혁신을 자문한 경력을 가지고 있다. 최근 우리나라에서도 경영혁신, 질경영, 제2의 창업, 신경영 등의 슬로건을 내걸고 많은 기업들이 리엔지니어링에 관심을 표명하고 있어 상당히 시의성 있는 책이라 할 수 있다.

이 책은 서문과 에필로그를 제외하고 14장으로 구성되어 있는데, 10장에서부터 13장까지는 구체적인 사례를 들어 리엔지니어링의 현실감을 보충하고 있다. 가장 핵심적인 내용은 1장, 2장 그리고 5장에 들어 있으므로, 이들을 중심으로 책을 살펴보기로 하자.

저자들은 현대의 기업들이 가장 중시하여야 할 3가지 힘은 고객 (Customer), 경쟁(Competition), 변화(Change)의 3C인데, 과거와는 그 속성이 완전히 달라지고 있어 경영인을 어렵게 하고 있다고 지적하고 있다. 먼저 고객의 경우를 보면 이제는 생산자의 시장에서 소비자의 시장으로 분명히 변화하고 있다. 과거 10년 전만 하여도 고객의 요구에는 별 관심을 기울이지 않던 기업들이 최근에는 고객의 요구를 정확하게 파악하는 것을 중요한 성공요인으로 보고 있다. 둘째로 경쟁이 더욱 심화된다는 것이다. 특히 무역 장벽의 완화와 교통의 발달로 전세계를 상대로 경쟁하여야 한다. 셋째로 변화는 항시적이다. 이제 제품 및 서비스의 수명주기가 짧아졌을 뿐만 아니라, 신제품을 개발하고 출고하는 기간이 단축되어야 한다. 이와 같은 측면에서 볼 때 생산 위주로 설계된 19세기 및 20세기의 조직 가지고는 이제는 이러한 3C를 상대로 지탱할 수 없다는 것이다. 이를 극복하는 것이 프로세스를 중심으로 한 리엔지니어링이라는 주장이다.

저자들은 리엔지니어링을 "비용, 품질, 서비스, 속도와 같은 핵심적 성과에서 극적인 향상을 이루기 위해 기업 업무프로세스를 기본적으로 다시 생각하고 근본적으로 재설계하는 것"(52쪽)이라고 정의하면서 다음의 4가지 핵심어를 강조하였다. 첫째는 '기본적인

(Fundamental)'인데, '지금 있는' 것을 무시하고 '반드시 있어야 할' 것에 집중한다. 둘째는 '근본적인(Radical)'인데, 고정관념을 타파하여 업무의 개선이나 변경이 아닌 다시 만들어 내자는 것이다. 셋째는 '극적인(Dramatic)'인데, 이는 10%, 20%가 아닌 100%, 200% 성과를 올리자는 것이다. 넷째는 '프로세스(Process)'인데, 프로세스는 새로운 제품의 개발과 같이 서로 결합되어 고객에게 가치 있는 결과물을 산출하는 활동들의 집합으로서 횡적인 조직의 경계를 초월한다. 저자들은 이미 존재하는 프로세스들을 개선하는 것이 아니라 이것들을 과감히 버리고 완전히 새로운 프로세스로 대체함으로써 획기적인 개선을 추구하는 것을 리엔지니어링이라 주장하고 있다.

그리고 경영혁신을 가능하게 해 주는 정보기술의 활용을 강조하고 있다. 정보기술의 진정한 힘은 낡은 프로세스가 보다 효율적으로 작동하도록 하는 것이 아니라, 조직이 낡은 규칙을 깨뜨리고 새로운 작업방식을 창조하는 것을 가능하게 한다는 것이다. 최근의 정보기술은 자료처리기술, 통신기술, 사무자동화기술을 융합한 형태로 나타나고 있는데, 이는 조직의 시간적 공간적 장벽을 허물 수 있는 근본적인 힘이 되고 있다.

이 책을 읽은 많은 경영정보 관련 학자 그리고 기업에서 실제로 리엔지니어링을 시도한 실무자와 토론하면서 부각된 몇 가지 점을 간추리면 다음과 같다.

첫째, 리엔지니어링의 이론적 근거가 미약하다는 것이다. 해머와 챔피는 책에서 과거의 조직이 이제는 적합하지 않은 이유를 상당히 현실감 있게 밝혔지만 이론적 근거는 없다는 지적이었다. 이에 대해서는 조직 설계 패러다임(Paradigm) 측면에서 접근해 볼 수 있다. 현재 대부분의 기업이 산업혁명 당시의 설계 패러다임인 작업공정(Workflow)을 아직까지 사용하고 있다는 점인데, 작업공정 패러다임의 요체는 기업은 생산과정이 최적화되도록 조직을 설계하여야 한다는 것이다. 그러나 산업 사회에서 정보화 사회로 진행되면서 이제 기업은 정보를 잘 처리할 수 있도록 설계되어야 하며(Information Processing Paradigm), 그리고 한 걸음 나아가 의사결정을 잘 할 수 있도록(Decision-making Paradigm) 설계되어야 한다는 것이다. 리엔지니어링은 이러한 새로운 조직 설계 패러다임으로 진화해 나가는 단계에서 나타나는 하나의 현상이라고 볼 수 있다.

둘째, 리엔지니어링 방법론의 부재를 들 수 있다. 실제로 기업에서 리엔지니어링을 담당해 본 실무자들의 한결같은 이야기는 어떻게 해야 할지를 모르겠다는 것이다. 실무자들은 리엔지니어링의 개념은 참신하고 주목을 끌지만, 실제로 리엔지니어링을 하는 방법을 터득하는 것이 아주 어렵다는 지적이다. 해머와 챔피도 책에서 리엔지니어링의 과정과 지침을 소개하였지만, 실무자들이 실제 기업현장에서 적용할 만큼 도움이 되지 못한다는 것이다. 여러 경영컨설팅회사에서 방법론을 제시하고 있지만, 잘 살펴보면 과거와 그리 다르지 않다는 평이다. 어떤 실무자는 리엔지니어링 과정이 과학이나 리엔지니어링이 아닌 예술 같다는 표현까지 동원하면서 방법론의 부재를 안타까워하고 있다. 평자 역시 이 책에서 가장 아쉬운 부분을 방법론의 미비라고 꼽고 싶다.

셋째, 리엔지니어링이 과연 우리나라 기업 상황에 적용 가능한가에 대한 회의를 들 수 있다. 기업의 실무자들은 저자들이 주장하는 리엔지니어링은 미국의 사정에는 맞을지 모르지만 국내 사정에는 적합하지 않다는 것이다. 더구나 미국에서도 50~70%에 해당하는 기업들이 원하는 결과를 얻지 못했다는 보고인데, 우리나라에서 성공할 확률은 아주 낮을 것이라는 예측이다. 실제로 리엔지니어링을 하여 초기에 성공을 거두었다고 주장하는 몇몇 국내기업들도 과거의 체제로 회귀하는 것을 볼 때 리엔지니어링의 토착화에 대한 회의는 상당한 근거를 가지고 있다고 볼 수 있다.

이러한 비판적 시각에도 불구하고 이 책이 시사하는 바는 아주 크다고 할 수 있다. 국내외를 살펴보면 대부분의 기업들이 이제는 변신을 할 단계라고 생각하고 있으며, 실제로 많은 기업들이 개선 내지는 혁신을 내세우며 변화를 일으키고 있다. 앞에서도 언급한 바 있는 3C를 현명하게 대처하기 위해서는 경영혁신과 같은 바람이 불어야 할 것이며, 해머와 챔피는 이를 강력히 설득력 있게 주장하고 있다. 이렇게 볼 때 이 책은 경영혁신을 위한 복음전파용으로써 충실한 역할을 하고 있다고 보아야 할 것이다.

해머와 챔피는 이 책에서 프로세스라는 개념을 재정립하여 기업의 변화에 방향을 제시하고 있다. 과거에도 프로세스라는 개념은 있었지만, 해머와 챔피는 프로세스를 경영 결과의 산출물을 생성해 내는 일련의 활동이라 확대 정의하고 기업은 이러한 프로세스를 중심으로 설계하여야 한다는 새로운 패러다임을 제공하고 있다. 프로세스 위주의 설계는 기업 내부의 부서의 벽을 허물어야 한다는 점과 프로세스 전체를 책임지는 프로세스 오너(Owner)를 두는 점이 특징적인데, 이러한 접근방법은 특히 부처간의 이해관계가 복잡한 행정부나 공공기관에 적용되면 그 효과가 극대화될 것이라는 것이 많은 학자들의 주장이다.

최근에 들어와 외국, 특히 미국에서 각광을 받은 책들이 국내에 번역되는 속도가 상당히 빨라지고 있다. 심화되고 있는 국제 경쟁에서 이기기 위해서는 상대방을 아는 것이 중요한데, 이런 측면에서 보면 바람직한 현상이라 할 수 있다. 더욱이 『리엔지니어링 기업혁명』은 시의성이 아주 강하다는 점에서 별 오역 없는 신속한 번역 출간을 환영하는 바이다.

국가의 새로운 경제적 역할

김세원 서울대 국제경제학과 교수

『국가의 일』

로버트 B. 라이시 지음 / 남경우 외 옮김 / 1994 / 까치

저자 로버트 B. 라이시는 이 책을 쓸 당시 미국 하버드대학교의 정치경제학 교수였다. 교수로 재직하면서 그는 포드 및 카터 대통령 정부의 정책자문을 담당하였으며 《뉴 리퍼블릭》지의 편집위원을 역임하기도 했고, 극히 자유주의적 성향을 띤 논문이나 논설도 많이 발표하였다. 라이시는 클린턴 대통령과는 대학동창으로서 가까이 지냈으며 특히 그의 선거운동 기간 중 측근 참모의 한 사람으로서 많은 정책 조언의 기회를 가졌다. 이러한 연고로 라이시는 클린턴 행정부

의 노동장관으로 임명되었고, 따라서 미국의 노동정책이 이 책이 주장하고 있는 일부 내용에 반영되어 있다고도 할 수 있다. 한 가지 흥미로운 것은 이 책이 경제정책 운영 전반에 관한 정부의 새로운 역할을 주장하고 있음에도 불구하고 라이시가 노동장관에 임명되었다는 사실은 정부 내에서는 현실경제에 대한 인식의 차이가 크다는 점을 말하여 준다는 것이다.

이 책의 가장 두드러진 특징은 전체의 논리가 하나의 일관성을 이루고 있다는 것인데 그 핵심은 바로 역사성이다. 국내외 경제의 흐름 그리고 이 과정에서 국가의 역할 변화를 정리하고 이러한 맥락에서 경제 현상이 어떻게 발전하고 있는가를 파악하고자 노력하고 있다. 이와 같이 경제현실과 미래의 발전방향이 정리된다면, 여기에 맞추어 그리고 이를 바람직하게 유도하기 위한 정책적 대안과 함께 국가의 역할이 윤곽을 드러내게 된다. 주지하다시피 미국경제의 고질적인 징후―예를 들어 기업·산업 경쟁력의 약화, 무역·재정적자의 지속, 소득 격차의 확대, 낮은 저축률 등―는 이미 오래전부터 등장하여 왔고 이미 많은 처방들이 실패로 끝났다.

저자는 제1부에서 중상주의의 대두 이래 경제활동에 대한 국가의 개입이나 국가와 기업관계가 어떻게 변천해 왔는가를 정리하고 있다. 우리가 흔히 단편적, 상식적으로 이해해 온 현상들을 일목요연하게 하나의 흐름으로 연결하고 있다. 한마디로 다국적기업의 활동이 말하여 주듯이 경제적 국경이 소멸함에 따라 국민경제의 개념이 달라지므로 국내에서 기업, 산업보호나 대외적으로 수입규제와 많은 보호주의도 더 이상 의미를 갖지 못하는 시대로 접어들었다는 것이다. 이러한 결론 자체는 미국정부가 앞에서 얘기한 여러 병적 현상들을 치유하기 위해서는 정책기조가 바뀌어야 된다는 시사를 강력하게 주고 있다. 다시 말하여 자본, 기술 및 시설 등 생산요소의 국가간 이동이 용이해짐에 따라 '미국 것이나 미국경제'의 개념은 퇴색하고 따라서 자국 기업을 우선적으로 지원해야 할 명분도 없다고 저자는 주장하고 있다.

2

제2부에서는 현대 국제경제 질서의 특징, 기업 내 및 대외조직의 변화 그리고 생산·판매 전략의 발전 등을 정리하고 있다. 제3부에서는 변화를 거듭하는 경제에서 주역을 담당하는 창조적 전문직(Symbolic-Analytic Service)의 역할, 부가가치 창출적 기능 및 형성·훈련 등이 저자 나름의 시각에 따라 분석되고 있다. 제4부는 이상의 논리를 종합하여 국가의 변화하는 모습과 새로운 역할 기능을 결론으로 삼고 있다.

라이시의 문제의식은 국가로 대표되는 '우리'가 과연 누구인가에서부터 출발하고 있다. 앞에서도 보았듯이 생산요소가 국가간 점점 더 자유롭게 이동한다면 '우리'라는 것은 결국 노동력밖에 없게 된다. 이렇다면 국가의 역할이란 자국 국민의 기술, 전문성, 자질이나 생산성을 높이고 세계시장에서 활용할 수 있도록 함으로써 세계경제 발전에 기여하는 부가가치를 증대시키는 데 있다는 것이 저자의 결론이다. 라이시의 이러한 결론은 동태적으로 변모하는 국제경제적 현실이나 다국적기업의 생산판매 활동을 전제로 하고 있다. 예로 다국적기업은 전지구적 생산망을 통하여 생산과정을 국제화함으로써 이른바 세계화(Globalization) 현상이 가속화하고 있다. 이는 또 요소부존에 따른 국가간 생산의 특화라는 비교우위 이론의 재평가를 요구하며 국별 대표기업의 의미를 퇴색시키고 있다. 정보 · 통신산업과 서비스의 발달 및 소득 증가는 대량 생산체제를 벗어나 소비자의 기호에 맞추어 생산하는 범위의 경제나 고부가가치 생산체제의 심화를 가져오고 있다. 이러한 추세에 맞추어 전문화된 새로운 창조적 서비스 직종이 각광을 받게 되고 부가가치를 창출하는 핵심적 활동을 수행한다.

이와 같이 볼 때 국적(國籍)의 의미가 없어진다는 것이 바로 저자의 주장이다. 즉 기업, 상품, 자본 및 기술 등에 있어서 국적이란 무의미하며 어디서, 그리고 얼마만큼 부가가치가 창출되었느냐는 것이 중요하다. 전통적으로 국기(國旗)주의를 택해 온 미국이 보다 현명하게 대처하려면 범세계주의로 전향해야 한다는 시사를 주고 있다.

예로 일본 및 유럽기업이 미국기업을 대량 매수 · 합병함으로써 우려의 소리가 크게 고조되고 있다. 그러나 따지고 보면 이들 외국기업이 크게 미국기업, 따라서 자본이나 기술을 매입했다 하더라도 생산활동이 미국 내에서 이루어지고 있는 한 이 기업에 고용된 전문인력이나 창출된 부가가치는 미국의 소득과 자산으로 남게 된다. 반대로 미국 국적의 기업에서 생산된 상품의 경우도 결론은 동일하다. 즉 국적과 관계없이 생산과정에서 필요한 설계, 기술 및 중간재 등이 다 외국으로부터 수입되었고, 단지 조립만이 미국 내에서 이루어졌다면 국내에 돌아오는 부가가치 생산이나 자본·기술 축적은 별로 없게 된다.

이러한 맥락에서 본다면 '우리 기업-외국기업'의 이원적 논리는 더 이상 성립할 수 없고 나아가 국민경제, 성장 또는 국가경쟁력 등의 개념을 재정립할 필요가 있다. 다시 말하여 국산(國産) 보호를 지양하고, 보다 시대의 흐름에 맞게 효율적인 정책을 수행하지 않으면 안 된다. 라이시는 글로벌경제가 확산되고 있는 이런 상황에서 국가가 해야 할 일은 결론적으로 "자국 국민들이 세계경제적 차원에서 부가가치를 제고시키고, 그들 생활수준의 향상을 유도하는 데 있다"라고 못박고 있다. 이를 위해서 이미 지적한 바와 같이 전문·기능인 양성을 위한 인적투자를 확대해야 하며 그 재원(財源)으로써 누진적 조세체계의 확립과 함께 세율을 재조정해야 한다는 것이다.

이와 같이 인적자본에 대한 과감한 투자는 기술·기능·전문지식의 축적을 가져오고 그 국가 내에서 생산활동을 하는 기업들의 수익성을 높여 준다. 이는 또 범세계적 차원에서 최적 생산거점을 모색하는 다국적기업들로 하여금 그 국가에 투자하도록 하는 유인으로 작용할 것이다.

3

　라이시의 논리와 시각은 설득력을 갖추고 있으며 현실경제의 특징을 잘 부각시키고 있다. 최근 유럽 내 각국에서 강조되고 있는 기업의 세계화와 교육제도의 재편·개혁과도 일맥상통하는 측면이 많다. 그러나 다음과 같은 몇 가지 점에서 라이시의 범세계주의는 현실 세계보다 앞서고 있다고 생각되며 다소 이상(理想)론에 치중하고 있다는 인상을 준다. 우선 국내외 경제의 흐름을 잘 정리하고 있으며 이 자체가 사회과학도로서의 역할의 하나이기도 하다. 그러나 경제는 전사회 현상의 일부이고 사회 현상을 단순히 경제적 합리성이나 효율성만 갖고 설명할 수는 없다. 다시 말하여 여러 복잡한 사회적 요소가 경제에 동시에 영향을 주고 있다면, 어떻게 부분적인 관찰을 통하여 얻은 결론을 사회 전반의 운영에 대한 정책대안으로 활용할 수 있을 것인가 하는 의문이 앞선다.

　세계화 현상이 확대되고는 있으나 국경, 주권, 민족 또는 국익이라는 개념은 사라지기보다는 새로운 모습으로 재정립의 기회를 맞고 있다. 각국 내 사회 구성원들도 단순히 전문화나 소득 증가뿐만 아니라 이들 감성적 용어에 대하여 크나큰 많은 애착을 갖고 있다. 이 자체가 합리성을 뛰어넘어서 더 높은 부가가치를 창출하는 저력을 지니고 있다는 점도 간과할 수 없다.

　다음, 저자의 '사실'에 대한 관찰에 동의하면서도 여기서 인용된 특징적인 사례를 너무 일반화하고 있다는 느낌을 갖게 된다. 예로 일부 다국적기업의 활동, 산업구조의 변화, 고부가가치적 전문직종의 등장 및 소득분배의 재편성 등이 잘 설명되고 있으나 이들 현상이 범세계주의의 필연성을 뒷받침하고 있지는 않다. 이러한 의미에서 같은 대학교수 출신이나 클린턴 대통령의 경제자문회의 의장으로 발탁된 L. 타이슨과의 열띤 논쟁은 퍽 흥미롭다. 이들 양자의 성향을 구태여 구분한다면 라이시가 범세계주의자인 반면 타이슨은 국가주의자라고 할 수 있다.

한국주도 통일의 과제와
방향 제시

서극성 통일연수원 교수

『**한반도 통일로 가는 길**』
니콜라스 에버스타트 지음 / 주명갑 옮김 / 1994 / 한국경제신문사

1

이 책의 저자 에버스타트(Nicholas Eberstadt)는 남북한에 관한 최근 연구를 집대성하여 분단 한국이 궁극적인 통일을 향해 꾸준히 접근하고 있는 현실을 주제로 하여 다룬 메시지를 우리에게 제공해 주고 있다. 미국인인 저자는 한 외국인으로서 한국의 통일문제에 이만큼 실증적이면서도 깊이 있게 접근하고 있다는 데 대해 우리는 감탄하지 않을 수 없다. 그는 미국인답게 수집한 데이터를 처리 활용하면서 실증적인 논리 전개로 분단 이전, 분단 이후는 물론 통일 전망을

해 볼 수 있는 최근의 상황까지 분석하고, 미래의 통일 가능성과 함께 한국 주도의 통일을 예측 전망하면서, 마지막 '남은 위기'의 관리 문제와 통일과 더불어 닥쳐 올 도전적 과제들을 슬기롭게 해결해야 할 방향까지도 제시하고 있다. 항시 통일문제와 같은 주제를 다뤄 온 많은 학자들과 마찬가지로 그는 북한에 관한 정보의 불확실성을 인정하면서도 이를 보충하기 위해 통계학적 처리를 하여 제시함으로써 부족한 정보에 비해 비교적 내용이 충실하게끔 새로운 접근방식을 가미했다.

저자는 스스로 밝히고 있듯이 이 책을 준비하는 오랜 시간 동안 필자 스스로 한국인, 일본인과 미국인은 물론 남북한 지역까지 방문하면서 필요한 사람들을 만나 자료수집과 집필의 방향 설정 등을 하는 등 현지에서 취득한 경험을 가지고 있다. 평자는 통일원 조사연구 실장 당시 그가 통일원을 방문하여 통일문제 연구에 대한 자문과 북한에 관한 정보와 데이터를 수집해 간 사실을 기억하고 있다. 그는 남북한을 오가면서 자료를 수집했고, 특히 북한 측 자료의 결손 부분은 입수 가능한 수치를 이용해서 컴퓨터로 재구성하고 보완하여 사용하였다.

또한 그는 본 서에 많은 북한 연구가와 연구기관의 수치를 다 함께 비교 제시함은 물론이거니와 많은 수준 높은 세계적 권위지에 기고했던 본인의 논문들을 활용하였는데, 이 책의 발간을 위해 어떤 대목은 기존 논문에 중복되기는 했어도 일부는 특히 이 책을 위해 보완하면서 다시 썼기 때문에 남북이라는 두 한국의 특성, 통일 전망, 미국의 적정한 정책 등에 대한 논의의 과제를 제시했다는 점에 있어서 이만큼의 성과를 이룩한 저자의 치밀한 연구와 고무적인 작업이 뒤 따랐음을 인정하고도 남는다.

2

한반도의 재통일이 가능하다고 보는 시점에서 우리 한국인들은 물론 한반도에 관심을 갖고 있는 많은 외국인들까지도 한국의 통일 로 인해 초래될 여러 분야에서 야기되는 사태에 대비해야 할 때라는 점을 잘 인식하고 있다. 이 역사적 사태는 감정이 아닌 사려 깊은 이 성에 의해 준비되고 주도되지 않으면 안 된다. 그런 면에서 통일한국 이라는 국가통일을 이루는 과정에서 한국의 사회 · 정치체계는 전례 없는 도전에 직면하게 될 것이다. 특히 남북한의 재결합을 방해해 왔 던 북한의 체계적이며, 조직적인 폭력이 설사 후퇴한 것처럼 보이기 도 하고, 또한 한국민이 다시 단일국가로 재결합하려 하고 있다고 해 도 국내외에 산재해 있는 '한국의 위기'가 종말을 고한 것은 아니다. 또 한국의 난제들이 완전히 해결된 것도 아니며 오히려 재결합을 앞 둔 북한 측의 '종말적 위기(대남도발 또는 전쟁도발 등)'가 예상되기도 한다. 통일의 기회가 가시권에 들어오는 이 시기에 특히 우리 한국 내부의 해결해야 할 문제들이 제기되고 있는 이상 분명히 이제부터 가 난제로 대두되는 과제들이 해결될 중요한 시점인 것이다. 그렇게 볼 때, 저자 에버스타트는 이러한 문제 인식하에서 적절한 문제를 제기했다고 볼 수 있다. 그러면 저자는 책에서 이러한 것들을 어떻게 서술하였는지 살펴보기로 하자. 다시 말하면 이 책의 구성은 총 5장으로 구성되어 있다.

제1장에서는 1945~1990년 남북한의 경제발전의 윤곽을 비교·서술하였는 바, 여기서 그는 초점을 북한의 초기 약진과 남한의 최근 경제발전 상황에 맞추고, 입수 가능한 통계를 활용하여 대한민국이 늦게 출발하기는 했어도 북한에 비해 우위에 있음을 증명하고 있다. 특히 북한 경제실적 통계자료의 완전 입수가 불가능한 조건하에서도 세계은행 통계자료(북한통계전무), UN자료(북한통계 부분적 자료만 게재), 미 CIA자료, 미군비관리군축국자료(ACDA), 영국의 전략문제연구소(IISS)자료와 한국통일원자료 등을 동시에 제시하고 있다는 점 등이 평가받을 만하다.

제2장에서는 인구통계 데이터를 활용하여 북한군사력 규모에 관한 몇 가지 가설을 진일보시켰는 바, 그의 추론에 반론이 있을 수도 있긴 하지만 그는 스스로의 해석에 자신을 갖고 있는 것으로 보여진 본 장은 원래 《Asian Survey》(Vol.31, No.11)를 통해 발표했던 내용이며, 최근 저자가 입수한 인구통계자료에 크게 의존하면서도 기존 통계 데이터를 가미하여 북한사회의 여러 가지 측면을 탐구하고 있는 바, 즉 인구출산율, 기대수명, 도시화율, 노동력인구, 병력 등을 고도의 정보처리 기법에 의한 분석을 시도하고 있다. 사실 한국의 통일이 언제 이루어질지는 아무도 정확히 예언할 수 없다고 하나, 한반

도와 세계가 기본적으로 변화하여 10년 전만 해도 누구도 한국의 통일을 꿈꿀 수 없었던 것이, 이제는 통일의 순간이 가시권에 들어와 있고, 더구나 한국 주도의 통일이 예단되는 현 시기, 우리가 준비하는 통합과정에서의 과제들을 기획하고 해결하기 위해서는 본 장에 제시된 데이터들은 큰 의미가 있다고 보겠다.

제3장에서도 인구통계와 그와 관계있는 데이터를 사용하여, 여타 문제와 관련된 연령, 성별 구성, 출생·사망률에 관한 특출한 가정을 도출해 냈으며, 이어 도시화와 인구이동률, 군사부문을 포함한 노동력 구성 등을 분석하고 있다. 특히 여기에서는 몇 가지 중요한 미래 예측도 이끌어 내고 있다. 이 장 역시 프랑스 잡지 《Population》 (Vol.48, No.3)과 《The Korean Journal of National Reunification》 (Vol.2)에 게재한 내용이며, 이 장의 가치는 한국통일이 정말 다가오고 있다고 볼 때 통일 달성의 실제 조건들을 가장 현실적인 중대문제로 떠오르게 한다.

더욱이 북한 전체가 극도로 폐쇄적이며, 북한과 거의 세계 모든 나라들과의 관계에서 점증되는 긴장상태를 나타내는 현실을 감안한다면, 북한의 군사력 증강의 위험수위가 70년대 후반 120만 명에 달한 것으로 평가 지적한 것은, 70년대에서 80년대에 거쳐 북한이 남한에 대해 '어떤 생각'을 하지 않았겠는가 하는 추정은 통일이 아무리 시급하고 절박하다고 해도, 한국인은 한반도에서 전쟁을 예방하는 일에 소홀해서는 안 된다는 실증적 자료의 제시가 아닌가 한다.

제4장에서는 남북한 공통의 주요 현상과 관련하여 비교·전망하는

데 초점을 맞춘 것이 아닌가 한다. 언젠가 만일 통일이 될 경우 그에 따른 문제점들의 지침을 제공하자는 의도가 아닌가 생각한다. 남북관계에 관해 저자는 일정 기간 동안은 위태롭지만 그 기간만 넘기면 조기통일의 가능성이 높은 것으로 믿고 있다. 이 장 역시 《Population and Development Review》(Vol.18, No.3)에 공표한 바 있다.

마지막 제5장 역시, 원래 《Foreign Affairs》(Vol.71, No.5)에 실렸던 논문을 대폭 증보하였으며, 본 장에서는 남북한의 현 정세와 미국의 정책을 연관지어 풀이하고 있는데, 본 저자는 현 정세하의 지상과제는 한반도에서의 전쟁을 예방하는 일이며, 그와 관련하에 한·미간의 안보유대 강화 유지의 필요성을 주장하면서 북한의 도발 억제를 위한 전쟁억지력의 지속을 강력히 지지하고 있다. 그러나 그 정책은 정세 변화를 감안하여 조정해 나갈 필요성도 강조한다.

한국이 처해 있는 일부 본질적인 정치·경제적인 난제들이 있기는 하지만, 만일 통일이 빨리 되면 한국 측이 다소 유리해지는 국면도 있기 때문에 과도한 비관론은 옳지 않으며 오히려 통일에 대비하는 자체 노력을 경주하여야 하는 바, 특히 한국이 먼저 법에 의한 지배체제의 확립과 미래를 위한 굳건한 정치 기반을 조성해야 한다는 입장을 밝힘으로써 현 문민정부의 개혁의지와 국정지표의 성취를 간접적으로 찬성하는 입장을 취하고 있다.

사실 한국 사람들은 자기나라의 시민일 뿐 아니라 서방세계의 시민이기도 하다. 서방세계와의 유대 때문에 남한은 1950년 공산독재 지배를 모면할 수 있었고, 그와 같은 대 서방유대는 국제적 교류와 함께 국제공조 체제하에서 자유와 번영의 통일된 나라를 이룩하기 위해 오랫동안 엄청난 대가를 치르면서 노력해 온 바대로 언젠가 통일된다는 신념하에 통일시 대두될 여러 측면에서 지적된 정책적 과제들을 미리 기획하고 풀어 나갈 준비도 갖추어야 한다.

그리하여 저자가 밝힌 대로 통일이 성취될 그때 남북한 간의 산업 재편성, 양쪽 군대의 부분적 동원의 해체, 이로 인한 취업문제 및 의료 등 사회복지문제, 임금격차 해소 등 난제들이 속출할 것이라고 저자는 지적하고 있다. 이러한 지적들은 단순히 학자들의 저서를 통해 지적되고 걱정할 성질의 과제가 아니다. 이러한 과제들은 정부나 통일업무 담당 공무원들에 의해 사전에 치밀하게 기획되고 검토되고 준비되어야 할 사안들이다.

에버스타트의 『한반도 통일로 가는 길』이란 저서를 통해 어쨌든 통일문제를 이런 시각에서 새롭게 조명해 볼 수 있다는 방법론을 제시했다는 점에서 이 책은 의미 있는 저술이라 하겠다. 특히 통일비용을 운위하면서 통일을 미루어야 되지 않겠느냐 하는 일부 국민들의 여론이 있다는 것을 고려해 볼 때, 통일 여건이 성숙되면 기회를 놓치지 말고 미루지 말아야 할 것이라는 저자의 주장은 우리의 얼굴을 붉어지게 만든다. 우리 한국인들이야말로 실증적인 통일연구에 좀 더 분발할 때가 아닌가 한다.

글로벌 전략의 이론과 실제

조동성 서울대 경영학과 교수

『**국제화시대의 세계경영전략**』

조지 입 지음 / 국제경영연구회 옮김 / 1994 / 김영사

바야흐로 세계는 '국제화' 시대에서 '글로벌화' 시대로 접어들어 거대한 다국적기업들만의 전유물로 여겨졌던 글로벌 전략에 모든 기업들이 관심을 기울이지 않을 수 없게 되었다. 이러한 상황이 도래하게 된 주요한 원인은 무엇보다도 개방의 물결이 모든 나라의 시장을 열고 있는 데서 찾을 수 있다. 무역 장벽이 없어지고 자유로운 교역과 투자가 보장된다는 것은 어떤 산업에 속한 기업이든 국내의 경쟁자뿐만 아니라 전세계의 모든 경쟁자들을 염두에 두고 기업을 경영하지 않을 수 없다는 것을 의미하는 것이다. 그러한 점에서 조지 입(George S. Yip)의 『국제화시대의 세계경영전략(Total Global

Strategy)』이 국제경영연구회에 의해 번역되어 소개된 것은 시기적으로 매우 적절하다고 생각된다.

입은 캘리포니아대학에서 전략경영과 국제마케팅을 가르치고 있으며 하버드 경영대학원과 조지타운대학에서 글로벌 전략을 강의하여 큰 반향을 일으킨 바 있다. 그는 5년간의 글로벌 전략에 대한 연구와 컨설팅 그리고 강의에 기초해 이 책을 썼다고 말하고 있는데, 그가 제시하는 미국, 유럽, 일본의 다국적기업들의 사례들은 독자에게 글로벌 전략의 수립과 실행에 대한 생생한 교훈을 보여 주고 있다. 이 책에서 그는 글로벌화의 동인(Globalization Driver)과 이에 따른 적절한 글로벌 전략에 대하여 상세하게 설명하고 있다. 또한 포터(M. Porter) 등 다른 학자들은 다루지 않았던 글로벌 전략의 실행을 집중적으로 다루고 있다.

그가 열거하는 글로벌화의 동인들은 소비자 욕구의 국가간 유사성의 급격한 증대, 관세 및 비관세 장벽의 축소, 기술개발 비용의 천문학적 증대, 국가별 경쟁개념을 글로벌 경쟁개념으로 변화시킨 글로벌 경쟁자들의 출현 등이다. 이러한 동인들에다가 통신 및 정보혁명 또한 글로벌 통합경영을 가능하게 한 중요한 요인으로 꼽히고 있다.

글로벌 전략 수립과 실행에 있어서 입은 3단계의 성공적인 글로벌 전략 단계를 제시하고 있다. 1단계는 지속적인 전략적 우위의 원천이 되는 핵심 전략을 개발하는 단계이며, 2단계는 핵심 전략의 국제화 단계이고, 3단계는 현지 국가별 전략을 통합하는 국제화 전략의 글로벌화 단계이다. 현재 다국적기업들은 대개 처음 두 단계에 대해서는 잘 알고 있으나, 셋째 단계에 대해서는 잘 알고 있지 못하다고 지적하면서 이 책은 주로 셋째 단계, 즉 글로벌 전략을 수립하는 것에 초점을 맞추고 있다고 말하고 있다. 실제로 기존의 국제적인 경영 활동에 대한 많은 책들이 수출, 기술 이전, 해외 직접투자 등에 대해서는 충분히 다루어 왔다고 볼 수 있지만 본격적인 글로벌 전략을 구체적으로 다룬 경우는 드물며, 다루었다고 하더라도 개념적인 차원에서 극히 지엽적인 사례만을 제시한 정도였다. 따라서 유럽과 미국, 일본의 23개 대규모 다국적기업들의 풍부하고 생생한 사례들로 글로벌 전략의 다각적인 측면들을 연구한 이 책은 가히 글로벌 전략의 교과서로서 손색이 없다고 할 수 있다.

그는 최근 글로벌 전략이 유행하면서 '국제화'라는 용어 대신 '글로벌화'라는 용어가 개념적 구별 없이 무분별하게 사용되고 있는 점을 지적하면서 '국제화'는 본국 이외의 지역에서 사업을 하는 것과 관련된 모든 것을 의미하며 '다국적 전략'은 여러 국가 및 지역 내 경쟁을 서로 독립적으로 다루는 반면, '글로벌 전략'은 여러 국가 및 지역을 통합된 접근방법으로 다루는 것으로 정의하고 있다.

이 책은 글로벌 전략에 대한 개괄적인 사례를 제시하고, 기업들이 글로벌하게 통합된 전략을 추구해야 하는가에 대해 영향을 주는 외부요인 및 산업 내 글로벌 촉진요인들을 설명한 후, 산업 글로벌화의 잠재력 진단을 위한 가이드라인을 제시한다. 또한 그는 성공적인 세계화 전략이 되려면 글로벌화의 정도가 너무 지나치지도 부족하지도 않게 조화를 이루어야 한다는 점을 강조하고 있다. 이는 글로벌 잠재력이 낮은 산업에 속해 있는 사업은 글로벌화의 정도가 낮은 전략을 채택해야 하는 반면, 글로벌 잠재력이 많은 산업에 속한 사업은 보다 글로벌한 전략을 추구해야 한다는 것을 의미한다.

또한 글로벌 전략 관점에서 해외시장을 선정, 확대시키는 방법에 관한 주요 고려사항 및 기법을 소개하면서 앞에서 언급한 바와 같이 국제화에 있어 '다국적화'와 '글로벌화'의 구별을 분명히 해야 한다고 지적한다. 다국적화는 기업의 시장 영역을 지리적으로 확장하는 것을 의미하나, 글로벌화 또는 세계화는 기업의 경영활동을 범세계적으로 통합하는 글로벌 전략 구도하에 시장 영역을 선정 또는 확대하는 것을 의미한다. 다시 말하면 기업은 해외시장을 선정함에 있어 특정 국가만 고려하는 편협된 시각에서 벗어나 그 시장이 글로벌 전략의 구도에서 차지하는 위상과 영향을 고려한 시장 전략을 세워야 한다는 것이다.

글로벌 제품과 서비스의 설계에 대한 논의에서 전세계에 걸쳐서 똑같은, 완전 표준화된 글로벌 제품의 개념은 실제로는 존재할 수 없다는 점을 지적하고 있다. 글로벌 제품의 장점은 제품의 주변부나 일부분을 현지화하면서, 핵심 내용 또는 핵심 부문을 표준화함으로써 얻어질 수 있는 것이기 때문이다. 글로벌 전략에 있어서 기업의 활동을 어디에 입지시키고, 각 입지에서의 활동을 어떻게 조정하느냐 하는 것은 매우 중요한 선택인데, 이 책은 글로벌 전략에 있어서 입지 선택은 각 활동을 그 활동에 가장 적합한 국가에 입지하도록 해야 한다고 주장한다. 이는 고전적인 수출 중심 전략이 가치사슬의 가능한 많은 부분을 본국에 입지시키는 한편 고객에 가까이 근접해야 할 활동, 즉 가치사슬의 아래쪽에 위치하는 판매, 유통, 고객서비스 등의 활동만을 해외에 입지시키는 것과는 다른 차원의 입지 전략이라고 할 수 있다.

활동 입지의 선정에 관한 글로벌한 접근방법은 개별국가 중심의 가치사슬이나 본국 중심적 가치사슬이 아니라 전세계 영업활동에 대해 통합적인 가치사슬의 형태를 취하는 것이다. 이때 지나치게 높은 보호 장벽을 가진 국가는 범세계적 가치사슬에서 제외해야 한다. 입지 선정에 관한 글로벌 전략적 접근에 있어서 가장 중요한 접근방법은 '제로베이스(Zero-Based)' 관점을 가지는 것이라고 지적하고 있다. 즉 기업의 기존 활동이 어느 곳에도 없는 상태라고 가정한 후 각활동의 입지를 선정하는 데 있어 최적의 형태가 무엇인가 하고 물어보는 것이다. 아마 어느 기업도 현재의 활동 입지가 최적이라고 단정할 수는 없을 것이다. 따라서 글로벌화의 조건이 계속 변화하는 상황속에서 그동안 범세계적인 관점으로 생각하지 않았던 대부분의 기업들은 스스로 글로벌화의 이점을 충분히 이용하기에 부적합한 활동 입지유형을 가지고 있음을 발견하게 될 것이다.

글로벌 마케팅의 도입에 대해서는, 글로벌 마케팅 믹스 요소들은 세계적으로 동일하거나 유사한 방식과 내용을 가지는 것이지만 그것이 마케팅 과정을 표준화하는 것을 의미하는 것은 아니라는 점을 강조하고 있다. 그것은 결국 글로벌 마케팅이란 표준화의 이익만을 위해 모든 마케팅 요소들을 맹목적으로 표준화하는 것이 아니라 융통성을 발휘하여 마케팅 전략과 프로그램을 개발하는 글로벌한 접근방식이라는 것을 의미하는 것이다.

이 책의 후반부는 여러 전략적 행동들이 글로벌 관점에서 통합되었을 때 어떠한 특징들을 가지며 장점과 단점은 무엇인지, 글로벌 조직을 구축할 때 고려해야 할 사항들은 무엇인지, 글로벌 산업요인과 글로벌 전략 수단의 측정은 어떻게 이루어져야 하는지를 다루며, 글로벌 전략 분석의 몇 가지 양식들을 제시하고 있다. 전반부가 글로벌 전략의 구성요소와 각 요소들에 대한 이론적 설명과 사례였다고 한다면, 후반부는 실제적인 응용기법과 고려사항 등에 대한 실천적인 방법론의 제시라고 할 수 있다.

이 책이 가지는 주요한 특징이자 장점은 글로벌 전략에 대한 개념적 이해와 분석에 그치지 않고, 실제로 기업을 경영하고 있는 관리자들에게 글로벌 전략을 수행하고 있는 기업들의 성공과 실패 사례들과 실천적인 방법론을 제시하고 있는 점이라고 할 수 있다. 특히 강조되고 있는 것은 글로벌 전략에 대해 그것의 필요성과 장점, 단점을 검토하고, 이를 기업의 성장과 발전을 위해 어떻게 활용할 수 있을지를 스스로 평가하고, 실제 적용시 유의해야 할 중요사항들을 검토한 후 이를 토대로 탄력적인 글로벌 전략을 수립하고 실천해야 한다는 점이다. 그러한 면에서 이 책은 독자들, 특히 기업에서 실무를 다루고 있는 이들에게 구체적이고 자상한 지침서가 될 것이다.

시장개방과 국가경쟁력 제고에 온 국민의 관심이 쏠려 있는 요즘, 개방에 대한 대비책과 기업의 해외진출에 대한 책들이 쏟아져 나오고 있다. 『세계경영전략』은 미국과 일본, 유럽의 선도적인 다국적기업들의 사례를 중심으로 글로벌 전략을 다루고 있어 한국의 독자들에게는 경영환경과 사례의 뉘앙스, 문화적 배경 등이 쉽게 와 닿지 않는 면들도 많고 한국기업들의 특수한 제약조건들을 고려하면 적용하기 어려운 것들이 많다는 측면에서 아쉬운 점이 많으나, 글로벌 경영전략의 기본적인 원칙과 실제 적용에 있어서 주의할 점들을 확인하고 구체적 사례들로 생생한 교훈을 얻을 수 있다는 점에서는 시의 적절하고 유용한 책이라고 생각된다. 다만 여러 공역자들의 공동작업인 관계로 번역에 있어 용어나 문체가 통일되지 못한 면이 다소 눈에 띈다는 점을 지적할 수 있을 것이다.

다국적기업의 행태와
세계지배 전략

김시경 단국대 무역학과 교수

『글로벌 드림스』(Ⅰ, Ⅱ)
R. 바네트 · J. 캐버나 지음 / 황홍선 옮김 / 1994 / 고려원

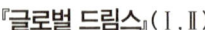

1990년대 중반에 접어든 오늘날 세계의 경제 및 경영환경은 예측할 수 없을 정도로 급변하고 있으며 유럽연합(EU), 북미자유무역협정(NAFTA) 그리고 아시아 · 태평양 경제협력(APEC)과 같은 지역주의의 심화와 세계무역기구(WTO) 설립을 통한 우루과이라운드(UR) 및 그린라운드(GUR) 등 다자주의(多者主義)의 재등장으로 세계 경제질서는 혼미 속의 공존상태에 있다고 말할 수 있다.

21세기의 도래를 눈앞에 둔 지금 예측 불허의 상황하에서 기업의 경영은 날이 갈수록 거대화 · 다국적화 경향을 걷고 있으며 최근에 와서는 세계적인 경제질서의 재편과 함께 국적(國籍) 없는(Stateless)

기업의 시대가 펼쳐지고 있다.

이러한 시대적 상황에 호응하기 위하여 현재 미국 워싱턴에 소재하고 있는 정책과학연구소 및 초국적연구소의 연구원인 리처드 J. 바네트와 존 캐버나는 『글로벌 드림스(Global Dreams)』라는 책을 저술하였다. 이 책이 출판된 지 얼마 안 되어 고려원에서 Ⅰ권과 Ⅱ권으로 나누어 번역 출판하게 된 것은 다국적기업과 국제경영에 관심이 많은, 비평을 맡은 본인뿐만 아니라 여러 다양한 계층의 사람들에게 큰 용기를 불어넣어 줄 것으로 기대되고 있다.

사실 이 책은 다국적기업이 지배하는 오늘날의 세계를 문화, 소비, 생산 및 금융과 같은 다양한 측면을 통하여 흥미진진하게 고찰하고 있다. 그러나 최근 몇 년 사이 다국적기업들은 무국적 상태로 변화하고 있으며 이러한 변화는 국제 기업경영에 있어서 일대 혁신으로 받아들여지고 있는 것이다.

1990년대에 들어와서 급증하고 있는 해외 직접투자, 세계적인 매수·합병(M&A) 그리고 외국기업과의 전략적 제휴 등을 통해 명확하게 국적을 구분할 수 없는 범세계기업들이 등장하고 있다. 즉, 무국적기업들은 다국적기업들로부터 변모된 것이다. 다국적기업들은 해외활동을 하나의 부가적인 영업으로 취급했고 명령체계와 국적은 분명하였다.

그러나 오늘날, 그동안 세계경제를 이끌어 오던 미국이 더 이상 세계경제를 지배하지 못하고 기술혁신도 독점하지 못함에 따라 복잡 다기화된 제조업체들은 매수·합병과 전략적 제휴 등을 통하여 외국

기업과 협력하면서 해외에서 새로운 기술, 자본 및 노하우를 위한 돌파구를 찾게 되었다.

R. 바네트와 J. 캐버나에 의한 『글로벌 드림스』는 총 4부 19장으로 구성되어 있으며 주요 연구대상 다국적기업으로는 일본의 소니, 독일의 베텔스만, 스위스의 네슬레 그리고 미국의 필립모리스, 포드 및 시티은행 등이었다. 위에 등장한 이들 다국적기업들은 자동차, 금융, 식품, 담배, 도서, 음악 그리고 영상 등의 분야에서 앞선 기업들이기 때문에 연구의 대상으로 선택되었다고 할 수 있다.

제1부의 경우 음악, 영상 및 도서산업과 관련하여 훌륭한 업적을 남긴 소니와 베텔스만을 주로 다루었는데 음악 및 음향산업에 큰 발자취를 남긴 소니의 성장과 발전을, 그리고 출판업에서 성공한 한적한 독일 소도시 출신의 세계적 기업 베텔스만의 국제화 과정을 능숙한 필치로 잘 묘사하고 있다.

제2부에 있어서는 '지구 쇼핑센터'라는 제목과 어울리게 경제발전의 마지막 단계인 고도의 대중소비 단계와 관련된 쇼핑을 기술하였다. 도쿄, 마닐라를 포함한 세계적인 대도시에서 거의 유사한 형태의 쇼핑센터가 확산되고 있는 현상을 잘 설명하고 있을 뿐만 아니라, 특히 세계 최대의 담배회사로서 애연가들에게 낯익은 말보로를 생산하는 필립모리스의 성장배경을 심층 분석하였다. 여기에 덧붙여 네스카페로 유명한 세계 최대의 식품업체인 네슬레에 관한 내용은 흥미를 돋우어 주기에 충분하다고 할 수 있다.

제3부는 대량 생산과 여기에 수반하는 고용상의 불안을 다루고 있

다. 고도의 대중소비 단계를 앞당기는 계기가 되었던 헨리 포드의 자동차 조립을 통한 대량생산 방식의 설명과 함께 미국과 일본 사이의 자동차산업과 관련된 협력 및 대립관계가 주요 연구대상 중의 하나이다. 제3부 내용 중의 또 다른 측면은 높은 임금, 사회복지비용 부담 증가 그리고 공해유발산업에 대한 가혹한 규제 등으로 개발도상국으로 기업을 이전시키는 경우가 늘어나고 있다. 그 결과로써 선진국에는 산업공동화(産業空洞化) 현상과 함께 직장의 해외로의 이전으로 인한 대량의 실업사태가 발생되고 있다. 미국의 AFL-CIO(미국노동총동맹 산업별회의) 같은 기구는 미국에 본사를 둔 다국적기업의 해외 직접투자 증가로 미국 내의 실업이 증대하고 있다고 다국적기업들을 비판하기도 하였다. 아무튼 생산 및 고용시장에서의 급격한 변화로 인한 노동조합 세력의 약화(실업 증대로 인한)와 미국 및 서유럽 등 선진국에서의 산업구조 재조정 등이 중요한 관심을 불러일으키고 있다.

제4부의 제목은 '지구의 자금'으로서 금융부문의 연구대상 기업인 미국 시티은행의 성장역사와 경영철학을 집중 조명하였다. 또한 거대 단기자금의 국제간 이동을 통하여 세계 주요 금융시장의 메커니즘을 관찰할 수 있는 기회도 제공하고 있다. 1971년 8월 15일 닉슨 미국 대통령에 의한 달러화의 금태환정지 선언으로 시작된 미국식 신보호무역주의에도 불구하고 급격하게 늘어나기만 한 쌍둥이 적자(무역적자 및 재정적자)로 인한 미국 내의 금융위기와 은행파산 등을 예리한 필치로 분석한 것이 돋보인다.

리처드 J. 바네트와 존 캐버나의 『글로벌 드림스』는 이미 경제적 의미의 국경이 사라진 WTO(세계무역기구)체제하에서의 기업경영에도 많은 교훈과 시사점을 던져 준다고 볼 수 있다. 경쟁력이 없으면 도태당할 수밖에 없는 무한경쟁의 시대에서 세계를 무대로 활동하는 국제화 전략은 필수불가결한 생존전략이 되고 있는 형편이다. 즉 전세계가 하나의 시장으로 묶이는 국제화, 지구촌화(地球村化, Globalization) 시대를 맞아 기업들의 경영전략에는 국가라는 경계를 뛰어넘는 무국적주의의 개념이 짙게 깔리고 있으며 국적 없는 기업들의 국적 없는 시장 쟁탈전이 날로 치열해지고 있는 상황이 되었기 때문이다.

미국에서는 세계화, 지구촌화 개념인 Globalization으로부터 개방적 지역주의를 나타내는 Glocalization(글로벌과 로컬의 합성어)이라는 새로운 개념으로 옮아가고 있는데 이러한 의미를 아주 잘 설명하는 표현이 있다. 다시 말하면 사고와 전략은 글로벌(국제화國際化)하게 행동과 운영은 로컬(현지화現地化)하게 한다는 것이다.

한편 국제화 및 개방화시대를 맞이하여 세계적인 다국적기업들은 부가가치와 판매량을 극대화하고 비용을 극소화하기 위하여 전세계적인 시야에서 생산거점의 국제적 배치(로지스틱스 전략), 주문자 상표부착 방식(OEM)에 의한 조달 판매망의 세계적 조직 그리고 연구개발 기지의 해외 설치를 통하여 제품간 분업, 공정간 분업 그리고 시장간 분업의 국제적 체제를 구축하고 있기도 하다.

미국의 수도 워싱턴에 있는 정책과학연구소 및 초국적연구소에서 연구원 생활을 하고 있는 R. J. 바네트는 그의 동료 연구원인 J. 캐버

나와 함께 『글로벌 드림스』 이외에도 여러 권의 세계경제와 관련된 저서들을 집필하였다. R. J. 바네트가 1974년에 로널드 E. 뮐러와 공저한 『Global Reach』는 베스트셀러가 되었는데 주요 내용은 다국적 기업의 확산과 관련된 상황을 예리하게 분석하였다. 그외에도 1990년도에 『Real Security』와 『The Roket's Red Glare』를 출판하였으며 『죽음의 경제학』 그리고 『20년 후』 등 10여 권의 저서를 가지고 있다.

『글로벌 드림스』는 자연스럽게 이야기하는 소설류의 아주 평이하고 재미있는 내용으로 꾸며져 있는 것이 장점이다. 복잡한 이론이나 머리를 어지럽게 하는 난해한 문장도 없이 여러 다양한 분야와 기업들의 예를 들어 가면서 현실성 있게 구체적으로 묘사한 것이 특징이다. 다만 약간의 개선점은 우리나라 말로 번역하는 과정에서 용어의 선택(전문용어)이나 표현상의 어색한 부분이 여러 곳에서 발견된다는 것이다.

그러나 전반적으로 평가할 때 이번 고려원에서 출판한 번역서인 『글로벌 드림스』는 세계화, 국제화를 통해 2천 년대 선진국 목표를 달성하기 위하여 매진하고 있는 기업인, 정부관료 및 학생들에게 큰 도움이 될 것으로 판단된다.

한국경제제도 개선의 구조론적 접근

엄영석 한국외대 경제학과 교수

『경제개혁론』

이진순 지음 / 1995 / 비봉출판사

한국경제를 전공하는 사람이면 누구나 한국경제의 전반에 관한 검토를 하고 앞으로의 개혁의 방향을 제시해 보고자 하는 의욕을 갖게 된다. 특히 정부의 기능과 역할을 중점적으로 연구하는 전문가들은 국가경제의 전반에 대하여 많은 연구를 하고 있기 때문에 더욱 그렇다고 하겠다.

그러나 한 나라 경제 전반에 걸친 성격을 규정하고 앞으로의 개혁의 방향을 제시하는 일이 쉽지만은 않다. 한국경제는 이제 그 규모도 커졌고 구조면에서도 복잡하여 저서 전문가들이 서로 상이한 진단을 내리기 쉽다. 노동전문가가 보는 관점이 다르고 국제전문가가 보는 시각도 다르다. 한국경제를 보는 시각에 많은 차이가 있음을 인정하나 한국경제의 기본이념과 앞으로 한국경제가 어떠한 자본주의 경제형태를 취하여야 하는가를 모색하는 작업이야말로 중요한 과제가 아닐 수 없다. 이러한 관점에서 이진순 교수의 『경제개혁론』은 한국경제의 기본성격과 앞으로의 바람직한 모형에 대한 견해를 제시한 점에 의의가 있다고 하겠다.

이 교수는 한국의 토지 소유의 집중, 지가의 변동 등을 집중적으로 분석함으로써 한국경제의 구조적 성격을 규명하고자 하였으며 이러한 내용이 이 책의 2부(18~135쪽)에서 깊이 있게 논의되었고, 특히 제3장에서는 중앙관계 경제와 관련하여 지대 추구의 문제점들이 분석되었다.

제3부(140~276쪽)에서는 새로운 패러다임으로 질서자유주의의 내용을 전개하였다. 제4장에서는 진정한 시장경제의 내용을 제시했고, 제5장에서는 공동체 원리로써 경제휴머니즘을 논하고 있다. 일견 제4장과 제5장의 내용은 상반되는 주장과 같으나 두 개의 상반되는 패러다임의 조화를 추구하고 있다는 데 의의를 부여할 수 있다.

제4부(284~451쪽)에서는 한국경제 개혁의 초점을 제시하고 있다. 경제개혁은 이 교수의 전문 분야인 세제부문의 개혁과 토지제도의 개혁을 중심으로 하고 '금융실명제'와 '신경제'에 대하여서도 논하였다.

이 책에서 몇 가지 문제점이 될 수 있는 사항들을 간단히 논함으로써 이 책을 읽는 이의 이해에 도움이 되고자 한다.

이 교수는 질서자유주의 내용으로 자유경쟁, 사유재산제도, 법치주의의 확립 등의 원칙을 강조하면서 경쟁력 집중의 폐해를 논하고 있다. 이러한 접근방법에 대체로 동의하면서도 경제력 집중 문제가 현실보다는 관념적인 면에 치우치고 있다고 느꼈다. 이 교수는 다음과 같이 지적하고 있다.

재벌에의 경제력 집중은 시장의 효율성을 저하시킬 뿐만 아니라, 거대한 경제력을 바탕으로 사적권력을 형성하여 경제질서를 교란하고 자유사회를 위태롭게 할 위험성이 높기 때문이다.(199쪽)

국경이 없어지고 개방화된 국제시장에서 경제력 집중에 대한 견해도 달라져야 하지 않을까. 화란(네덜란드)같이 작은 나라에도 필립스, 쉘 같은 세계적 대기업이 있으나 국민의 지탄의 대상이 아니다. 우리나라 재벌의 문제는 재벌기업들의 경영활동의 투명성(Transparency) 문제가 아닐까 한다.

자유와 법질서와 사유재산제도의 정착을 주장하는 이 교수의 재벌에 대한 강한 비판은 설득력이 약하다. 재벌기업의 투명성을 높일 수 있는 방안들, 즉 외부이사제도라든가 외부감사제도, 불공정거래의 감시, 회계제도의 엄격한 적용, 조세행정의 정비, 개방화된 경제에 있어서의 매수·합병을 통한 기업지배 구조에 대한 논의 등을 통하여 재벌이 보다 전문화되고 현대화되어서 국민경제에 기여할 길을 찾아내는, 보다 전향적인 연구가 필요한 때라고 생각된다.

이 교수는 새로운 패러다임의 하나로써 경제휴머니즘을 제시하고 있다. 이 내용을 전개하는 과정에서 '군중화', '무산화' 등 요즈음 별로 쓰이지 않은 말들이 나오며 진정한 시장경제의 확립을 위하여서는 재산의 재확립, 국토개발의 분산화, 산업의 분산화 등 탈집중화와 탈무산화를 이룩하여야 한다고 주장하고 있다.

자본주의의 유지를 위하여서는 건전한 도덕·윤리 기반이 전제가 되어야 함을 부인하지 않는다. 투기와 한탕주의만이 판치는 천민자본주의의 피해도 인정한다. 스미스도 인간의 행동은 동정(Sympathy)과 공감(Approbation)에 의하여 이루어지며 이러한 조건은 최소한의 도덕규범이 되어야 한다고 주장하였다. 이러한 자본주의를 지탱하는 건전한 도덕·윤리 기반은 자율적으로 이루어질 때 그 가치가 있는 것이지, 정부가 앞장서서 도덕적이고 평등한 신화를 위하여 적극적으로 시장에 개입할 때에는 오히려 자본주의 체제를 손상시키는 결과를 가져올 것이다.

이 교수는 우리나라의 토지문제에 대하여 심도 있는 연구를 하였다. 60년대 이후의 토지투기에 대한 배경과 내용을 상세히 설명하였을 뿐만 아니라 토지투기에 따른 지가의 폭등과 토지소유의 집중화가 한국경제에 미치는 여러 가지 폐해를 예리하게 분석하였다. 실질적인 생산활동을 거치지 않고 단지 토지를 소유하고 있다는 사실 때문에 발생하는 지대의 문제는 많은 학자들에 의하여 논의되어 왔다.

그러나 우리나라의 토지문제를 제도 개선과 관련하여 분석한 논문은 많지 않다. 토지 집중의 심각성은 이 책에서 충분히 지적되었다. 지가총액의 대 GNP비율이 1988년 기준으로 약 9배로, 미국의 0.9배, 영국의 1.6배, 일본의 6.5배보다 크게 높다는 사실은 시사하는 점이 많다. 개인부문이 소유하고 있는 토지의 65.2%를 토지소유자의 상위 5%가 소유하고 있어서 소득분배나 금융자산 분배에 비하여 크게 악화되어 있음도 지적되고 있다.

부동산투기를 막는 여러 가지 방안이 제시되고 있으며 그중에도 토지소유에 중과함으로써 투기적 목적의 방안에 중점을 두었다. 우리나라의 재산세가 다른 나라에 비하여 낮은 점을 감안하여 종합토지세의 세율현실화가 강조되고 있다. 또한 양도소득세가 중과될 때 토지의 양도를 저지시키는 동결 효과를 분석하고 동결 효과를 약화시키는 방안들도 제시하고 있다. 부동산투기 억제를 위한 제도 개선에 시사하는 점이 많다.

이 책을 읽으면서 느낀 것은 자유와 견제, 시장과 정부, 경쟁과 형평, 경제규칙과 윤리규범, 사유재산과 공공이익 등의 문제에 대한 갈등을 해결하여 보려는 고민이 있었다는 것이다. 우리는 자유경쟁과 시장원리를 주장하면서도 결론적으로 이들 자본주의의 가장 강력한 요소의 중요성을 희석시키는 경우가 많다. 지금 한국경제는 국제경쟁력을 더 한층 제고시키는 노력이 필요한 때이다.

이상에서 이 교수의 새로운 패러다임이 내포하고 있는 고민과 모순점을 간단히 지적하였다. 이 교수가 제시한 한국경제의 개혁방안에 대하여서는 공감하는 분야가 많다. 금융의 자율화, 중앙은행의 독립, 토지보유세의 강화, 조감법의 폐지, 법인세율의 인하, 세무행정의 강화 등은 중요한 경제개혁의 내용이 되어야 할 것이다.

　이 교수의 경제분석 방법론이 뛰어나고 한국경제를 보는 시야가 넓은 점은 높이 평가하여야 할 것이다. 독자는 이 책을 읽으면서 이 교수가 진정한 시장경제에 대하여 갖고 있는 확신에 대하여서는 충분히 이해가 가나 이를 달성하기 위한 수단과 결론에서는 상호모순된 점이 있음을 느끼게 된다. 국제화·세계화시대에 개방된 국제경제 환경 속에서 한국경제를 바라볼 때 좀 더 다른 결론에 도달할 수 있지 않았을까 생각된다.

한국경제의 선진화를 위한 과제와 대책

이상호 세종대 무역학과 교수

『세계를 보고 뛰어라』
이한구 지음 / 1995 / 동아일보사

21세기를 불과 5년 앞두고 있는 지금 세계경제 질서는 과거와는 본질적으로 다르게 변모하고 있으며, 그 변화의 속도와 폭이 매우 빠르고 깊게 진행되고 있다. 제2차 세계대전 이후 지속되어 온 동서 냉전체제가 1990년 베를린 장벽의 붕괴를 신호탄으로 하여 종식됨으로써 자본주의와 공산주의 체제 간의 대립시대가 마감되었다. 그에 따라 과거 군사력·정치력 또는 국가 규모의 차이를 기초로 하여 형성되었던 세계질서가 이제는 산업경쟁력의 우위를 바탕으로 재편되고 있다.

그리고 1995년 1월 1일부터 전후의 세계무역 규범이었던 GATT를 대신하여 WTO체제가 출범됨으로써 세계 무역질서에 근본적인 변화가 일어나고 있다. WTO체제는 궁극적으로 자유롭고 공정한 무역을 촉진시키고 국제무역의 안정성과 예측 가능성을 높임으로써 세계 경제의 성장에 기여할 것으로 기대된다. 대외의존도가 높은 우리 경제로서는 WTO체제의 출범으로 국내외 시장에서 무한경쟁의 시대를 맞이하게 되었다. 독자적인 기술력을 바탕으로 절대적인 경쟁력을 보유한 기업만이 생존 가능한 상황이 전개되고 있는 것이다. 이와 함께 18세기 말 산업혁명에 버금가는 정보·전자기술혁명이 급속하게 진행되어 산업경쟁력의 원천이 종래의 부존자원이나 생산비 격차로부터 기술력 중심으로 전환되고 있다.

세계의 모든 나라들은 새로운 국가발전 전략의 수립을 통해 무한경쟁시대를 헤쳐 나가고자 노력하고 있다. 우리나라의 경우 1994년 김영삼 대통령의 시드니 구상을 통해 '세계화'라는 국정지표가 시의적절하게 제시된 바 있다. 세계가 국경이 없는 하나의 열린 시장으로 이행해 가는 지구촌화의 과정에서 우리나라가 생존하고 나아가 번영을 누릴 수 있는 유일한 길은 세계 일류가 되는 길밖에 없다는 인식에 세계화 구상은 바탕을 두고 있다. 세계화는 비단 경제 분야뿐만 아니라 정치, 사회, 문화 등 모든 분야에서 세계 일류를 지향하자는 것이다.

이러한 시대적 상황에서 대우경제연구소의 이한구 소장이 펴낸 『세계를 보고 뛰어라』라는 책은 우리에게 시사하는 바가 크다고 생각된다. 이 책에서 저자는 특유의 예리한 통찰력과 논리 정연한 분석력을 유감 없이 발휘하면서 우리 경제가 안고 있는 거의 모든 문제를 지적하고 선진국이 되기 위한 구체적인 대안들을 의욕적으로 제시하고 있다.

현실경제 문제를 다루는 이런 류의 책들이 주로 상품, 서비스 등 생산물을 중점적으로 분석하고 있는 데 반해 이 책은 자본, 노동, 기술 등 생산요소를 분석의 대상으로 하고 논리를 전개하는 새로운 시도를 하고 있는 점에 대해서는 후한 점수가 주어질 수 있겠다. 이 책은 모두 6장으로 구성되어 있는데 그 내용을 살펴보면 대강 다음과 같다.

제1부와 제2부에서는 국제화(저자는 세계화라는 용어를 의도적으로 피하고 있다는 인상을 주고 있음. 여기에서 두 용어간의 차이를 논하는 것은 별로 의미가 없다고 판단됨)의 구체적 내용과 우리가 맞이할 국제환경의 변화 모습을 개관하고 있다. 국제화 측면에서 성공한 나라뿐만 아니라 실패한 나라들의 거시 및 산업정책, 산업구조와 기업활동, 일반 국민들의 의식에 이르기까지 여러 가지 사례를 동원하여 상세하게 검토함으로써 저자는 구호가 아닌 실생활의 국제화에 도움을 주고자 노력하고 있다.

제3부에서는 세계경제 구도의 큰 변화가 우리 경제에 미칠 경향을 분석하고 있다. EU(유럽연합), NAFTA(북미자유무역협정), GR(그린라운드) 등 우리 주변에서 진행되고 있는 갖가지 변화가 우리 경제에 가져다줄 기회와 위험을 풍부한 자료를 가지고 구체적으로 설명하고 있다.

제5부는 이 책의 특징 중의 하나라고 할 수 있는 생산요소시장의 국제화 문제를 다루고 있다. 저자는 생산물시장의 국제화와 생산요소(자본, 노동 등)시장의 국제화가 병행될 수밖에 없다고 전제하고 두 시장이 국제화되어 가는 속도와 폭을 조정하는 것이 매우 중요하다고 강조하면서 이를 위한 주요 정책이슈들을 면밀히 분석하고 있다.

제6부는 결론 부문으로서 지구촌화 시대에서 한국사회가 선진사회로 변신하려면 각계각층에서 어떤 절차에 따라 무엇을 준비하고 어떻게 대응해야 하는지를 구체적으로 제시하고 있다.

이러한 분석을 통해 저자는 국제화는 무엇보다도 선진화인 만큼 선진사회에서 중시하는 가치관에 위배되는 행동을 한다는 것이 앞으로는 용납되기 어렵다는 점을 누누이 강조하고 있다. 즉 선진국의 가치관인 인간존중, 계약중시·신용제일, 선택은 자유 그러나 책임은 확실히, 공공이익 우선, 외형보다 실속, 단기보다 장기, 사후해결보다 사전예방, 열매 따기보다 뿌리 물주기를 중시하는 사회적 가치관이라야 지구촌사회에서 제대로 대접받으면서 살 수 있다는 것이다.

선진국이 되는 길은 낙타가 바늘구멍 지나가기만큼 어렵고, 따라서 국제화를 통한 변신과정은 각 경제주체들에게 커다란 고통을 수반하기 때문에 많은 인내심이 반드시 필요하다는 점도 강조되고 있다. 선진국으로 가는 언덕에는 사회안전 확보, 기초과학기술 개발, 복지 향상 및 사회보장 등 엄청난 자금이 소요되는 투자 부담이 반드시 요구되기 때문에 이에 따른 부담과 고통을 각 경제주체들이 흔쾌하게 받아들여야만 한다는 것이다.

일반 대중들은 선진국 국민들이 편안하게 잘 사는 것만 눈에 보이고 사회유지에 복잡하게 얽혀 있는 자동 견제장치에는 관심조차 없으며 마땅히 감수해야 하는 자기희생을 외면하는 것이 보통이다. 선진국이 되기 위해서는 집단 이기주의 극복, 사회질서 확립, 환경오염 문제 해결, 사회안전 장치 확보 등을 달성할 수 있는 사회적 지혜의 축적과 능력의 배양이 전제되어야만 하는데, 이러한 측면에서 우리나라의 경우 아직 선진국 대우를 받을 정도의 실력, 의식, 제도가 미비하다고 저자는 강력히 주장하고 있다.

국제화시대에 살아남기 위해 국민의식의 개혁 필요성도 여러 가지 측면에서 제기되고 있다. 정부는 물론 기업, 근로자, 소비자 등 각 경제주체들이 나아가야 할 길을 제시하면서 이 책은 "하늘은 스스로 돕는 자를 돕는다"라는 경구를 인용함으로써 각 경제주체들의 자기희생과 분발을 촉구하는 결론에 다다르고 있다.

이 책의 가장 큰 장점은 무엇보다도 풍부한 통계 및 자료를 가지고 논리의 전개를 적극적으로 지원하고 있다는 것이다. 저자와 같은 경제연구소장이 아니면 흉내 내기 어려울 정도로 많은 자료가 정리되고 인용되고 있는 것이다. 그리고 우리 경제, 나아가 우리 사회가 안고 있는 제반 문제점을 직설적으로 비판하고 나름대로의 해결책을 적극적으로 제시하고 있다는 점도 이 책이 갖고 있는 많은 장점 중의 하나이다.

이 책은 의욕과 자료 측면에서 당연히 높은 평가를 받아야 함에도 불구하고 다음의 몇 가지 약점도 지적되는 것이 오히려 객관적인 평가가 될 것이다.

우선 이 책은 경제문제를 집중적으로 다루고 있기 때문에 불가피한 측면이겠지만, 경제 관련 전문용어가 너무 많이 사용되고 있어 경제전문가가 아닌 독자에게는 큰 부담을 주고 있다. 이 책이 자연스럽게 이야기하는 소설류의 평이하고 재미있는 내용으로 꾸며졌으면 더욱 넓은 독자층에게 사랑을 받을 수 있겠다는 아쉬움을 남기고 있다.

특히 전문용어가 설명도 없이 바로 사용되는 것은 독자들의 발걸음을 묶어 두는 역할을 할 것으로 생각된다. 이러한 예로는 SII(20쪽), IMF 8조국(26쪽), M.E. 혁명(33쪽), M&A(38쪽) 등이 있다. 일반 독자에게는 생소하고 어려운 용어에 대해서는 일일이 괄호 안에 설명해 주는 친절함을 잊지 않아야 독자들에게 더욱 많은 도움이 될 수 있었을 것이라고 생각된다. 그리고 내용적으로는 저자의 의도 및 독자들의 기대와는 달리, 미래에 대한 언급이 너무 적고 주로 현실문제에 대한 진단 및 처방에 치중된 것이 만족스럽지 못하다. 동일한 주제에 대해 중복되는 언급이 걸러지지 않고 반복되는 것 또한 많은 아쉬움을 남기고 있다.

이와 같은 아쉬움에도 불구하고 이한구 소장의 『세계를 보고 뛰어라』는 세계화를 향해서 우리 사회 모두가 새롭게 자세를 가다듬고 있는 이즈음 매우 시의 적절하고 설득력이 있고 참으로 많은 노력을 기울인 역작이라고 평가될 수 있겠다. 현실경제에 관심 있는 많은 독자들에게 널리 읽히기를 바란다.

자본주의와 기업의 윤리적 행위

김식현 서울대 경영학과 교수

『경영윤리론』
김원수 지음 / 1995 / 서울대출판부

기업제도의 발전은 역사적으로 자본주의 체제와 불가분의 관계가 있다. 그러나 넓은 의미에서 기업은 국가나 가정과 같은 기관과는 구분되는 개념으로서의 생산경제 기관이라 할 수 있으며, 이런 뜻에서 본다면 기업은 자본주의 체제에서만 성립하는 것이 아닌 초체제적 기관이라 할 수 있다.

그러나 기업이 자본주의 체제에서 그 본래의 기능을 가장 잘 수행할 수 있다는 역사적 경험이 우리로 하여금 자본주의 체제 내에서 기업을 권장할 만한 대표적인 생산기관으로 인정하고 있는 것이다. 그것은 자본주의 체제가 시장경쟁이란 기제를 바탕으로 하고 있기 때문이며, 이와 같은 시장경쟁의 기제는 자본주의 체제를 뒷받침하는 정치이념이 자유민주주의 체제로 운영되어 다수의 시민들의 이익을 반영하는 사회규범을 만들어 낼 때에만 제 기능을 수행한다고 할 수 있다는 것을 의미하기도 한다.

시장경쟁은 개인의 이기심과 기업의 이익추구 행위를 사회의 공익과 생산성으로 연결하는 핵심적인 역할을 하는 것이다. 다시 말해서 시장경쟁의 규범 민주정치 체계에서 적절히 형성되고 운영됨으로써 자본주의 체제가 기업의 사익과 사회 전체의 공익을 가장 잘 조화 있게 유지하면서 한 사회의 복지가 최적상태로 발전한다고 보는 것이다.

최근 붕괴한 동유럽의 사회주의 체제에서 시민의 주체적 참가 없는 독재와 경직된 관료적 행정체계는 시민사회의 복지와는 양립할 수 없는 것이며, 특히 고도의 분업과 개방적 경제체제에 진입한 고도산업주의 단계에서는 기업이 시장지표에 따른 주체적 의사결정에 의존하지 않으면 경제의 발전뿐만 아니라 사회 · 정치체계의 발전도 어렵다는 전망이 지배적이다. 그 결과로 오늘날 기업의 자율을 촉진하는 시장 기능을 국내 · 국외의 범위에서 개방해야 한다는 이념이 거의 맹신적으로 주장되고 또 강요되는 것으로 보인다.

기업의 자율이 우리 사회와 인류 전체의 복지를 보장하는 것인가? 이와 같은 질문에 대하여 원리적으로는 시장의 경쟁이 존재할 뿐만 아니라 그것이 공정하게 이루어져야 한다는 가정이 기본이 된다 하겠다. 따라서 이와 같은 기분이 충족되지 않는 한 기업의 기능은 제대로 수행될 수 없다고 보는 것이다.

그러면 기본의 충족은 무엇을 의미하는 것인가? 그것은 시민사회의 자율과 책임에 관한 규범이 확립되어야 하고, 또한 개인의 자유로운 의지와 개방적인 정보처리 체제에서 개인의 의사가 정치과정을 통하여 민주적으로 반영되어야 하며 그러한 과정에서 집약된 정치적 의사는 경쟁을 인정하고 공정한 경쟁이 가능한 조건을 만들어 나가는 것이어야 한다.

이런 점에서 오늘날 기업은 어떤 행위규범을 가져야 하며 그것은 어떤 활동 영역에서 어떤 원칙에 입각한 것이어야 할 것인가? 법률적인 규범과 관습과 같은 사회규범은 어떤 역할을 하며 기업의 목적 달성과는 어떤 관계를 갖는가? 김원수 교수의 『경영윤리론』은 이와 같은 어려운 물음에 답하려는 진지한 노력의 산물이라 생각된다.

이 책은 모두 4편으로 구성되어 있으며 프롤로그에 이어 제1편은 경영윤리학의 학문적 성격이란 주제하에 경영윤리에 관한 현실적 및 이론적 배경뿐만 아니라 윤리 일반에 관한 범주와 유형에 관하여 개념 정리를 하고 있다.

특히 눈에 띄는 것은 필자가 자본주의 사회에서 제기될 수 있는 다섯 가지 윤리문제를 아담 스미스가 그의 주저인 『국부론』과 또 그 17년 뒤에 발간된 『도덕적 감정의 이론(The Theory of Moral Sentiment)』에 언급된 내용을 인용하고 있다는 점이다. 조금 길기는 하지만, 오늘날 새로운 조명을 받고 있는 자본주의 이론의 고전인 『국부론』과 또 그 사상적 기반을 이룬 저서에서 어떤 예견을 하고 있는지 여기에 재인용할 가치가 있다고 생각한다(필자는 이와 같은 다섯 가지 윤리적 문제 영역을 UCLA 경영대학원 교수인 윌슨(James Q. Wilson)의 논문 〈Adam Smith on Business Ethics〉, 《California Management Review》, 1989(Fall)에서 재인용하고 있다).

즉 아담 스미스는 자본주의가 성공하는 데서 나타날 수 있는 문제점으로, 첫째가 분업에 의한 생산 증가가 가져온 물질적 풍요는 사람들의 정신을 빈곤하게 할 것이다. 둘째로, 풍요는 도시를 만들고 도시에서 상인들은 가격을 고정하고 담합하여 경쟁을 저해하는 집회장소가 되어 공익을 해치기 쉽다. 셋째, 부자와 유명인이 누리는 특권과 칭송은 그들의 도덕적 의식을 약화시킨다. 넷째, 정부가 악행을 부추길 수 있다. 다섯째, 독점적인 기업행동을 일삼는 대규모 기업의 문제가 생길 수 있다는 점을 지적하고 있다.

이상과 같이 이미 예견된 자본주의적 기업의 자율이 초래할 위험을 대비해서 기업윤리의 필요성을 인정하는 입장에서 경영윤리론의 문제를 이론적으로 제기한다. 필자는 경영윤리론은 개인의 도덕규범을 기업활동에 어떻게 적용하는가를 연구하는 것으로 규정하고, 일반적 의미에서의 행위의 의사결정에서 윤리적 판단이 차지하는 위치에 관하여 이후에 집중적으로 논의를 전개하고 있다. 즉 행태론적 접근에 크게 의존하고 있는 것이다. 전반적으로 실제 학문적으로서나 기술로서 경영윤리의 연구영역이나 연구대상 그리고 접근방법에 대해서는 비교적 구체적으로 전개해야 할 것을 제안하고 있다.

경제 시스템으로서의 기업제도의 도덕적 정통성을 밝히는 문제가 자본주의 체제에서의 기업윤리의 중요한 연구영역이며 각종 기업활동과 이해관련자 간의 관계에서 윤리적 시각의 필요성은 모두 이와 같은 체제의 정당성과 연관시켜 이해할 수 있는 것으로 보고 있다. 이와 같은 필자의 관점은 어디까지나 자본주의 체제와 관련 위에서의 기업경영의 윤리에 관한 학문적 연구라는 입장을 취한다.

제2편 인간과 윤리에서는 윤리행동 일반의 이론을 의사결정과 윤리적 전제, 윤리행위의 과정과 풍토 그리고 윤리적 문제해결 및 윤리적 책임과 같은 항목으로 개략적인 언급을 한다. 이 부분은 전편과 연결된 윤리에 관한 일반 이론의 관점에 치중하고 있는 데 비하여 제3편 이하에서는 경영원리 본래의 문제를 본격적으로 다루고 있다.

우선 제3편 경영윤리론에서는 경영윤리의 일반적인 개념과 함께 기업의 윤리풍토 관리 및 그 내용과 같은 구체적인 관리적 지침을 자세히 다루고 있고, 마지막 제4편 기업윤리 교육론에서는 경영윤리 교육의 주체와 대상 그리고 교육의 목표와 내용에까지 언급하고 있으며, 특히 대학에서의 경영윤리 교육의 실태와 과제에 대해서도 언급하고 있다.

이 책의 특징은 자본주의 기업의 경영윤리 문제를 다루는 데 있어서 구조적 접근이 아닌 행태론적 접근을 하고 있다는 점과 모든 주제의 전개에 있어서 엄격한 개념화와 분류체계에 의한 구성개념의 체계화를 하고 있으며, 특히 두드러지는 점은 경영윤리 행태의 변화를 위한 조작적 논리와 기술에 관한 소개를 집중적으로 하고 있다는 점이다. 이 점은 본 서 180쪽에서 인용하고 있는 윤리풍토 조사시의 설문항목이 대표적이라 하겠으며 그 이외에도 이 분야에서의 실천적 지침과 구체적 활용에 관한 체계적 정리를 함으로써 경영윤리의 실천을 위한 관리적 접근에 이론적 뒷받침과 실무적 기술에 관한 오리엔테이션을 아울러 제공하고 있다.

　최근 우리나라 기업이 정치적 자율의 확산과 대외적 개방화의 물결에 대응하기 위해 기업의 자율적 윤리규범의 기능이 특히 강조되고 있는 상황에서, 본 서는 학문적인 면에서뿐만 아니라 관리기술적인 면에서도 많은 도움을 줄 것으로 기대된다.

　그러나 본 서의 기본의도가 자본주의 체제 내에서의 기업의 사회적 정당화를 위한 자율적 자기규제 논의의 전개를 의도하면서도 그것을 가능케 하는 현실적이고도 구조적인 제 조건에 대해서는 거의 언급을 하고 있지 않다는 점에서 행태론적이고 미시적 접근에서 벗어나지 못하고 있다는 인상을 준다.

자본주의 체제의 문화적 접근

엄영석 한국외대 경제학과 교수

『기업문화혁명』
찰스 햄프튼-터너 · 알폰스 트롬페나르 지음 / 정현주 옮김 / 1995 / 자작나무

냉전기간 동안에는 자본주의 대 사회주의 논쟁이 이데올로기 차원에서 전개되었고, 제도의 상호우위성이 강조되는 흑백논리가 중심이 되었기 때문에 한 제도 내의 상이점은 간과된 감이 없지 않다. 그러나 이제 냉전의 종식과 아울러 사회주의는 무대에서 사라지고 인류문화의 대주류인 시장경제가 다시 모든 국가들의 기본 경제체제로 자리를 잡게 되었다. 냉전 종식 후 시장경제를 따르는 많은 나라들은 시장경제에 기반을 두었다는 사실만으로 나라경제가 계속 번영하리라는 기대를 갖고 있었으나 실제에 있어서는 자본주의 국가간에도 경제성장에 큰 격차가 나타나는 것을 경험하였다.

자본주의 경제제도 역시 그 나라의 사회·문화적인 소산이라고 할 수 있다. 따라서 자본주의 국가들이 서로 다른 문화를 보유하고 있다는 사실은 이들 국가의 시장경제 체제도 서로 다르다는 것을 뜻하게 된다. 영·미와 같이 청교도 정신에 뿌리를 둔 경제체제는 보다 개인주의적이고 자유경쟁적인 경제체제를 갖고 있는 반면 일본과 같이 유교주의 정신에 기초를 둔 경제는 집단주의, 상호 협조에 중점이 놓여진 경제제도를 갖고 있다고 하겠다.

자본주의 국가들이 현재 따르고 있는 서로 다른 경제체제들을 비교하는 데에는 상이한 접근법이 있다. 그 하나는 경제제도를 사회·문화적인 소산이라고 생각하여 문화적이고 정신적인 면에 중점을 두고 경제체제를 비교 검토하는 것이며 다른 하나는 사회 문화적인 현상을 무시하고 제도의 효율성을 연구하는 접근법이다. 이 책에서는 전자의 접근법을 택하고 있다. 미국, 영국, 일본, 독일, 불란서(프랑스), 화란(네덜란드), 스웨덴 일곱 나라들의 문화적인 배경과 특성을 분석함으로써 이들 국가들의 경제체제를 설명하고 있다. 그러나 어느 국가의 제도가 보다 우월한가의 문제는 다루어지고 있지 않다. 이 책의 특징은 순수한 이론에만 치우치고 있지 않고 설문조사를 이용하고 있다.

이 책의 내용을 대별하면 다음과 같다.

1장에서 5장까지는 일반적인 방법론과 총론적인 사항을 검토하였고, 6장부터 12장까지는 일곱 나라의 개별적 특성에 중점을 두고 논리를 전개하였다. 일반적으로 미국식 자본주의를 전형적인 것으로 생각하게 되며 다른 나라의 제도는 미국의 제도와 비교 검토되면서 그 특징을 부각시키게 된다. 이 책의 내용 중 중요한 부분을 소개하면 다음과 같다.

6장과 7장에서는 일본 경제제도의 특징을 설명하고 있다. 특히 일본에서는 사회를 단순한 이익추구 집단으로 해석하지 않고 회사에 속하는 사람들이 서로 의지하고 공동으로 삶을 유지하는 공동집단의 성격이 짙은 것을 지적하고 있다. 일본인은 인생을 통하여 두 번의 중요한 결심을 한다고 하는데, 그 첫 번째는 대학졸업과 함께 직장을 선택하는 결심을 하여야 하며 그 두 번째는 평생의 반려자를 택할 때이다. 일본인에게 있어서 직장은 수시로 옮길 수 없으며 정년퇴직할 때까지 남아 있을 곳이기 때문에 그 선택이 어렵다는 것이다. 직장에서는 집단적인 협조관계가 중요시되고 연공서열이 엄격하게 지켜지고 있다. 일본기업에 있어서 종신고용제는 일본경제의 가장 두드러진 특징으로 남고 있다.

일본 기업문화에 있어서 집단체적 성격이 뚜렷이 나타나는 것으로 계열화를 들고 있다. 계열화는 여러 개의 기업이 서로 수직적으로 결합하여 협동하는 기업협조체제인 것이다. 예컨대 대규모의 자동차, 전자회사들이 그 산하에 많은 중소부품업체를 거느리고 있어서 일사불란하게 부품 조달이 가능하여 재고를 줄이는 효과를 가져올 수 있었다.

일본에 있어서 재벌은 서구 기업문화와는 달리 특이한 것으로, 대기업들이 금융기관을 중심으로 수평적으로 협력하는 체제이다. 현재 일본의 재벌은 우리나라와 같이 한두 사람의 소유주에 의하여 형성되는 기업군과는 다른 서로가 독립된 기업의 협력체인 것이다. 서로가 상호출자하면서 긴밀한 관계를 유지하여 가고 있는데 이는 서구 기업문화에서는 생각하기 어려운 협력체제이다. 일본기업은 이익보다는 기업의 확장에 중점을 두는 경영전략을 취하고 있다. 이는 기업을 기업에 종사하는 사람들의 협력체제로 보기 때문에 단기적인 이익에는 관심이 없고 판매량 증대에 의한 기업의 규모를 확대하여 나가서 시장점유율을 높이는 데 관심이 쏠리게 되는 것이다.

8장에서는 독립자본주의의 특징이 검토되었다. 독일은 제2차 세계대전 이후 가장 과감하게 자유경쟁과 대외개방 정책을 추구하여 성공한 나라라고 하고 있다. 정부의 경제활동에 대한 관여가 최대한 억제된 예의 하나이다. 일부 경제전문가에 의하면 독일에서는 정부의 기업정책이라는 것이 실질적으로 존재하지 않고 기업들이 자율적으로 기업활동을 하였다고 한다. 그러나 한편 독일경제는 사회시장경제라고 특징지어지듯이 국민의 사회보장제도에는 정부가 깊이 관여하고 있으며 기업 운영에 있어서는 근로자의 경영 참여가 의무화되어 있다.

독일기업에는 감독위원회가 있으며 노동자 대표가 주주들의 대표와 동수로 이에 참여하고 있다. 독일기업 특징의 하나는 노동위원회이며 이 기구를 통하여 공동체적 정신을 고양시키고 생산성에 대한 의견을 교환하게 된다. 노동위원회는 노동조합과는 무관하기 때문에 기업경영자가 특정한 사업에 관하여 허심탄회하게 상의할 수 있다.

독일 기업문화는 한편으로는 정부의 개입이 극소화되고 기업의 자율권이 보장되고 있으며, 다른 한편으로는 근로자들이 기업경영에 깊이 참여하고 있어서 기업의 공동체적인 관념이 강조되고 있어 이러한 서로 상반된 현상이 어떻게 해서 잘 조화되고 있는지가 독일경제를 관찰하는 사람들의 큰 관심사가 되고 있다.

독일 기업문화는 과거의 경험으로부터 많은 영향을 받고 있다. 두 차례의 세계대전을 거치면서 경제불안과 높은 인플레를 경험하였기 때문에 성장보다는 안정을 경제정책의 기조로 삼고 있다. 따라서 기업들도 기술개발을 통한 내실을 다지는 데 노력을 기울이며 과다한 투자에 의한 기업 확장을 바라지 않고 있다. 따라서 문어발식 합병에 의한 기업 규모의 확대에는 관심이 없고 기업의 전문화가 충실히 이루어지고 있다. 더 나아가서는 여러 가지 기술에 특화하는 중소기업이 경제의 중심을 이루고 있다. 독일의 기계공업이 세계적으로 타의 추종을 불허하는 이유도 기업들이 특화된 기술을 개선하여 나가는 노력을 아끼지 않기 때문이다.

독일기업 소유구조의 특징으로 주주의 역할이 미국기업에 비하여 약하며 금융기관이 큰 비중을 차지하고 있는 점은 일본과 비슷하다고 하겠다. 그러나 일본에서는 금융기관을 중심으로 하여 기업군(재벌)이 형성되는 데 비하여 독일 금융기관은 자금공급자로서의 역할 이외에 기업의 경영에 깊이 관여하지 않으며, 특히 금융기관을 중심으로 하는 재벌의 형성을 기하지도 않고 있다. 특히 독일은 지방자치제가 잘 시행되고 있기 때문에 여러 지방자치단체를 상대로 하는 기업의 수평적 결합이 더욱 어렵게 된다.

　독일의 기업문화는 영·미와 같이 효율성을 강조하지도 않으며 일본과 같이 정부와 기업이 혼연일치가 되어 움직이는 공동체 조직도 아니지만 기업의 자율과 사회정의가 서로 잘 조화된 기업문화를 창출하고 있다는 주장이 설득력을 갖는다. 그러나 이와 같이 현재까지 다른 나라들의 선망의 대상이었던 독일 기업문화도 최근에는 국제환경의 변화에 따라 흔들리고 있는 것이 사실이다. 그것은 국경이 없는 극한경쟁의 상태에서는 효율성의 중요성이 점점 더 부각되고 있기 때문이다.

　이 책에서는 9장에서 스웨덴의 기업문화, 10장에서 화란의 기업문화, 11장에서 영국 기업문화, 12장에서 불란서 기업문화를 다루고 있다.

　경제학자들은 일반적으로 경제제도를 문화적인 요인으로 분석하는 것을 꺼리고 있다. 그것은 경제학이 가치 판단을 논하는 학문이 아니라 계량화된 현실을 분석하는 학문으로 인식되고 있기 때문이다. 그러나 문화적 배경의 연구로부터 보편적인 경제논리가 도출되는 것은 아니지만, 각국의 경제발전 과정을 문화적인 배경을 무시하고 설명할 수 없으며 앞으로의 경제발전, 기업전략이 그 사회의 문화적인 요인에 의하여 영향을 받을 것은 의심의 여지가 없다. 이러한 뜻에서 우리는 다른 나라의 기업문화를 연구하고 한국의 기업문화와의 관계를 규명할 필요성이 높다고 하겠다.

　특히 한국기업은 경제발전 과정이 짧고 그동안 정부 주도하에서 성장하여 왔기 때문에 아직 올바른 기업문화를 정착시키지 못하고 있다. 이런 뜻에서 이 책이 시사하는 점이 많으며 우리나라 기업문화에 대하여 새롭게 생각할 기회를 주었다는 데 큰 뜻이 있다고 하겠다.

21세기를 맞는
국가와 기업의 선택

한정화 한양대 경영학부 교수

『21세기 경영패러다임』

조동성 지음 / 1995 / 민음사

1

1996년, 90년대의 절반을 넘어서자 21세기가 성큼 앞으로 다가선 느낌이 든다. 21세기를 향한 카운트다운의 소리가 여기저기서 들려오고 있다. 여의도의 어느 방송국 옥상에는 21세기가 앞으로 며칠 남았다는 광고판이 설치되어 지나가는 사람들의 시선을 끌고 있다. '21세기' 또는 '2천 년대'는 이 시대의 화두(話頭)가 되어 각종 산업계 및 학술계의 토론장, 정부 및 민간위원회, 기업의 장기전략 보고서, 각종 저서들의 머리를 장식해 왔다. 21세기에 대한 논의가 너무 흔하게 인구에 회자(膾炙)되다 보니 식상한 감도 있고, 또 이미 우리가 준비를 갖추고 있다는 착각을 불러일으키기도 하는 것 같다. 어디 가서 '21세기를 대비한 우리의 자세'라는 제목으로 강의를 하다가는 이미 다 아는 이야기라고 손을 내저을 사람도 많을 것 같다. 그럼에도 불구하고 우리는 다시 한번 스스로 각자에게 질문하지 않을 수 없다. 우리는 제대로 준비하고 있는가? 조동성 교수의 저서는 이러한 질문에 대해 새로운 자기성찰의 의욕을 불러일으키는 다양한 주제들을 다루고 있다. 저서 전체를 통하여 일관되게 흐르는 논제는 변화하는 세계 속에서 우리나라가 국가 차원에서, 산업 차원에서 그리고 기업 차원에서 어떻게 자리매김을 할 수 있을 것인가이다. 저자의 논점은 국가, 산업, 기업이 상호보완적으로 유기적인 관계를 가지고 움직일 때 시너지 효과를 극대화하여 발전해 나갈 수 있다는 것이다.

우리나라의 산업과 기업이 당면한 문제점을 지적하면서도 전체적으로 낙관적이고 긍정적인 시각으로 해결대안을 제시하고 있다. 우리 사회가 민주자유사회로의 발전과정에서 화합과 조정의 중요성을 역설하며, 이를 이끌어 낼 수 있는 리더의 역할을 강조하고 있다. 기업에서는 소유경영자의 기능과 역할을 인정하면서도 창업기업가 시대에서 전문경영자 시대로의 전환이 불가피함을 설득력 있게 논하고 있다. 실증분석에 근거한 대안의 제시는 정책결정자 및 기업경영자들에게 의사결정의 유익한 길잡이가 될 것이다.

2

저자는 21세기를 맞는 우리의 자세에서 가장 시급한 것이 발상의
전환이라고 보고 있다. 발상의 전환이라는 표현은 흔히 듣지만 구체
적으로 무엇을 어떻게 전환하는지에 대한 내용을 명확하게 제시하기
란 쉽지 않다. 발상의 전환을 위해서는 우리 국민이 가진 폐쇄성을
과감하게 벗어던질 것을 말하고 있다. 배타적, 국수주의적 사고가 세
계화를 향한 의식 전환의 장애요인으로 작용하고 있으며, 이러한 사
고의 원인이 타인과의 비교의식을 조장하는 교육체계에서 비롯되었
다고 보고 있다. 사실 우리 국민처럼 타민족에 대해 배타적인 자세를
가지고 있는 경우도 많지 않다. 외침을 견뎌 온 단일민족이라는 동질
성에 대한 자긍심이 타민족을 쉽게 인정하지 못하는 성향을 가져오
게 된 원인으로도 볼 수 있다. 저자는 이러한 점들이 세계화의 장애
요인이지만 저자는 이를 극복할 수 없는 요인으로 보기보다, 오히려
발상의 전환을 통하여 발전적으로 나아갈 수 있음을 다음과 같이 말
하고 있다.

……국민의식이 비국제적이라고 해서 포기할 일은 아니다. 오히려 그
렇게 된 원인만 안다면 그 의식을 180도 교정하는 일은 오히려 쉬울 수
있다. 앞에서 든 여러 원인 중에서 지금 당장 고쳐 나갈 수 있는 것은 역
시 교육이다. 이제부터라도 사람을 타인과 비교하고 평가하는 습성을 버
리고 한 사람 한 사람을 절대적인 존재로 인정하고 그 개성을 인정하면서

이들에게 타인, 더 나아가 넓은 세계를 이해시키는 지역학과 국제화 교육을 제공하자. 우리 국민은 비록 시대의 흐름에 맞지 않는 심성을 많이 가지고 있지만, 어려움에 부딪혔을 때 이를 극복하는 인내심과 상황 변화에 임기응변적으로 대처하는 적응력도 동시에 갖추고 있다.(26쪽)

이와 같이 우리의 약점을 강점으로 전환하고자 하는 사고방식의 전환이 21세기를 맞는 저자가 일관되게 역설하고 있는 발상의 전환이다. 이와 함께 저자는 정부의 의식 전환을 강력히 촉구하고 있다. 정부는 국내외 기업을 고객으로 인식하고 행정서비스를 제공해야 한다는 것이다. 이제는 민간 주도의 산업발전 전략의 시대가 도래했음을 알리고 있다. 단순한 규제 완화만으로는 부족하고, 우리나라를 전 세계의 어느 나라보다도 기업하기 좋은 나라로 만들어야 한다는 것이다. 이 점이 저자가 핵심적으로 강조하는 정부 측에서의 발상의 전환이 필요한 이유이다.

저자는 기업의 투자의욕이 위축되는 원인에 대한 명쾌한 분석을 하고 있다. 기업의 투자가 활성화되기 위해서는 정부정책의 불확실성 제거와 일관성 유지, 사회간접자본의 확충 등과 함께 전문경영자의 육성, 민주적 노사관계의 정립, 기업의 사회적 책임 수행을 위한 기업 스스로의 노력이 중요함을 강조하고 있다. 이러한 논의의 핵심은 21세기 사회 변화에 대한 정부와 기업의 인식 전환과 이에 기초행동의 변화가 시급하다는 것이다. 외적 강제에 의하기보다 자발적인 변화가 바람직하다고 보고 있다. 이러한 논의에서 알 수 있듯이 저자는 경제주체의 자발적이고 능동적인 혁신 자세가 가장 효과적인 문제해결의 수단임을 일관성 있게 주장하고 있다.

3

조 교수는 재벌에 관한 실증적인 연구에서 선도적인 역할을 해 왔다. 본 서에서도 재벌문제에 대한 조 교수의 심층적인 이해와 현실적인 해결대안이 돋보이고 있다. 재벌에 대한 저자의 인식은 명백하다.

재벌이 경제를 지배하면서 그 나라를 선진국으로 만든 경우란 없었고, 또 어느 선진국에서도 재벌이 경제를 지배하지는 않는다.(98쪽)

따라서 재벌은 우리나라가 선진국으로 가는 과정에서 해결되어야할 커다란 숙제이다. 재벌에 대해 비판적인 입장을 견지하면서도 재벌정책이 국가경쟁력 강화에 초점이 맞추어져야 함을 역설하고 있다.

저자는 우리 사회에 반재벌정서가 밑바닥에 깔려 있음을 인정하면서도 이에 대한 급진적인 대안보다는 점진적이고 합리적인 해결대안을 모색하고 있다. 정부는 업종 전문화, 여신규제 관리, 중소기업 고유업종 보호, 상호지보제한, 출자규제, 무의결권주 발행제한 등 재벌에 대한 각종 규제 조치를 만들어 두고 있다. 이는 기업활동에 대한 정부의 지나친 간섭을 초래하여 기업활동의 효율성을 저해하면서

도 효과적인 재벌규제의 기능을 하지 못하게 하는 문제점을 가지고
있다.

우리나라 재벌문제의 핵심은 기업규모가 아니라 재벌총수 개인에
의한 기업지배에 있다는 것이다. 저자는 이를 '주인 독재'라고 정의
하고 있다. 개인지배를 벗어나는 재벌에 대해서는 과감하게 규제를
철폐할 것을 주장하고 있다. 기업의 지배구조를 개선하는 것이 문제
해결의 관건이라는 견해이다. 이러한 입장은 업종 전문화, 공기업 민
영화정책 방향에 대해서도 일관된 의견으로 제시되고 있다.

저자의 재벌인식이 소유구조와 경영지배에서 비롯되는 문제점을
명확히 포착하여 해결의 출발점을 삼고 있다는 점에 있어서는 현실
적으로 타당한 접근방식이다. 특히 저자가 우려하듯이 반재벌정서가
반기업정서로 흐르는 것이 바람직하지 않다는 점에서 기업주와 기업
을 구분하여 문제를 논하자는 점도 충분히 공감할 수 있다. 그러나
재벌기업의 경제력 집중과 그로 인한 사회정치적 권력남용이 가져올
수 있는 문제점을 다소 간과한 점이 아쉽게 여겨진다. 최근 비자금
사건을 계기로 재벌에 대한 정치적 통제 메커니즘이 어느 정도 작용
하였으나, 이는 정경유착에 대한 국민의 의구심만 높였을 뿐 아직 재
벌의 반사회적 행동을 순치시키기에는 사회적, 법률적 통제 메커니
즘이 약하다는 것이 논평자의 생각이다.

아직 학계에서는 소유경영자와 전문경영자의 장단점에 대한 논의
가 결론을 맺지 못하고 있는 시점에서 저자는 문제해결은 전문경영
체제로의 과감한 전환에 있음을 거듭 천명하고 있다. 민주화 요구 증

대, 급격한 기술진보, 글로벌화로 인한 경쟁심화 등 국내외적인 환경 변화에 효과적으로 대응하기 위해서는 소유경영자보다 전문경영자와 기술자의 노력이 중요하기 때문이다. 반면, 소유경영 체제의 문제점으로서 기업자금의 유용 가능성과 이를 통한 정경유착, 그리고 혈연, 지연, 학연 중심의 폐쇄적 인사 경향, 그리고 소유경영자의 독단적인 의사결정 방식이 조직 구성원에게 좌절감과 수모감을 안겨 주고 있다는 점을 지적하고 있다.

저자는 전문경영자가 주인의식을 갖고 민주적 리더십을 발휘할 때 한국기업을 선진형으로 발전시키게 되리라 보고 있다. 세계화의 시대에 있어서 투자안을 평가, 예측하는 전문능력과 자질을 갖춘 전문경영자가 더욱 필요하기 때문이다. 저자는 그간 정부의 규제와 간섭이 전문경영자의 등장을 더디게 한 장애요인으로 보고 있다. 정부가 기업경영에 대한 간섭을 자제하고 전문경영자들에게 권한과 책임이 주어지도록 정책을 운용할 것을 절실히 요구하고 있다. 소유경영자들도 전문경영자들이 자신의 전문적 능력을 바탕으로 기업을 이끌고 나갈 수 있도록 이들에게 기업경영의 직접적인 권한과 책임을 대폭 넘겨주어야 함을 역설하고 있다. 이러한 주장의 저변에는 현실을 인정하면서도 보다 합리적인 대안을 모색하고자 하는 저자의 개량주의적 사고방식이 내재해 있음을 알 수 있다.

4

이 책의 특징 중의 하나는 다양한 실증연구에 바탕을 둔 논문들이 다수 실려 있어서 객관적인 분석에 기초한, 현실적이면서도 설득력이 높은 대안들을 접할 수 있다는 점이다. 또한 한국기업과 정부가 당면하고 있는 주요 이슈에 대한 예리한 분석은 심층적인 이해를 도와주고 있다. 한국과 일본의 아시아 진출 전략의 비교에서 일본의 이원화 전략과 다원화 전략에서 한국기업이 살아남기 위해서는 장기적인 시각을 가지고 전문화와 현지화를 추진해야 한다는 주장은 현재 한국기업의 국제화 단계에서 시의 적절한 지적이다.

한국기업의 경영혁신 과제에서는 이제까지의 경영혁신 기법을 정리하여 경영자들이 어떻게 경영혁신에 임해야 할 것인가를 제시하고 있다. 한국기업이 추구하고 있는 경영혁신과 특징 및 문제점을 저자 특유의 유형화를 통하여 명쾌하게 보여 주고 있다. 경영혁신 운동과 경영기법의 상호보완성, 목표설정과 장기적 관점, 경영자의 솔선수범적 자세 및 강력한 의지 등이 필요함을 강조하고 있다. 특히 기업이 외부의 경영자문을 받을 때 어떠한 자세를 갖추어야 하는가에 대한 저자의 조언은 현재 국내외 컨설팅업체로부터의 경영자문을 받고자 하는 기업에게는 유익한 정보가 될 것이다.

이 책의 또 다른 특징은 우리나라 기업에 대한 저자의 긍정적인 시각과 애정이 면면히 나타나 있다는 점이다. 저자는 기업가를 우리 시대의 영웅으로 보고 있으며, 영웅이 갖추어야 할 마음과 능력을 정리해 놓았다. 영웅의 마음은 목적을 달성하고자 하는 강인한 의지, 풍부한 상상력, 불타는 열정을 가진 '젊은 마음'을 말한다. 능력은 통찰력, 독창성, 재능, 지도력, 고결성 등이다. 저자는 이러한 것이 영웅이 되기 위한 필요조건으로서 충분조건이 되기 위해 여기에 한 가지 조건을 더 갖출 것을 요구하고 있다. 이는 성실성이다.

성실성이란 말과 행동을 일치시키고, 시작부터 끝까지 일관성을 유지하며 속에 가진 마음과 겉으로 드러나는 행동에 어긋남이 없는 모습이다. 그리고 자신이 추구하는 이상향을 향해 노력과 정성을 다 바치는 자세이다.(51쪽)

이는 기업가에 대한 요구조건이라기보다 성인의 모습을 묘사하는 듯하다. 우리 시대의 '일그러진 영웅'들을 접하면서 느끼는 저자의 안타까운 마음이 표현되고 있는 대목이라고 볼 수 있다.

영웅을 기다리는 마음은 최근 우리 사회에 나타나고 있는 반기업적인 분위기에 대한 저자의 우려와 일맥상통하고 있다. 기업집단에 대한 무분별한 사회적 비판이 기업발전에 저해요인으로 작용할 것으로 보고 있다. 따라서 우리 사회가 발전하기 위해서는 기업가정신을 존중하는 사회적 분위기를 정착시켜야 함을 주장하고 있다. 또한 기업과 기업주를 구별하여 비판할 것을 요구하고 있다. 기업주의 문제를 기업과 동일시하여 비판하게 되면 기업의 투자활동이 위축되는 결과를 초래한다는 것이다.

우리나라가 성숙한 자본주의 사회로 발전하기 위해서는 기업가가 존경받을 수 있는 사회가 되어야 하며 이는 제도적인 개선과 함께 기업가의 자발적인 노력이 함께 어우러질 때 가능할 것이다. 고결한 인격과 탁월한 능력을 겸비한 경영자에 대한 바람은 기업뿐만 아니라 우리 사회 전체가 바라는 지도자상일 것이다. 이러한 지도자는 백마 타고 나타나는 것이 아니라 우리 사회가 노력하여 길러 내야 한다. 이 점에 있어서 저자가 교육의 중요성을 강조한 것은 적절한 지적이며, 이를 실현할 수 있는 교육방식의 개선에 대한 연구가 이루어져야 할 것이다.

5

경영학의 뒤안길에서는 저자가 경영학자로서 성장하기까지의 과정을 스케치하듯 보여 주고 있다. 그가 가지고 있는 젊은 마음, 미래지향적 사고 등의 편린을 엿볼 수 있다. 이러한 자세가 저자로 하여금 항상 날카로운 문제의식과 왕성한 연구의욕을 가지고 활동하게 하는 힘의 근원이 아닌가 한다. 해외 석학과의 대담에서도 저자의 문제의식과 대담자의 해박한 지식세계의 조우를 통하여 이 시대와 미래에 대한 통찰이 나타나고 있다. 다양한 주제, 폭넓은 관심이 우리 사회가 민주, 자유사회로 전환하고 있는 과정에서 전문경영 시대의 도래가 임박했음을 느낄 수 있다.

이 책에는 21세기를 목전에 두고 있는 한국사회와 기업이 당면한 주요 이슈에 대한 저자의 생각이 간결하고 체계적으로 정리되어 있다. 기업가뿐만 아니라 정책결정자 또는 학생들에게도 유용성이 높을 것이다. 이 글을 마치면서 논평자 스스로에게 묻지 않을 수 없다. 나는 21세기를 어떻게 준비하고 있는가?

자유와 번영의 원천인
시장경제의 본질

전용덕 대구대 무역학과 교수

『**시장경제란 무엇인가**』
공병호 지음 / 1996 / 한국경제연구원

일찍이 위대한 자유주의 경제학자 미제스(L. Von Mises)는 시장
경제에 대한 정확한 견해를 갖지 않는 대중들로 이루어진 사회라면
어느 수준 이상으로 번영을 누리기에는 많은 어려움이 있을 것임을
지적한 바 있다. 따라서 그는 자유주의를 옹호하는 지식인들은 자유
주의와 간섭주의 또는 개입주의가 가져올 결과를 비교하여 대중들에
게 알려야 할 책임이 있다고 역설했다. 이 책은 미제스의 주장처럼
시장경제 원리 전파에 몸과 마음을 바쳐 헌신하고 있는 한국경제연
구원 공병호 박사에 의해 쓰인 최초의 본격적인 시장경제 입문서이
고, 지금까지 시장경제에 관한 얼마 안 되는 저술마저도 국내외 필자

들에 의한 시장경제 응용서이거나 번역물에 국한되어 있다는 점에서 무엇보다도 그 가치가 크다고 하겠다.

보통 때 사람들은 맑은 공기의 중요성을 잊고 지낸다. 공기가 매우 오염되어 도저히 사람이 들이마실 수 없게 된 연후에 그제야 사람들은 공기의 중요성을 깨닫게 된다. 그러나 그러한 깨달음은 너무 늦어 오염된 공기를 정화하기 위해서는 이제 엄청난 자원과 노력이 필요하게 된다. 서울을 포함한 전국 주요 대도시의 공기가 심각하게 오염되어 인간과 동식물의 생존을 위협하게 된 것은 사람들이 공기의 중요성을 망각했기 때문이다.

시장경제도 마치 공기처럼 그것이 자유와 번영의 원천임을 사람들은 깨닫지 못하고 살아가고 있다. 시장 경제 체제를 마구 훼손하여 훼손된 경제체제로 더 이상 사람들이 먹고살 수 없다는 것을 깨달았을 때는 이미 늦어 경제체제를 복원하는 일은 혁명처럼 어렵고 힘들 뿐만 아니라 그것이 가능하다 하더라도 그동안 부자유와 가난과 배고픔을 인내해야 한다. 작금의 러시아와 동유럽이 겪고 있는 사회적 혼란과 경제적 실패가 좋은 본보기이다. 이 책은 자유와 번영에 그토록 중요한 시장경제 체제의 본질과 그 중요성을 이론뿐만 아니라 풍부한 사례를 들어 설명하고 있다.

자유와 번영의 원천인 시장이 법과 질서 없이도 작동 가능한가? 고대의 역사를 보면 경제주체의 자발적 거래로부터 점차적으로 법과 질서가 태동했다는 것을 알 수 있다. 그러나 사람들의 경제행위와 거래가 엄청나게 복잡해진 오늘날에 있어서 시장을 규율하는 질서는 필수적이다. 시장을 규율하는 질서는 크게 외부의 행동규율과 내부의 행동규율로 나눌 수 있다.

외부적 행동규율의 가장 핵심적 내용은 소유관계를 결정하기 위한 재산권과 관련한 각종 제도이다. 저자는 사유재산권이 존재하지 않는 세상은 자유도 뿌리내릴 수 없는 세상이 되고 만다고 주장하고, 사유재산권은 효율성 향상 때문이 아니라 인간에게 무엇보다 소중한 자유를 위하여 중요하다는 점을 강조하고 있다. 최근 들어 우리 사회에서 자본주의의 핵심인 사유재산권의 중요성을 망각하고 그것을 근본에서 부정하는 경제제도나 정책이 자주 논의되거나 시행된다. 그 결과는 부와 번영을 이룰 수 없을 뿐만 아니라 인간에게 무엇보다 소중한 자유를 말살하게 된다는 사실을 저자는 이 책에서 잘 보여 주고 있다. 그리고 사유재산권과 자유의 관계에 대한 그의 설명이야말로 시장경제의 가장 핵심적인 부분이다.

내부의 행동규율은 인간의 행위를 규율하는 도덕과 윤리를 말한다. 예를 들면 두 전직 대통령은 기업으로부터 거액의 뇌물을 수수하고도 통치자금이라는 말로 자신들의 행위를 비호한 바 있다. 그들의 그러한 도덕과 윤리의 마비는 엄청난 경제적 손실, 사회적 낭비, 부정과 부패, 기업의 이윤추구행위 억제 등의 물질적 또는 정신적 폐해를 초래했다. 이 책은 시장경제를 위하여 아담 스미스 이후로 주류 경제학에서 도외시되고 있는 도덕과 윤리의 중요성을 부각하고 있는 점이 특징이라고 하겠다. 시장경제의 발전을 위하여 정신적 측면이 중요하다는 그의 지적은 좌우파 지식인 모두가 경청해야 할 부분으로 생각된다.

이 책이 두 가지 지식을 구분하여 어떻게 잘못된 경제정책을 수립하게 되는가를 자세하게 보여 주고 있는 것도 또 다른 특징이다. 장사꾼에게 성공을 가져다주는 능력이나 수완, 그리고 기술 등을 통칭해서 '장사꾼의 지식'이라고 이름 붙여 보자. 장사꾼의 지식은 특정 시간과 공간에만 구체적으로 적용할 수 있는 성격을 지닌 특수 상황적 지식이고 다른 사람에게 쉽게 전달 불가능한 암묵적 지식의 특징을 가지고 있다. 이러한 지식을 실제적 지식 또는 현장 지식이라 부르기도 한다. 성공적인 세일즈맨의 경험이나 기술 등이 장사꾼의 지식 또는 현장 지식의 전형적인 예이다.

다른 한편 '지식인의 지식'은 흔히 과학적 지식 또는 체계화된 지식이라 일컬어지고 명시적이고 과학적인 특성을 가지고 있다. 지식인의 지식은 대부분이 특정시간이나 장소에 구체적으로 적용할 수 지식이 아니라 시간과 공간을 초월해서 보편타당하게 적용할 수 있는 지식으로 평균적 지식이라고 할 수 있다.

그런데 문제는 두 가지 지식이 끊임없이 갈등을 일으킬 소지가 있다는 점이다. 예를 들면 경제정책을 포함한 사회정책의 결정에 있어서 지식인의 지식과 장사꾼의 지식이 갈등을 일으키는 경우를 흔히 보게 된다. 그것은 두 종류의 지식이 너무나 다르기 때문이다. 더 중요한 문제는 정책결정에 있어서 많은 경우에 지식인의 지식이 장사꾼의 지식을 압도한다는 점이다. 그것은 대부분의 사람들이 과학적이고 체계적인 지식만이 진정한 의미의 지식이라고 끊임없이 교육을 받아 왔기 때문이다. 그러나 인간의 행위 특히 경제행위에 있어서 지식인의 평균적 지식이 장사꾼의 지식보다 우위에 있는 경우는 흔치 않다. 인간의 경제행위가 모두 특수한 장소나 시간에 일어나기 때문에 평균적 지식의 적용이 불가능하거나 만약 적용한다면 오류를 범할 가능성이 높다. 그러므로 경제정책의 결정에 있어서 지식인의 지식이 우선되는 일은 경계되어야 한다. 재벌들의 해외투자 규제 움직임, 제조업 우위론, 호텔업 규제, 주력업종 제도, 중소기업 고유업종 제도, 외채망국론 등이 그렇게 해서 나오게 되었거나 시행되고 있다. 결과적으로 이러한 제도나 정책은 장사꾼을 포함한 대부분의 사람들에게 이롭지 못하고, 그러한 정책을 제안한 지식인이나 정부 관리만을 이롭게 한다. 물론 사회의 자유와 부는 점점 줄어들고 번영은 물거품이 되고 만다.

이 책은 시장질서를 위한 외부적 행동규율인 법과 제도, 내부적 행동규율인 도덕과 윤리, 지식인의 지식과 장사꾼의 지식의 차이 등에 대해서 설명하고 있을 뿐만 아니라 시장을 이해하는 데 필수적인 교환, 가격, 자유, 책임, 경쟁, 기업가와 기업가 정신, 정부 등의 본질과 그 중요성을 쉬운 사례와 함께 설명하고 있다. 저자는 동서고금을 넘나들면서 단호하고 설득력 있는 어조로 시장경제가 왜 그토록 중요하며, 자유와 창의를 중시하는 시장경제 제도를 사회 운영의 원리로 채택하지 않았던 나라들이 어떤 종말과 결과를 맞았는가를 적나라하게 보여 주고 있다. 특히 영국과 스페인의 경제제도가 미국과 남미의 경제성장에 미친 영향을 설명한 예는 매우 인상적이라고 하겠다.

위대한 현실주의 사상가였던 마키아벨리는 불후의 명저『군주론』에서 "인간이 어떻게 살 것인가 하는 문제와, 실제로 어떻게 살고 있는가 하는 문제는 매우 거리가 멀다"고 가르치고 있다. 마키아벨리의 말을 빌리면 이 책은 우리가 '실제로 어떻게 살고 있는가'를 보여주고 있는 것이다. 다른 한편 경제성장으로 인한 소득 수준의 상승으로 최근 부쩍 많이 제기되고 있는 복지국가론, 공동체사회론, 사회민주주의, 조합주의 등과 같은 주의나 주장은 모두 '어떻게 살 것인가' 하는 것이다. 문제는 우리가 '어떻게 살고 있는가'를 말할 수 있겠는가 하는 점이다. 또한 개인이나 국가나 자유와 번영이 어느 수준에 이르게 되면 그것을 가져다준 힘이 어디에 있는가를 쉽게 망각하는 경향이 있다. 자유와 번영의 원천에서 비롯된 필연적인 부작용을 불필요하게 과장하여 예사롭게 그 기반을 침해하게 된다. 하이에크는 이러한 경향은 "인간들이 사회구조를 이성의 힘으로 재구성할 수 있다"는 이성에 대한 과신에서 온다고 지적하고 이성의 한계를 강조했다. 위 두 가지 이유에서 우리가 어떻게 살고 있는가를 이해하고자 하는 독자들뿐만 아니라 어떻게 살 것인가를 주장하는 사람들, 예를 들면 평등주의자, 이상주의자, 간섭주의자 등에게도 이 책을 권유하는 바이다.

『국부론』의 저자 아담 스미스는 "한 나라의 번영을 가져오는 것은 천연자원이나 인적자원에 있는 것이 아니고 인간의 창조성을 발휘할 수 있는 시장경제, 즉 자연스러운 자유의 세계"라는 결론을 유도했다고 설명하고, 반시장경제적인 심리의 연원과 정부 의존적 사고방식의 심리학적 뿌리를 분석함으로써 저자는 시장경제에 대한 체계적인 교육과 계몽사업의 필요성을 역설하고 있다. 이 책의 제안과 처방에 따라 시장경제에 대한 교육과 계몽사업을 체계적으로 실시함으로써 자유와 번영과 부를 국민 모두가 계속적으로 누릴 수 있기를 기대해 본다.

끝으로 색인이 없는 점, 통상적인 방법에서 어긋난 참고문헌의 배열로 그것을 참고하기가 어려운 점, 쉽고 설득력 있는 본문에 비하여 인용문의 번역이 매끄럽지 못한 점 등은 아쉬움으로 남는다.

마케팅 정보혁명의 실체와
효율적 활용방안

박종호 화인 반도체 기술(주) 대표이사

『21세기 마케팅 정보혁명』
로버트 블랫버그 외 지음 / 주우진 외 옮김 / 1996 / 김영사

『21세기 마케팅 정보혁명』은 미국 하버드대학 출판사에서 나온 『The Marketing Information Revolution』을 완역하여 내용의 관련성과 전문성에 따라 목차를 재배열한 것으로, 이화여대 경영학과 정보화 전략 연구실(ECIS)에서 정보화 전략 총서 시리즈의 하나로 기획, 번역, 출간한 것이다. 편저자들인 로버트 블랫버그, 라시 글레이저, 존 리틀은 마케팅 분야에서 이름만 들어도 누구나 알 만한 대가들이며 저자들 가운데는 유수 기업의 마케팅 실무자들도 다섯 명이 포함되어 있다.

실제로 이 책은 마케팅이론과 실제에 걸쳐 정보혁명이 어떻게 영

향을 미쳤는지에 대한 논문들을 모아 편집한 것으로, 학자들과 실무자들이 서로 다른 측면에서 연구한 정보관리를 하나의 공통된 전체적 구조 안에서 축적하고 그 구조를 제시하고 있다.

이 책의 내용을 구성하는 원칙은 정보 가치사슬이라는 개념이다. 서문을 집필한 원저자들에 따르면 정보 가치사슬은 1. 데이터 수집과 전송 2. 데이터 관리 3. 데이터 해석 4. 모델 5. 의사결정 시스템으로 이루어진다.

또한 정보혁명이 기업과 기업 내의 마케팅 기능을 어떻게 변형시킬 것인가에 대해서도 시장의 발전에 대한 개관으로 1. 전 시장 단계, 2. 분산된 시장에서의 차별화되지 않은 상품 3. 집중된 시장에서의 차별화되지 않은 상품 4. 집중된 시장에서의 차별화된 제품 등의 역사적 단계를 정의하고 있다.

따라서 얼핏 보기에 이 책은 대학원이나 마케팅 조사회사에서 근무하는 전문가들을 위한 책처럼 보이지만, 일반적으로 마케팅에 종사하고 있는 사람들이 읽더라도 이러한 정보혁명이 마케팅 믹스에 어떠한 영향을 미칠 것이며, 기업의 역할은 어떻게 변화할 것인가, 또한 어떠한 기술이 필요한지를 알 수 있는, 다시 말해 마케팅 데이터의 수집, 관리, 해석, 응용모델 그리고 의사결정 지원 시스템의 여러 분야에서 일어나고 있는 정보혁명의 현주소를 파악하는 데 더할 수 없이 좋은 참고 자료이다.

특히 방대한 양의 POS 데이터를 수집하여 데이터베이스를 구축하고 이를 분석, 가공하여 최종 의사결정을 할 수 있도록 도와주는 전문가 시스템 및 인공지능의 소개와 그 구체적인 성공 및 실패 사례는 비단 우리에게 아직 생소한 기술을 소개하는 것에 그치지 않고 향후 우리가 그러한 기술을 도입하거나 사용하게 될 때 유의해야 할 점들도 시사해 준다고 할 수 있다.

마케팅 분야에서 지난 수십 년간 정보처리와 전송의 다양한 구성 요소들이 지속적이면서 가끔 독립적인 발전을 하였으나 이제 각 요소의 점진적인 변화 효과가 수렴되어 근본적인 비연속성을 초래하고 있다. 즉, 정보수집과 저장, 처리, 전송능력에 있어서 질적인 변화를 초래한 것이다. 또한 텔리커뮤니케이션과 컴퓨터기술의 발달로 정보 전송속도와 단위 시간당 처리되고 저장되는 정보의 양이 천문학적으로 증가하였다. 이것이 바로 정보혁명의 모습이며 그 핵심은 새로운 유형의 정보조직을 형성하기 위한 전송속도와 처리용량 증가의 산출물이다.

마케팅 정보혁명은 전통적 조직에 매우 큰 충격파를 던지고 있다. 정보량은 기하급수적으로 증가하고, 정보의 수명은 점점 짧아짐에 따라 조직은 좀 더 빠르게 학습해야 하는 당면과제를 안게 되었다. 이는 조직 구성원들이 경쟁에서 앞서가기 위해 더 많은 정보를 흡수해야 하고, 더 빠르게 이해해야 하며, 새로운 통찰력을 공유해야 함을 의미한다. 이에 따라 이 책에서는 조직이 정보혁명을 활용하기 위해 시장지향형 학습조직을 지향할 것을 권하고 있다. 이를 정보처리 구조 측면에서 보면, 지역화된 정보저장과 순차적인 프로세스와 표준화된 디지털―수치화된 데이터의 특성을 지닌 전통적 정보처리 구조에서 병행 정보처리, 아날로그 표시를 포함한 다양한 원천의 데이터 표시, 분산되어 있는 메모리 저장소 그리고 개별 학습과정의 통합에 기초한 학습 지향적 정보처리 구조로의 이행을 제시하고 있다.

다양한 마케팅의 정의 중에서 "마케팅은 조직과 환경을 창조적이고도 생산적으로 연결시키는 과정"이라는 레이몬드 코리(E. Raymond Corey)의 정의는 미래를 생각하는 데 있어서 특히 유용하다. 그는 마케팅이 오래 지속되지만 끊임없이 변화한다고 특징짓고 있는데, 변화의 속도는 가속화되고 반응을 결정하는 데 필요한 시간은 줄어들고 있다. 따라서 앞으로 다가올 수년간의 기술적, 조직적 발달은 현재의 마케팅 사전에도 없는 새로운 마케팅기술과 도구들을 필요로 할 것이다. 이는 자연스럽게 마케팅 정보혁명에 의해 초래된 새로운 형태의 정보화 기업에 대한 모습, 즉 기업모델의 개발을 요구한다.

수많은 학자들이 2000년대의 조직은 수평적이고 팀 위주이며, 네트워크적이고, 역동적일 것이라는 데 의견을 같이 하고 있다. 실제로 정보의 양이 방대하게 늘어난다 하더라도 자료를 처리하고 그것으로 의사소통을 하는 데 드는 시간과 비용은 상당히 줄어들 것이기 때문에 정보를 잘 운영하고 조직하는 기술을 보유한 기업의 모델을 기업 나름대로 연구하고 개발해야 한다는 점도 중요한 의미를 지니고 있다.

그런데 이러한 마케팅 정보혁명에 대해 과연 소비자들은 어떻게 받아들일 것인가? 일반적으로 소비자들은 이러한 혁명을 별로 달가워하지 않을 것으로 보이며 특히 새로운 정보기술의 사용에 따른 사생활 침해, 개인에 대한 부정확한 정보의 파급, 판매자들의 공모행위 촉진 등의 문제는 상당히 첨예한 관심 분야이다. 우리나라에서도 본인이 원하지 않는 개인정보의 유출 및 암거래가 사회문제화된 일이 있는데, 마케팅 프로그램을 지원하기 위해 새로운 정보기술을 사용하는 마케터들은 다양한 법적, 윤리적 문제에 직면하지 않을 수 없다. 이 책에서 저자들은 기술에 의해 손실을 본 그룹들에게 다양한 기술의 사용에 대한 체계적인 지침, 손실의 유형, 법적 · 윤리적 문제 그리고 이에 대처할 수 있는 관리방안 등에 관한 포괄적인 프레임워크를 제시하고 있으며, 이러한 위험과 비용을 평가하기 위해 주의 깊은 접근법을 채택함으로써 모든 영역에서의 문제점들을 피하거나 최소화할 수 있고 새로운 정보기술을 더욱 효과적으로 사용할 수 있게 될 것이라고 한다.

구미의 소비자와 한국 및 일본의 소비자들을 비교해 보면, 구미의 소비자가 상대적으로 계획적이고 합리적인 구매행위를 보이는 반면 한국, 일본의 소비자는 상대적으로 감성적이고 충동적인 구매행위를 보인다고 한다. 다시 말하면 구미의 소비자 행동은 정량화하기가 용이한 반면 한국, 일본의 소비자는 정서적인 측면이 강해서 정량화가 쉽지 않다고 할 수 있다. 이러한 관점에서 직관력과 통계적 모델의 결합을 시도한 것처럼 소비자 행동의 정서적인 측면을 통계적 모델과 결합시키려는 시도가 필요할 것으로 보인다.

한 가지 특이한 것은 이 책의 마지막 장인 '전문가의 직관력과 통계적 모델의 결합'이다. 경영자들은 전형적으로 그들의 경험과 직관에 의존해 의사결정을 내린다. 역사적으로 볼 때 대부분의 의사결정은 이런 식으로 이루어져 왔는데, 이러한 직관적인 의사결정이 모형을 기반으로 한 의사결정으로 대체되고 있다는 사실이 정보혁명의 주요한 결과로 대두되고 있다. 그러나 모형에 의한 의사결정이라고 문제가 없는 것은 아니며 관리자의 직관력을 모형으로 대체하는 것은 다른 것들을 포기하는 비용의 대가로 어떤 이익을 얻는 것이다. 해결책은 양쪽을 최선의 방식으로 결합시키는 것인데, 비록 완전한 것은 아니더라도 우리에게 시사하는 바가 크다고 할 수 있다.

선진국과 비교해 아직 일천한 우리나라의 자본주의 역사와 이에 따라 수십 년에 불과한 마케팅의 도입 역사를 고려할 때, 최근 수년간 우리나라에서 일어나고 있는 마케팅 환경 변화와 활동은 가히 혁명이라고 할 만하다. 제품의 라이프사이클이 점점 짧아지면서 하루가 멀다 하고 신제품이 홍수처럼 쏟아져 나오고, 그러한 상품들에게 소비자의 관심을 끌기 위해 붙여진 상품명과 현란한 광고, 판촉이 현란한 수식어와 함께 연일 각종 매스 미디어를 장식하고 있다.

이런 가운데 지난 수십 년간 확고한 자리를 지켜오던 브랜드들이 어이없게도 1~2년 만에 신상품에 시장 지위를 내놓는 일도 일어나고 있으며, 소비자들의 욕구를 제대로 파악한 전혀 새로운 개념과 감각의 틈새(Niche)상품들이 새로운 시장을 형성하기도 한다.

그러나 이러한 현실을 엄밀히 분석해 보면 아직도 우리의 마케팅 수준이 전통적인 마케팅 믹스나 반짝이는 일회성 아이디어에 의존하는 듯한 인상을 주는 반면, 마케팅 의사결정에 필요한 데이터의 장기간 축적 및 이를 가공한 정보의 활용을 토대로 궁극적인 성공을 거두었다는 사례는 좀처럼 접하기가 쉽지 않은 것이 사실이다.

미래학자와 선구적 지식인들은 오래전부터 정보와 지식을 사회의 주요 자원으로 예측하고 정보와 지식이 물질과 에너지를 대신하는 정보화 시대의 도래를 예고해 왔다. 특히 마케팅과 관련한 정보는 양적으로 팽창하고 질적으로 더욱 복잡해지고 있다.

이미 현실로 다가온 이러한 마케팅 정보혁명을 능동적으로 수용하고 활용하여 우리 현실에 맞는 정보혁명의 방향을 가늠하기 위해서 기업의 실무자나 학계에 계신 분들에게 일독을 권하고 싶다.

자유시장의 본질과 기능

공병호 한국경제연구원 연구위원

『자유시장의 도덕성』
알렉산더 H. 산드 지음 / 이상호 옮김 / 1996 / 문예출판사

일반인들이 경제학을 연상할 때면 복잡한 수식과 계량분석의 결과를 떠올리게 된다. 때문에 경제학은 흔히 어려운 학문으로 통한다. 그러나 경제학은 정교한 분석방법에도 불구하고, 현실과는 좀 동떨어진 것으로 이해되고 있는 것도 사실이다. 이같은 인상을 강하게 심어 준 것이 이른바 주류 경제학이라 불리는 신고전파 경제학이다. 오늘날 한국 대학에서 가르치고 있는 거의 대부분의 경제학이 주류 경제학과 관련된 내용이다.

경제학계에서 거의 잊혀져 왔지만 지적 영향력과 현실세계의 설명 가능성면에서 지대한 영향을 끼쳐 온 하나의 지적 흐름이 오스트

리아학파라고 할 수 있다. 멩거에 의해서 시작된 오스트리아학파의 경제학은 하이에크라는 걸출한 대학자에 의해서 부활하게 된다. 노벨 경제학상을 받은 하이에크의 저작들은 경제의 본질을 이해하는 데 풍부한 직관력과 판단력을 제공하고 있다.

그러나 그의 원저작들 가운데 한국어로 소개된 것은 많지 않다. 고작해야 민경국 교수의 『자본주의냐 사회주의냐』(문예출판사)와 『진화냐 창조냐』(한국경제연구원) 정도를 들 수 있다. 더욱이 오스트리아학파의 글들을 종합적으로 정리한 책들은 국내에서 찾아보기가 힘들다. 때문에 한국에서 경제학을 배우는 사람들은 신고전파 경제학이란 한 가지 학파의 이론만으로 집중적인 세례를 받고 있다고 할 수 있다.

이 책의 의의는 우선 오스트리아학파의 주장들을 쉽게 소개하고 있다는 점을 들 수 있다. 일방적인 학파의 주장만이 유행하고 있는 한국의 현실을 고려할 때, 다른 학파의 주장을 제시하고 있다는 점에서 앞으로 오스트리아학파의 주장들이 활발히 소개되는 하나의 계기가 될 것으로 보인다.

특히 저자인 알렉산더 샨드는 국내에서는 거의 알려지지 않았지만, 오스트리아학파의 난해한 글들을 대중화하기 위해 헌신적으로 노력하고 있는 노학자이다. 오스트리아학파의 글들은 대부분은 아주 어렵기 때문에 웬만큼 훈련받은 사람들도 원저를 그대로 읽기가 어렵다. 이런 점에서 오스트리아학파의 대중화와 같은 작업은 무척 절실한 과제임에도 불구하고 누구나 손쉽게 시도할 수 있는 일이 아니다. 이런 점에서 알렉산더 샨드 교수는 단연 두각을 나타내고 있는 학자임을 지적할 필요가 있다.

오스트리아학파는 시장경제에 대한 강한 신념과 정부개입이나 큰 정부에 대해서 대단히 부정적인 시각을 가진 사람들이다. 이같은 학문적 시각을 가진 사람들을 우리는 흔히 자유주의자라고 부른다. 오스트리아학파와 엇비슷한 입장에 서 있지만 주류 경제학의 분석방법이나 세계관에 입각해서 경제문제를 접근하고 있는 다른 중요한 학파들도 있다. 밀턴 프리드먼이나 조지 스티글러를 중심으로 하는 일군의 학자들을 묶어서 흔히 시카고학파라고 부른다. 이들에 관한 연구서는 『시카고학파의 경제학』(민음사)이란 이름으로 출간된 바 있다.

또 다른 주요한 학맥은 골든 튤럭이나 제임스 뷰캐넌을 중심으로 정치학에 경제학의 적용을 성공시킨 공공선택학파를 들 수 있다. 이에 대한 개설서는 『뷰캐넌의 학문세계』(한국경제연구원)가 있다. 그밖에 로스바드나 데이비드 프리드먼과 같은 무정부 자본주의자들을 들 수 있다.

이들과 오스트리아학파는 신념이나 신조면에서 일치하지만, 접근방법에서는 대단히 다른 시각을 보이고 있다. 그래서 이 책은 오스트리아학파의 주장을 중심으로 그밖의 자유주의자들의 주장을 비교하면서 오스트리아학파의 주장을 이해시키기 위해 저술되었다.

제1부는 오스트리아학파의 철학적 배경과 방법론을 쉽게 풀이하고 있다. 제2부는 자유시장의 본질과 기능에 대해서 설명하고 있다. 특히 이 부분은 최근 들어 많은 관심을 끌고 있는 시장의 도덕성 부

분을 집중적으로 조명하고 있다. 그동안 오스트리아학파 내에서도 이 부분은 큰 관심을 끌지 못한 부분이었다. 제3부는 이 책의 핵심적인 메시지를 담고 있는 자유와 평등에 대한 오스트리아학파의 주장과 저자의 주장을 적절히 풀이해 나가고 있다. 제4부는 여전히 논쟁의 핵심 사안이 되고 있는 복지국가 문제, 실업과 인플레이션 문제 그리고 경제성장의 문제를 오스트리안과 다른 학파들을 비교하면서 쟁점을 부각시키고 있다. 마지막 결론 장에서는 대처주의라 불렸던 80년대 영국정부를 평가하고 있다.

오스트리아학파는 멩거, 바이저 그리고 뵘바베르크처럼 비엔나대학을 중심으로 활동했던 사람들을 '구오스트리아학파', 하이에크, 라흐만, 커즈너 등을 '신오스트리아학파'라고 부른다. 이들이 경제문제에 접근하는 데는 여러 가지 가운데 세 가지 점을 대단히 강조하고 있다.

하나는 방법론적 개인주의를 들 수 있는데, 이 개념은 방법론적 전체주의와 뚜렷이 대비되는 개념이다. 예를 들어 경제문제에 접근할 때 오스트리안들은 '경제', '정부' 그리고 '대중'과 같은 전체를 하나로 묶어서 집단을 대상으로 분석하는 것은 옳지 않다는 점을 분명히 하고 있다. 경제나 사회 전체 역시 이들을 구성하고 있는 개인들을 중심으로 접근해야 한다는 점을 강조하고 있다.

그래서 오스트리아학파는 '경제'나 '사회 전체의 욕구'와 같이 모호한 개념처럼 정치가나 집단주의자들이 좋아하는 개념을 단호히 거부하고 있다. 그래서 그들은 거시경제를 위한 케인지언류의 재정 및 금융정책에 대해 대단히 회의적이다.

다음으로 오스트리안들은 경제문제에 있어서 인간적인 요인을 대단히 강조한다. 주류 경제학에서 인간은 수동적인 존재임에 반해 오스트리아학파에서의 인간은 행동하고 스스로 창조하고 발견해 내는 인간상으로 자리 잡고 있다. 이런 점에서 이윤 기회를 발견하고 창조해 내는 기업가란 존재를 중요하게 취급한다.

끝으로 지식의 문제를 강조한다. 주류 경제학자들에게 있어서 경제문제란 단순히 주어진 자원을 정교한 계산에 의해서 분배하듯이 효율적으로 배분하는 문제로 파악한다. 하지만 오스트리아학파는 전혀 다른 시각을 갖고 있다.

그들은 경제문제란 개인들 사이에 여기저기 흩어져 있는 지식을 발굴해 내는 일이라 보고 있다. 그래서 그들은 객관화가 가능한 '과학적 지식' 보다는 개개인에게 체화되어 있는 '암묵적 지식' 을 부를 만들어 내는 원천이라 파악하고 있다. 주관적인 지식에 해당하는 암묵적 지식을 유능한 하나의 존재가 통합 조정하는 것은 불가능하기 때문에, 애당초 이같은 일을 추진한 사회주의나 정부개입주의는 필연적으로 몰락할 수밖에 없음을 지적하고 있다.

이같은 기본적인 가정에 입각해서 그들은 시장을 자생적으로 형성된 것이지 의도적인 결과물이 아니라고 말한다. 시장에서 자신의 지적 육체적 능력을 가진 사람들이 자유와 책임하에서 활발히 발견적 절차를 추진해 가는 과정에서 부가가치가 만들어져 가는 과정으로 중시한다.

의도적인 결과물이 아니기 때문에 시장에서 만들어진 불평등도 충분히 정당화될 수 있는 것이다. 인간 본성과 경제행위자들이 가진 한정된 지식을 인정하면 이기심에 의해 작동되는 시장의 도덕성을 확인할 수 있다. 더욱이 샨드는 "자유사회가 건강성을 유지하기 위해서는 도덕 측면에서 매우 강한 확신이 필요하다. 이 확신은 개인의 책임성을 신뢰하면서 다음과 같은 원칙을 수용하는 것을 뜻한다. 누구나 자신이 타인에게 봉사한 만큼 물질적 대가를 받아야지 자신이 원하는 만큼 받아서는 안 된다"라고 말하면서 시장의 도덕성을 주장하고 있다.

한편 시장경제에서 자유는 어떻게 해석되어야 하는가. 20세기 들어 자유를 적극적 자유로 해석하는 사람들이 등장하면서 국가는 복지국가로 변모하기 시작한다. 진정한 자유란 강제로부터의 자유와 같은 소극적 자유라는 의미로 해석되어야 한다. 그러나 점점 사람들은 개인적 자유가 주는 중압감을 벗어나서 개인적 책임보다는 사회적 책임을 앞세우는 우를 범하고 있다.

그밖에 20세기 들어 평등사회를 향한 열정이 결국 사회주의라는 결과로 이르고 말았다. 평등사회에의 열정은 사회정의라는 인간의 잘못된 정열을 낳고 말았다. 오스트리아학파는 사람들에게 분배해 줄 사회 차원의 의무가 존재한다는 가정에서 출발하지 않는다. 오히려 이 학파는 자유시장의 결과를 수용하는 데서 출발해야 함을 강조하고 있다. 뿐만 아니라 오스트리아학파는 복지국가야말로 전체를 조망할 수 있다는 오만에서 비롯된 실수임을 거듭해서 지적하고 있다.

이 책은 번역면에서 깔끔한 편이다. 그러나 역자의 의욕이 앞선 나머지 많은 문장을 관례와 달리 완결된 문장으로 처리하지 않았다는 점이 다소 눈에 거슬리는 부분이라 할 수 있다.

경쟁질서 형성을 위한
경제정책의 원리

전성인 홍익대 경제학과 교수

『경제정책의 원리』
발터 오이켄 지음 / 안병직 · 황신준 옮김 / 1996 / 민음사

1952년에 유고의 형태로 발간된 발터 오이켄의 『경제정책의 원리』는 이보다 12년 앞서 출간된 『국민경제학의 기초』의 속편이라고 할 수 있다. 따라서 『경제정책의 원리』에 실린 오이켄의 주장을 이해하기 위해서는 그에 앞서 출간된 『국민경제학의 기초』에 대한 어느 정도의 사전지식이 필요하다.

다행히 『국민경제학의 기초』는 1950년에 허치슨의 번역에 의해 영어권에 소개된 바 있다. 그러나 그의 또 하나의 저작인 『경제정책의 원리』는 영어로 번역된 바 없고, 독일어 원본과 일어 번역만이 존재해서 현대 독자들의 관심영역에서는 상대적으로 멀게 느껴진 감이 없

지 않았다. 이번에 민음사에서 출간된 서울대학교 안병직 교수와 상지대학교 황신준 교수의 우리말 번역본은 이런 의미에서 오이켄에 대한 보다 심도 있는 연구를 가능케 한 계기를 마련했다고 볼 수 있다.

역사학파의 대가로, 보호무역주의의 제창자로 유명한 프리드리히 리스트가 경제적인 의미에서 독일 민족주의의 대표라면, 오이켄은 독일의 경제적 자유주의의 거두라고 할 수 있다. 생전에 양차대전과 나치즘을 경험했던 오이켄은 정치적인 의미에서의 자유주의의 중요성에 일찌감치 눈을 떴을 뿐만 아니라, 독점자본주의와 사회주의 계획경제의 폐해를 경험하면서 경제적인 의미에서도 시장경제를 옹호하는 경제적 자유주의자가 되었다. 그러나 오이켄에게 민족을 사랑하는 마음이 다른 지식인에 비해 적었던 것은 결코 아니다. 대부분의 지식인들이 나치의 박해를 피해 서유럽과 미국으로 망명하던 시절에도 오이켄은 꿋꿋하게 독일을 지킨 몇 안 되는 학자 중의 하나였다.

총 5부 21개 장으로 구성된 『경제정책의 원리』는 현대 자본주의 사회에서 어떤 질서정책이 집행되어야 하는가라는 물음에 대한 대답을 모색한 책이다. 그리고 오이켄에 의하면 그 해답은 경쟁질서의 확립이다. 그러나 그같은 대답을 도출해 내는 과정은 자못 방대하다. 우선 오이켄은 이 책의 전편에 해당하는 『국민경제학의 기초』라는 저작에서 영국적인 경제학과 그 이전까지 독일경제학의 주류를 이루었던 역사학파의 경제학을 모두 비판한 뒤 나름대로의 경제학을 모색했다.

그러한 오이켄의 생각을 잘 나타내 주는 것이 경제질서(Economic

Order)와 경제과정(Economic Process)의 구분이다. 오이켄에 의하면 경제질서는 일반 경제주체가 활동하는 여건을 규정하는 것이고, 경제과정은 주어진 경제질서하에서 경제주체가 자신의 경제생활을 영위하는 것을 말한다. 경제현상을 이처럼 두 가지로 구분한 뒤 오이켄은 경제정책이란 경제과정에 영향을 미쳐서는 안 되고, 경제질서에 영향을 미쳐야 한다고 생각했다.

오이켄이 이같은 생각을 하게 된 이유는 대략 다음과 같다. 일반 경제주체는 나름대로의 경제계획에 의해 행동을 하는데, 만일 정부가 충분한 경제적 자료의 뒷받침 없이 이같은 경제과정에 개입할 경우 십중팔구는 오히려 바람직하지 못한 결과만을 야기할 것이기 때문이다. 그리고 정부가 경제질서의 형성에 개입해야 하는 이유는 어떠한 경제질서가 주어지는가에 따라 일반 경제주체가 영위하는 경제과정이 달라지기 때문이다. 결국 오이켄의 경제정책은 경제행위의 결과에 직접적으로 간섭하는 것이 아니라 여건을 잘 마련해 준 뒤 일반 경제주체가 스스로 바람직한 경제결과를 도출해 내도록 유도하는 것이다.

그렇다면 어떠한 경제질서가 바람직한 질서이고, 또 이러한 경제질서를 형성하기 위해서는 누가 어떤 역할을 하여야 하는가? 이 질문은 전편인 『국민경제학의 기초』에서는 제기만 됐을 뿐 대답이 제시되지는 않았다. 『경제정책의 원리』는 바로 이러한 물음에 대한 해답을 모색하고 있다. 결론부터 말하자면 바람직한 경제질서는 "완전경쟁을 철저히 보장하는 경제질서"이다. 독점 자본주의의 폐해와 사회주의적인 계획경제의 실패를 경험한 오이켄에 있어 어쩌면 이같은 해답은 자명한 것일지도 모른다.

경쟁의 중요성을 강조했다는 점에서만 보면 오이켄은 일반 경제학 교서서에 나타나는 자유방임주의적 경제학자와 잘 구별되지 않을지도 모른다. 그러나 오이켄은 중요한 의미에서 자유방임주의자와는 구별된다. 그것은 완전경쟁적인 시장질서가 "저절로 형성되지 않는다"는 점 때문이다. 자유방임주의자는 완전경쟁적인 시장질서가 정부의 간섭만 존재하지 않는다면 상당히 자동적으로 작동할 것이라고 생각했다. 그러나 오이켄은 이같은 생각에 동의하지 않는다. 그는 자유방임이 계속될 경우 완전경쟁적인 시장형태가 나타나기는커녕, 오히려 독과점적인 추세가 지배적인 형태로 등장할 가능성을 더 크게 우려하였다.

이런 의미에서 오이켄은 어떤 사회가 보유하고 있는 질서형성 기능을 매우 중시하였다. 그는 사회의 각 계층이 적극적으로 완전경쟁적인 질서의 형성에 기여할 때만 그 사회가 바람직한 결과를 가져올 수 있다고 생각하였다. 그렇다면 이같은 질서형성 기능을 담당할 질서형성 세력은 누가 될 것인가? 국가가 이를 전적으로 담당할 것인가? 오이켄은 이에 대해 상당히 회의적이다. 그는 종종 국가가 "이익집단의 수중에서 놀아나는 놀이공에 불과한 존재"임을 일찍이 간파하였다. 그는 특히 국가가 이익집단이나, 직능단체 등에 질서의 형성을 위임할 경우 완전경쟁적인 경제질서는 도출되지 않으며, 극단적인 경우 국가의 붕괴가 발생할 수도 있다고 경고하고 있다.

오이켄이 이처럼 부정적인 국가관을 피력한 데에는 나치즘 하에서의 경험이 큰 역할을 한 것으로 보인다. 전체주의적인 국가가 개인의 생활을 간섭하기 시작할 경우 인간의 존엄권이 무참히 유린되는 현상을 너무나 자주 목도한 오이켄으로서는 경제질서의 형성을 전적으로 국가에만 맡기기는 어려웠을 것이다.

그러나 오이켄이 국가의 역할을 전적으로 무시한 것은 아니다. 오이켄은 국가가 행해야 할 가장 중요한 역할로 경제적 권력집단을 해체하거나 그 역할을 제한할 것을 주장하였다. 그 이유는 경제적 권력집단의 힘을 약화시켜야만 오이켄이 생각하는 바람직한 경제질서, 즉 완전경쟁적인 경제질서가 형성될 수 있기 때문이다. 그리고 경제적 권력집단의 해체는 앞서 언급한 국가의 붕괴를 방지함으로써 경제질서뿐만 아니라 국가질서의 유지에도 큰 기여를 한다.

오이켄에 있어 또 하나의 질서형성 세력은 학문이다. 그는 물론 학문, 특히 사회과학의 일차적인 과제가 현실사회에 대한 지적인 탐구임을 부인하지 않았다. 그러나 학자들이 현실을 도외시한 채 상아탑에만 안주하는 것은 일종의 책임회피라고 비판하였다. 오이켄에 있어 학문의 또 다른 역할은 질서형성에 기여하는 것이다. 특히 그는 실증주의적인 편견을 비판하면서 경제적인 가치판단을 유보한 채 국가나 정치권력이 설정한 목표를 무비판적으로 받아들이는 학문은 결국 정치적 목적에 종속될 수밖에 없으며, 이 경우 학자는 결국 지식기술자에 불과하게 될 뿐이라고 역설하고 있다.

이상이 『경제정책의 원리』에 나타난 오이켄의 사상이다. 그러나 이로써 모든 문제가 해결된 것은 결코 아니다. 이는 오이켄에 있어서도 마찬가지였다. 마치 전편인『국민경제학의 기초』가 경제질서를 누가 어떻게 형성해야 하는가라는 문제를 남기고 끝을 맺었듯이『경제정책의 원리』에도 의문만을 제기하고 해답을 찾지 못한 물음이 남는다. 그것은 이같은 완전경쟁적인 질서 속에서 개인의 이익과 공동체 혹은 전체의 이익이 조화를 이룰 수 있을 것인가 하는 문제이다. 오이켄도 책의 말미에서 이 문제를 거론하였으나 큰 성과를 거두지는 못한 듯하다. 잠정적으로 오이켄이 내린 결론은 비록 불충분하지만, 경쟁질서를 무시할 수는 없다는 것이다. 다만 경쟁질서의 확립만으로는 불충분하며 사회적이고 윤리적인 질서가 보완되어야 한다는 점 정도를 추가적으로 지적하고 있다.

그러나 과연 경쟁질서와 윤리질서가 공존할 수 있는지, 그리고 만일 두 질서가 서로 충돌할 경우 어느 질서가 우선해야 하는지에 관해서는 명백한 언급이 없다. 아마도 이는 우리 모두가 고민해야 할 문제인 것 같다.

시장경제의 저해요인과 그 치유책

김영용 전남대 경제학부 교수

『시장경제와 그 적들』
공병호 지음 / 1997 / 한국경제연구원

사적(私的) 재산권을 전제로 하는 자본주의 시장경제에서는 익명의 많은 사람들이 자신의 이익을 위해 합리적으로 행동함으로써 개인의 부(富)는 물론 사회 전체의 부를 극대화하는 결과를 가져온다. 오늘날 수많은 사람들이 배불리 먹고 풍요한 문화적 생활을 영위하는 것도 사실은 모두 시장경제의 덕이다. 그러나 우리 사회에는 이러한 시장경제의 성과에도 불구하고 시장경제의 창달을 저해하는 원초적 장애가 짙게 깔려 있다. 이는 미세스(Mises)가 지적한 반(反)자본주의적 심리(Anti-Capitalistic Mentality)와 그 맥을 같이 하는 인간의 심성으로 이해할 수 있을 것이다.

이러한 시점에서 공병호(孔柄淏) 박사가 『시장경제와 그 적들』이라는 책을 내놓았다. 공 박사는 미국에서 박사학위를 취득하고 귀국한 후, 『한국경제의 권력이동』, 『시장경제란 무엇인가』 등 자유시장경제에 관한 많은 책을 펴내고 있으며, 현재 자유주의 경제학자 중의 한 사람이다. 눈부신 시장경제의 성과에도 불구하고 그에 대한 불만과 비판이 만만치 않은 현시점에서 일반 대중은 물론 지식인과 정부 관료들에게도 꼭 한 번 읽어 보기를 권하고 싶은 책이다.

『시장경제와 그 적들』은, 일반 대중과 대다수의 지식인들이 시장경제 논리에 대해 거부감을 나타내고 반시장경제적인 주장을 펴는 이유에 대해 인류학적, 심리학적 그리고 경제학적인 관점에서 분석적으로 고찰하고 있으며, 이러한 원초적인 장애를 극복하고 우리 모두가 번영할 수 있는 길을 모색하고 있다는 점에서 우선 커다란 의의를 찾을 수 있다. 돋보이는 것은 시장경제의 내부적인 적 다섯 가지를 분석하는 데 있어 선언적인 주장이 아니라 인간심성에 대한 깊은 이해를 구하는 데서부터 시작하고 있다는 점이다. 인간은 수억 년의 원시시대를 살았고 또 오늘의 현대를 살고 있지만, 기실 심성이나 본능적인 면에서는 별다르게 변화하지 않았기 때문에, 바로 이 원시적인 심성과 본능이 현대사회의 시장경제에 적응하는 것을 어렵게 하고 있다. 그러나 개인의 자유와 개성이 존중되지 않고 원시본능에 얽매였던 집단은 살아남지 못하고 멸망의 길을 걸었다는 사실을 여실히 보여 줌으로써, 생존과 번영을 위해서는 시장경제에 대한 이해를 깊이하고 원시본능을 뛰어넘을 수 있는 사고의 전환이 꼭 필요하다는 점을 역설하고 있다. 흔히 일반인들은 경제학적 논리는 어렵다고 인식하고 있는데, 이러한 인식을 깨뜨리고 쉬운 문장으로 적절한 예를 들어가며 독자들에게 전하고자 하는 내용을 충실하게 전달하고 있다는 점에서도 또 하나의 의의를 찾을 수 있다.

이 책은 총 7개의 장으로 구성되어 있다. 제1장의 서론에 이어 제2장부터 제6장까지는 시장경제를 저해하는 요인인 질투와 시기심, 자기기만, 통제욕구, 유토피아를 향한 열정 그리고 집단주의와 평등주의의 태생과, 그러한 요인이 구체적으로 시장경제의 창달을 방해하는 모습을 적절한 사례를 들어 기술하고 있다. 물론 공 박사가 지적하는 시장경제를 저해하는 요인들은 상호배타적으로 독립적인 것이 아니라 상호밀접한 관계를 가진 것들이다. 즉, 그것들은 머나먼 과거로부터 축적되어 온 인간의 원시본능에 기초를 두고 있다는 점에서 공통점을 찾을 수 있다. 마지막으로 제7장에서는 이러한 저해요인을 극복하고 지속적으로 번영의 길을 갈 수 있는 방법을 모색하고 있다.

제2장에서는 우리 사회에서 질투와 시기심은 부에 대한 적의(敵意)는 물론 '앞서가는 자'의 창의성과 진취적인 사고에 대한 분노마저 자아내게 하고 있음을 보여 주고 있다. 인류의 문명이라는 것이 그냥 얻어진 것이 아니고, 질투와 시기심이라는 원시본능을 극복하고 얻어 낸 결과라고 할 때, 우리 사회에 만연된 질투와 시기심이 시장경제의 근본을 흔드는 제일차적인 저해요인임에는 틀림없다. 그러나 질투와 시기심을 꼭 시장경제를 저해하는 요인으로만 파악하는 것이 아니라, 그 자체가 개인적 발전은 물론 시장경제의 성과를 높이

는 데 커다란 역할을 할 수 있다는 점을 간과하지 않고 있다. 미세스가 지적한 바와 같이, 이른바 사치품이 존재하면 그것을 소유하고 싶다는 질투와 시기심은 개인에게 시장에서 더 열심히 노력하고자 하는 동기를 부여하고, 그것을 얻어 내는 과정에서 개인의 부와 사회적 부를 증가시키는 역할을 한다. 따라서 질투와 시기심은 각 개인에게 어떻게 작용하느냐에 따라 시장경제 창달에 도움이 될 수도 있고 해악이 될 수도 있다.

제3장에서 논의하고 있는 자기기만적 사고로 인해 사람들은 자기가 보고 싶은 사항만을 보고, 또 자기가 반론할 수 있는 사항만을 경청한다. 현상과 자기의 신념이 일치하지 않을 때, 사람들은 신념을 재구축하기보다는 자기합리화의 편리한 방편을 이용한다. 이러한 현상은 생업현장에서 뛰는 사람들에게서보다는, 생업현장에서 한 걸음 물러나 있는 지식인들에게서 더 자주 발견된다. 사람들은 자기가 그리는 세상에 기초한 신념을 선택하고, 그 신념을 지지해 주는 정보나 지식으로 보강되기 때문에 이러한 자기기만적인 '자폐적' 사고체계는 좀처럼 변하기 힘들고, 이러한 자폐적 사고는 파괴적이다.

제4장에서는 시장경제의 저해요인으로써 통제욕구를 들고 있다. 통제욕구는 혼란스럽게 보이는 세상사에 대해 일정한 질서를 부여하고자 하는 인간의 심성에 뿌리박은 것으로써, 오래된 설화나 신화, 그리고 종교 속에서 흔히 발견되며, 심리적인 안정감을 제공할 수 있다는 점에서 인간의 생존과정에 유익한 것이었다. 그러나 현대사회에서 이러한 심성이 적용되면, 사실은 질서정연하게 움직이지만 일

견 무질서하게 보이는 시장을 통제해야 한다는 욕구를 통해 각종 법과 제도를 낳게 한다. 통제욕구에 뿌리를 둔 지식인들과 관료들의 주장은 일반 대중들의 광범위한 지지를 얻게 되고, 따라서 이로 인한 시장의 왜곡현상은 더욱 심화된다.

제5장에서는 유토피아(이상향)를 향한 열정이 '아무 데도 없는(Nowhere)' 완벽한 조건을 갖춘 사회를 그리면서 현실세계에 대한 불만을 토로하고, 이상향을 외치는 주의주장에 쉽게 동조하도록 한다는 점에 대해 논하고 있다. 시장에서 상품을 사고파는 행위나 소득을 벌어들이는 일 등에 있어서 사람들은 신고전학파 경제학이 상정하는 효용극대화 원리를 그대로 적용하는 이른바 합리적인 행위를 한다. 그러나 이러한 행위들의 집합적인 결과로서 총체적으로 나타나는 사회현상에 대해서는 '그래서는 안 된다'는 식의 불만을 토로하고 모든 것이 완벽한 이상향을 추구하는 주장을 함으로써 시장경제의 창달을 위협하게 된다. 커다란 모순이 아닐 수 없다.

제6장의 집단주의와 평등주의 역시 수렵, 채취시대 원시인들의 덕목으로서 '앞서는 자'를 경계하기 위한 관행이 의례와 의식 수준으로 끌어올려진 것이다. 집단주의와 평등주의는 익명의 다수가 참가하는 시장경제에서도 어김없이 발휘되어 '튀는 자'의 발목을 틀어잡고, '형평'과 '함께'라는 덕목을 보편화시키고자 한다. 한국에서 노벨상 수상자가 나오지 않고 있는 것도 사실은 앞서는 자를 허용하지 않는 집단주의와 평등주의가 악영향을 미치고 있기 때문일 것이다.

제7장은 번영의 길을 모색하고 있다. 인류에게 물질적 번영은 물

론 정신적 풍요를 가져다주는 시장경제를 창달하기 위해서는, 사람들을 원시본능으로부터 해방시킬 수 있는 시장경제 논리를 널리 전파해야만 한다. 그러나 원시감정으로 무장된 사람들의 가슴은 좀처럼 잘 열리지 않는다는 데에 자유주의자들의 고민이 있다. 하지만 한 사회를 영위하는 물질적 기반과 정신적 번영을 약속하는 것은 자본주의와 시장경제라는 믿음을 가진 자유주의자들은 "사명감을 가지고 자본주의와 시장경제를 옹호하고 전파해야 할 의무를 진다"는 기소르망의 말에 유의할 필요가 있다. 자유주의자들은 소수이기 때문에 더욱 그러하다. 이 책을 냉철하게 읽고 난 독자라면 바로 이러한 점을 느끼게 될 것이다.

마지막으로 한 가지 아쉬운 점이 있다면, 시장 개입의 당위성을 주장하는 사람들이 흔히 지적하는 '시장의 실패' 역시 시장의 원활한 작동으로 그 사회적 비용이 최소화될 수 있다는 사실이 명확하게 기술되지 않았다는 것이다. 시장의 실패를 교정하려는 정부의 개입은 '정부의 실패'라는 더 큰 비용을 유발한다. 공 박사는 이러한 사항을 포함한 새로운 책을 집필하고 있는 것으로 알고 있다.

한국경제의 선진화를 위한 나침판

정창영 연세대 경영대학원장

『**한국경제의 두 얼굴**』
박승 지음 / 1996 / 고려원

　오랜만에 우리 경제에 대한 좋은 책을 읽었다. 21세기를 불과 2년 반 정도 남겨 놓은 시점에서 선진 · 통일 한국이 지향해야 할 길을 세계적인 시각에서 명쾌하게 분석한 후 올바른 방향을 제시한 명저로서, 저자의 탁월한 경륜과 학식 그리고 나라 사랑하는 마음이 책의 도처에서 배어나고 있다.

　잘 알려진 대로 저자는 당대를 대표하는 한국의 경제학자이다. 대학의 교수로서, 정부 경제부처의 책임자로서 현실과 이론을 겸비한 당대의 석학이 예리한 분석력과 통찰력 그리고 뛰어난 문장력을 가지고 우리 경제가 당면하고 있는 주요한 문제점을 분석한 후 올바른 대안과 정책처방을 제시하고 있는 것이다.

복잡한 경제 현실에 접하여 전체 산림의 숲을 정확하게 꿰뚫어 보며 일반인들로 하여금 지극히 쉽게 경제문제의 핵심과 요체에 접근할 수 있도록 집필한 것이 이 책의 주요한 특징이라고 하겠다. 동시에 부유하고 지위가 높고 많이 배운 자들이 높은 신분에 따르는 도덕상의 의무를 다해야 한다는 노블레스 오블리지(Noblesse Oblige)의 덕목을 강조하여 우리 모두가 더불어 사는 사회를 만들어야 한다는 점도 강조하고 있다.

저자가 이 책에서 먼저 역설하고 있는 것은 선진 자본주의 질서를 구축하기 위하여 우리가 반드시 해야만 하는 몇 가지 제도 개혁에 대한 것이다. 이는 나라 경제의 기본을 바로 세우는 일(Getting the Basics Right)이라고 할 수도 있으며, 동시에 근자에 들어오면서 경제학계에서 강조하고 있는 올바른 제도의 확립이 중요하다(Institutions Matter)는 견해를 나타내는 것이기도 하다.

몇 가지 예를 들어 보자. 첫째로 국가 백년대계를 위해 반드시 해결해야 할 과제인 국토의 효율적인 이용에 관한 문제는 저자가 특히 주의를 기울이는 분야이다. 1995년 현재 총인구 4천 5백만 명 가운데 무려 45%나 되는 2천만 명이 수도권에 집중해 살고 있는 것은 우리의 근대화 노력이 실패한 대표적인 보기라고 하겠다. 이 때문에 우리는 교통 혼잡, 주택난, 환경오염 등 온갖 부작용에 시달리고 있다. 이를 해결하기 위해 저자가 제시하고 있는 여러 대안 중에서 특히 관심을 끄는 것은 대학입시 제도를 내신성적 위주로 바꾸는 것이다.(199

쪽) 즉 도농간에 학생들의 잠재력에 큰 차이가 없을 것이므로 당장의 시험성적보다는 선진국에서 하듯이 내신 중심으로 학생을 선발함으로써 수도권 집중의 주요한 요인 중 하나를 제거해 버리는 것이다.

둘째로 선진 자본주의 사회에서 보듯이 사유재산의 축적은 철저히 보장하되 그 세습은 최대한 차단함으로써 자본주의의 강점을 살려야 한다는 것이다.(139쪽) 이를 위하여 상속세와 증여세를 선진국 수준으로 높일 수 있어야만 한다.

아울러 재벌에 의한 과도한 경제력 집중은 시장경제의 원활한 작동을 저해하는 단계에 도달했으므로 장기적으로 선진국에서도 보듯이 소유와 경영을 분리하는 방향으로 나아가야만 한다. 특히 이를 위해서는 여신규제, 진입규제 및 업종전문화 등 직접 규제보다는 상호출자와 상호보증과 같은 경제력 집중을 초래하는 근본원인을 제거하는 것이 순리라고 본다.(192쪽) 셋째로 부동산투기를 막기 위해서 시가에 비해 0.2% 정도에 불과한 재산세율을 선진국 수준인 1~2%대로 높여야 함을 주장하고 있다. 즉 세금이 너무 싸서 부동산의 보유비용이 낮으므로 사람들이 필요 이상으로 넓은 집이나 땅을 점유하고 있는 것을 막아야 한다는 것이다.(152쪽) 넷째로 정부의 역할에 대해서는 경기법칙(Rule of Game)을 제대로 수립해 놓은 후 이를 철저하게 집행만 하고, 나머지는 모두 민간 부분의 자율에 맡김으로써 불필요한 규제는 완전히 철폐해야 한다고 본다. 지금까지 우리 정부는 불필요한 규제는 계속하면서 꼭 필요한 규제는 하지 않는 것이 보통이었다. 보기를 들어 건축허가 기준을 세우는 데 있어서 주차시설을 의무화하는 것 등은 훨씬 더 강력하게 추진되어야만 하는 것이다.(121쪽) 다섯째로 저자는 이 책의 곳곳에서 자본주의의 건전한 가치관을 특히 강조하고 있다. 제3장의 '2. 성수대교와 삼풍백화점'에서는 1~2백 년 앞을 내다보는 건설문화의 정착을 강조하며, '3. 지도층의 사심(私心)'에서는 개혁의 추진을 기득권 유지를 위해 방해하는 집단을 질타하고, '5. 우리는 한 배에 타고 있는가'에서는 공동체의식이 얼마나 중요한 것인지를 설명한다.

제4장의 '1. 내 자식만 사랑하는 한국인'에서는 배타적 이기주의의 탈피를 역설하며, '2. 자녀들에게 재산을 상속하지 말자'에서는 선진국의 재산관과 우리의 견해를 비교하면서 바람직한 사회는 일과 땀을 중시하는 사회라고 본다. 이밖에 제6장 '경제발전과 가치관'도 동서양 문화의 비교를 통해 건전한 가치관의 형성이 선진 자본주의 경제체제의 구축을 위해 필수적임을 보인다.

이상에서 살펴본 나라의 기본을 바로 세우기 위해 필요한 가치관이나 제도개혁은 저자가 아무런 사심 없이 나라 장래를 진정으로 걱정하며 제시하는 처방전으로써, 우리가 선진국이 되기 위해서는 반드시 강한 실천의지를 가지고 추진해 나가야 할 사항들이라고 본다.

한편 저자는 잘 사는 나라가 어떤 나라이어야 하는가를 설득력 있게 펼쳐 보이고 있다.(273쪽) 먼저 상대적으로 침체된 농업의 부흥을 위해서는 그 해법을 자본주의화 개혁을 통해서 찾아야만 된다고 본다. 즉 소농구조를 유럽형의 가족기업농으로 바꾸어야만 하고, 정지상한을 철폐하며 경자유전의 원칙도 철폐해야 한다.(183쪽) 농업, 중소기업 등 한국경제의 취약부분을 잘 다스려 한국경제의 두 얼굴을 한 얼굴로 바꾸어야 선진화가 가능하다고 본다.

또한 일본의 경험에 비추어 고소득만 지향해서는 결코 잘 사는 나라가 될 수 없다. 생활의 질(Quality of Life)이 훨씬 더 중요한 것이다. 쾌적한 환경, 맑은 물, 맑은 공기, 안락한 주거환경, 충분한 도로, 공원 등 공공재의 충분한 공급이 필요한 것이다. 저자는 21세기에 한국이 고소득 국가가 되기는 쉬울 것이나 잘 사는 나라가 되기는 쉽지 않다고 보고 있다.(300쪽) 좋은 보기가 세금을 거두어 팔당 수원지의 오염을 막는 것이 우선인데도, 개개인이 자신만 좋은 물을 마시기 위해 집집마다 정수기를 수도꼭지에 달아 놓고 있는 우리의 현실(236쪽)은 잘 사는 사회와는 거리가 먼 것이다.

이밖에 통일에 대해서도 저자는 통상 통일비용의 과다함만을 걱정하는 데서 탈피하여 통일이 한국의 대약진을 위한 좋은 계기라는 낙관적인 견해를 피력하고 있다.(298쪽) 또한 경제성장의 둔화가 불가피한 단계에 이르고 있는 때에 노동력의 부족을 완화시키기 위해 부부 맞벌이 시대를 열어야 한다(159쪽)는 주장은 매우 올바른 것이다.

한국경제의 기초를 올바로 세우기 위해 건전한 자본주의 정신을 강조하며, 필수적인 제도 개혁을 역설하는 한편, 생활의 질을 높이기 위해서는 단순한 국민소득의 증대를 위해 노력하기보다는 환경 보존, 충분한 공공재의 공급, 안락한 주거환경과 저물가의 유지 등을 필수적으로 본 것은 지극히 타당하다고 생각한다.

독자들에게는 제6장의 가치관에 대한 설명이 다소 지루하여 부담이 될 수도 있을지 모르며, 통일에 대비하는 문제가 소홀히 다루어졌다든가, 중소기업의 재생을 위한 대책 등이 좀 더 자세히 제시되었으면 하는 아쉬움이 있을 수도 있을 것이다.

그러나 전반적으로 볼 때 이 책은 21세기에 한국경제가 지향해 나아가야 할 방향을 공정하게 객관적으로 올바르게 제시하고 있다는 점에서 널리 읽혀져야만 할 책으로 평가하고 싶다. 이 책만큼 우리가 당면한 주요 경제문제를 전체 숲을 보면서 명쾌하게 분석적으로 알기 쉽게 일반인을 대상으로 저술한 경우는 드물다. 좋은 책은 널리 추천하여 많은 사람들이 읽을 수 있도록 하는 것이 옳은 일이라고 본다.

사회경제적 제도를 배경으로 한 경제학 안내서

권영훈 한양대 경제학부 교수

『경제학의 역사』
갤브레이스 지음 / 장태구 옮김 / 1997 / 세종연구원

갤브레이스(John Kenneth Galbraith)의 『경제학의 역사』를 이해하기 위해서는 저자에 대한 간단한 소개가 필요하다. 갤브레이스는 1907년 캐나다 온타리오에서 태어나 캐나다에서 대학을 졸업하고, 미국 캘리포니아 대학에서 박사학위를 받았다. 그리고 캘리포니아, 하버드, 프린스턴 대학에서 교수로 재직하였다. 제2차 세계대전 당시에는 전시물가조정의 책임을 맡아 이를 성공적으로 완수한 공로로 자유의 메달(Medal of Freedom)과 대통령훈위증서(President's Certificate of Merit)를 수여받는 영예를 차지하였다. 그후 갤브레이스는 미국 전략폭격조사부(US Strategic Bombing Survey)와 국무성경제

안정정책부(Office of the Economic Security Policy)의 책임자로서 활약하였다. 갤브레이스는 민주당과 밀접한 관계를 맺고 있었으며 1961년부터 1963년까지 주(駐)인도 미국 대사를 역임하였다. 그는 또한 미국 예술 및 문학 아카데미의 종신회원이며 회장을 역임하였다. 갤브레이스는 『미국의 자본주의』, 『풍요한 사회』, 『새로운 산업국가』 『경제학과 공공목적』 등을 위시하여 널리 알려진 경제학 분야에의 저서뿐만 아니라, 두 권의 베스트셀러 소설을 저술하기도 하였고, 인도 미술에 관한 공저도 있다. 그리고 자서전격인 『우리 시대의 삶』이라는 명저를 출간하였다.

갤브레이스는 일일이 열거할 수 없을 정도로 수많은 저서, 비평, 논저, 리포트를 통하여 그의 광범위한 학문적 관심과 사상을 개진하고 있다.

갤브레이스는 1900년대 미국 경제학에 등장한 새로운 조류라고 할 수 있는 제도주의 경제학에 속하는 인물이다. 제도주의 경제학은 주로 베블렌(Thomstein Bunde Veblen, 1857~1929)과 그의 영향을 받은 경제학자들에 의하여 발전되어 왔다. 제도주의 경제학은 고전 경제학과 신고전 경제학이 지니고 있는 연역적 방법론과 수학적 방법론에 치우치던 미국식 한계효용학파와 쌍벽을 이루고 있었다. 제도주의 경제학자들은 제도와 연관된 실질적 사실과 사회경제학 현상을 규명할 수 있도록 통계적, 경험적 분석을 추구하였다.

왜냐하면 역사적 진행과정에서 발생하는 경제적 사실성과 현실성을 이해하고자 할 때에는 이와 같은 문제들을 야기시킨 사회경제적 제도를 이해하고 분석하였을 때에만 가능하다고 생각하였기 때문이다. 그러므로 사회과학으로서의 경제학의 기본명제는 다음과 같이 요약될 수 있다고 보았다.

즉 국민경제와 사회의 성격은 한편으로는 이들이 지니고 있는 제도와 조직의 형태로, 그리고 다른 한편으로는 행동주의(Behaviorism)에서 말하는 개개인의 행위를 조절하는 시공세계에 입각한 복합적인 조건들에 의하여 결정된다. 그리고 인간의 모든 행위는 이성과 연관되어 있다. 따라서 인간의 사회적 공동생활은 본능적 욕구에 의하여 추진된다기보다는 개인적 행위와 사회적 행위 간의 한계성을 정하고, 이를 조정할 수 있는 사회경제적 제도를 형성하여 질서를 유지시키고자 하는 이성적 그리고 인식론적 바탕 위에서 추진된다는 것이다. 그리고 사회경제 제도의 발전은 학문의 발전, 기술적 진보, 나아가서 인간의 심리적 힘에 의하여 이루어진다는 것이다.

그러므로 갤브레이스는 이와 같은 문제의 본질과 가치를 인식하는 것이 경제학 연구의 기본적인 과제가 된다고 간주하고 있다. 그리고 이와 같은 인식론을 바탕으로 하여 경제학의 역사를 분석하고 이해하고자 하였다.

왜냐하면 경제학은 국민경제를 인식론적 대상물로 간주하면서부터 처음으로 등장하였기 때문이다. 국민경제는 개별경제 분야가 지속적인 상호교환 관계를 통하여 연관되어 있고, 나아가서 개별경제학 분야가 서로 의존적으로 작용하고 있는 것이다. 그러므로 국민경제는 이미 고대 부족사회에서 국가가 형성되던 시기부터 존재하였다고 할 수 있다. 그러나 학문으로서의 경제학은 교환 경제적 현상을 통하여 생성되는 문제들을 체계적이고도 학술적인 분석을 하면서부터 발전되기 시작하였다. 그러므로 경제학은 200년을 조금 넘는 비교적 짧은 역사를 지닌 학문이다.

예를 들면 고대 그리스에서는 도시국가의 자연적 한계와 구역 내에서 경제생활이 이루어졌다. 그리고 가계경제 운영과 소비는 주로 노예들이 생산하는 재화를 근거로 하여 이루어졌으며 시장 메커니즘에 의한 교환경제의 기능은 미약하였다. 물론 그 당시에도 영업을 하는 기업이나 은행의 기능을 하는 기구들이 존재하였다는 기록은 있다. 그러나 농노경제를 가장 이상적인 자급자족형 모델로 간주하였으며 시장에서 이윤을 얻는 것을 비도덕적인 것으로 생각하였다.

아리스토텔레스(Aristotle, 384~322, BC)는 처음으로 국민경제를 하나의 독립적이고 흥미 있는 분야로 간주하고 경제정책을 일정 수준까지 체계화시켰다. 그러나 아리스토텔레스는 실용적 철학을 바탕으로 하여 경제문제를 윤리와 정치 분야와 연관시켜 분석하였으며, 상업이윤과 이자가 정의(正義)의 개념과 일치할 수 있느냐는 문제를 설명하고자 하였다. 그 이유는 생산성을 오직 실물생산성과 동일시하였기 때문이다. 그러므로 상행위를 비생산적인 것으로 생각하였고, 상업이윤을 사기적인 것으로 간주하였다. 나아가서 교환의 매개물로서 화폐의 기능은 인정하였으나 화폐는 항상 재화와 교환할 수 있는 것이고, 또한 화폐는 남자아이(아들)를 낳을 수 없기 때문에 비생산적인 것으로 간주하였다. 그리스어로 이자는 남자아이(아들)를 뜻하며 남자아이(아들)를 낳지 못하는 화폐를 통하여 이자를 얻는다는 것은 착취행위이며 비도덕적이라고 생각하였다.

이와 같은 사고방식은 13세기 중엽부터 가톨릭 성직자들에 의하여 등장하기 시작한 스콜라학파의 경제이론에도 영향을 미치게 되었다. 스콜라학파에서는 가격론, 이자론 및 화폐론을 주로 다음과 같이 취급하였다.

예를 들면, 첫째로 가격론에서 상행위를 윤리적으로 정당화시킬 수 있는 방안을 모색하였으며 이를 위하여 '정당한 가격'을 설정하여야 한다는 것을 주장하였다. 둘째로 이자론에서는 이자를 금지시켰던 고대 그리스의 철학적 관점에서 벗어나 신약성서에서 언급한 대로 이자는 조건부적으로 허용되어야 한다고 주장하였다. 셋째로 화폐론에서는 화폐의 본질과 가치를 규명하고 악화가 양화를 물리치게 되는 메커니즘을 분석하였다. 니콜 오레스므스(Nicole Oresme, 1325~1382) 주교가 주장한 이 논리는 200년 후 그레섬의 법칙으로 다시 등장하게 되었다.

르네상스 이후 2세기 동안은 유럽에서 영토와 주권을 보유한 절대국가가 등장하는 시기였으며, 경제정책적 제도로서 중상주의가 발전되었다. 중상주의의 경제이론에서는 스콜라철학에서 중요시하던 윤리의 문제가 사라지게 되었다. 이와 같은 현상은 독일을 중심으로 하여 주로 재정정책 문제를 취급한 관방경제학이나 프랑스를 중심으로 하여 등장한 중농주의학파에게로 이어지게 되었다. 중상주의, 관방경제학, 중농주의 등이 제시한 경제이론의 춘추전국 시대를 지나 고전 경제학이 등장하게 되었다.

고전 경제학은 동일한 세계관적 그리고 철학적 배경을 지닌 것은 아니다. 그러나 로크(John Locke, 1632~1704)와 흄(David Hume, 1711~1776)이 정립한 자유주의의 기초윤리, 즉 국가가 단독적으로 결정한 사회경제 질서가 아니고 국민이 자발적, 자율적으로 결정한 규범에 의한 사회경제 질서를 통하여 인간은 자유롭고 생산적인 공동생활을 영위할 수 있다는 철학을, 스미스(Adam Smith, 1723~1790)는 시장경제 이론을 구상하는 데 적용시켜 경제학의 발전에 지대한 공헌을 남긴다. 그리고 이 철학은 자유방임자본주의에 입각한 시장경제의 근본사상이 되었다. 그러나 산업혁명을 거쳐서 1930년대 세계경제공황을 맞이하면서 고전적 자유주의에 입각한 시장경제 체제는 양면으로부터 도전을 받기 시작하였다. 즉, 한편으로는 시장경제의 기능 감소로 인하여 발생한 인플레이션의 악화, 실업률의 상승, 중소기업의 몰락과 독점기업의 횡포 등 체제 내부로부터 도전을 받았다. 그리고 다른 한편으로는 이에 대한 반사작용으로 과학적 사회주의와 소련식 공산주의, 독일의 민족사회주의, 이탈리아의 파시즘, 일본의 군국주의와 같은 체제 외부로부터 도전을 받았다.

그리하여 마침내 1930년대에 이르러 신자유주의를 배경으로 하는 신고전 경제학이 등장하게 되었다. 고전적 자유주의와 신자유주의의 차이점은 다음과 같다. 시장 메커니즘의 기능을 합리적으로 활성화시킬 수 있는 경제질서는 결코 스스로 형성되어질 수 없으며, 오직 공정하고 창조적인 경제정책의 실천과 그 성과에 의하여 형성되는 것이다. 따라서 정부는 이 문제를 인식하고 합리적인 경제질서를 확립해 나아가야 한다는 것이다. 이와 같은 논리는 1970년대와 1980년대에 이르러 두 번이나 오일쇼크를 겪었고, 나아가서 사회주의 계획경제 체제가 붕괴된 현시점에서도 유효한 것이다.

그러므로 갤브레이스는 『경제학의 역사』에서 국민경제가 지니고 있는 수많은 사회경제적 제도와 구조의 복합적인 배경을 인간이 창조한 문화의 한 부문으로 간주하고 이를 연구의 대상으로 삼고 있다.

새로운 조직문화를 찾아서

이동현 가톨릭대 경영학부 교수

『**올림포스 경영학**』
찰스 핸디 지음 / 현지혜 옮김 / 1997 / 한국경제신문사

『올림포스 경영학』으로 번역된 이 책은 영국이 낳은 세계적인 경영학자이며 저술가인 찰스 핸디(Charles Handy)의 작품이다. 찰스 핸디는 영국을 비롯한 유럽 지역에서 피터 드러커(Peter Drucker)나 톰 피터스(Tom Peters)를 능가하는 경영학자로 명성을 누리고 있지만, 한국에서는 미국 학자들에 비해 대중적으로 인지도가 낮은 것 같다. 미국이나 일본 학자들이 쓴 경영학 도서가 대부분인 우리나라 상황을 고려해 볼 때 이 책은 영국 학자가 저술했다는 이유 하나만으로도 일반 독자들에게 권장할 만하다.

이 책의 원제인 '경영의 신(Gods of Management)'에서도 짐작할

수 있듯이 찰스 핸디는 고대 그리스 신화에 등장하는 신들을 인용해서 현대기업 조직에 내재하는 경영의 원리 내지는 문화적 특성들을 풍부한 사례를 들어 이해하기 쉽게, 그러나 정확하게 지적하고 있다. 아마 독자들은 조직문화에 대한 찰스 핸디의 폭넓은 식견과 평범한 일상생활에서 조직의 원리를 찾아내는 예리한 통찰력에 "아(Aha)!" 하는 찬사를 보낼 것이다. 더구나 원서가 지금으로부터 19년 전인 1978년에 출간되었다는 사실과 당시 서술된 관료 조직 혹은 기계적 조직의 병폐 현상이 오늘날 우리나라 기업 혹은 사회의 모습과 유사하다는 점을 발견하게 된다면 독자들은 감탄을 넘어 약간의 두려움마저 느낄지도 모르겠다.

이 책은 크게 2부로 구성되어 있다. 1부는 조직 내에 다양한 문화가 존재한다는 지극히 상식적이지만 흔히 간과할 수 있는 사실에서 논의를 출발시킨다. 저자는 고대 그리스 신화에 나오는 네 가지 신들을 경영원리 내지 조직문화를 설명하는 데 인용하고 있는데, 조직이 어떤 신을 따르느냐에 따라 조직 구성원들이 생각하고 학습하는 방법, 조직에 영향을 미치고 변화시키는 방법, 조직 구성원들을 동기부여하고 보상하는 방법이 달라진다. 따라서 경영자는 같은 조직 내에도 다양한 일과 문화가 혼합되어 있다는 사실을 직시하고 조직 내에 어떤 유형의 문화가 존재하는지를 파악하고 이러한 요인들을 잘 조화시켜야 한다고 저자는 역설하고 있다.

2부는 여러 조직문화 중 현대 조직에 가장 광범위하게 퍼져 있는 아폴로 조직의 문제점을 지적하고 이러한 위기를 극복할 수 있는 방법으로 전문 조직(Professional Organization)과 계약 조직(Contractual Organization)의 의미를 설명하고 있다. 2부 8장으로 구성된 책의 내용은 어느 하나도 빠뜨릴 수 없을 정도로 알차지만, 1장과 2장에 서술된 네 가지 신들로 대표되는 네 가지 조직문화의 특성을 이해하는 것이 이 책에서 가장 중요한 대목일 것이다. 그러면 네 가지 조직문화의 특성을 좀 더 구체적으로 살펴보자.

첫 번째 조직문화는 제우스로 대표되는 집단(Club)문화이다. 그리스 신화에 나오는 제우스는 그리스 신들의 왕으로 천둥번개와 금은보화로 올림포스 산을 정복했다. 그는 가부장적 전통을 대변하는 신으로서 비합리적이지만 관대한 권력을 지닌 카리스마적인 존재였다. 집단문화의 특성을 가진 조직은 제우스처럼 카리스마적인 몇몇 사람들에 의해 운영되는데, 이때 제우스적 특성을 지닌 사람은 열정적인 기업가로서 신속하고 직관적인 방법으로 문제를 해결하는 특징을 갖고 있다. 따라서 집단문화에서는 논리보다는 직관을, 합의보다는 결단을, 정확성보다는 신속성을 중요시한다.

또한 집단문화에서는 카리스마를 바탕으로 개인적인 친분과 신뢰에 의존한 경영을 하기 때문에 개인이 가진 능력이나 업무보다는 개인 그 자체를 중요시한다. 따라서 집단문화에서는 무엇을 말했느냐보다는 누가 말했느냐가 더 관심사항일 것이다. 집단문화의 특성은 규모가 작은 조직이나 설립된 지 얼마 되지 않은 조직에서 흔히 볼 수 있다. 특히 집단문화는 정확하고 세부적인 분석보다는 타이밍이 중요한 업무나 상황에 적합하다. 대표적인 조직으로 거래알선회사,

투자은행, 정치집단 등을 들 수 있다.

두 번째 조직문화는 아폴로로 대표되는 역할(Role)문화이다. 아폴로는 질서와 규칙을 주재하는 수호신이다. 이 문화권에서 인간은 합리적인 존재이고 모든 것은 논리적 행태로 분석될 수 있다고 가정한다. 역할문화에서는 개인의 존재보다는 개인이 가진 역할 혹은 행해져야 할 일을 중요시한다. 따라서 조직의 임무는 상세한 직무 분석하에 조직 내의 업무 배분표가 갖춰지고 각종 규칙과 절차가 확립되었을 때 비로소 자세히 분류된다. 흔히 역할문화를 관료주의라는 말로 대체하기도 한다.

역할문화는 집단문화와 반대로 동물적 감각보다는 논리적 분석을, 개인적인 카리스마보다는 구성원들의 합의를 중요시한다.

또한 역할문화에서는 개인의 존재보다는 역할을 중요시하기 때문에 아폴로 조직을 변화시키려면 역할과 책임 또는 규칙과 절차를 바꾸어야 한다. 제우스 조직에서 사람을 바꾸어서 조직을 변화시키는 것과는 다른 접근법을 사용해야 한다는 것이다. 아폴로문화는 안정적이고 예측 가능성이 높은 업무에 효과적이다. 생명보험회사, 국영기업체, 독점기업, 주 정부 등 규모가 크고 안정적이며 업무에 대한 예측성이 높은 조직이 대표적인 역할문화의 예들이다.

세 번째는 아테네로 대표되는 임무(Task)문화이다. 수공업자와 지혜의 여신인 아테네는 전사의 여신이며 문제해결자들을 보호하고 예술가와 개척자들을 수호한다. 임무문화에서는 경영을 문제에 대한 지속적이고 성공적인 해결과정으로 이해한다. 또한 임무문화는 문제를 해결하는 것을 중요시하기 때문에 조직의 권력이나 영향력도 문제해결 능력, 즉 전문성에서 나온다. 임무문화에서는 나이나 근무연수, 소유주와의 관계 등이 별 의미가 없으며 재능과 창의성, 그리고 신선한 발상만이 조직에 기여할 수 있는 요인이다. 아테네 조직은 문제해결이라는 공동의 목표를 갖고 있기 때문에 지도력보다는 상호존중, 최소한의 업무처리의 정확성, 협력하려는 의지 등이 중요하다.

임무문화는 조직이 문제에 대한 해결방법을 찾을 때 놀라울 정도로 효과를 발휘한다. 그러나 조직이 성장기를 지나 쇠퇴기로 접어들거나 특단의 조치가 아니라 지속적이고 일상적인 해결책을 강구해야 할 필요성이 대두될 때 임무문화의 효과는 급격히 감소한다. 예컨대 60년대 유럽의 광고회사들은 젊고 창의적인 전문가들을 중심으로 호황을 누렸지만, 70년대 접어들어 경쟁이 치열해지고 불경기가 겹치면서 인원감축과 비용절감을 통해 임무문화를 포기하고 역할문화로 변화를 시도하였다. 컨설팅회사나 연구개발 부서, 광고회사 등이 대표적인 아테네 조직들이다.

끝으로 네 번째 조직문화는 디오니소스로 대표되는 실존(Existential) 문화이다. 술과 노래의 신인 디오니소스는 예술가와 전문가들이 선호하는 신이다. 실존문화는 인간이 특정 신의 수단이 아니며 인간이 사는 세상보다 더 고귀한 목적은 없다는 가정에서 출발한다. 앞서 제시된 세 문화권에서는 정도의 차이는 있지만 모두 개인은 조직에 예속된 존재였다. 즉 개인은 조직의 목적 달성을 위한 수단이고 그 결과에 의해 평가받는 것이다. 그러나 실존문화에서의 조직은 단지 개인이 목적을 성취하는 데 도움을 주기 위해 존재한다. 실존문화는 개개인의 재능이나 기술이 조직의 중요한 자산인 경우에 가장 효율적이다. 대학, 병원, 법률회사, 건축가나 예술가 협회 등이 실존문화의 특성을 지닌 대표적인 예들이다.

이처럼 조직에는 다양한 문화들이 혼재할 수 있다. 서로 대립되는 요소들을 조합하고, 여러 문화들을 혼합하거나 또는 제 모순을 순조롭게 관리하는 것이 경영이라는 찰스 핸디의 얘기처럼 경영자는 자신이 속한 기업이 어떤 유형의 조직문화 특성을 갖고 있는지를 파악하고, 각각의 특성에 맞는 바람직한 조직문화 유형을 찾도록 노력해야 할 것이다.

작금의 우리나라 기업이 당면한 상황을 고려해 볼 때 이 책은 한국의 경영자들에게 다양한 시사점을 제공해 줄 수 있을 것 같다. 특히 재벌기업들 중 상당수는 현재 주로 역할문화에 약간의 집단문화가 가미된 형태로 운영되고 있는 것 같다. 그러나 앞서 밝힌 바와 같이 경쟁이 치열해지고 경영환경의 불확실성이 증가할수록 역할문화는 장점보다 단점이 두드러지게 된다. 따라서 재벌기업의 경영자들은 하루빨리 집단문화와 임무문화적인 요소를 과감히 도입하여 역할문화의 단점을 보완해야 할 것이다.

끝으로 'task force'와 'matrix 조직'을 각각 '특수 부대'와 '모형조직'으로 번역했는데 오히려 '태스크포스팀', '매트릭스 조직'으로 표현하는 것이 원어의 뜻을 더 잘 살릴 수 있었을 것 같다는 점을 옥에 티로 지적하는 바이다.

경제성장이 인간의 행복을
보장하지는 못한다

이윤철 한국항공대 경영학과 교수

『기업이 세계를 지배할 때』
데이비드 C. 코튼 지음 / 채혜원 옮김 / 1997 / 세종서적

'기업이 세계를 지배할 때' 인간은 과연 행복할까? 그렇지 못할
것이라면 우리는 과연 어떤 선택을 해야 하는 것인가? 이에 대해 저
자는 미국식 발전모형의 결과 탄생한 세계경제 시스템의 비효율성을
비판하면서, 인류가 진정한 의미의 행복을 추구하기 위해서는 기업
시스템에 의해 더 이상 지배받지 말고 인간이 중심이 된 민주적 혁명
을 이루어야 함을 역설하고 있다. 저자 데이비드 코튼(David C.
Korten)은 하버드대학 경영대학원의 교수를 역임한 석학으로, 저개
발국가의 성장과정과 이에서 파급되는 문제점을 해결하기 위해 일생
을 바친 현실 지향적이고 실천적인 학자이다. 경영학 석사를 마친 후

에티오피아를 시작으로 중앙아메리카, 필리핀 등지에서 미국식 경영 시스템을 전수하고, 미국 정부의 공적원조를 지원하는 업무를 수행 하면서 저자는 저개발국의 개발과 이에 수반된 다양한 현실 경험을 축적하게 되었다. 이러한 경험을 바탕으로 그는 많은 저개발국들이 개발과정에서 미국형의 경제성장 우선주의를 선택함으로 인해 겪어 야 했던 모순점들을 예리하게 지적하고 있다. 그는 현 세계경제의 문제점이 바로 성장을 주도해 온 서방세계의 경제법칙 특히 미국적 시스템에서 파생되었다고 지적하고 있다. 이는 30년간의 저개발국에서의 생활을 청산하고 뉴욕으로 돌아가는 저자 부부가 "우리는 야수의 배꼽으로 이사할 것입니다"라고 밝힌 데서 극명하게 나타나 있다. 미국을 대표하는 거대도시인 뉴욕이야말로 거부와 유명인의 사치스러운 생활양식과 병행하여 무주택자들이 방황하는 집단과 무기력한 정부, 무차별적인 폭력을 내포하는 경제의 중심지이기 때문이다. 역설적으로 저자가 일생을 통해 추구했던 저개발국 성장의 종착점이 뉴욕과 같은 모습으로 나타난다면, 과연 수많은 것을 파괴한 성장이 타당한 것이었나 하는 근원적인 의문으로 이어진다.

저자는 이러한 자신의 논리를 전개하는 방식으로 먼저 경제성장의 환상을 역설하고 있다. 예컨대, 성장을 주도한 세계적 기업의 번영은 보장될지라도 실제 그 성장의 열매를 향유해야 할 저개발국의 일반 서민은 문화적으로 변화를 요구당하고, 개발에 따른 환경오염에 시달리고, 분배상의 불평등을 강요당하는 등 다중 고통을 겪고 있다. 한편 이렇듯 세계 각지에서 성장이 이루어지는 과정에서, 그 주도권은 자연스럽게 세계적 기업으로 귀속된다. 그러나 이들 세계적 기업의 행동권리는 의당 기업 자신의 이윤을 극대화하는 것이지, 세계적인 차원에서 자원을 효율적으로 배분하는 것은 아니다. 예컨대, 소수 정예화된 엘리트 집단은 그들 자신의 효용을 극대화하기 위해 빈곤층을 길들이고, 필요한 경우 비윤리적인 로비까지 마다하지 않는다. 기업이 지배하는 세상에서 가치를 측정하는 기본단위는 '화폐'이다. 세계적 기업들은 진정한 '가치'와는 별개인 화폐단위를 극대화하기 위해 노력한다. 이로 인해 적대적 기업 인수합병이 당연시되고, 화폐적으로 비효율적인 기업들은 그 실제적인 가치와는 무관하게 기업사냥꾼들에 의해 분배되어진다. 과연 세계적인 기업에게, 이들의 소수 엘리트들에게 그렇게 행동할 권리가 있는가? 저자는 이를 신랄하게 비판하고 있다.

이와 같이 기업이 세계를 지배할 때 개인, 특히 저개발국가의 일반 대중은 성장을 주도하는 기업에 의해 모든 것을 지배당하고 자신의 의지를 펼칠 수 없는 현대판 노예로 전락하게 된다. 이렇게 되면 대다수의 대중은 그들이 이룰 수 있는 미래의 비전을 상실하게 되고, 수동적이고 피상적인 삶을 살게 되는 것이다. 저자의 논리 전개는 자연스럽게 "기업이 지배하는 세계에서 인류는 과연 진정한 행복을 추구할 수 있는가", "기업과 개인의 관계를 이런 방향으로 이끌어 나가고 있는 자유시장 경제체제는 과연 올바른 것인가", "우리는 지나치게 자유시장 경제에 대해 낙관적인 환상을 지닌 것은 아닌가" 하는 물음으로 이어진다. 냉전시대를 종식하면서 더 이상 대적할 사회 시스템이 존재하지 않는 현재의 인류에게 자유시장 경제는 피할 수 없는 숙명이다. 그런데 이 시스템이 세계적인 기업 지배를 유발하고, 결국 인류의 행복을 파괴할 수도 있다면 우리는 과연 어떤 선택을 해야 하는가? 인류의 궁극적인 행복을 보장하기 위해 저자는 인간 중심의 '생태혁명'을 제안하고 있다. 인간이 중심이 된 변화, 특히 자각한 시민이 주도하는 의식 전환이야말로 탐욕스러운 기업에 의해 자행되는 파괴로부터 인류를 구원할 수 있다는 것이다. 세계적 기업이 파괴해 나가는 자연환경은 이를 이용하는 인간이 중심이 된 시민운동으로 기업에게 더 많은 생태비용을 부과하는 방법 등으로 보호될 수 있을 것이다. 세계적 기업이 주도하는 성장이 지구상에 존재하는 다양한 문화를 일률적으로 평준화시킨다면, 이러한 개발에 참여하는 저개발국가의 대중이 자발적으로 성장을 주도하고 변화에 동참하는 방법으로 그들의 고유문화를 유지할 수 있을 것이다. 성장의 결과 파생되는 불평등 배분문제도 성장의 주도권을 세계적인 대기업에서 중소기업을 비롯한 일반 대중으로 가져온다면 보다 손쉽게 해결할 수 있을 것이다.

이 모든 것은 현재 상태에서의 총체적 변화를 통해서 이루어져야 한다. 무분별한 개발을 거부하고, 성장의 부산물인 부패를 단호히 거부하고, 시민들이 자발적으로 연계해서 건전한 성장을 유도해 나간다면, 미래는 보다 바람직한 방향으로 변화할 수 있다. 그리고 이러한 변화의 원동력은 사람들이 진정으로 변화할 수 있다는 자신감을 가지고, 그들이 스스로 참여하여 변화를 주도하는 데 있다.

이상과 같은 저자의 논리 전개는 다분히 기업비판론에 그 뿌리를 두고 있다. 기업의 사회 시스템으로서의 공과는 양극단의 관점에서 평가될 수 있다. 궁극적인 평가는 기업은 자유시장 경제의 산물로, 인류는 이러한 기업 시스템을 이용하여 최적의 자원 배분을 이룬다는 것이다. 기업이 존재하지 않는다면 과연 어떻게 개인을 동기 유발시켜 창의성을 극대화시킬 수 있는가? 기업 시스템이 표방하는 자유경쟁의 원리야말로 개인의 능력을 극대화시키고, 인류의 번영을 보장할 수 있다는 평가이다. 이에 반해 저자와 같이 비판적인 평가를 선택하면, 기업은 태생적으로 강한 성장욕구를 내재하고 있고 이에 따라 기업은 그 활동영역을 끊임없이 확장하게 되는데, 이러한 확장의 과정에서 저개발국의 다양한 문화를 파괴하는 등의 수많은 부작용을 유발한다는 것이다. 양극단의 논리는 나름대로 타당성이 있다. 2차대전 이후 세계경제를 이끌어 온 미국 중심의 세계적 기업들은 일면에서는 엄청난 세계경제 성장을 유도했고, 일면에서는 불균형 성장, 환경 파괴 등 부작용을 낳기도 했다. 중요한 것은 어느 시점에서 이러한 지구적인 성장을 멈추고 환경을 보호하고, 문화를 보호하며, 균형적인 성장으로 전환할 것인가이다. 그리고 이를 누가 주도할 것인가의 문제이다. 저자의 제안은 논리적으로 모든 면에서 타당하다. 그러나 성장이 미국식 논리로 시작했듯이 이러한 저자의 변화 논리도 어쩌면 미국식 논리를 지니고 있는 것은 아닌가? 일례로 세계적인 환경보호를 위해서 브라질의 밀림을 보호해야 한다는 것은 지극히 옳은 지적이다. 그러나 그 지역에 주거하는 사람들은 과연 자신들의 문화를 고수하면서 상대적으로 행복하게 살 수 있을까? 물론 경제성장을 이루는 것이 이들의 행복을 보장하지는 못한다. 그러나 역으로 생태를 보호하고 고유문화를 보호하는 것만으로도 그들의 상대적인 박탈감을 보장할 수는 없는 것이다. 선진국 위주로 진행된 성장은 이미 개발도상국 내지는 저개발국의 자발적 참여를 통한 변혁만으로는 치유할 수 없을 정도로 앞서 나가 있다. 기업은 이미 세계를 지배하고 있고, 이러한 기업 지배의 논리가 완전히 깨어지지 않은 상태에서 시민, 대중, 개인의 자발적인 변혁만으로 완전한 변화를 이루기는 어려울지도 모른다. 그리고 우리나라의 경우 이미 한국의 대기업들이 세계적인 기업으로 발돋움하여 동남아시아 등지에서 저개발국의 성장을 부추기고 있고, 이러한 성장의 문제점들이 지적되고 비판받고 있다면 과연 우리는 어떤 논리를 따르고, 어떻게 평가하는 것이 옳은가?

질서경제학의 가능성과
신고전파 비판

김균 고려대 경제학과 교수

『**시장경제의 법과 질서**』
민경국 지음 / 1997 / 자유기업센터

1

이 책의 저자 민경국 교수는 자유주의 경제학자이다. 그가 시장의
힘을 신봉하고 정부의 경제개입을 무익할 뿐 아니라 부당한 것으로
본다는 점에서 그는 의심할 바 없는 자유주의자이다. 통상적으로 경
제학의 자유주의 전통은 고전학파, 신고전학파 등으로 이어져 내려
오는 주류 경제학 전통에서 찾아지며, 그 대립적 흐름은 케인즈주의
전통이다. 또 현재의 자유주의 경제학 전통은 미국의 시카고학파가
대변하고 있다고 볼 수 있다. 그러므로 오늘날 경제학자가 자유주의

자일 경우 그의 입장은 대체로 주류 경제학 특히 시카고학파의 이론 체계에 바탕을 두고 있다고 봐도 무방하다. 그러나 경제학자 민경국 교수는 자유주의자임에도 불구하고 주류 경제학 전통을 단호히 부정한다. 그 대신 그는 자신의 자유주의 입장의 토대를 다른 경제학 및 철학 전통들 속에서 찾는다. 이 점에서 그는 요즈음 우리나라 경제학자들 사이에서도 그 세가 커지고 있는 시장주의자들과는 확연히 구별되는 것이다.

그의 출발점은 하이에크이다. 오스트리아학파의 전통을 이어받은 하이에크는 노벨 경제학상을 수상했을 정도로 뛰어난 경제학자이기도 하지만 동시에 20세기의 대표적인 자유주의 사상가 중 한 사람이기도 하다. 하이에크의 세계는 인식론, 경제학, 법학, 사회사상 등에 걸쳐 하나의 거대한 체계를 형성하고 있지만, 그의 체계의 중심에는 시장이론이 놓여 있다고 볼 수 있다. 그는 시장을 자생적 질서(Spontaneous Order : 이 책에서는 자발적 질서로 번역하고 있다)로 파악한다. 자생적 질서란 그 구성원들의 의도하지 않은 행위의 결과로 형성되는 질서이다. 그러니까 시장이란 인간들이 만든 제도임에는 분명하지만 어느 누구의 의도와 기획에 의해 창출된 질서는 아닌 것이다. 이 자생적 질서가 '질서'라는 규칙성을 보이는 것은 그 구성원들이 일정한 행위준칙을 따르기 때문이다. 다시 말해 각 개인들이 모두 일정한 행위준칙을 따를 때 그러한 행위들의 총체적 귀결이 드러내는 규칙성이 자생적 '질서'인 것이다.

그런데 이 행위준칙은 진화적 절차 속에서 형성된다. 하이에크의 문화적 진화론은 변이와 선별이라는 진화론적 관점에서 이 자생적 질서의 형성을 설명한다.

하이에크에 의하면 각 개인들이 일정한 행위준칙에 따라 자유롭게 행동하는 시장질서는 정보의 활용 측면에서 그 대립체계인 계획경제보다 효율적이다. 경제문제란 기본적으로 생산과 소비를 둘러싼 자원배분의 문제인데, 이를 즉 무엇을 얼마만큼 생산하고 소비할 것인가를 계획에 의해 해결하고자 한다면 엄청난 정보가 필요할 것이다. 반면 시장경제에서는 각 개인은 각자의 이익을 추구하려 하기 때문에 그가 필요로 하는 정보를 적극적으로 찾으려 하며, 시장가격의 움직임 속에는 이러한 개인들이 찾아낸 정보의 총체적 결과가 반영되어 있다. 따라서 시장해법은 계획보다 정보처리, 나아가 자원배분의 측면에서 효율적인 것이며, 이런 관점에서 볼 때 시장은 정보의 '발견적 절차'인 것이다. 또한 이러한 시장질서 속에서 각 개인은 일정한 행위준칙을 준수하는 한, 자신의 선호에 따라 자유롭게 행위할 수 있다. 즉 시장질서는 자유를 내포하고 있는 것이다.

민 교수는 이러한 하이에크의 자생적 질서로서의 시장, 그리고 그것이 포함하는 자유주의를 그대로 수용하여 이를 자신의 기본 축으로 삼고는 독일의 질서자유주의(Ordo Liberalism)와의 결합을 시도한다. 오이켄, 뢰프케 등이 주축인 질서자유주의는 사회적 시장경제라고도 불리는 전후 독일경제의 부흥을 이끈 경제사상이다. 질서자유주의자는 고전학파의 완전경쟁적 시장을 개인의 자유를 보장한다는 측면에서 가장 바람직한 경제체제로 파악한다. 그러나 그들은 완전

경제 시장이 제도적 진공상태에서 자연적으로 형성되는 것이 아니라 법과 제도라는 인위적 구성원리에 의해 만들어지는 것으로 본다. 따라서 그들은 시장의 경쟁적 질서를 확보케 하는 법적 제도와 질서정책의 탐구로 나아가게 되는데, 민 교수에 의하면 질서자유주의와 하이에크가 만날 수 있는 접점은 바로 이 시장을 성립케 하는 인위적 구성원리인 것이다. 그가 말하는 질서경제학이란 이처럼 하이에크 이론체계에 질서자유주의의 요소를 접합시킨 체계인 것이다.

2

이 책은 두 개의 주제를 담고 있다. 하나는 앞에서 말한 질서경제학의 소개이고 다른 하나는 주류 경제학에 대한 비판이다. 저자는 이 두 주제를 별도로 분리하여 다루는 것이 아니라, 질서경제학을 구성하는 이론 각각과 그에 대응하는 주류 경제학 이론을 마치 DNA의 이중나선구조처럼 동시 병렬적으로 취급하는 다소 까다로운 서술방식을 취하고 있다. 그렇기 때문에 독자들이 순차적으로 손쉽게 읽어나가기가 아마도 힘들 것이다. 하지만 주류 경제학에 대한 저자의 비판을 하나하나 질서경제학과의 대비 속에서 부각시킨다는 점에서 볼 때 이 서술방식은 나름대로의 장점이 있다고 생각된다.

이 책은 크게 6개의 장으로 구성되어 있다. 제1장 '인식론적 기초 : 인간이성의 한계'에서는 하이에크의 구성적 합리주의 비판, 복잡 현상론과 과학주의 비판의 포퍼의 세 가지 세계 틀에 맞추어 서술하고 있다. 또한 이 장의 곳곳에서 저자는 주류 경제학의 방법론을 구성적 합리주의 전통에 속하는 것으로 해석하면서 이를 비판한다. 제2장 '자발적 질서와 법질서'에서는 앞에서 설명한 하이에크의 자생적 질서를 소개한 뒤 이 질서를 유지케 하는 법질서의 원칙적 특성을 기술한다. 제3장 '개인적 자유와 법질서'에서는 시장을 전통적인 자유주의 사상과 관련 속에서 살펴보는데, 저자에 의하면 주류 경제학은 적극적 자유의 대륙 전통을 따르고 있으며, 질서경제학은 소극적 자유 개념을 기반으로 삼는 고전적 자유주의 전통에 속한다. 제4장 '시장경제 질서의 진화적 원리'는 질서경제학과 주류 경제학의 시장개념을 비교하고 있는데, 저자는 균형으로 시장을 모형화하는 주류 경제학뿐 아니라, 시장을 균형으로 나아가는 과정으로 보는 커즈너의 균형과정론을 동시에 비판하면서 시장은 발견적 절차이자 진화적 과정으로, 따라서 열린 시스템으로 파악하는 하이에크의 견해를 적극적으로 수용한다. 이와 함께 저자는 거래비용론, 계량 경제학 및 거시경제학에 대한 비판을 덧붙이고 있다. 제5장 '시장경제 질서의 진화적 조건 : 법질서'는 시장경제 질서를 유지케 하는 내적 제도로 개인 속에 내재화되는 규범을, 또 그 외적 제도로는 법질서를 지적한다. 적절한 외적 제도를 논함에 있어서 저자는 질서자유주의자의 사고를 적극적으로 수용한다. 제6장 '질서경제학과 주류 경제학의 법정책적 원리'에서는 포스너리안 법경제학과 사회계약론적 법경제학을 비판적으로 개관하면서 질서경제학을 그에 대비시키고 있다.

3

하이에크에서 출발하여 시장질서에 맞는 법과 제도를 탐색하는 저자의 작업은 사실 이 책이 처음은 아니다. 그는 이미 『진화냐 창조냐』(한국경제연구원, 1996)에서 동일한 시도를 한 바 있다. 그 책에서는 단순히 하이에크의 헌정주의에 입각한 법사상을 구체적 법과 제도 형태로 확장하려는 시도를 보여 주었는 데 비해, 이 책에서는 자신의 입장을 질서경제학으로 명쾌하게 정리하고 있을 뿐 아니라 대립적 이론에 대한 적극적이고 체계적인 비판을 담고 있다는 점에서 저자의 세계가 점점 더 확고해지고 또 깊어지고 있음을 여실히 보여 준다.

이 점에서 그는 훌륭한 경제학자의 모범이다. 그러나 몇몇 의문점과 불만이 없는 것은 아니다. 그중 하나만 지적하기로 하자.

앞서 말한 바와 같이 저자는 하이에크와 질서자유주의의 결합을 시도하고 있다. 질서자유자들이 완전경쟁 시장을 내세우는 근본적 이유는 이 시장 형태가 개인의 자유를 가장 잘 보장하는 자연스러운 경제 형태라고 보기 때문이다. 따라서 그들이 제시하는 시장질서의 구성원리의 한 축은 사유재산제도, 계약의 자유, 이동의 자유 등이 되고, 다른 한 축은 시장 참여자들이 공평하게 경쟁하기 위해서 필요한 조건의 제공인 것이며, 모든 개인들에게 최소한의 경제적 존립조건을 제공하는 복지제도, 경제력 집중 방지 등이 후자에 해당되는 제도적 장치들이다. 그러니까 오르도 리버럴의 입장에서는 반독점정책과 복지제도는 경쟁시장 법질서의 필수불가결한 구성요건이다. 저자는 이 후자 부분을 제외한 채 질서자유주의 법질서를 도입하고 있는데, 그 제외의 근거나 이유를 사실상 전혀 해명하지 않고 있다. 그 설득력 있는 해명은 하이에크와 질서자유주의를 결합시키는 작업에서 결정적인 논리적 접합점일 것이다.

필자는 개인적으로 그 가능성을 의심하고 있는데, 하이에크가 오이켄과 결별하게 된 숨은 이유 역시 이와 관련된 것이 아닐까 싶다.

한국경제구조 진단 · 대안 제시의 길잡이

이백만 서울경제신문 정경부장

『**한국경제 죽어야 산다**』
정운찬 지음 / 1997 / 백산서당

한국은 지금 6 · 25사변 이후 최대의 국난에 처해 있다. 국난의 중심은 외환 · 금융위기다. 지금의 경제난은 성수대교와 삼풍백화점의 붕괴사고와 아주 흡사하다. 성수대교와 삼풍백화점이 눈 깜짝할 사이에 폭삭 주저앉아 버렸던 것처럼 30여 년에 걸쳐 이룩해 놓았던 '한강의 기적'이 순식간에 무너져 버렸다.

또 그 참상은 어떤가. 지금의 대량부도와 대량실업은 삼풍백화점 사고현장을 보는 것만 같다. 세계 유수의 언론들은 성수대교와 삼풍백화점 붕괴사고가 났을 때처럼 환란(換亂)으로 지칭되는 지금의 경제난도 큼지막한 사진과 함께 연일 대서특필하고 있다. 《뉴욕타임스》등 외국의 유력 언론들은 "한국이 압축 성장을 통해 '한강의 기적'을 이룬 것도 세계사에 유례가 드문 일이지만 한국경제가 순식간에 붕괴된 것 또한 기록적인 일"이라고 논평했다.

경제학자들은 이런 국면에서 어떤 역할을 해야 할까. 온 국민의 '삶의 터전'이자 자신의 연구대상인 경제 현실에 대해 학자적 양심을 걸고 진지하게 고민하는 '제대로 된 경제학자'는 과연 몇이나 될까. 경제학 박사나 경제학 교수는 많지만 '제대로 된 경제학자'는 별로 없다는 호사가들의 말장난이 설득력을 얻어 가고 있는 사회 분위기다.

관변경제학자를 제외한 대부분의 경제학자들은 국가경제 운영에 대해 책임이 없다. 권한이 없기 때문이다. 다만 지식인의 한 사람으로서, 또는 경제현상을 분석·비평하는 경제전문가로서 정부당국자들에게 훈수를 제대로 하지 않았다는 도덕적 책임이 제기될 수 있을 뿐이다.

경제학자들은 여기서 고민을 하게 된다. 특히 순수 경제학자들의 경우 고민의 강도가 더 세다. 경제정책에 대해서는 티끌만한 영향력도 행사하지 않았으면서도, 아니 행사하려 했다고 하더라도 관료들에 의해 저지당했으면서도 해외에서 열리는 세미나나 심포지엄에 참석할라치면 고개를 들지 못한다. 외국의 경제학자들마다 "당신 나라 경제가 왜 이 지경이 되었느냐"고 물어보기 때문이다. 대부분의 학자들이 해외에 나가면 죄인이 되는 기분이라고 말하고 있다. 학자로서의 한계를 실감하게 된다는 것이다.

상아탑(대학연구실)과 경제 현실. 경제라는 현실세계를 연구대상으로 삼고 있는 경제학자치고 최소한 한 번쯤은 상아탑과 경제 현실을 어떻게 조화시킬지를 놓고 고민하게 될 것이다. 소위 현실 참여의 문제다. 그러나 대부분의 경우 실망스런 결과를 초래하고 말았다. 상아탑을 택한 경제학자는 비뚤어진 선비주의에 빠져 현실을 외면한 절름발이 경제학자가 되어 버린 사례가 대부분이고, 현실 참여 경제학자들은 맹목적인 출세주의에 몰입하다 학자로서의 양심을 저버리기 일쑤다.

상아탑과 경제 현실을 조화시킬 방도는 없을까. 정운찬 교수는 상아탑정신을 지키며 현실 참여를 실천하는 하나의 유형을 제시하고 있다.

정 교수는 학문연구에 관한 한 어느 경제학자보다도 정열적이면서도, 경제문제를 분석·비판하며 새로운 정책 방향을 제시하는 데서도 어떤 전문가보다도 현실적이고 직선적이다. 정 교수의 현실 참여 방식은 독특하다. 언론을 통한 칼럼이다. 97년 국제통화기금(IMF) 한파가 불어 닥치기 시작할 때 출간한 『한국경제 죽어야 산다』가 그 결정판이다. 정 교수는 상아탑을 지키는 경제학자가 어떻게 현실 참여를 하여야 하는가를 이 책을 통해 예시해 주고 있다. 아카데미즘(상아탑)과 저널리즘(현실 참여)을 접목시키는 데 성공한 것이다.

정 교수는 93년 문민정부의 경제팀이 집권 5년의 경제정책 마스터플랜을 내놓았을 때부터 "이것은 길이 아니다"라며 정책의 줄기를 바로잡는 데 무던히도 애를 쓴 몇 안 되는 경제학자 중 한 사람이다.

문민정부가 93년 초 '신경제 100일 계획'을 발표, 섣부른 경제부양책을 동원할 때 첫 단추를 잘못 끼웠다며 이제라도 다시 시작하라고 통렬하게 비판했다. 'YS노믹스'로 지칭되었던 '신경제 5개년 계획'과 세계화정책 등에 대해서도 정곡을 찌르는 칼럼으로 경제정책을 비판했다. 정 교수는 경제정책 기조를 바꾸지 않을 경우 대재앙이 벌어질 수 있다고 경고하기도 했다. 정 교수의 칼럼은 경제학자로서의 논리가 확실한데다 어려운 경제문제를 피부에 와 닿는 국내외 사례를 들어 가며 쉽게 설명, 신문독자들을 사로잡았다. 정부당국의 경제정책에 뭔가 본질적인 문제가 있는 것을 느끼고 있으면서도 이를 논리적으로 지적하지 못했던 식자층에게도 '해답'을 줬다. 많은 칼럼니스트들이 비판을 위한 비판을 했던 데 비해 정 교수는 일관된 논리로 정부의 경제정책을 비판했다. 당연히 청와대 재정경제원 등과의 마찰이 대단했다. 정부당국과 일부 관변 언론에서는 "정 교수가 정치적 욕심이 있어서 튀는 칼럼을 쓰는 것 아니겠느냐"며 음해하기까지 했다.

정말 안타까운 사실은 정 교수의 '예언'이 불행하게도 적중하고 말았다는 점이다. 성수대교 붕괴사고로 안전사고에 대한 경각심이 고조됐던 94년 가을 "개방의 준비도 덜 된 우리가 앞장서서 국제화, 더 나아가 국경이 없는 '세계화'를 부르짖는 것은 현실 파악을 잘못한 것"이라며 "개념조차 모호한 세계화는 제2의 성수대교를 잉태할지도 모른다"고 지적했다. 정 교수는 '경제적인 성수대교 붕괴사고'를 경고했는데 3년 만에 그것이 현실로 나타나 버린 것이다. 김영삼

전 대통령은 94년 호주에서 열린 아태경제협력체(APEC) 정상회의에 참석 후 귀국하는 길에 갑자기 세계화정책을 부르짖었고 그후 세계화를 통치이념화했다. 당시 김 전 대통령의 기세는 대단했다. 여론의 지지를 업고 무소불위의 영향력을 행사했다. 누구 하나 세계화정책의 허구를 지적하지 않으려 했다. 세계화정책은 경제협력개발기구(OECD) 조기 가입으로 이어졌고 OECD 가입은 결국 IMF사태를 낳았다. 지금은 모두 이같은 논리로 문민정부의 경제정책을 비판하고 있지만 당시 운동권 경제학자를 제외하고는 이를 공개적으로 비판한 학자는 거의 없었다.

정 교수는 IMF사태를 직접적으로 촉발시킨 장본인 가운데 한 명인 강경식 전 부총리의 경제정책에 대해서도 매서운 비판을 가했다. 강 전 부총리가 맹목적인 서구식 시장주의에 입각, 경제구조조정 정책을 무리하게 밀어붙이자 정 교수는 선무당이 사람 잡는다며 정책 선회를 주장했다. 정 교수는 "시장의 질서와 자연의 섭리는 구별된다. 누구도 거역할 수 없는 자연질서와는 달리, 시장의 질서는 인간이 마음만 먹으면 거역할 수도 있고, 또 거역해도 처벌받지 않을 수도 있다. 예를 들어 한국의 재벌은 시장참여자이면서도 탈세, 내부자 거래, 담합 등을 통해 시장질서를 어겨 왔고, 때로는 시장질서의 형성에 부당한 영향력을 행사하기도 했다.(중략) 정부는 무턱대고 경제를 시장에 맡기고자 하기 전에 진정한 심판의 입장에서 룰을 만들고 또 이를 어기는 자를 징계하는 시장질서를 만들어야 한다"고 주장했다. 한국의 시장에서 무법자로 군림하고 있는 재벌을 개혁하지 않는

한 시장주의 정책은 더 심각한 비효율을 초래할 것이라고 통박했다.

정 교수는 대표적인 반(反)재벌주의 경제학자이기도 하다. 〈우리에게 재벌이란 무엇인가〉라는 칼럼(95년 12월)은 그의 재벌관의 일단을 보여 주고 있다. 정 교수는 이 칼럼을 통해 재벌의 포로가 되어 버린 한국의 현실을 적나라하게 지적한 뒤 민주주의 발전을 위해서라도 재벌개혁이 시급하다고 주장했다. 정 교수는 "힘이 한군데(재벌)로 몰리면, 권력의 분산과 견제와 균형을 전제로 하는 민주주의는 불가능하다. 조금 늦은 감이 있지만 지금이라도 경제적, 나아가서는 정치적 민주주의를 위해서라도 재벌개편위원회(가칭)를 만들어 나라의 균형을 잡을 것을 긴급 제안한다"고 밝혔다. 재벌개혁과 시장주의는 IMF사태가 터진 후 정치지도자, 경제학자, 관료는 물론이고 경제계 인사들까지 주기도문을 외우듯 강조하는 화두로 부상했지만 재벌문제와 시장주의정책 간의 상관관계를 논리적으로 지적하며 개혁의 필요성을 강조한 사람은 아주 드물다.

정 교수는 부실기업(부실금융기관)의 정리와 관련해서도 "썩은 사과와 싱싱한 사과를 한 바구니에 넣지 말라"며 "환부를 도려내는 것만이 가장 효율적인 부실기업대책"이라고 초지일관했다. 이는 IMF 처방과도 같은 맥락이다. 문민정부는 출범 초인 93년 (주)한양이라는 거대 부실기업을 주택공사에 떠넘겼고 이같은 미봉책은 제2, 제3의 거대 부실기업을 양산, 결국 한국경제 전체를 '부실기업의 덩어리'로 만들고 말았다.

『한국경제 죽어야 산다』는 정 교수가 10여 년 동안 신문지상에 발표한 칼럼을 모은 책이다. 여기서 특이한 점은 마음에 드는 칼럼만 골라서 싣지 않고 빠짐없이 모두 게재했고 내용을 수정하지 않았다는 사실이다. 이는 정 교수가 10여 년 동안 나름대로의 논리적 일관성을 유지한 채 경제 현실을 분석했고 정부의 경제정책을 비판했다는 것을 의미한다. 원칙주의자로서의 정 교수의 면모를 읽게 하는 대목이다.

정 교수는 김대중 대통령 취임 후 청와대로부터 한국은행 총재를 맡아 달라는 제의를 정중하게 거절했다. 중앙은행 총재를 맡을 만한 준비가 안 됐고 학자로서 상아탑을 계속 지키겠다는 게 그의 변이다. 정 교수는 6공시절에도 청와대로부터 금융통화운영위원(차관급) 자리를 권유받았으나 줄곧 금융위원의 상근화를 주장한 학자가 비상근직(현재는 상근직)을 수락할 수 없다고 거절했다. 정 교수의 경제이론에 반대하는 학자들도 그의 논리적 일관성과 처신에 대해서는 높이 평가하고 있다. 경제에는 단절이 없다는 점에서 정 교수의 칼럼집은 한국경제의 구조적 문제점을 진단하고 대안을 제시하는 데 필요한 길잡이로 손색이 없다.

한국경제의 본원적 치유책
─시스템의 건설

신철호 성신여대 경영학과 교수

『시스템을 통한 미래 경영』
지만원 지음 / 1998 / 현암사

한국은 현재 단군 이래 최대의 위기상황에 직면해 있다. 하지만
작금의 위기상황은 물리적 전쟁처럼 많은 사상자가 생기고 국토가
황폐화되는 상황이 아닌 총성 없는 경제위기 상황이기 때문에 국민
들이 심각성을 피부로 느끼지 못하고 있다.

저자는 시스템적 접근법이라는 시각을 적용하여 외줄타기를 하고
있는 한국경제 위기의 근본원인을 분석하고, 나아가 본원적인 치유
책까지도 제시하고 있다.

본래 조직은 동일한 목표 달성을 위해 모인 사람들의 집단이다.
조직의 목표 달성을 위해서는 사람들에게 업무를 배치하고 역할을

규정하는 규칙이 필요하다. 이러한 규칙 또는 제도가 시스템이다. 시스템이란 조직목표 달성을 위해 조직 내 자원을 엮어 통합적으로 작동하게 하는 원칙체계이다. 이 원칙체계의 효율성에 따라 조직의 구성원들은 자발적인 동기 유발을 하게 되고 나아가 집단적인 노력을 경주함으로써 탁월한 조직의 성과를 도출한다.

이같은 측면에서 본다면 현 한국의 위기상황에 대한 근원적 문제점을 두 가지 면에서 접근해 볼 수 있다. 첫째는 한국의 경제를 구성하는 원칙과 체계 즉, 시스템에 대한 진단이고, 둘째는 한국의 현 시스템에서 활동하는 정부, 기업가, 개인들의 사고방식에 대한 것이다.

저자는 한국경제 위기의 본원적 근원을 이 두 가지 중, 지난 30여 년 동안 우리 경제를 구성해 온 어정쩡한 관행들 즉, 엉성한 시스템에 두고 있다. 한국경제라는 엔진은 너무 낡아서 좋은 연료를 주입하거나, 운전자가 아무리 뛰어난 기술로 운전을 한다고 해도 연비가 개선될 수 없다는 것이다. 따라서 엔진 자체의 메커니즘을 과감하게 개선하지 않으면 한국경제는 주저앉게 될 것이라고 주장한다.

이러한 시각에서 저자는 다양한 소주제들을 가지고 위기를 진단하고, 다시 소주제들을 크게 세 가지로 묶어서 설명하고 있다.

첫째, 기업은 엔진을 바꿔라.

저자는 기업 측면에서 일본의 품질관리를 대표적인 사례로 들면서 일본기업 시스템에 대하여 설명하고 있다. 여기서는 불량품을 찾아내는 미국식 품질관리 개념이 아닌 품질을 점진적으로 개선시키고 우량 품질의 제품 수준을 유지하는 일본식 품질관리 시스템의 우수성에 대하여 예시하고 있다. 일본의 경영자와 종업원들은 엄밀한 분석과 이들을 통합하는 시스템의 설치를 통하여 경쟁력 있는 제품이 항상 나올 수 있는 체제를 구축했다는 것이다. 이에 반해 한국기업은 이윤 극대화에 기업경영의 모든 초점을 맞추었다. 시스템 자체의 정교한 개선에 의한 이윤의 획득보다는 변칙운영인 재테크, 정경유착, 독점가격, 중소기업의 영역침해, 탈세 등을 통하여 비교적 손쉬운 방법으로 단기적인 이윤 극대화에만 몰두하였다는 것이다.

둘째, 정부는 시스템을 심어라.

정부 측면에서는 정부의 위기 대처방식에 대한 근본적인 변혁을 촉구하고 있다. 새로운 정부가 들어섰지만 현 한국위기에 대한 정부의 접근방식은 과거와 같이 피상적인 접근에 그치고 있다는 것이다. 위기 때마다 정부는 고통 분담이나 의식개혁운동, 가진 자가 양보하라는 식의 추상적이고 감정에 호소하는 식의 일회성적 접근법을 사용해 왔다. 이같은 운동 위주식의 접근은 목표와 개념이 뚜렷하지 않다. 더욱이 그러한 접근은 본질적인 시스템의 변혁 없는 상태의 문제 해결 접근법이므로 결국은 개혁이 실패하고 말 것이라는 것이다. 저자는 본래 의식구조라는 것은 시스템의 산물이므로 시스템의 개선 없는 의식구조의 변화는 효과를 거두기 어렵다고 한다. 정치가와 공무원은 왜곡된 시장 메커니즘을 정상화시켜야 한다. 작금의 한국경제는 구조적인 시스템의 부재의 문제에 봉착해 있으며 구조적인 문제는 시스템의 개선을 통해서 해결되어야만 한다는 것이다. 그러나 수많은 경제인들은 현재에도 몇 가지 거시적인 경제변수의 조정만으로 한국이 위기상황을 탈출할 수 있다고 믿고 있다는 것이다. 따라서 현 정부가 할 일은 공정하고 투명한 게임규칙을 만들고 이를 시스템화시켜 고급스러운 통제방식을 구사하여야 한다는 것이다.

셋째, 위기의 한국 시스템을 바꿔라.

현 정부의 경제위기에 대한 접근법을 살펴볼 수 있는 '100대 과제'는 문제의 근원인 시스템의 개혁에는 한 치도 접근하지 못하고 있다는 것이다. 저자가 진단하는 경제위기의 근원적 요인은 다음의 네 가지이다. 첫째, 경쟁력이 없기 때문이고 둘째, 시장경제 시스템이 없기 때문이며, 셋째는 자원배분이 왜곡되었기 때문이고, 넷째는 정부의 생산성이 바닥났기 때문이다. 따라서 이러한 네 가지 요인을 근원적으로 치유하는 시스템의 개선이나 시스템의 설치 없이는 위기극복이란 있을 수 없다는 입장이다.

이같이 세 가지 주제로 묶여진 이 책은 각 주제별로 다시 여러 개의 소주제로 구성되어 있다. 짧은 단편의 에세이식 서술로서 독자가 손쉽게 공감하도록 엮어져 있다. 또한 간결하고 명확한 메시지로 현재 한국위기 상황의 본질인 시스템의 부재 및 시스템의 엉성함을 예리하게 지적하고 그 해결책을 제시하고 있다. 한 편 한 편의 소주제들은 독자들로 하여금 손바닥으로 무릎을 딱 치듯이 공감을 불러일으키고 있다. 현 위기의 근원적 문제점은 지난 30여 년 동안 우리 경제를 지탱해 온 정부, 기업의 관행 때문이라는 것은 누구나 다 알고 있을 것이다. 앞으로 다가오는 경제질서는 어느 나라도 예외가 될 수 없는 철저한 자유시장 체제가 될 것이다. 더 이상 전근대적이고 낡아

빠진 한국 상황에만 적용되는 한국적인 엉성한 시스템을 가지고는 현상 유지는 불구하고 현 상황에서 30년 뒤로 퇴보하는 길밖에 없을 것이다. 한국경제가 위기상황으로부터 벗어나고 생존력을 확보하여 도약하기 위해서는 앞으로 족히 10여 년은 걸릴 것이다. 위기상황에서의 탈출과 생존력의 확보를 동시에 창출하는 유일한 본원적 해결책은 바로 새로운 시스템의 건설에 있다. 정부는 자유경쟁시장 원칙을 공고히 하고 시스템에 의해서 견제와 균형이 이루어지는 효율적인 통합행정 시스템을 구축해야 할 것이다. 기업은 투명성을 확보하고 경쟁력을 회복할 수 있는 생산관리 시스템, 예산관리 시스템, 인사관리 시스템을 구축하고 이를 통합적으로 연결시키는 전략계획 시스템, 전략실행 시스템, 전략평가 시스템을 마련해야 할 것이다. 무릇 기업경쟁력이나 국가경쟁력은 각 단위를 구성하고 있는 모든 자원을 조직단위의 목표로 맞추어 통합적으로 연결시키는 시스템의 경쟁력에 기초하고 있을 것이다. 비효율적인 시스템은 아무리 양질의 자원을 집어넣어도 시장에 팔릴 수 없는 열등제품만 산출해 낼 것이다. 현재 한국경제의 위기는 효율적인 시스템의 부재라는 구조적인 문제에 기인하고 있는 것이다. 국경 없는 세계시장에서 한국경제가 생존하기 위해서는 선진국들이 가지고 있는 효율적인 시스템을 건설하는 길밖에 없다. 환율이 높아 수출가격 경쟁력이 높아졌는데도 예상만큼 물건이 팔리지 않는 이유는 물건 자체에 경쟁력이 없기 때문이다. 세계 수준의 경쟁력이 있는 제품은 기업의 시스템 경쟁력과 정부의 시스템 경쟁력으로부터 나온다. 이러한 점에서 저자가 제안하는 한국경제의 새로운 효율적 시스템 건설에 대해 현 정부나 기업인 들은 다시 한번 되씹어 볼 필요가 있을 것이다.

근본적인 구조조정을 향하여

김정호 고려대 국제대학원 교수

『구조조정 이렇게 하라』
조동성 지음 / 1998 / 서울경제경영

최근 우리나라의 경제는 단군 이래 최대의 위기상황이다. 수출액의 대부분을 차지하고 있는 반도체, 자동차, 철강 등이 세계시장에서 고전을 면치 못하고 있고, 중소기업들의 부도율은 계속 최고치를 갱신하고 있으며, 근자에 와서는 30대 기업집단에 속하던 대기업들 중에서도 부도를 내거나 부도위기에 몰리고 있는 곳이 속출하고 있기 때문이다. 이에 학계와 언론에서는 연일 그 원인과 치유책에 대해 제각기 의견을 제시하고 있다. 그러나 이러한 결과가 나오게 된 근본 원인에 대한 체계적인 논의가 필요함에도 불구하고 이에 대한 국내의 심층적인 연구는 미진한 실정이며, 따라서 그동안 현 경제위기에 대한 뚜렷한 극복책이 제시되지 못하였던 것도 사실이다.

　오늘의 경제위기를 보는 시각 중에는 우리의 어려움을 동남아국가들의 경우와 같은 외환위기로 보는 시각과 우리나라 금융기관들이 제대로 경쟁력을 갖추지 못한 데서 경제위기가 발생했다고 보는 견해도 있다. 반면, 서울대학교 경영대 교수이자 산업정책연구원 원장인 저자는 지난 97년 말 발생한 우리나라 경제위기를 외환위기나 금융위기가 아닌 실물위기 즉, 우리 기업들이 제대로 경쟁력을 갖추지 못한 데서 비롯된 어려움으로 규정하고 있다. 만약 우리나라 기업 하나하나가 경쟁력을 갖고 있었더라면 아무리 외환위기가 동남아에서 시작되더라도, 또는 금융산업의 지난 관행들이 부적절하더라도 기업은 이러한 가운데서 오히려 좋은 기회를 찾을 수도 있다는 것이다.

　얼마 전까지만 해도 정부나 언론에서는 현 경제위기의 발생원인을 외환위기, 금융위기로 규정하고 이에 대한 해결책에만 주로 매달렸다. 그러나 저자는 이 책의 제1부에서 외국으로부터 자금을 빌려와 일시적으로 외환위기로부터 벗어난다고 해서 우리 경제가 다시 살아나는 것이 아니라는 점을 날카롭게 지적하고 있다. 현 경제위기는 기업의 내부문제로 인해 우리나라가 OECD, WTO에 가입하는 과정에서 외환위기가 발생한 것이므로 우선 우리 기업들이 국제경쟁력을 제대로 갖추지 못한 근본원인을 찾아내 그 취약점을 보완해야 한다는 점을 부각시키고 있는 것이다. 따라서 현재 시점에서 조직, 구조, 제도, 관행, 전략 등 여러 가지 측면에서 새로운 방향을 제시하는 것이 절대적으로 중요하다는 기본입장을 취하며, 현 기업위기를 극복하기 위한 해법으로 '모든 시스템과 조직을 변화시키는' 구조조정 (Restructuring)을 제시하고 있다.

그럼 요즘 경영혁신 기법의 주류를 이루고 있는 리스트럭처링, 즉 구조조정이란 무엇인가? 제2부에서 저자는 쉽고 현실감 있는 표현 으로 '재구성, 개조, 개혁'으로도 번역 가능한 이 용어가 기업경영의 모든 분야에 적용 가능하다는 것을 보여 준다. 손익계산서상의 손실 을 줄이거나 이윤을 극대화하기 위한 노력이 '손익구조조정'이며, 그중에서도 비용항목을 변화시키는 것이 '비용구조조정'이다. 또한 채용규모 축소, 임금삭감, 재교육, 명예퇴직, 정리해고 등을 통해 이 루어지는 것이 '인력구조조정'이고, 유사한 부서를 통폐합하고 의사 결정 단계를 줄임으로써 조직의 효율을 제고하는 것이 '조직구조조 정'이다. 많은 해외시장 중에서 주력할 지역을 선택하는 것은 '시장 구조조정'이며, 여러 제품 중에 사업성 위주로 포트폴리오를 조정하 는 것이 '제품구조조정'이다. 대차대조표상에서도 구조조정은 일어 난다. 미래에 다가올지 모르는 위험에 대비하기 위해서 부채를 줄이 고 자기자본을 높여 부채율을 개선하는 것이 '재무구조조정'이며, 제한된 자원으로 집중 육성할 사업과 퇴출시킬 사업을 구별하는 것 이 '사업구조조정'이다.

현재 우리나라에서 진행되고 있는 구조조정은 어떻게 이루어지고 있는가? 저자는 우리 기업들이 "현재 진행되고 있는 구조조정은 뿌 리를 고치기보다는 급여 수준을 줄이거나 인원을 줄이는 비용 및 인 력구조조정에 치우치고 있다"고 지적한다. 상여금, 복리후생비, 교육훈련비 삭감과 명예퇴직, 정리해고 등의 방법으로 비용구조와 인력구조조정 등 잔가지 치기에만 치우침으로써 근본이 되는 뿌리와 큰 줄기를 간과한다는 것이다. 가장 쉽게 변화가 일어날 수 있는 비용, 인력, 조직에 대한 구조조정부터 실시한 후에 부분적으로 제품시장매트릭스상의 시장구조, 제품구조를 조정하고, 마지막으로 대차대조표상의 재무구조와 사업구조를 조정하고 있어 실제로 가시적인 변화와 결과를 보이는 기업은 없는 실정이다.

그러나 저자에 따르면 구조조정에도 엄연한 수준이 있다. 우선 대대적으로 사업구조부터 조성한 뒤 한계 사업을 정리해 재원을 확보하는 것이 우선이고, 확보한 재원으로 재무구조를 조정하고, 그 수준에 맞추어 제품과 시장규모를 조정하는 것이 그 다음 순서이다. 그리고 나서 이에 걸맞은 조직 형태를 갖추고 인력을 재조정하면 비용과 손익구조는 자연스럽게 조정된다는 것이다. 이 책을 다 읽고 나면 논리적으로 너무나도 당연한 수준으로 여기게 되지만 지금껏 아무도 이를 제시한 사람이 없었다는 점을 감안하면 대단히 신선한 발상의 전환이다.

사실 지금과 같은 위기를 여행경비, 교육비, 연구개발비를 조금 줄인다고 해서 극복할 수 있다고 생각하는 기업이 있다면 이는 큰 오산이다. 그럼에도 불구하고 우리 기업들은 너무 자질구레한 경비 절감에만 매달리는 인상이 짙다. 사업구조와 재무구조가 조정되지 않으면 불필요한 투자나 금융비용 부담이 그대로 남게 되어 아무리 인력과 비용을 절감한다 해도 근본적인 구조조정 효과를 기대하기 힘든데도 말이다. 바둑을 둘 때 수순을 그르치면 엉뚱한 결과를 초래하듯이, 사업구조조정에서 시작하여 손익구조조정에 이르는 과정도 순서를 정확히 지켜야 한다는 저자의 주장은 그래서 더욱 설득력을 갖는다.

그렇다면 왜 우리나라 기업들은 이러한 수준으로 구조조정을 안 하는 것일까? 저자는 오너경영자들이 내심 사업구조조정을 원하고 있지 않기 때문이라고 지적한다. 따라서 이들의 '의식구조조정'을 유도하기 위해서는 정부가 기업의 '지배구조조정'을 통해 소액주주의 권한을 강화해 주고, 사외이사제도를 활성화하여 이들의 독선을 견제해야 한다고 덧붙인다. 그런데 이를 위해서는 그동안 국가가 재벌그룹을 정책 수단으로 활용하여 압축 성장을 추진해 오던 기존 경제개발 방식을 포기해야만 한다. 이러한 '재벌구조조정'은 '산업구조조정'에 대한 중앙정부의 개입이 축소 내지 포기되어야만 비로소 가능한 것이다.

그렇다면 바람직한 정부의 역할은 객관적인 자세를 유지하며 게임의 룰을 감시하는 심판과 능동적으로 게임의 흐름에 적극적으로 개입하는 팀 코치 중에 어느 쪽이어야 하는가? 이에 대한 대답은 한국경제의 21세기 미래상에 대한 국가지도자의 비전이 '경제구조조정'을 통해 가시화될 때 비로소 나타난다고 저자는 말한다. 그러나 한국경제 구조의 미래상에 대한 정부의 선택도 보다 근본적으로 국민들의 '가치구조조정'에 의해 좌우된다는 점을 지적하고 있다. 국민들이 미국식의 '순수자본주의', 유럽식의 '수정자본주의', 일본식의 '집단자본주의', 이전의 '변형자본주의' 중에서 어느 것을 최적의 대안으로 선택하느냐에 따라 기업경영이 영향을 받을 수밖에 없기 때문이다.

이렇게 구조조정의 단계를 정리해 보면, 결국은 국민들이 어떠한 마음가짐(Mind Set)을 가져야 할 것인지가 가장 중요한 것임을 알 수 있다. 결국 '기업구조조정'은 '산업구조조정', '경제구조조정' 그리고 초월적 수준(Meta-Level)의 '국민가치구조조정'의 바탕 위에서 효율적으로 이루어질 수 있는 것이다.

이런 점을 체계적으로 설명한 『구조조정 이렇게 하라』는 경제 분야뿐만 아니라 우리 사회 전반의 구조조정 방향을 제시한 지침서로서도 손색이 없다. 철저하게 한국의 현실에 바탕을 두었다는 점이 이 책의 가장 큰 강점이다. 그렇기에 정부(Big Call), 은행(Big Bang), 기업(Big Deal), 근로자(Big Tune)의 순서로 구조조정을 하고 수출 촉진, 경쟁력 강화, 정보산업화 정책을 순차적이고 탄력적으로 병행해야 한국경제의 체질이 개선될 수 있다는 제3부의 결언이 더욱 설득력을 갖는다. 결언에서 오늘의 국난을 극복하고 내일의 기회를 모색하기 위해 선택 가능한 비전으로 큰 줄기만 제시된 세 가지 대안, 즉 '수출 촉진정책', '경쟁력 강화정책', '정보산업화 정책'에 대한 저자의 향후 세부 추진방안 연구를 기대해 본다.

지피지기론

김선식 숙명여대 경영학과 교수

『IMF시대, 우리가 따라잡아야 할 미국기업』
홍은주 지음 / 1998 / 한송

지피지기론(知彼知己論)은 손자병법 '모공편(第3 謀攻篇)'에 나오는 이야기다. "적을 알고 나를 알면 백 번 싸워도 위태롭지 않다 (知彼知己 百戰百勝)"는 것이다. 전쟁이란 항상 위태롭기 마련인데도, 백 번 싸워 한 번도 위태롭지 않을 수 있는 길이 있으니, 그것이 지피지기이다. 자신의 분수도 잘 알아야 하지만 상대의 실력과 정세를 잘 판단할 수 있어야 한다는 뜻이다.

저자가 『IMF시대 우리가 따라잡아야 할 미국기업』을 저술한 의도 역시 IMF관리체제하의 한국경제가 위기를 벗어나고 다시는 이와 같은 전철을 밟지 않기 위해서는 지피지기가 필요하다는 의미일 것이다.

손자(孫子)는 '시계편(第1 始計篇)'에서 지피지기의 기준으로 7가지를 제시하고 있다. 1. 주숙유도(主孰有道 — 임금은 어느 편이 道가 있고) 2. 장숙유능(將孰有能 — 장수는 어느 편이 유능하며) 3. 천지숙득(天地孰得 — 天과 地는 어느 편이 유리하고) 4. 법령숙행(法令孰行 — 법령은 어느 편이 잘 행해지고) 5. 병중숙강(兵衆孰强 — 군대는 어느 편이 강하고) 6. 사졸숙련(士卒孰練 — 군사는 어느 편이 잘 훈련되었으며) 7. 상벌숙명(賞罰孰明 — 상과 벌은 어느 편이 밝은가)이다.

경영학적으로 말하면 기업평가의 기준으로써 1. 기업비전의 혁신성 2. 경영자의 우수성 3. 환경·전략의 적합성 4. 내부제도의 공정성 5. 기업규모의 경제성 6. 종업원의 숙련도 7. 내부평가의 투명성을 의미한다.

80년대 저팬 포비아에서 벗어나지 못했던 미국기업들이 90년대에 들어서면서부터 재기하기 시작하더니 이제는 세계가 미국자본의 위력 앞에 다시금 전전긍긍하고 있다. 어떻게 해서 이러한 재역전이 일어났는가? 저자는 여러 가지 예화(例話)들을 들어 가며 배경을 설명하고 있는데, 이를 손자병법상의 7가지 기준에 따라 재정리해 보면 다음과 같다.

첫째, 기업의 주인인 주주들이 깨어났다는 것이다.

미국기업의 주주는 이제 사실상 연금기금과 같은 기관투자가들이다. 이들 기관투자가들은 미국 공개기업 주식의 절반 이상을 소유하고 있다.

기관의 주식소유 지분이 늘면서 이들은 단순히 주가 오름세나 지켜볼 뿐 회사경영에는 관여할 방법이 사실상 없는 일반 소액주주들과는 달리 회사경영에 직접 간여하기도 하고 이익이 별로 나지 않을 경우는 경영진들에게 경고하거나 심지어는 해고할 수도 있다. 예를 들어 캘리포니아 공공부문 근로자연금기금은 8백억 달러 규모의 펀드를 운영하고 있는데 이 연금을 주식에 투자한 후, 해당 회사의 경영진들 감독에 심혈을 기울이고 있다. 해마다 기업들의 주가 움직임과 경영스타일을 연구해서 부실기업 목록을 발표한다. 또 펀드담당자들을 해당 기업에 대표로 파견해 부실경영을 질타하고 경고한다.

둘째, 경영자에 대한 보수를 성과급(스톡옵션 Stock Option)으로 바꿔 경영자의 능력을 엄격히 차별화하였다.

미국 대기업의 최고경영자들은 얼마나 받을까? 결론부터 이야기하자면 미국의 평균적인 대기업 경영자들은 평균적인 공장근로자의 임금의 326배라는 천문학적인 임금을 받는다. 1998년 4월 20일자 《비즈니스 위크》지 조사에 따르면 최근 시티뱅크와 합병한 트래블러스그룹의 샌포드 웨일회장이 1997년 고정임금과 보너스, 스톡옵션을 포함해 총 2억 3천만 달러를 받아서 최고 연봉 최고경영자가 된 것으로 밝혀졌다. 이 가운데 고정임금과 보너스는 740만 달러에 불과하고 2억 2천 3백만 달러가 자신이 받은 스톡옵션을 행사한 데서 얻은 소득이다. 해마다 인기가 상종가를 달리고 있는 코카콜라의 로베르토 고이주에타 사장은 1997년 이보다 약간 떨어지는 1억 1천 1백만 달러를 벌었다. 그 역시 연봉만으로 보면 4백만 달러에 불과하고 스톡옵션이 1억 달러를 훨씬 넘고 있다. 세 번째로 높은 연봉을 받은 최고경영자는 미국 최대의 외부 간병회사인 헬스사우스사의 리처드 스크러시 회장으로 1억 6백만 달러를 벌었다. 그래도 고이주에타 회장이나 스크러시 회장의 경우 당연히 받을 걸 받는다는 인식이 주주들 사이에 일반화되어 있다. 고이주에타가 코카콜라의 회장으로 취임했던 1981년 코카콜라의 총시가는 40억 달러에 불과했으나 1997년에는 1천억 달러를 훨씬 넘어서고 있었기 때문이다. 3위를 차지한 헬스사우스사의 스크러시 회장에 대해서도 마찬가지이다. 14년 전 단돈 5만 달러로 시작한 회사의 수익을 지난해까지 12배 이상 높였고, 특히 지난해의 경우 이 회사의 주가가 31%나 뛰어올랐기 때문이다.

셋째, 수요와 기반기술의 측면에서 정보화를 선도할 수 있는 유리한 여건을 갖추고 있는 미국은 자국 기업들에게 정보화시대에 기술 및 경영혁신을 선도할 수 있는 전략적으로 매우 유리한 입지를 제공하였다.

1996년 현재 미국의 하이테크산업의 비중은 GDP의 3.5% 정도이다. 1950년대와 1960년대에 미국경제를 주도했던 자동차산업의 GDP 비중이 3.5%이니까, 컴퓨터와 반도체, 각종 소프트웨어를 만들어 내는 하이테크산업이 이미 자동차산업에 버금가고 있을 뿐만 아니라 곧 능가할 것이라는 사실을 예상할 수 있다. 예전에는 자동차 빅3가 경기의 잣대 역할을 했지만 요즈음은 마이크로소프트사와 인텔사의 경기가 미국경기를 측정하는 기준이 되고 있다. 1998년 4월, 미 상무부는 보고서를 통해 인터넷 교통량이 1백 일 간격으로 갑절이 늘어나는 경이적인 발전 속도를 보이고 있으며 인터넷을 통한 상거래는 2002년까지 연간 3천억 달러를 넘어설 것이라고 전망했다.

여기에 하이테크산업은 그 자체로뿐만 아니라, 하이테크를 사들인 기업들에게까지도 엄청난 생산성제고 효과를 낸다는 점에서 더욱 중요한 의미가 있다. 예전에는 고객들이 원하는 모델의 제품이나 기계를 만들기 위해서는 실제 그 디자인이 기술적으로 제작 가능한 것인지를 조사하기 위해 엔지니어링 부서를 거쳐야만 제작에 착수할 수 있었지만, 요즈음에는 노트북PC를 든 엔지니어가 해당 업체를 방문해서 업체 관계자와 함께 기술적으로 가능한 범위 안에서 직접 디자인을 하기 때문에, 엔지니어링 부서를 거쳐야 하는 제품 비율이 몇 년 전의 80% 선에서 최근에는 20% 선으로 크게 떨어졌다. 컴퓨터와 관련 시설 도입 붐으로 제품의 품질도 크게 높아지고 있다. 자동차용 철강을 생산하고 있는 윅 스틸사는 크라이슬러사에 납품을 하고 있는데, 예전에는 안전도와 품질면에서 약간 하자가 있는 제품들이 5~10% 선에 이르러도 크게 문제가 되지 않았지만, 컴퓨터와 첨단시설 도입으로 인해 품질 수준이 업계 전체적으로 크게 높아져서, 요즈음에는 1%만 불량률이 발생해도 거래 중지가 될 정도라고 말하고 있다.

이밖에도 넷째, 시장을 통한 공정성의 확보와 무한경쟁에의 노출,

다섯째, M&A, 중소기업과 벤처캐피탈의 혁명, 여섯째, 노동시장의 유연성, 일곱째, 내부제도의 투명성 등 최근 미국경제가 유럽이나 일본과는 달리 수년 내에 볼 수 없었던 황금기를 구가하고 있는 이유를 짐작할 수 있는 많은 이야기들이 있다. 아무튼 독자는 이 책을 읽고 나면 우리나라 기업을 규율하는 경제제도가 어떻게 바뀌어야 하고, 우리나라 기업들이 어떠한 모습으로 다시 태어나야 하는지, 그리고 나의 자세는 어떻게 바뀌어야 하는지에 대해서 많은 생각을 하게 될 것이다.

기업의 숨은 가치를 찾아서

전주성 이화여대 경제학과 교수

『**지적 자본**』

레이프 에드빈슨 · 마이클 멀론 지음 / 황진우 옮김 / 1998 / 세종서적

일반 투자자들이 주식투자의 대상을 찾을 때나, 기업간의 합병이 이루어질 때 기업의 가치를 결정하는 일은 중요하지만 수월하지 않다. 장부상의 가치가 유사한 기업이라 하더라도 주식시장에서의 평가는 판이하게 다를 수 있다. 또한 아주 짧은 시간 내에 시장이 평가하는 기업의 가치가 변화할 수 있다. 전통적인 회계방식이 주로 측정하는 실물자산과 금융자산의 크기만을 가지고는 특정 기업의 진정한 가치를 유추하기 힘들다. 그렇다면 기업의 진정한 가치, 나아가 기업에 투자하는 개인의 부를 창조하는 제3의 요소는 무엇인가. 이 책은 지적 자본(Intellectual Capital)으로 일컬어지는 무형의 자산들이

미래사회에 있어 기업가치 창출의 핵심적인 요소가 될 것임을 예측하고 있다.

부를 창조하는 과정에서 지적인 요소가 갖는 중요성은 이미 오래 전부터 지적되어 왔다. 마이크로소프트(Microsoft)사나 넷스케이프(Netscape)사와 같이 무형의 지식에 사업 기반을 두고 있는 회사가 기업가치의 측면에서 전통적인 제조업의 유명회사를 앞지르고 있는 것은 결코 우발적인 사건이 아니다. 지식을 이용한 가치증대 과정은 이미 오래전부터 진행되어 오고 있었다. 다만 이러한 무형자산의 존재나 가치창출 과정을 체계적으로 기록하여 한눈에 파악하게 해 줄 체계가 존재하지 않았기 때문에 일반적인 인식이 덜했을 뿐이다. 세계적인 경영전문가들이 미래사회의 가치창조를 위한 핵심 요소로 꼽고 있는 것도 대부분 지식에 바탕을 둔 것이다. 피터 드러커(Peter Drucker)는 혁신이라는 개념이 조직의 중심에 위치할 때 기업의 가치가 증대된다고 말하였고, 톰 피터스(Tom Peters)는 흥분, 창조력, 만족을 창조하는 역동적인 조직의 중요성을 지적하며 이를 위해서는 고객, 직원, 동업자들이 함께 동원될 수 있어야 함을 강조하였다.

지적 자본을 측정하는 체계는 곧 기업의 가치를 결정하는 요인들을 가장 효과적으로 파악하는 과정을 의미한다. 이러한 작업을 가장 선구적으로 행한 기업이 스칸디나비아 지역에서 가장 규모가 큰 보험 및 금융서비스 회사인 스칸디아사이다. 스칸디아사는 이 책의 공저자인 레이프 에드빈슨의 리더십하에 지적 자본을 체계화한 새로운 회계분류법을 4년간에 걸쳐 개발하였다. 1995년, 스칸디아사에서는 재무보고서의 부록으로 세계 최초의 지적 자본 연말결산보고서를 내놓았다. 이 책은 스칸디아사가 채택한 지적 자본의 계량적 체계를 소개하고 이를 현실적인 경우에 적용할 수 있는 가능성을 제시하고 있다. 나아가 미래의 지식사회에서 지식이라는 가치가 교환될 수 있는 가상의 시장을 상상해 보고 있다.

이 책의 처음 4장은 지적 자본의 기본철학을 체계적으로 정리하고, 지금까지 가장 좋은 결과를 보인 지식경영 사례를 소개하며, 이러한 지식경영 체계의 현실적용 가능성, 나아가 그 과정에서 발생할 수 있는 문제점들을 설명하고 있다. 제5장에서 제9장까지는 스칸디아사의 지적 자본 모델의 중심개념인 5가지 초점 영역을 상세히 기술하고 있다. 각각의 초점에 대한 기본철학과 측정방법론을 설명하며, 이와 관련된 구체적인 지표들을 제시한다. 제10장에서는 앞장들에서 설명한 5가지 초점 영역의 주요 내용들을 하나의 통일된 체계로 종합할 수 있는 방법론을 제시한다. 구체적으로, 지적 자본 절대치(IC Absolute Value)와 지적 자본 효율성 계수(IC Efficiency Coefficient)라는 보편적인 측정치를 제시함으로써 다양한 회사들이 스스로의 지적 자본을 측정하고 배양할 수 있는 하나의 출발점을 제시한다. 마지막 두 장은 지적 자본의 개념이 단순히 전통적인 회계방식을 대체하는 데 그치지 않고 미래 지식사회의 혁신적인 교환개념으로 사용될 가능성을 제시하고 있다.

이 책에서 제시하고 있는 지적 자본 모델의 가장 핵심적인 내용을 간략히 요약해 보면 다음과 같다. 지적 자본은 크게 인적 자본과 구조적 자본으로 구성된다. 인적 자본에는 기업의 직원들이 각자의 임무를 수행하는 데 필요한 지식, 기술, 혁신성, 능력과 기업의 가치체계, 문화, 철학 등이 포함된다. 인적 자본의 한 가지 특징은 기업이 이 자본을 소유할 수 없다는 것이다. 반면 구조적 자본은 직원들의 생산성을 지원하는 하드웨어, 소프트웨어, 데이터베이스, 조직구조, 특허, 등록상표 등 조직의 능력이라고 표현할 수 있는 자산들을 포함한다. 구조적 자본에는 또한 고객과의 관계에서 얻어진 정보들이 포함된다. 즉, 조직자본과 고객자본이 구조적 자본의 핵심적인 내용이 되는 것이다. 인적 자본과는 달리 구조적 자본은 회사에 의해 소유될 수 있으며, 또 거래될 수도 있다.

이러한 지적 자본을 이용하여 기업의 가치를 극대화하기 위해서는 하나의 사업비전을 선정하고 이에 따르는 전략을 체계적으로 수립할 필요가 있다. 이러한 전략은 몇 가지 영역으로 구성될 수 있는데, 스칸디아사가 내비게이터(Navigator)란 이름으로 체계화한 다섯 가지 초점 영역은 재무, 고객, 과정, 갱신 및 개발 그리고 인적 초점이다. 이러한 각 초점의 영역 내에는 다양한 지표가 개발되어 있는데, 여기에는 기금자산, 직원 1인당 소득, 고객 1인당 비용 등의 상식적인 항목에서부터 전화통화 용이도, 고객방문 일수, 정보기술 해득률, 직원 1인당 휴대용 컴퓨터 수 등 비전통적인 성격의 항목들까지 고루 망라되어 있다.

그렇다면 이러한 지적 자본 모델은 얼마나 실용적인 것일까. 저자들은 21세기에 있어서는 세계의 크고 작은 수십만 개의 기업들이 지적 자본을 자신들 사업의 진정한 가치를 측정하고, 가시화하고, 보고하는 방법으로 채택하게 될 것이라고 주장하고 있다. 빠르게 변화하는 미래 경제사회에서 가치창출을 위해 가장 필요한 요소를 파악하기 위해서는 지적 자본을 기반으로 한 회계방식이 전통적인 회계방식보다 우월하기 때문이라는 것이다. 지식에 바탕을 두고 급속히 변화하는 지식경제하에서 분명 유형자산을 중심으로 기업가치를 기록하는 기존의 회계방식은 한계점을 드러낼 것이다. 그러나 기존의 회계방식에도 다양한 무형자산을 기록할 수 있는 방법이 전혀 없는 것은 아니다. 영업권(Goodwill) 등 정의하기에 따라 다양한 지적 가치를 반영할 수 있는 항목이 기존 회계방식에 포함될 수 있는 여지는 충분히 있다.

이 책에서는 기존의 회계방식이 현실의 변화에 시차를 두고 반응할 수밖에 없는 점을 단점으로 강조하고 있지만, 기존의 회계방식을 전세계 대부분의 기업이 여전히 사용하고 있는 이유는 그 표준성에 있는 것이다. 회계방식이 하나의 기업만을 위한 것이라면 얼마든지 창의적인 형태로 재구성될 수 있을 것이다. 그러나 적용대상이 늘어날수록 자연 최대공약수를 찾을 수밖에 없고 그 과정에서 가장 표준적으로 측정될 수 있는 요소만이 기록될 것이다. 기존 회계방식이 창의적인 가치 변화를 따라잡지 못하는 사실은 표준화된 시스템이 갖는 특징으로 파악되어야 한다. 결국 이 책의 제10장에서 제시한 표준화된 지적 자본계수라는 것도 종국적으로 기존 회계 시스템에 포함되어 사용될 수 있는 것이며 결코 전통적 시스템을 대체할 정도의 발견은 아닌 것이다.

　이 책의 가장 큰 가치는 미래 지식사회에서 지적 자본이 기업가치 창출에 공헌하는 정도를 스칸디아사라는 사례를 중심으로 체계화해서 보여 주었다는 데 있다. 그러나 상당수는 이미 기업이나 업종에 따라 기존 회계체제를 보완하는 수단으로 사용되고 있는 다양한 지표들을 지적 자본이라는 모델체계에서 재구성하는 작업은 이미 출간된, 셀 수 없는 경영진단 모형들의 막연한 관념화 과정과 크게 다를 바 없다. 기업을 다루는 모형은 기업의 숫자만큼이나 다양할 수 있다. 그러나 미시적 특징을 거시적 모델로 전환하는 작업은 실험의 반복과 시간의 테스트를 필요로 한다. 가장 현실적인 문제를 다루는 경영전문가 중에 관념을 팔고 다니는 연금술사가 의외로 많은 것은 불행한 일이다. 이 책의 공저자인 레이프 에드빈슨이 지식을 통한 부의 창조를 실천하는 길은 자신의 모델을 사용하는 회사들의 가치창출에 전념하는 것이지, 이 책에 정리된 관념 자체를 파는 일이 아니라고 한 것을 강조하고 싶다.

IMF와 한국경제 재도약의 길

권영훈 한양대 경제학부 교수

『IMF사태의 원인과 교훈』
남덕우 외 지음 / 1998 / 삼성경제연구소

우리는 현재 한국경제가 겪고 있는 경제위기를 'IMF한파'라고 스스럼없이 부르고 있다. 이것이야말로 순리에 어긋나는 말이다. 동서고금을 막론하고 인간은 자신의 과오로 인하여 야기되는 부정적 결과의 원인과 책임을 타인에게서 찾으려 하는 옳지 못한 습성을 지니고 있다.

예를 들자면 유럽 사람들은 과거에는 모든 잘못의 근원을 나폴레옹(Napoleon, 1769~1821)에서 찾으려고 했으며, 제2차 세계대전이 발발하면서부터는 비극적 역사의 원흉은 히틀러(Hitler, 1859~1945)라고 하였다.

그리고 제2차대전이 끝난 이후에는 공산주의가 주범이 되었으나, 동구권이 붕괴된 이후 1990년대에 유럽 사람들은 모든 잘못의 근원을 사회에서 찾으려고 하는 것을 볼 수 있다. 다시 말하자면 자기가 에이즈 병에 걸렸든 마약중독자가 되었든 간에 그 원인과 책임은 자신에게 있지 않고 사회에 있다는 것이다.

1997년 겨울 우리나라가 IMF의 구제금융을 받을 수 없었다면 한국경제는 '모라토리엄(Moratorium)' 을 선언하였을 것이고, 아마도 우리는 현재 러시아 사람들이 겪고 있는 한파와 유사한 한파를 맞이할 수도 있을 것이다. 그러나 한국경제는 IMF와 세계은행의 구제금융을 받고 국가부도를 면하였으며, 지금은 다시 회생하고자 심혈을 기울이고 있다.

이 시점에서 삼성경제연구소가 '남덕우(南悳祐) 전 부총리, 민상기(閔相基) 교수, 이찬근(李贊根) 교수, 안충영(安忠榮) 교수, 이규억(李奎億) 교수, 윤영관(尹永寬) 교수, 최광(崔光) 교수, 이달곤(李達坤) 교수, 김일섭(金一燮) 박사 그리고 송복(宋復) 교수' 등 11분의 옥고를 모아 출판한 『IMF사태의 원인과 교훈』은 우리들에게 확실히 신선한 충격을 주고 있다고 하겠다.

왜냐하면 『IMF사태의 원인과 교훈』에서는 한국 경제위기의 원인과 책임을 타인에게 뒤집어씌우려고 하는 것이 아니라 주로 자신에게서 찾음으로써, 새로운 도약의 교훈으로 삼고자 하기 때문이다. 다시 말하자면 모든 잘못의 원인과 책임은 사회에 있는 것이지 자신에게는 없다고 주장하는 작금의 세계적 추세와는 달리, 이 책은 『논어

(論語)』 위정편(爲政篇)에 있는 '온고이지신 가이위사의(溫故而知新 可以爲師矣 : 지난 일을 이해하고 나아가서 새로운 것을 터득하면 능히 다른 사람의 스승이 됨직하다)' 라고 하는 교훈을 상기시켜 주고 있다.

그러나 한국경제가 IMF체제로 진입하게 된 원인으로는 주로 1. 전염효과(Contagion Effect) 2. 검은 베드로정책(Schwarzpeterpolitik) 3. 서툰 풍수 4. 질서정책(Ordnungspolitik)의 결여 등이 상호연관되어 인과적인 작용을 한 결과라고 할 수 있다.

첫째, 전염효과 : 신고전 경제학의 지적 도전이라고 높이 평가받고 있는 신세계경제 질서는 한국경제에게는 너무나 힘겨운 부담과 도전이 되고 있다. 다시 말하자면 선진국들은 케네디 라운드(Kennedy Round)와 동경라운드(Tokyo Round)를 거치면서, 각 국가의 비교우위(Comparative Advantage)에 입각하여 생산을 극대화시키고 국제교역을 활성화시킴으로써 세계경제를 부흥시킬 수 있다는 논리를 근거로 하여 ITO(International Trade Organization)을 재청하였다. 그러나 ITO의 무역조정기능(Trade Coordination Function)의 합리성과 정당성이 보장되어지지 않는 단계에서, 1995년 1월 1일 세계무역기구(WTO : World Trade Organization)가 출범하게 되었다.

그러나 무한경쟁시대를 개막하는 WTO의 합리적 구성과 기능을 위해서는 모든 국가들이 수긍하고 수행할 수 있는 공동책임의 규범을 제시할 수 있는 세계적 사회계약론(World Social Contract Theory)이 필요하다. 그리고 이와 같은 세계적 사회계약론은 모든 국가들이 공통적으로 동의할 수 있는 상호성(相互性)과 호혜주의(互惠主義),

그리고 책임의식(責任意識)을 요구하는 것이다.

그러나 인류의 역사에서 이와 같이 모든 당사국들에게 평등하고 공평하여야 할 국제적 의무는 항상 강대국들에 의하여 아전인수(我田引水)식으로 받아들여져 왔다. 따라서 무국경과 무한경쟁의 WTO 체제하에서 선진국이 아닌 국민경제의 국제경쟁력은 한편으로는 더욱 약화되기 시작하였다. 그 결과 소위 세계화(Globalization)가 시작된 이후 전세계 인구의 80%는 못 살게 되었으며, 20%는 잘 살게 되었다.

그리고 다른 한편으로 WTO체제하에서 한 나라의 금융위기는 결코 그 나라의 문제로만 존재하는 지역적(Local)인 것이 아니라 이동적(Transitory)이며 세계적(Global)인 성격을 지니게 되었다. 특히 이와 같은 전염효과는 금융구조가 허약한 국민경제간에 더욱 심각하게 나타나게 마련이다. 예를 들면 태국의 금융위기는 곧 말레이시아와 인도네시아로 전염되었고 뒤이어 한국에도 전염된 것이다.

둘째, 검은 베드로정책 : 우리나라 원화는 서구 선진국들의 화폐나 일본의 엔화와는 달리 국제 태환권(International Convertibility)을 지니지 못하고 있다. 따라서 우리나라 원화를 가지고는 세계시장에서 경제활동을 할 수 없는 상태에서도 우리나라 경제는 IMF체제를 맞이하기 전까지 국민총생산과 세계무역에서 11위와 12위를 기록하는 성과를 이룩하였다.

이는 마치 한쪽 손을 묶어 놓고 링 위에서 권투시합을 하여 세계 11~12위를 기록하는 성과를 이룩한 것과 비교된다.

그러나 한쪽 손이 묶여 있는 경우 아무리 발이 빠르고 한쪽 주먹이 강하더라도 필연적으로 시합에서 패할 수밖에 없는 확률이 높은 것이다. 이와 같이 국제 태환권을 주지 않고 국제경제 무대에서 시합을 시키는 정책을 두고 독일어로는 검은 베드로정책이라고 칭한다.

즉, 베드로는 성 베드로이고 검은 베드로는 악마를 뜻하므로 악마정책이라는 것이다. 영어권에는 검은 베드로정책이라는 용어가 없으므로 우리나라에서는 아직까지 생소한 개념이다. 그러나 1960년대 유럽제국들이 검은 베드로정책에서 탈피하여 국제 태환권을 획득하고자 한 노력을 한국경제는 IMF시대를 단축시키고 재도약을 기하기 위하여 심각하게 고려하여야 한다.

셋째, 서툰 풍수 : 외환보유고가 바닥이 드러나는 위급한 상황에서도 우리나라 경제의 기반(Fundamental)은 튼튼하다고 큰소리를 치면서 외국에다 수억 달러씩이나 빌려 주었다가 그 나라가 국가부도로 드러나게 되어 이자도 받지 못하고, IMF긴급구조자금을 도입하여야 하는 상태를 두고 '서툰 풍수 집안 망친다'는 우리나라 말을 기억하게 된다. 현재 상태도 외환위기가 끝난 것이 아니라 외환보유고 위기가 일시적으로 해소되었다는 점을 상기할 필요가 있다.

넷째, 질서정책 : 우리나라 경제정책을 보면 1962년 제1차 5개년 이후 오늘날에 이르기까지 전적으로 과정정책(Prozesspolitik)만으로 형성되었다.

과정정책은 주로 가치중립적인 신고전 경제학과, 투입극소화와 산출극대화를 통하여 경제적 효율성을 극대화시키고자 하는 계량 경제학을 바탕으로 하는 경제정책이다. 따라서 과정정책의 주요 분야는 생산 및 고용, 소비, 소득분배, 물가수준, 환율, 금리, 경제구조, 재화시장 및 요소시장정책 등으로 구성되어 있다.

후진국 단계에서 제1차 5개년 계획을 실시한 이후 한국경제는 세계경제사에서 유례를 찾아볼 수 없는 양적 성장을 이룩하였다. 예를 들자면 1962~1997년간 우리나라 인구는 북유럽 복지선진국인 스웨덴의 3배가 증가하였음에도 불구하고 1인당 국민소득은 80불에서 1만 7백불로 무려 140배나 증가하였다.

그러나 우리나라 경제정책은 양적 성장에 상응하는 경제질서정책(Wirtschaftsordnungspolitik)과 국가질서정책(Staatsordnungspolitik)을 수립하지 못하였다. 경제질서정책은 계획권한 및 계획조정에 관한 기본법, 소유권 기본법, 가계 기본법, 기업 기본법, 생산 기본법, 시장 기본법, 재정 기본법, 화폐 기본법, 환경 기본법, 자유지역(Free Zone) 기본법 및 대외경제 기본법 등으로 구성된다. 그리고 국가질서정책은 주로 국가헌법, 통치제도, 국제기구, 정치협의체 및 감독기구, 압력단체 및 이익단체 그리고 문화적 제도에 관한 기본법과 제도로 구성되어 있다.

여기서 경제과정정책의 핵심 담당주체는 행정부와 독립성을 지닌 중앙은행이 되는 것이다. 그리고 경제질서정책과 국가질서정책의 핵심 담당주체는 행정부와 입법부가 되는 것이다.

그리고 경제질서정책과 국가질서정책의 인식론을 제공한 사회경제사상은 서구에서는 독일의 역사학파(Historische Schule)와 질서학파(Ordo Schule)이며 우리나라에서는 실학(實學) 제1기에 속하는 경세치용학파(經世致用學派)와 실학 제2기에 속하는 이용후생학파(利用厚生學派) 그리고 실학 제3기에 해당하는 실사구시학파(實事求是學派)가 되는 것이다.

이와 같이 20세기 초반기까지 전세계를 걸쳐 유니언 잭(Union Jack : 영국 국기)을 24시간 동안 한 번도 하향시킬 수 없을 정도로 막대한 식민지를 소유한 대영제국(大英帝國)임을 자타가 공인한 영국이나 무한한 가능성의 땅(Land of Unlimited Possibility)이라고 스스로 칭하던 미국에서는 국가질서정책과 경제질서정책의 바탕이 되는 사회경제사상(社會經濟思想)의 발전이, 식민지를 소유하지 못했던 독일이나 한국보다 상대적으로 미약하였던 것이다.

따라서 『IMF시대의 원인과 교훈』을 이해하기 위해서는 우리나라 경제정책에서 제도주의(制度主義)의 논리가 지금까지 결여되어 있다는 점을 인식하여야 한다. 그리고 제도주의적 인식론은 자신의 문화적, 사회적, 경제적 바탕 위에서 발전된다는 점을 인식하여야 한다.

결론적으로 한국경제가 IMF시대를 단축시키고 새로운 도약을 하기 위해서는 서구식 실증주의(Positivism)를 배경으로 하는 현대 경제학과 계량 경제학의 인식론 그리고 우리나라의 사회경제사상을 배경으로 한 제도주의적 인식론을 참고로 하여 무한경쟁의 WTO체제하에서 한국경제에 적용시킬 수 있는 시공세계(時空世界)에 적합한 경제정책을 수립하여야 한다.

지식경영과 지식창조이론의 원류

서정해 경북대 경영학부 교수

『지식창조기업』

노나카 이쿠지로 · 다케우치 히로타카 지음 / 장은영 옮김 / 1998 / 세종서적

최근 지식을 키워드로 한 많은 연구논문, 보고서, 저서들이 쏟아져 나오고 있다. 1997년 경제협력개발기구(OECD)는 〈지식기반경제 (Knowledge-Based Economy)〉라는 보고서를 발행하였다. 이 보고서는 무한경쟁시대에 가장 핵심적인 생산요소는 지식이라는 메시지를 전세계에 전파했다. 또한 세계은행도 지식경제사회로의 이행이라는 시대적 흐름을 반영하여 1998년 〈세계개발보고서(World Develop ment Report〉의 주제를 '개발을 위한 지식(Knowledge for Development)'으로 선정했다. 아울러 〈부즈 · 알렌&해밀턴 한국보고서〉와 〈맥킨지 보고서〉도 국제통화기금(IMF)의 구제금융을 받고 있는 한국경제에 대한

문제점을 선진국과의 지식 격차에 초점을 맞추어 분석하고 있다. 이 같은 일련의 분석에서 요체는 바로 지식경영이다.

지식경영에 대한 많은 저서들 가운데 대표할 수 있는 책이 노나카 이쿠지로 교수와 다케우치 히로타카 교수가 공동으로 저술한『지식창조기업(The Knowledge-Creating Company)』(Oxford University Press, 1995)이다. 지식경영에 관한 대부분의 연구들은 이 책에서 정립된 지식창조이론을 언급하고 있다. 이러한 사실을 반영하여 이 책의 한국어 번역판에서는 '지식경영의 바이블'이라는 부제를 달고 있다.

한편, 저자인 노나카 교수와 다케우치 교수는 일본 경영학자로서는 드물게 세계적 명성을 얻고 있는 학자로서 그의 저서와 논문은 학계와 업계로부터 높은 평가를 받아 왔다. 이들 두 학자는 서로 공통점을 갖고 있다. 두 사람 다 기업현장에서 근무한 경력을 갖고 있으며, 또한 박사학위도 똑같이 미국 캘리포니아 주립대학(버클리)에서 받았다. 그후 노나카는 귀국하여 난잔(南山)대학과 방위(防衛)대학에서 교수가 되어 사이몬(Herbert. A. Simon)의 정보처리 패러다임에 입각한 의사결정이론과 기업진화론을 연구하였다. 한편 다케우치는 미국에 남아 하버드 비즈니스 스쿨에서 교수가 되어 경영 사례에 관한 연구에 몰두하였다. 그후 이들은 1982년 히토츠바시대학에서 다시 만나 일본기업의 기술혁신 사례에 관해 미국의《하버드 비즈니스 리뷰》,《캘리포니아 매니지먼트 리뷰》,《조직과학 학술지》등에 주목할 만한 논문을 정력적으로 발표해 왔다. 그 집대성으로『지식창조기업』이 저술된 것이다. 그들은 이 책으로 1995년 전미국출판사

협의회 최고 저술상을 수상하는 영예를 얻어 세계적 학자로 확실하게 자리매김을 하게 되었다. 또한 노나카 교수의 정력적인 연구활동을 높이 평가한 미국의 버클리대학은 1997년에 노나카 교수를 하스 스쿨(경영대학원) 교환교수로 초빙해 최초의 지식학 교수로 임명했다.

『지식창조기업』은 총 8장으로 구성되어 있다.

제1장은 서론으로, 기업 지식에 대한 소개를 하고 있다. 지식을 분석 단위로 하여 기업행위를 논의한다는 문제제기와 함께, 기업의 지식창조는 경쟁력을 확보하는 중요한 원천임에도 불구하고 지금까지 경영학 연구 분야에서 거의 주목받지 못했다는 점을 강조하고 있다.

제2장은 지식에 관한 철학적 탐구과정을 언급하고 있다. 합리주의와 경험주의 등 서양 인식론의 역사를 비롯하여, 지금까지 나온 경제, 경영 및 조직이론을 비판적으로 검토함으로써 지식창조이론 구축의 필요성을 역설하고 있다.

제3장은 기업의 지식창조에 관한 이론을 전개하고 있으며, 이 책의 핵심적인 부분이다.

제4장은 지식창조의 이론적 구조를 일본기업인 마츠시타를 사례로 들어 설명하고 있다. 이 사례에서는 지식창조 과정이 지속적으로 또한 전사적으로 이루어지는 과정을 보여 주고 있다.

제5장에서는 지식창조에 있어서 조직 구성원의 역할을 언급하고 있다. 오늘날 대부분의 기업들은 상의하달식과 하의상달식 경영 시스템을 취하고 있는데 이는 지식창조에 필요한 역동적인 상호관계를

조성하기에는 부족하다고 지적하면서, 중간관리자가 주도하는 새로운 경영모델로 중간관리자 주도(Middle-up-Down) 경영 시스템을 제안하고 있다.

제6장은 지식창조를 위한 조직 구조에 대해 논의하고 있다. 형식주의적 계층구조나 유동성이 있는 태스크포스팀도 단독으로는 왕성한 지식창조활동을 유도해 내지 못한다는 점을 지적하면서, 계층구조가 지닌 효율성과 태스크포스팀이 지닌 유연성을 동시에 추구할 수 있는 조직구조를 제안하고 있다. 이 새로운 조직구조를 하이퍼텍스트(Hypertext) 조직이라고 부르고 있다.

제7장은 지식창조의 범위를 세계적인 규모로 확장하여 일본기업인 닛산과 미일합작 기업인 신 캐터필러 미츠비시를 사례로 들어 설명하고 있다.

제8장에는 책 전체의 내용을 정리하고 있다.

이 책을 통해 전체적으로 볼 때 지식경영에 관한 여타 서적과 마찬가지로 다양하고 풍부한 사례를 다루고 있다. 그러나 이 책에서 사례는 단순한 사례로 그치는 것이 아니라 이를 바탕으로 보편적인 모델로서의 '지식창조이론'이라는 독창적인 이론으로 승화시키고 있다. 노나카와 다케우치 교수가 미국에서 인기를 얻고 있고, 또한 『지식창조기업』이 지식경영의 바이블로 평가받고 있는 이유는 바로 여기에 있는 것이다. 특히 철학적 인식론에 근거한 '지식창조이론'을 제시하고 있는 것이 독자들의 관심을 끌고 있는 것이다.

노나카와 타케우치 교수의 지식창조이론에 대해 철학적 근거를 제공해 주고 있는 사람이 마이클 폴라니(Michael Polanyi)이다. 그는 지식을 암묵적 지식과 형식적(객관적) 지식으로 구분했다. 형식지(Explict Konwledge)는 구체적인 언어로 설명할 수 있으며, 문법적인 진술, 수학적 표현, 규격, 매뉴얼 등이 여기에 포함된다. 한편 암묵지(Tacit Knowledge)는 구체적인 언어로 설명하기 힘든 지식으로, 개인의 경험에 내재해 있는 개인적인 지식이며 개인적인 신념, 사고, 가치체계 등 무형의 요소를 포함하고 있다. 또한 폴라니는 지식에 대해 "우리는 말하는 것 이상으로 많은 것을 알 수 있다"라고 함축적으로 표현하면서 암묵적 지식의 중요성을 강조해 왔다. 사실 우리는 여태까지 객관적 지식을 너무나 중시해 왔다. 물론 객관적 지식의 추구야말로 지식 표현의 기본이 된다는 사실에는 두말할 나위가 없다. 그러나 현실생활에서는 모든 지식을 객관적으로 표현할 수 없으며, 객관적 형태로 표현될 수 있다는 것이 오히려 예외이다.

노나카와 다케우치 교수의 지식창조이론은 여태까지 주목받지 않았던 암묵적 지식의 중요성을 바탕으로 전개되고 있으며, 특히 암묵지와 형식지의 지식변환 과정을 모델화하고 있다. 지식변환 과정은 1. 암묵지를 암묵지로 전환하는 공동화(共同化, Socialization) 2. 암묵지를 형식지로 전환하는 표출화(表出化, Externalization) 3. 형식지를 형식지로 전환하는 연결화(連結化, Combination) 4. 형식지를 암묵지로 전환하는 내면화(內面化, Internalization)로, 변환과정의 영문 두(頭) 문자를 따서 흔히 SECI모델이라고 한다. 노나카와 다케우치 교수는 형식적 지식과 암묵적 지식의 역동적 상호작용(지식변환의 4가지 모드)을 통해 지식이 창조되고 확대 재생산된다는 점을 역설하고 있다. 특히 현장에 산재해 있는 암묵적 지식의 역할을 강조하고 있다. 이러한 사실은 시장경제가 효율적으로 기능함에 있어서 현장정보(On the Spot Information)의 중요성을 강조한 F. 하이에크의 논리와도 궤를 같이 하는 것이다.

지식경영에 관해 학문의 폭을 넓히려는 연구자나 실무적으로 지식 시스템을 구축하려고 하는 기업가는 이 책에 소개된 이론적 기초와 사례로부터 많은 시사와 수확을 얻을 것이다. 아무쪼록 이 책을 읽고 21세기의 새로운 지식사회에 있어서 새로운 학문과 기업의 세계가 열리기를 바라는 마음에서 일독을 권한다.

세계 시장경제를 감독할
기구의 필요성

이만기 호서대 경상학부 교수

『세계 자본주의의 위기』
조지 소로스 지음 / 형선호 옮김 / 1998 / 김영사

이 책은 꼭 필요한 이야기를 적절한 시기에 제시하고 있다. 물론 그 내용이 모두에게 공감을 주는가는 별문제이지만 오늘날 세계경제에 가장 절실한 과제를 다루고 있다. 아시아와 중남미의 여러 나라들이 외환위기에 직면하고, 러시아의 국가부도로 세계경제가 흔들리고 있는데도 이를 책임질 세계정부가 없다는 데 문제가 있다. 그 책임이 당사국들에게만 있는 것이 아니라 투자자들과 국제거래자 모두에게 있기 때문이다. 이는 세계 자본시장의 근본문제를 인식하고 그 개선 방향을 모색해야만 해결할 수 있을 것이다.

이러한 이야기는 매우 중요한데, 아쉬운 것은 대단히 어려운 문제

이기 때문에 학생들이나 전문가가 아닌 사람들이 소화하기에 부담이 될 수도 있다. 그러나 조지 소로스는 이러한 어려운 문제를 다루면서도 비교적 쉽게 설명하여 건전한 상식으로 열심히 책을 읽으면 큰 무리가 없을 것이다. 저자의 풍부한 경험과 예리한 통찰력으로 문제를 비교적 쉽게 다루었으며 간단한 예를 많이 들면서 설명했기 때문이다. 또한 옮긴이도 전반적으로 쉽게 표현하려고 상당히 노력한 흔적이 보인다. 다만 일부 전문용어의 표현에 대하여 경제학자들의 표현과 다르게 옮긴 것이 있는데 뒤에 다시 언급하겠다.

이 책은 두 개 부문으로 구성되었다. 전반부는 자본주의 경제학의 이론적인 문제를 포함하여 오늘의 세계경제의 문제를 체계적으로 설명하는 데 힘썼다. 이 부문을 읽으면서 그의 해박한 지식에 놀라움을 금할 수 없었다. 후반부는 경제위기에 직면한 나라들과 세계경제가 안고 있는 현실적 문제의 원인과 개선 방향을 설명하였다. 세계 자본시장에서 그가 아니면 불가능한 전문적인 경험을 소개하면서 문제의 핵심을 깊이 있게 다루었다.

저자는 세계적인 투자자이다. 저자는 국제 자본시장에서 돈을 버는 데 성공한 뛰어난 사람이다. 많은 사람들의 부러움의 대상이면서 또한 '투기꾼'이라는 비난도 받을 수 있는 인물이다. 그는 세계적으로 가장 성공한 기관투자자이면서 자신을 성공시켜 준 무대가 되는 세계 금융시장을 도마 위에 놓고 모순을 설명하였다. 자신에게 돈벌이를 시켜 준 가장 큰 효자인 금융시장의 잘못을 사정없이 들추어 낸 것이 다른 사람이 이야기하지 못하는 귀중한 점이라고 생각한다.

전반부의 그의 설명을 요약하면 시장경제는 근본적으로 오류에 빠질 요인이 있는데, 이것을 인정하지 않고 시장만이 가장 능률적이라고 믿어 이를 전세계에 밀어붙이고 있는 점이 문제라는 것이다. 이에 대하여 그는 자연과학과 사회과학은 분명한 차이점이 있으며 따라서 사회과학인 정치나 경제를 자연과학과 같은 방법으로 설명하려는 것은 잘못이라고 말한다. 그 이유는 모든 자연현상은 스스로 균형을 유지하고 조화를 이룰 수 있지만 사회과학은 인간의 행동이 참여하기 때문에 균형을 이루지 못하고 균형에서 이탈하는 반사성이 있기 때문이다.

예를 들면 자연현상은 무엇이든 처음부터 정해진 법칙을 바꿀 수 없지만 시장에 참여하는 사람들은 값이 오를 것을 알면 그에 대비하여 처음 생각을 바꿀 수 있다. 즉 자연현상은 상태를 정확하게 관찰할 수 있으나 시장현상은 상태를 아무리 정확하게 관찰해도 사람들이 참여하기 때문에 변동하므로 오류에 빠질 수도 있다. 자신이 오류에 빠질 수 있다고 알면 되는데, 시장원리주의자들은 시장이 가장 능률적이라고 믿어 그러한 오류성을 인정하지 않는 데 문제가 있다.

그는 자신이 오류성이 있는 시장에서 일이기 때문에 시장을 분석하여 참여(투자)한 뒤에도 항상 오류성을 인식하고 오류를 발견하려고 노력하며 오류를 발견하면 즉시 수정한 것이 성공의 원인일 것이라고 설명했다. 그는 자신이 참여한 시장에서 오류를 발견할 때까지 언제나 불안하였고 오류를 발견하면 안심했다고 실토했다.

그러나 그는 이 책에서 경제와 철학, 정치와 사회에 대하여 학자들보다 더 해박한 지식과 놀라운 통찰력으로 낡은 이론을 비판하고 새로운 개념들을 주저 없이 제시했다. 그가 제시한 개념들 가운데 중요한 것은 균형 대신 반사성, 무오류 대신 오류, 닫힌사회 대신 열린사회 등이다. 이 개념을 여기서 모두 설명할 수 없다. 중요한 것은 그가 말하는 대로 사람들이 가장 옳다고 믿는 시장경제가 완전한 것이 아니라는 점이다.

그는 시장경제가 불안한 이유를 '붕-쾅(Boom-Bust)이론'으로 설명하였다. 번역자가 '붕-쾅'이라고 했기에 그대로 따를 수밖에 없지만 내용을 말하면 경제의 상승국면과 하강국면이 순탄하지 않고 붕 떴다가 폭삭 가라앉는 과정을 설명한 것이다. 그대로 번역하면 '과열-붕괴' 또는 '거품-파괴'라고 말해도 될 것이다. 이러한 '붕-쾅'의 원인은 주식시장의 경우 주식의 수익가치와 주가가 일치하지 못하고 괴리가 생기기 때문이다. 이것은 사람들이 주식의 본질적인 가치인 수익가치를 제대로 파악하지 못하고 과다하게 평가하거나 과소평가하는 데 있다. 모든 사회현실에 대하여 사람들이 그 본질적인 가치를 제대로 인식하지 못하여 오류가 발생한다는 것이 그의 주장이다.

그러므로 사람들이 시장에게 모든 것을 맡기지 말고 오류가 생길 수 있는 것을 인정하고 그것을 보완하도록 하면 되는데, 그렇지 않고 세계경제의 모든 거래를 시장원리에만 따르도록 강요하는 데 문제가 있다는 것이다. 그는 시장원리를 세계경제에 적용시키는 것을 주장하는 사람들을 '시장근본주의'라고 했다. 이 말은 번역자의 표현에 따른 것인데 '시장원리주의'라고 번역할 수도 있다. 그리고 오늘의 자본주의를 '신자유주의' 라고 말하는데 같은 의미지만 조지 소로스의 '시장원리주의' 라는 표현이 더 적절하다고 본다.

'고전적 자유주의' 와 '신자유주의' 의 차이는, 앞의 것은 무역이론에서 국제분업의 이론을 설명하고 있지만 그러나 역시 국내적인 시장을 중심으로 하나, 뒤의 것은 세계경제에 무차별적인 시장원리의 적용을 주장한다는 점에 있다. 그러므로 '시장원리주의' 라는 말이 적절할 것 같다.

소로스는 냉전체제가 끝나고 세계경제는 오직 시장질서에 의해 주도되어 왔는데, 그 시장이 시장원리주의자가 믿는 것처럼 완전하지 못한 데 문제가 있다고 한다. 시장의 오류성을 인정하고 그것을 예방하기 위하여 노력하는 것이 세계시장에 필요하다는 것이다. 그것은 마치 미국의 SEC가 증권시장을 감독하고 FRB가 은행의 지불준비를 감독하는 것과 같이 세계 모든 나라의 시장을 감독하고 준비할 수 있는 기구가 필요하다는 것을 의미한다. 국제금융기관인 IMF나 세계은행은 자금이 부족한 나라에 자금을 지원하고 문제가 생긴 뒤에 수습하는 것이 고작인데, 그것은 사전에 예방하는 것보다 비용은 많이 들지만 효과는 적기 때문이다.

그는 러시아의 지급불이행 사태를 자세히 예로 들면서 세계 금융시장이 이를 해결할 방법이 없었음을 설명하였다. 러시아는 국제금융기구에 요청하지 않고 부도에 이른 것이므로 해결방법이 없었다. 아시아의 외환위기에는 IMF가 수습에 나서 러시아와 같은 사태로 몰고 가지는 않았지만 역시 사전에 예방한 것에 비하여 비효율적이었다.

그것은 IMF를 포함하여 세계의 시장경제를 감독할 기구가 없기 때문이다. 지금 지구촌경제는 국경이 없는 거대한 하나의 시장인데 이는 마치 주권을 행사할 수 없는 '추상적인 제국'과 같다는 것이다. 거대한 지구촌경제를 감독하고 통제할 기구가 없이 돈만 있으면 어디나 투자하고 사업하며 거래하는데, 주권국가들은 따로 있으므로 세계시장을 감독할 기구는 없다. 돈은 마음대로 이동하며 따라서 시장은 하나인데 감독기구는 나라마다 다르므로 사실상 감독과 통제가 제대로 되지 못하고 있는 것이다. 그러므로 그는 세계적인 감독기구를 따로 설치해야 한다고 주장한다.

예를 들어 아시아의 경제위기에 대하여서도 IMF는 그에게 손을 내민 나라에게만 구조 개선을 요구하고 거기에 투자한 사람들의 시장행위에 대한 감독은 하지 않은 채, 일방적으로 채무자에게만 수습책을 요구하고 있는 것이 문제라고 지적한다. 국제금융기구가 채무 불이행을 방지하는 것은 투자자의 이익만 돕는 일인데, 채무국에만 구조 개선을 요구하고 투자자의 책임을 외면하는 것은 형평에 어긋난다는 것이다.

끝으로 앞에서도 언급했지만 전문용어에 대한 몇 가지 의견을 제시하고 싶다. 옮긴이가 쉽게 표현하려고 의도적으로 선택한 것으로 보이지만 전문용어는 그동안 학계에서 사용된 것과 달리 번역할 때는 공감대를 위한 전문가들의 의견을 수렴시키는 것이 필요할 것 같다. 예를 들면 옮긴이는 학계에서 '균형'이라고 표현한 것을 '평형'

으로 표현하였으며, '불균형'과 '비평형'은 혼용하였다. 또한 구조적 불균형을 '정적인 비평형', 균형 접근을 '평형 인접', 순환적인 불균형을 '동적인 비평형' 등으로 표현하고 있다. '바이어스(Bias)'를 '편견' 또는 '착각'으로 문장에 따라 각각 달리 표현했는데 원어를 그대로 사용하는 것도 한 방법일 것이다. '붕-쾅'이나 '시장근본주의'도 앞에서 언급한 것과 같이 지식인들의 일반적인 표현에 맞추는 것이 바람직할 것이다.

경제학의 한계를 인정하는
또 다른 경제학

이만기 호서대 경상학부 교수

『왜 복잡계 경제학인가』

시오자와 요시노리 지음 / 임채성 외 옮김 / 1999 / 푸른길

 최근 《뉴욕타임스》에 따르면 미국에서는 컴퓨터를 포함한 정보기술의 향상으로 96년 이후 노동생산성 증가율이 배로 높아졌으나 주류 경제학자들은 이를 인정하는 데 매우 인색하여 오랜 시간이 지난 뒤에야 겨우 생각을 바꾸기 시작했다고 한다. 약 2년 전 "우리는 컴퓨터시대의 영향을 모든 곳에서 볼 수 있지만 생산성 통계에서는 볼 수 없다"고 노동생산성이 배가된 것을 인정하려 들지 않았던 로버트 소로 교수(MIT)는 최근에 "그 문제에 관한 내 신조가 바뀌고 있다"며 "아직 확실치는 않지만 정보기술을 사용하게 되고 더 효율적으로 되기까지 많은 시간이 걸렸다"고 말했다는데, 정보기술의 효율

성을 높이는 데 많은 시간이 걸린 것이 아니라 그가 이를 인정하는 데 많은 시간이 걸린 것이라고 말해야 한다.

생산이 늘면 한계비용이 증가되기 때문에 공급곡선이 오른쪽으로 올라가는 모양의 증가곡선으로 설명한 가격이론이 무너지고 있는 것을 경제학자들은 받아들이기가 어려울 것이다. 생산성의 향상은 한계비용을 오히려 감소시켜 우상향의 공급곡선을 우하향으로 전환시킨다. 이는 수요와 공급의 균형으로 시장경제를 설명하는 균형이론의 설 땅을 없어지게 만드는 것이다.

그러므로 지금 경제학은 방황하고 있다. 1970년에는 이와 반대로 임금상승과 석유파동 등이 비용압력 인플레를 일으켜 불황과 인플레가 함께 한 스태그플레이션이 생겨 케인즈가 설명한 거시경제이론이 흔들리기 시작하였다. 그런데 이제 1990년대에는 미시경제의 가격이론이 다시 한 번 흔들려 모든 경제 예측이 빗나가고 있는 것이다. 따라서 경제 예측이 빗나가고 기업의 최고경영자들이 아는 경영지식 이상의 경제이론이 더 필요하지 않다며 경제연구소를 축소하여 경제학자들이 찬밥 신세가 되었다는 보도들이 잇따라 나오고 있다. 1970년대의 스태그플레이션을 예측하지 못했던 경제학자들이 1990년대의 생산성 증가로 인한 가격하락과 생산증가를 통한 미국의 장기 호황도 예측하지 못했다는 것이 그 이유이다.

이러한 때에 책의 이름도 낯선 '복잡계(複雜系) 경제학'이라는 새로운 이론을 소개하는 책이 나와 관심을 끌게 한다. 본래 경제학이 어렵다고 하는데 여기에 '복잡계'라는 이름을 붙여 더 어렵게 보이는 것이 흠이라면 흠이다. 그러나 책의 내용은 조리 있고 자상하여 생각보다 어렵지 않다. 미래를 생각하는 사람이라면 누구나 꼭 읽어 볼 만한 책이다.

'복잡계 경제학 입문'이라는 책의 이름을 옮긴이가 『왜 복잡계 경제학인가』로 바꾸었는데 이는 저자가 내용의 일부에서 사용한 제목이다. 어떻든 '복잡계'라는 말이 일본식 표현으로 어색한 느낌이 없지 않다. 저자 시오자와 요시노리가 오사카 시립대학 경제학부 교수로 『복잡함의 귀결』, 『복잡계 경제학 시론』, 『수리경제학의 기초』 등을 저술한 일본인이어서 그가 사용한 '복잡계'라는 말을 옮긴이들이 일단 그대로 사용한 것 같다. 저자 자신도 이 낯선 이름에 대하여 언급하였는데 영어권에서는 'Complexity'와 'Complex System'이라는 말로 표현한다고 하였다. 옮긴이는 이 말을 '복잡함'과 '복잡계'라고 하였으나 경제학의 앞에 쓰일 경우 '복잡성' 또는 '복합체계' 등으로 표현하는 것이 나을 것 같다. 또 학문의 성격을 나타내는 이름은 매우 중요한 것이므로 학계에서 서로 의논하여 정하는 것이 좋을 것 같다. 어차피 낯선 말이므로 저자의 표현을 그대로 따른 것에 대하여 반대 의견을 내는 것이 아니다. 책의 이름을 이해하기 쉽게 설명하려고 약간의 의견을 제시해 본 것이다.

4부 13장으로 구성된 이 책의 내용은 처음 2부에서 현대과학과 경제학의 이론의 틀이 달라져야 할 처지와 그 이유를 잘 설명하였다. 1부에서 경제학의 새로운 입장을 설명하고, 2부에서는 과학을 중심으로 모든 지식의 패러다임이 전환되어야 할 입장을 설명했다. 독자는 1부에 앞서 2부를 먼저 읽어 보아도 좋을 것 같다.

1부는 『왜 복잡계 경제학인가』라는 책의 이름을 그대로 설명하고 있는데 3장으로 구성된 이곳에서 '한계에 부딪친 경제학'과 그 이유를 잘 설명하였다. 제1장은 앞에 신문 보도를 통하여 오늘의 경제학의 입장을 잠시 설명했는데 이 책을 읽는 데 도움을 주고자 함이었다. 이 책은 마르크스 경제학의 몰락과 케인즈 경제학의 실추로 70년대에 등장한 신통화주의와 80년대의 공급측 경제학 등이 모두 미국경제를 처방하는 데 실패하였다고 말한다. 기존의 모든 경제학의 패러다임으로는 한계에 부딪쳤으므로 새로운 전환이 필요하다는 설명이다. 이러한 설명은 대단히 중요한 이야기인데, 한 가지 아쉬운 것은 장기 호황으로 성공하고 있는 90년대 미국경제의 모습에 대하여 한 마디 언급도 하지 않은 점이다. 저자가 일본인이기 때문이라면 편견일까. 60년대에 케인즈 경제학의 처방으로 전성기를 맞은 미국경제가 이번에는 무엇으로 성공했는가를 언급했어야 한다. 그 성공의 배경을 이론적으로 평가하고 그것이 복잡계 경제학과 어떤 관계가 있는가를 설명해야 옳다고 생각한다.

반면에 제2장은 이미 실패한 사회주의 경제에 대하여 지나치게 많은 지면을 할애했는데 계획경제의 한계성과 시장경제의 한계성을 다 같이 설명하려는 취지는 이해하나, 복잡계의 이론이 이 양자를 혼합하는 것은 결코 아니기 때문에 사회주의 경제를 너무 자세히 언급할 필요가 있었는가 생각된다. 계획경제에 흥미가 있으면 몰라도 그렇지 않다면 그 부문은 가볍게 넘어가도 무방할 것 같다.

제3장은 시장경제를 이론적으로 완전히 설명하였던 신고전 경제학 이론의 문제점을 설명한다. 신고전 경제학은 가격과 관계되는 수요함수와 공급함수가 항상 균형될 수 있다. 또한 개인의 최대 만족과 기업의 최대 이윤을 추구하는 수급균형을 이루는 시장경제를 가장 효율적인 체제로 설명한다. 이렇게 훌륭한 시장경제를 완전한 이론의 틀로 만든 것이 신고전 경제학의 최대의 공적이며 이들은 이론적으로 아무 문제가 없다고 생각하였다.

그러나 이러한 이론의 틀에 근본적으로 두 가지 문제를 지적할 수 있다. 수요의 이론은 소비자가 선택할 수 있는 재화와 서비스가 많아 계산이 불가능한데 계산능력이 무한하여 문제가 없다고 가정하였고, 실제로는 두 개의 재화의 선택 바구니를 중심으로 한계대체율이 체감한다는 간단한 이론의 틀을 전제로 설명하였다. 이는 비현실적이고 너무 단순한 것이 문제된다. 또한 공급함수를 설명하는 생산의 이론에는 용량의 한계에 이르기 전에 한계비용이 크게 상승한다는 비현실적인 가정을 도입하였음을 지적하였다. 앞에서 경제학자들이 최근 미국의 노동생산성이 배로 증가한 것을 인정하기에 많은 시일이 걸린 것도 이러한 이론의 틀에 매였던 까닭인 것 같다.

이러한 문제를 설명한 3장은 대단히 중요하므로 경제이론을 이해하기 어렵더라도 차분하게 정독하면 무엇을 말하려는 것인지 이해하게 될 것이다.

2부 과학의 이야기는 대단히 유익하며 경제학뿐 아니라 모든 학문에서 참고할 만하다. 미국 산타페 연구소와 몸페리에 심포지움을 비롯하여 '복잡계'라는 학문의 동향을 자세히 소개하였으며 또한 그 이론적 배경으로 뉴턴의 고전물리학으로부터 혼돈(카오스)이론에 이르기까지 결정론의 세계와 확률론의 세계, 그리고 조직적으로 복잡한 문제를 다루는 현대과학의 이야기를 알기 쉽고 자상하게 설명하였다. 수학을 기피하는 사람은 다소 어려울 수 있으나 내용을 소화할 만하면 읽어 두는 것이 다음을 위하여 참고가 된다. 그러나 어려우면 그냥 넘어가도 큰 무리는 없을 것이다.

이 책의 핵심은 3부 '합리성의 한계와 그 귀결'과 4부 '자기조직하는 복잡계'이다. 이러한 문제를 이해하는 데 도움을 받으려면 100년 전에 제기된 합리주의와 실용주의 그리고 최근 논의되는 포스트모더니즘 등의 이야기를 참고하는 것이 바람직할 것이다. 모두가 한번 생각해 보아야 할 이론의 틀이다. 신고전 경제학의 이론의 틀이 합리주의를 따른다고 말할 수도 있으나 이미 합리주의가 한계에 직면한 지 오래다. 이 부문의 글을 읽는 데 참고가 될 또 하나의 책을 소개하면 지식출판사가 출판하고 20명의 한국의 석학들이 집필한 『서양의 지적 운동』(1994)이 있는데 그중에서 임상우 교수가 쓴 '합리주의'와 김욱동 교수가 쓴 '포스트모더니즘' 그리고 시간이 있으면 조지형 교수의 '실용주의'도 참고로 읽으면 좋을 것이다.

'복잡계'의 학문은 인간의 이성으로 추구할 수 있는 최대의 노력을 기울이고 있는 학문이면서 한편 스스로 인간의 이성의 한계를 깨닫게 하는 것이 장점이다. 그 한계는 1. 시야의 한계 2. 합리성의 한계 3. 활동작용의 한계 등을 설명하고 있다. 지금까지의 주류 경제학도 예외 없이 이 세 가지의 한계에 직면하고 있다. 그럼에도 불구하고 근대화의 여명기에 합리주의자들은 "인간의 이성이 하나님의 이성을 인식한다"며 합리주의의 무한한 능력을 과시하였으며 경제학자들도 이러한 합리주의의 틀에 의존하였던 것이다. 그러나 최근 경제학과 과학의 모든 분야에서 복잡한 인과의 법칙을 분석하면서 오히려 인간의 이성의 한계를 자각하는 겸허한 자세를 보이는 것이 타당할 것 같다.

경제학은 반복하는 행동과 불확실한 미래의 변화를 다루는 학문이다. 여기 확률적인 통계와 인과적인 법칙을 결합하려는 데에 어려움이 있다. 그런데 균형의 이론은 경제가 '보이지 않는 손에 이끌리는' 자기조직을 설명하는 것이 그 내용이다. 사람의 자율신경이 고장나면 모든 병이 생기듯이 경제의 자기조직은 대단히 중요하다. 복잡계 경제학은 기존의 주류 경제학에서 진단한 자기조직을 더 자세히 진단하여 새로운 결론을 얻고 있는 것이다.

지금까지 경제학은 시장경제 속에 가격이라는 것이 어떻게 나타나고 그것을 기초로 수량이 어떻게 조절되는가 하는 자기조직에 대한 연구를 계속하여 왔다. 그러나 기술진보와 수량의 움직임을 무한하고 빠르게 확대시키는 정보화시대에, 새로운 변화는 마침내 가격과 수량의 움직임을 종전의 이론의 틀로 설명할 수 없게 만들었다. 여기서 새로이 나타난 것이 '수확체증'이라는 자기조직이다. 다시 말하면 지금까지 공급함수는 '수확체감의 법칙'을 전제로 설명했다. 용량의 한계에 이르기도 전에 한계비용이 증가하므로 공급곡선을 우상향으로 그렸다. 그러나 수확체감이 체증으로 바뀌면 한계비용은 감소하며, 따라서 공급곡선은 우상향이 아니라 우하향으로 전환되어야 한다. 그렇게 되면 공급곡선과 수요곡선은 같은 방향이기 때문에 쉽게 균형된다는 보장이 없다. 세계적인 기업의 추세가 조직의 군살을 빼고 생산성을 높이는 것이면서도 한편으로는 기업을 흡수 합병하여 지구촌의 모든 시장을 상대로 하는 거대기업으로 전환하는 것도 '수확체증의 공급곡선'으로 바뀌었기 때문인 것이다. 만일 수확이 체감한다면 일정한 생산 규모에서 기업의 이윤은 최대가 되고, 규모를 더 늘리면 이윤이 감소하므로 지구촌시장을 상대로 무한히 팽창하는 거대기업의 탄생은 어리석은 일일 것이다.

지난날에도 장기적으로 규모의 이익이 적용되거나 외부경제의 이익을 설명하는 이론이 있었다. 그러나 어디까지나 단기적인 공급곡선은 증가곡선이다. 이는 한계비용이 증가된다는 것을 전제로 한 것이다. 그런데 수확체증에 대한 관심이 차츰 높아지면서 규모의 경제, 범위의 경제, 연결의 효과, 학습의 효과 등을 내세워 수확체증을 더 많이 설명하고 있다. 이 책에는 소개되지 않았지만 컴퓨터의 효과로 생산성 증가율이 두 배로 높아진 미국경제가 공급곡선을 우하향으로 바꾸고 필립곡선을 수평축으로 끌어내리는 역할을 할 것이다.

그런데 이와 같은 거대기업의 탄생이 자동차산업과 같은 제조업에서도 적용되지만 특히 금융업과 같이 설비투자가 없는 서비스업에서 더욱 활발한 것은 수확체증의 법칙이 더욱 빠르게 적용하고 있음을 보여 준다. 엄밀하게 따지면 수확은 체증이 산업에 따라 동일하지 않으며 그 나라의 시장구조에 따라 또한 다르다고 본다. 그 현실적인 제약요소에 대한 설명도 필요한데 아직 경제학이 이를 정립하지 못하고 있다. 시오자와의 『복잡계 경제학』이 문제를 잘 설명하고 있지만 결론 부문에서 수확체증의 현실적인 차별요인을 설명하지 못한 것이 아쉽다. 그것은 시장구조와 산업구조에 의존하므로 이를 구체적으로 몇 가지의 유형으로 나누어 차별적으로 설명해야 할 것이다.

금융자본의 본질과
지배구조에 대한 이해

임재수 동원경제연구소 사장

『**월스트리트, 누구를 위해 어떻게 움직이나**』

더그 헨우드 지음 / 이주명 옮김 / 1999 / 사계절

수십 년간 역동적인 성장세를 지속하던 우리 경제가 일순간에 국가부도라는 위기까지 몰리게 된 이유는 무엇일까? 우리 경제 자체의 내부적 위약성 탓으로 볼 수도 있지만 국제자본에 의해 가해진 외부적 충격도 반드시 짚고 넘어가야 할 원인 중의 하나다. 하지만 구제금융체제에 들어선 지 2년여가 되고 있지만 후자에 대한 규명작업은 아직 제대로 이루어지지 못하고 있는 실정이다. 더구나 외환위기의 원인 제공자라 할 수 있는 국제금융자본이 국제통화기금으로 모습만 바꾼 채 다시금 개혁에 주도적 역할을 하고 있다는 사실은 아이러니가 아닐 수 없다. 이러한 점에서 국제자본의 한가운데 있는 미국

금융자본주의의 실상과 메커니즘을 파헤친 더그 헨우드(Dog Hen wood)의 『월스트리트, 누구를 위해 어떻게 움직이나』는 우리에게 시사하는 바가 크다.

이 책의 저자인 헨우드는 대학 시절에는 문학도로서 좌우파 양쪽 모두의 사상을 경험하고 졸업 후에는 월가에서 증권맨으로 근무했으며, 독학으로 폭넓은 경제이론을 섭렵하면서 20여 년간 미국의 금융자본을 연구해 온 저널리스트다. 현재는 정치 · 경제를 주제로 한 좌파 성향의 뉴스레터인 《레프트 비즈니스 옵서버(Left Business Observer)》의 발행자로 활동 중이다. 이러한 저자의 독특한 이력으로 인해 이 책은 그간의 월가에 관한 책들이 자기몰입적 관점에 치우쳤던 것과는 달리 금융자본의 속성을 좀 더 객관화시킬 수 있었던 것으로 평가된다. 사실 그간 국내에서 발간된 미국 자본에 관한 대부분의 책들은 이론에 치우치거나 투자지침서로의 편향성을 띠고 있었을 뿐만 아니라 미국식 자본주의의 우월성을 입증하는 관점에서 쓰여져 왔다. 그러나 이 책의 저자인 헨우드는 뉴요커(New Yorker)로 빠지기 쉬운 시장참가자(Wall Streeter)로서의 속성에 사로잡히지 않으면서 월가의 현실을 역사적 · 이론적 배경으로 풀이하고 있다.

이 책은 크게 세 부분으로 나뉘어진다. 1~3장에서는 미국 금융시장을 구성하고 있는 객체와 주체를 기술하고 이들이 만들어 내고 있는 시장과 그 연결고리를 고찰하고 있다. 4~6장은 현대 자본주의의 이론적 틀을 이끌어 내고 현재 진행되고 있는 주체들간의 역학구도를 그려 내고 있다. 마지막 7장에는 저자 자신의 비판적 시각에서 바라본 대안들이 나열되어 있다.

　이를 좀 더 자세히 살펴보면, 우선 1장에서는 월스트리트에서 거래되는 주식과 채권, 파생상품 등의 금융수단을 사례 혹은 역사적 배경을 통해 소개하고 있다. 또한 진행 중인 금융혁신들이 금융자본의 새로운 이익창출 과정에서 나타난 부산물임을 주장한다. 2장에서는 미 연방준비제도, 헤지펀드 등 각 금융자본의 행위주체에 대해 언급하면서 이들의 금융자본에 대한 종속성을 지적하고 있다. 연준이라는 시스템도 사적인 이익에 따라 소유되고 통제되며 시장거래인, 분석가 등 월가의 참여자뿐만 아니라 경제학자들조차도 금융자본에 자유로울 수 없다는 것이다. 3장에서는 미국의 개별 금융시장이 어떻게 작동하고 실물세계와는 어떻게 연결되는지를 전체적인 관점에서 조망하고 한 주일간의 실제거래 상황을 일기 형식으로 기술하면서 새로운 뉴스와 정보가 어떻게 유통되고 시장에 반영되는가를 살펴보고 있다. 4장에서는 기존의 효율적 시장가설, 토빈의 q이론, 모딜리아니-밀러 정리, 기업 지배구조이론 등을 되새김할 수 있는 기회를 제공한다. 5장에서는 우리에게 잘 알려지지 않았거나 잊혀졌지만 케인지언적 사고, 민스키의 이론, 마르크시즘의 재해석 등 월가를 정확히 이해하는 데 필요한 이론들을 열거하고, 이들 이론들이 가지는 의미를 저자 나름대로의 관점에서 재해석하고 있다. 특히 민스키의 금융구조론에 입각한 금융자본의 변화과정을 통해 현재 미국경제는 폰지(Ponzi)형 금융구조에 돌입한 상황이나 국가개입을 통해 최악의 상황을 막고 있을 뿐이라고 비판하고 있다. 6장에는 그동안의 금융

이론들에 대한 비판적 재검토와 함께 월스트리트 금융자본의 본질, 지배구조에 관한 분석이 담겨 있다. 특히 기업 지배구조와 관련해 최근에 부각되고 있는 기업의 인수합병을 주주들의 사적이득 강화 차원에서 이해하고 있으며, 이러한 사적 이득은 노동자 해고와 부채 증가에 따른 세금감면에서 창출되고 있는 것일 뿐이라고 주장하고 있다. 마지막으로 7장은 저자 자신의 현실적 대안을 부분적으로나마 사례를 바탕으로 언급하고 있는데 사회보장제도, 민영화 주장의 허구성, 사회적 투자의 오류, 자본 통제, 부유세 과세, 금융거래세 부과 등은 관심을 가져 볼 만한 사안으로 평가된다.

헨우드가 이 책을 통해 주장하고자 하는 것은 미국의 금융 시스템은 일반적인 인식과는 달리 사회저축을 최적 투자로 유도하는 것이 아니라 자본배분과 관련해 그릇된 정보(Noise)를 생산해 낼 뿐만 아니라 실제투자와도 연관성이 없다는 것이다. 그 예로서 1950년대 이후 미국기업들의 투자재원 가운데 90%가 내부금융이라는 점을 제시하며 주식시장이 기업들을 위한 자본조달처 역할을 한다는 통념도 부정한다. 더구나 현재와 같이 단기업적주의에 치중할 수밖에 없는 미국 주식시장의 구조로는 장기투자가 이루어지기 매우 어렵다는 점을 지적한다. 또 경제·사회정책에 대한 최종적 판단을 내리는 소위 '시장의 견해'라는 것이 본질적으로는 미국인들 가운데 가장 부유한 1~2%와 이들의 돈을 관리해 주는 전문가집단의 견해로서 자기목적적 이익을 대변하는 것임을 강조한다. 인플레이션에 대한 극도의 혐오감은 금융자본의 주체들이 채무자에게 제공한 신용잔액의 가치잠식 우려에서 비롯되는 것이며, 실업률 상승을 용인하면서 인플레이션을 낮추려는 것은 노동자에게 배분될 몫을 자본가에게로 이전시키는 과정으로 그 주된 역할을 연준이 담당하고 있다는 것이다. 또 금융자본의 지배권 확대과정에 야기되는 금융위기 상황에서도 자본 소유자들은 아무런 손해도 보지 않고 오히려 자기이득을 강화시켜 나갔다고 비판한다. 그 사례로 1980년대 미국에서 발행했던 주택대부조합 붕괴사건을 들고 있으며, 멕시코나 한국의 외환위기에서도 서구식 금융 및 기업구조로의 개편을 통해 시장영역 확대를 도모하고 있다는 것이다. 따라서 헨우드는 궁극적으로 주식시장의 기능은 축소되어야 하며 대기업들은 노동자와 공적은행에 의해 통제되어야 올바른 사회적 역할을 담당할 수 있다고 주장한다.

몇 가지 아쉬운 점을 지적하면 첫째, 어떤 차원에서든지 문제제기가 이루어지면 그에 대한 해법이 제시되어야 한다. 하지만 이 책에서는 저자가 문제제기에 투여한 노력에 비해 대안모색 과정이 너무 빈약하다. 더구나 저자가 제시하는 대부분의 대안들을 실행에 옮길 수 있는 주체들이 저자 자신이 주장한 금융자본으로부터 자유로울 수 없다는 점을 지나치고 있다. 이러한 측면에서 민주주의가 가지는 자정능력을 강조할 필요가 있지 않을까 한다. 둘째, 금융자본의 병리현상에 집착해 시장의 긍정적인 측면이 너무 경시되지 않았는가 한다. 최근 들어 금융시장은 기업경영에 필요한 사업자본을 다양하고 효과적으로 제공해 왔음이 입증되고 있다. 예컨대 규제 철폐, 새로운 상품의 개발 및 주식·채권시장, 뮤추얼펀드 등의 확충은 기업과 금융

시장 간의 시너지 효과를 가져와 전통적 경기순환 과정에서 투자결정을 어렵게 하였던 패턴에서 벗어나게 하고 있다. 대표적인 국가가 미국인데 미국이 버블붕괴라는 과정을 겪을 수도 있겠지만 자본시장의 활황이 신경제(New Economy)의 한 동인이 되었음을 부인하기는 어렵다. 셋째, 저자는 일본 및 독일의 기업구조가 미국에 비해 바람직한 것으로 보고 있지만 일본과 독일 시스템이 창출해 내는 성과가 미국 시스템보다 우월하다는 증거는 아직 명확하지 않다. 넷째, 이 책이 한국의 독자들에게는 분명 새로운 시각에서 미국 금융시장을 바라볼 수 있는 기회를 제공하고 있지만 그 내용이 어떤 독자층을 염두에 둔 것인지 반문하고 싶다. 일반인이 읽기에는 무거운 감이 있고 전문가들이 보기에는 이론적 배경이 유사한 내용의 나열이 지나치게 많아 지루한 감마저 있다.

아무쪼록 이 책이 독자들에게 월가로 대변되는 미국 금융자본에 저항하는 저널리스트의 고민과 경험을 통해 우리 사회·경제에 가해지는 변화의 모습을 반추하고 서구식 개혁의 허와 실을 가늠할 수 있는 기회를 제공하길 기대한다.

기업의 미래를 여는
지도자들의 경영철학

이재규 대구대 경영학과 교수

『미래와의 대화』
조엘 쿠르츠만 지음 / 오관기 옮김 / 1999 / 양문

이 책은, 저자 조엘 쿠르츠만이 수년간 전세계적으로 영향력 있
는 경영학자·컨설턴트 기업인 12명과 한 인터뷰를 정리한 것이다.
그들이 생각하는 미래기업의 모습은 일치하기보다는 차이 나는 분야
가 더 많고, 그들의 전략적 관심은 한곳에 모아지기보다는 다양하게
흩어져 있다. 뿐만 아니라 그들이 생각하는 미래의 조직 그리고 이상
적인 종업원의 행동은(그들이 종사해 온 조직이 다른 만큼이나) 서로 다
르다. 그러나 저자는 12명의 영향력(이것은 그들이 예측력이 있다는 의
미가 아니라 자신의 분야의 방향성을 제시한다는 의미이다) 있는 인사들
사이에 상호차이점을 밝히거나 또는 일치점을 확인하여 독자에게 그

사실을 알리려고 하는 것이 아니라, 오히려 독자가 질문자의 입장이 되어 독자 자신이 처해 있는 문제에 대해 가장 적당한 해답을 찾을 수 있도록 해 주려는 의도로 인터뷰를 진행시키고 있는 듯한 느낌을 받게 한다.

저자는 그런 광범위한 불일치점에도 불구하고, 앞으로 10년간은 과거와는 다른 새로운 승자가 등장할 것이고, 그 승자는 자신의 조직이 기대 이상으로 업무를 수행해 낼 수 있도록 활기를 부여할 수 있는 사람이라고 정리한다. 앞서 말한 것처럼 12명의 피인터뷰자들은 저자의 질문에 대해 동일한 견해를 갖고 있지 않으므로 그들 각자의 관점과 미래관을 요약하는 것이 이 책에 대한 평자의 올바른 역할이라 생각된다.

찰스 핸디는 영국의 피터 드러커로 불리는 유명한 컨설턴트이다. 또한 여러 측면에서 드러커와 유사한 관점을 갖고 있기도 하다. 그는 기계시대(Machine Age) 또는 산업사회를 가능케 했던 각종 조직원칙들이 지금은 그 수명을 다하고 새로운 조직 패러다임이 필요하다고 주장한다. 그가 주장하는 대안이 바로 '회원제 공동체(Membership Community)' 개념이다. 과거처럼 같이 일하는 사람들이 한꺼번에 모여 있을 필요도 없고 정보기술을 이용하여 분권제를 바탕으로 한 가상기업이 가능한 시대에는, 구성원간의 고도의 헌신성을 바탕으로 한 '연방주의(Federalism)'가 새로운 기업의 모델이 된다는 것이다. 지식시대의 의사결정은 지식이 있는 곳에서 내려져야 하기 때문에 지식을 가진 전문가가 조직 내에서 응분의 권리를 가져야 한다는 것이 핸디의 생각이다. 이것은(드러커와 마찬가지로) 미국식 주주이익 중심 경영과는 거리를 두고 있다.

미츠비시 상사의 마키하라 미노루 사장은 세계 최대의 기업을 이끌기 위해서는 전세계적으로 '신용의 네트워크'를 형성해야 한다고 주장한다. 이것은 핸디가 말하는 기업 핵심과 주변의 계열로 이루어지는 연방주의 개념과 유사하다. 그러나 미노루 사장은 기업의 주인은 누구인가 하는 물음에 대해 첫째가 종업원이고, 둘째가 주주라고 말하는데, 이것은 일본기업 주주의 70%가 기관투자가인 점도 일부 이유가 있다. 그리고 그는 종신고용을 옹호하고 있을 뿐만 아니라 종업원들과의 대화를 통해 아이디어를 얻고 있다.

케숩 마힌드라는 인도의 기업인으로, 종업원에 대한 태도는 미노루 사장과 매우 유사하다. 그러나 기업의 효율성을 확보하기 위해서는 정리해고도 필요하고 파업에 대해서는 단호한 조치를 할 필요가 있다고 주장한다. 그는 개발도상국의 일반적인 경영자의 국수주의적 태도와는 달리 명분보다는 실리를 더 추구하는데, 예를 들어 마힌드라사와 포드사가 50 : 50으로 합작했을 때 포드사가 경영권을 맡는 것을 허용했을 뿐만 아니라 포드에게 경영을 맡김으로써 오히려 선진기술을 이전받는 데 열중했다.

C. K. 프라할라드와 게리 하멜은 저자가 별도로 인터뷰를 했지만 두 명의 교수가 『코어 컴피턴스(핵심 역량)』라는 책을 같이 썼기 때문에 두 사람의 생각을 한꺼번에 정리하는 것이 좋겠다. 프라할라드의 전략에 대한 생각은 단호하다. "역사적으로 어떤 군주제도 스스로

혁명을 통해서 입헌주의로 간 적이 없다"는 것이다. 프라할라드의 주요 전략개념은 스트레치(Stretch, 기업도전 능력의 확장), 레버리지(Leverage, 부족한 자원의 효율적 활용), 스트라티직 인텐트(Strategic Intent, 전략적 의도) 등이다. 따라서 기업에서 새로운 전략이란 기존의 관행을 깨뜨리는 혁명적 접근이고, 최고위층과 말단사원이 공동으로 참여하는 혁명이어야 한다. 그러기 위해서는 '의식의 공유' 가 전제되어야 한다. 이런 일련의 과정을 그는 기업재창조(Reinvention)라고 규정한다. 과거 "대기업에서는, 변화를 추진하는 데 협조자들이 없다"는 말이 있었다. 프라할라드는 그 이유가 다 같이 의논할 광장(Forum)이 없었기 때문이라고 주장한다. 하멜은 좀 더 실무적인 접근을 하고 있는데 기업이 전략혁신의 수용력을 키우기 위해서는 첫째, 과거 비즈니스 관행을 조직적으로 파괴하고 둘째, 자신에 대해 깊이 자각하고 셋째, 경제환경의 불연속성을 이해하고 자신의 혁명적 잠재력을 파악해야 한다고 주장한다. 그러기 위해서는 회사 내에 항상 "뭐가 이래?"라는 불평꾼이 있어야 한다고 제언한다.

하버드 비즈니스 스쿨의 존 케이오는 조직의 운영을 과거의 극단적인 모습인 피라미드식 구조에서 재즈악단식 구조로 바꾸라고 강조한다. 그 이유는 조직 참가자의 창조성을 최대한 발휘하도록 하기 위해서이다. 케이오는 듀크 엘링턴의 말을 빌려 "재즈악단의 연주가 청중에게 멋지게 들렸다면 그 음악은 제대로 된 것"이라고 하면서, 비즈니스도 여러 가지 자원 즉 인적, 물적, 재무적, 지적 자원을 재즈식으로 연결하라고 제언한다. 그는 지식과 창조성의 재정거래(차익

거래)라는 개념을 제안하고 있는데, 이는 어떤 단계의 지식에서 그 다음 높은 단계의 지식으로 도약할 때 지식은 불연속적으로 도약하는데 이때 창조성이 필요하다고 주장한다. 예를 들어 일본의 어느 식당의 종업원들은 유럽으로 2주일간 요리여행을 다니고, 어느 제과회사는 각종 과자의 시식을 위해 전국을 여행한다고 한다.

폴 M. 로우머는 이 책에서 가장 색다른 주장을 하고 있는 사람이다. 적어도 지식사회와 지식경제라는 개념을 쉽게 설명하는 역할을 하는 데 있어서는 더욱 그렇다. 그는 지식사회 즉 지식경제에서는 과거 산업사회의 물질경제와는 달리 수확체증의 원칙이 성립되는데, 그 이유는 물질과는 달리 지식은 사용을 한 뒤에도 축적되기 때문이라고 한다. 비유하자면, 거인의 어깨 위에 올라탄 난쟁이는 거인보다 더 크다고 할 수 있다. 물질적 대상은 희소성이 생산의 확대를 제한하지만, 지식과 정보는 무한대로 확대·이용할 수 있다. 지식은 지식 그 자체를 기반으로 자라나기 때문이다. 지식경제에는 이와 같은 선점 효과가 있는 반면, 기존의 것과는 다른 경쟁제품이 나올(뛰어넘기식) 기회가 있기 때문에 지식경제에도 영구적 독점은 없다. 따라서 다년간 특허권(지적재산권) 인정이 지식경제에서는 인센티브가 된다. 이것은 슘페터의 '창조적 파괴'와 궤를 같이 한다.

에이서사의 스탠 쉬는 이 책의 어느 누구보다도 첨단산업에 종사하고 가상기업적으로 제품을 생산하고 있다. 그는 늘 "모방은 내가 할 일이 아니다"라고 주장하면서 "글로벌 브랜드에 로컬 터치(Global Brand, Local Touch)"를 강조한다. 그는, 전략이란 회사의 한계와 약점을 극복하기 위해서 회사의 강점을 강화하고 그 영향력을 확대하는 것이라고 주장한다. 그의 전략개념을 바탕으로 하여 에이서 회사가 사용하는 전략이 바로 패스트푸드식 비즈니스 모델이다. 이것은 수송비를 절약하기 위해 대량의 원재료를 싸게 만들고, 원재료 상태로 현지에 운반하고, 이를 현지시장에 맞게 조립하는 전략이다. 따라서 스탠 쉬 사장이 가장 중요시하는 것은 첫째가 에이서의 물건을 사가는 고객, 둘째가 피고용인, 셋째가 주주이다. 이것 또한 동양적 사고의 결과라고 할 수 있을지 모르겠다. "우리가 열심히 일하는 이유는 우리의 자손이 보다 나은 삶을 살도록 하기 위한 것, 즉 보다 쉽게 살아가도록 하는 것이라면, 그들이 게으르고 세상을 즐기는 것은 왜 안 된다고 해야 할까?" 하는 것도 한번쯤 되씹어 볼 역설(?)이다.

도이치 뱅크 연구소장인 노버트 발터는 유럽, 특히 독일의 기업인의 사고방식을 비판한다. EU가 생기지 않았으면, 그리고 미국으로부터 경쟁이 없었다면 독일은 석탄산업과 같은 사양산업에 아직도 보조금을 주는 등 보호주의에 집착했을 것이라고 주장한다. 또한 그는 독일과 미국경제의 가장 큰 차이는 창업에 대한 관점이라고 분석한다. 독일에서는 자기 사업을 하겠다는 사람을 이해하지 못할 뿐만 아니라, 부모가 자식의 창업을 쉽게 허락해 주지도, 자금을 대 주지도 않는다고 한다. 이것은 미국과 달리 독일은 패자, 즉 실패를 인정해 주지 않기 때문이라고 한다. 그런 점에서 EU의 기관차는 독일이 아니라 미국이어야 한다는 발터의 지론은 귀담아들을 필요가 있다.

존 T. 체임버즈는 미국 최대 정보 네트워킹기업인 시스코의 사장인데 시스코의 성장전략은 한마디로 합병이다. 그는 이렇게 말한다. "우리가 낳은 새끼를 다른 누가 잡아먹기 전에 우리가 먼저 먹어 치우자. 경쟁자가 따라오기 전에 우리가 먼저 달아나자." 따라서 시스코문화에는 NIH(우리가 고안한 것이 아니니까)라는 배타적 문화가 없다. 시스코가 합병할 때는 피합병회사의 종업원을 매우 높게 대우하여 데리고 온다. 지식근로자가 시스코의 최대 자산이라는 것을 알기 때문이다.

워런 베니스는 일찍이 관료주의를 비판한 학자로 유명하지만, 다양한 현장경험을 바탕으로 미래조직의 방향을 제시한다. 위대한 조직은 고도의 헌신성과 업무수행 능력 그리고 생산성을 지닌 조직이다. 그런 조직에는 창조성이 충만한 구성원과 그들의 창조성을 알아주고 이끌어 내는 지도자가 있다는 것이다. 예를 들면 월트 디즈니는 창의성이 넘쳤고, 그의 동생 로이 디즈니는 그것을 현실화시켰다. 미국의 핵 프로젝트인 맨해튼 계획에서 로버트 오펜하이머는 프로젝트의 방향을 제시했고, 레슬리 그로우브즈 장군은 그 프로젝트를 외부의 간섭 없이 추진했다. 이와 같이 조직에는 훌륭한 지도자와 능력 있는 집단이 동시에 존재해야 한다. 우수한 조직이 우수한 구성원을 채용하기 위해 노력하는 것도 그 때문이다.

마지막으로, 프랑스의 화학회사 롱―뿔렝의 사장 장―르네 포르뚜는 컨설팅회사 출신으로서, 사장이 할 일과 종업원이 할 일에 대해 다음과 같이 말한다. "직원들을 너무 자주 만나면 그들의 할 일을 내가 하게 되고, 그들이 내려야 할 결정을 내가 내리기 때문에 그들의 권한을 빼앗는 셈이 되고 만다." 권한 이양이라는 말이 유행하기도 전에 포르뚜 사장은 종업원에게 권한을 위양하고 책임을 강화했던 것이다. 포르뚜의 종업원에 대한 견해는 이 책의 결론으로서도 적합하다.

많은 사람들은 주어진 경로를 따라가기를 선호한다. 자기 스스로 방향을 정하는 데는 에너지가 필요하고, 또한 자유와 책임 그리고 모호함과 스트레스를 견디는 능력도 요구된다. 따라서 모든 종업원이 그럴 능력을 갖고 있지 않다는 점을 인식하는 것도 경영자로서는 중요하다.

디지털 시대,
더 이상 낯설지 않은 지구촌

안중호 한국경영정보학회장

『거리의 소멸ⓝ디지털 혁명』
프랜시스 케언크로스 지음 / 홍석기 옮김 / 1999 / 세종서적

기업활동에서 가장 중요한 것은 고객이 원하는 제품이나 서비스를 정확한 시간과 장소에 제공할 수 있도록 해 주는 것이다. 즉 기업의 사활은 미래를 어떻게 예측하는가에 달려 있다고 해도 과언이 아니다. 실례로 스위스의 뉴카텔(Neuchatel)연구소는 1967년, 수정의 전자운동을 처음 발견하고 자국의 시계 제조업자들에게 전자수정시계라는 혁신적인 아이디어를 내놓았는데, 시계 제조업자들은 시장에서 경쟁력이 없을 것이라고 지레짐작을 하고 이 아이디어를 무시해 버렸다. 그들은 수정전자시계에 그 당시에 당연히 있어야 되는 메인 스프링이나 베어링, 기어와 같은 전통적인 기계장치가 없었기 때문

에 나중에 시계에서 새로운 혁명을 가져올 아이디어를 평가절하했던 것이다. 이것이 세계 시계시장에서 65%를 점유하고 있던 스위스가 당시에 1% 점유력을 가진 일본에게 선두자리를 내주게 되었던 원인이 될 줄은 아무도 몰랐을 것이다.

위와 같은 예에서 알 수 있듯이 미래 예측은 매우 중요하고 시장에서 기업의 성패를 좌우할 뿐만 아니라 국가정책과 경제에도 직간접적으로 영향을 미친다.

기술이 발전하고 사회가 점차 복잡해져 가면서 변화의 주기는 더욱 짧아지고 패러다임도 변하고 있어서 미래를 예측하는 책들이 많이 쏟아지고 있다. 이런 책들 중에서 어떤 것이 미래를 가장 정확히 예측할 수 있을지, 확신에 찬 목소리로 정답을 제시할 수는 없겠지만 대강의 가늠은 할 수 있을 것이라 생각된다.

이 책은 미래에 대한 예견서이다. 이 책을 쓴 저자는 프랜시스 케언크로스로 영국의 《이코노미스트》 수석편집자이다. 그가 1995년부터 1997년까지 《이코노미스트》에 기고한 '거리의 소멸(The Death of Distance)'이라는 제목으로 연재한 글을 모은 것이다. 한마디로 이 책은 정보통신혁명은 무엇이고 이것이 우리의 삶을 어떻게 변화시킬 것인가라는 질문에 해답을 제시하고 있다. 즉 디지털이라는 용어로 대변되는 오늘날의 정보통신 흐름에 대해서 언급하고 이에 대한 영향으로 앞으로 정보통신산업이 어떻게 바뀌고, 이런 결과로 인해 사회와 문화에 어떤 변화가 있을 것이고, 개인생활은 어떻게 달라질지를 묘사하고 있다.

이 책은 모두 10장으로 구성되어 있는데 전반부에는 정보통신혁명의 핵심이 되는 전화, TV, 인터넷의 과거와 미래에 대해 알아보고 전자상거래와 기업에 가장 직접적인 영향을 미치는 요소와 변화에 직면하게 될 정책적 현안과 문제점을 언급했다. 후반부에는 이 책의 부제처럼 '정보통신혁명은 우리의 삶을 어떻게 변화시킬 것인가'의 본질적 해답을 제시하고 있다.

니콜라스 네그로폰테가 그의 저서 『Being Digital』에서 정보기술의 가장 중요한 변화로 모든 정보전달 수단이 디지털방식으로 바뀔 것을, 비트(Bit)와 원자(Atom)의 차이를 구별하여 지금까지는 원자가 세계를 지배했지만 앞으로는 비트가 지배하는 디지털의 세계가 될 것으로 비유를 했다. 이처럼 디지털이라는 방식은 우리의 생활 모든 곳에 파고들어 많은 영향을 미치고 있고 앞으로 점점 더 강하게 영향을 줄 것이다.

1876년 알렉산더 벨이 전화를 발명한 후 지금까지 전화는 원격의 사소통의 중요한 수단으로 사용되고 있다. 전화는 단순히 멀리 떨어진 두 사람이 대화를 나누는 수단이 아니라 어떤 시간과 공간의 제약을 벗어나 정보를 공유하고, 나아가서는 세계 곳곳을 하나로 묶는 역할을 해 왔다는 데에서 의미를 찾을 수 있다. 정보를 남과 공유할 필요성이 생기면서 정보 왜곡이 심한 기존의 아날로그방식에서 정보의 가공과 전달이 확실한 디지털 방식으로 바뀌면서 이 책의 제목처럼 거리의 소멸이 이루어지게 된 것이다. 즉 상대적으로 더 먼 곳으로 정확하게 데이터의 송신과 수신이 많아지면서 사용자는 더욱더 늘어나고 가입비용은 저렴해져 거리의 제약에서 벗어나 세계시장을 하나의 시장으로 묶어 놓은 역할을 한 것이다.

텔레비전도 전화와 마찬가지로 과거에 비해 채널의 수가 증가하고 인터넷이라는 정보기술과 결합하여 과거와는 달리 더 많은 곳에서 수신이 가능하여 거리의 소멸을 가져오게 하였다. 즉, 유통망이 아날로그에서 디지털방식으로 바뀌고, 위성 시스템이 사용되며 텔레비전사업의 진입장벽이 낮아져서 콘텐트가 과거에 비해 다양해지고 무료로 제공되는 텔레비전 프로그램이 점차 인기가 높은 스포츠이벤트 같은 프로그램의 다양화로 유료로 전환될 것이라고 보고 있다. 또한 공영방송이 점차로 민영방송 체제로 변화될 것이고 더 큰 시장을 확보하기 위해 미디어와 콘텐트 사이에 동맹관계가 형성될 것이라고 저자는 예측을 하고 있다.

정보통신의 혁명을 논할 때 인터넷을 빼놓을 순 없다. 과거에 비해 가장 폭발적으로 증가하고 있는 인터넷이 이렇게 발전하고 있는 이유는 이 책에서 언급했듯이 저렴한 인터넷 이용료, 기업 내 PC와 지역 네트워크의 보급, 인터넷의 공개된 표준, 그리고 온라인 발전을 들 수 있다. 이런 환경적인 요인으로 인해 인터넷은 출판, 통신, 방송 모두를 포함하는 거대 미디어로 발전할 것이고 실제적으로 이런 일이 진행되고 있는 것을 쉽게 찾아볼 수 있다. 즉, 과거에 단순히 정보 검색과 전자우편을 목적으로 사용되었던 인터넷이 이제는 인터넷폰의 등장과 전세계 어디에서나 들을 수 있는 라디오방송을 비롯, 여러 가지 목적으로 이용되는 웹방송에 이르기까지 다양한 목적으로 이용되고 있는 것이 이런 현상을 증명하는 예가 아닐까 한다.

이런 전화, 텔레비전, 인터넷이 전자상거래와 기업에 미친 영향은 엄청나다. 인터넷의 등장으로 전자상거래의 진입장벽이 낮아지고 다양한 거래수단으로 사용되어지며 원격 쇼핑이 가능해졌기 때문이다. 또 기업도 인터넷의 사용으로 시간과 공간의 제약을 벗어나서 공급자와 고객의 관계도 변화되고 나아가서는 기업문화도 변화되고 있다.

이처럼 정보통신 분야에 혁명이 일어나면서 세계 각국은 자국의 이익을 위해서 통신시장에서 과거의 독점과 집중을 막고 경쟁의 원리를 도입해 경쟁에서 오는 혜택을 얻고자 하고 있다. 이를 위한 수단으로는 시장을 개방하고, 경쟁을 위한 법률을 제정하고, 신규 사업자에게 혜택을 주어서 다수의 수혜자에게 더 많은 혁신과 이익을 돌려주어야 한다고 이 책의 저자는 주장하고 있지만 한편으로는 법률제정의 실효성과 책임의 소재를 명확히 밝히지는 못하고 있다.

전자세계는 유용한 정보의 공유와 표현의 자유라는 측면에서 많은 순기능을 제공하지만 다른 한편으로는 많은 역기능도 현재 속속 출현하고 있다. 웹상에서 포르노 같은 유해한 정보들로부터의 미성년자 보호와 개인저작권 침해와 사생활의 침범 같은 심각한 부작용이 일어나고 있기 때문이다. 이런 상황에서 규제의 필요성에 대한 논의가 진행 중이고, 또 누가 이 문제에 대해 실질적인 책임이 있는지에 대해 논쟁의 여지가 있지만 실제적으로는 급속히 발전하는 인터넷의 개방화와 표준화라는 특성 때문에 전체 네트워크를 감시하기도 힘들고 통제하기도 힘든 실정이라고 언급하고 있다.

이처럼 컴퓨터통신산업의 기술적 진보와 글로벌화로 인해서 지역이나 국내시장보다는 세계시장에서 경쟁이 이루어지고 국가 내부와 국가간의 고용의 재분배가 초래되고, 일자리 상실에 대한 두려움이 새로이 대두될 것이다. 또 국가간의 임금 격차는 더 좁혀질 것이지만, 국가 내부의 격차는 더 벌어질 것이다. 투자를 많이 할수록 생산성이 낮아진다는 생산성의 역설은 경제학자의 공허한 메아리로만 끝나 생산성의 증가는 일어나고 정보와 지식의 중요성은 더 커질 것이라고 주장하고 있다.

이런 디지털혁명으로 가정의 역할은 더 많은 교육과 훈련, 보건을 제공받는 공간이 되고 일과 가정적 관심사와 문화적 배경을 공유하는 새로운 부류의 공동체, 예를 들면 가상공동체 같은 거리의 제약을 벗어나서 사이버상에서 모든 것이 행해지는 공동체가 등장할 것이고, 영어는 세계의 표준어가 될 것이다. 또한 지적이고 교육 수준이 높은 젊은 층은 새로운 전자세계에서의 승자가 될 것이며, 국민의 평균연령이 낮은 국가는 그렇지 않은 국가보다 더 유리해질 것이다. 그리하여 사회의 구성원은 다른 사회에 대한 공감대의 폭이 커질 것이고, 통신기술의 발달로 정치와 관련된 정보의 공개가 일어나고 유권자와 정부 간의 관계를 변화시켜 정부의 역할도 적어지면서 국가간의 규모도 축소되고 국가간의 장벽도 허물어질 것이다. 그리하여 사람들 사이에 공감대의 폭이 넓어져 유대가 강화되면서 인류는 세계통신의 보이지 않는 끈으로 서로 연결되고, 거리의 소멸로 인해 평화와 번영이 증진되는 것을 지켜보게 될 것이라 주장하면서 저자는 이 책을 마감하고 있다.

이 책을 읽으면서 한 가지 흥미로웠던 점은 영어가 제2국어가 된다는 저자의 주장이다. 지금까지 미국이 주도하고 있는 인터넷 표준으로 인해 전자매체가 세계의 언어 전달자로서 효과적으로 기능하려면 공통된 언어 표준으로 영어를 사용해야 한다고 저자는 주장하지만, 현재 유럽과 기타 여러 나라를 중심으로 인터넷의 표준을 미국 주도가 아닌 세계 주도로 재편하고자 하는 움직임이 일어나고 있다는 것도 주목해 볼 필요가 있다.

우리가 디지털시대에 살고 있고 앞으로도 살아갈 것이라는 주장은 누구도 부인하지 못할 것이다. 디지털은 산업혁명보다 더 크게 우리에게 다가오고 있다. 이런 디지털혁명이 우리에게 과거의 거리의 차이로 발생했던 불편함의 해소와 이에 따른 비용절감을 가져옴으로써 과거에는 상상도 못했던 많은 정보를 실시간으로 공유할 수 있는 정보화사회의 기반이 되고 있는 것이다.

이제는 항상 내 곁에서 나와 같은 방향으로 달리고 있는 사람들만 우리의 관심 상대는 아닐 것이다. 디지털시대에는 거리의 소멸로 인해 전세계가 우리의 경쟁상대이자 우리의 가족이다. 디지털시대에 살고 있는 우리에게 지구촌이란 말은 더 이상 낯설지 않게 다가오고 있다.

허철부 명지대 지식정보학부 교수

『자본주의 이후 사회의 지식경영자』
피터 드러커 지음 / 이재규 옮김 / 2000 / 한국경제신문

이 책은 피터 드러커의 논문을 엮은 책으로 원제는 'PETER DRUCKER ON THE PROFESSION OF MANAGEMENT' 인데 이재규 교수의 역서에서는 『자본주의 이후 사회의 지식경영자』로 되어 있다. 역자의 뜻을 헤아리려 몹시 고심하였다. 책 제목의 원래 뜻은 직업 또는 전문직업으로서의 경영을 의미한다. 그런데 집필의 배경을 고려하더라도 지식경영까지는 몰라도 지식경영자로 확대하면 혼란이 올 수 있다. 왜냐하면 최고경영자가 지식경영을 한다는 것은 이해가 되나 최고경영자를 지식경영자라고 해 버리면 그 의미가 특수한 뜻을 가지게 되기 때문이다. 구미의 많은 현대기업 조직에 정보담당

중역이 있는데 그 직책을 많은 기업에서 정보담당 중역으로 부르다 최근에는 지식담당 부사장 또는 지식경영자로 호칭하고 있다. 지식경영자가 최고경영자로 올라가는 확률이 높지만 적어도 아직까지는 최고경영자를 지식경영자로 부르는 예는 거의 없다.

　이 책을 일독하고 나서야 이재규 교수의 의도를 어렴풋이나마 이해할 수 있었다. 필자가 이해하는 역자의 의도를 나름대로 서평의 제목으로 표현해 보았다. 지식경영이나 지식기반 산업, 그리고 지식기반 경제에 관한 개념이나 이론들은 이미 보편화되어 있다. 지식경영자, 지식담당 중역 또는 정보담당 중역의 개념도 널리 알려져 있다. 그러나 이재규 교수가 사용하고 있는 최고경영자에 대한 지식경영자라는 호칭은 아직은 낯선 개념이다. 아마 이는 한국의 경영자와 미국의 경영자 그리고 한국의 경영학 교육과 미국의 경영학 교육의 차별화를 강조하기 위해 사용한 표현이 아닌가 사료된다. 이 교수의 뜻을 헤아리면서 한국경영자와 미국경영자 그리고 한국의 경영자 교육과정과 미국경영자 교육과정의 차이점을 부각시키면서 책의 내용을 짚어 볼까 한다.

　역자 이재규 교수는 한국에서 대표적인 드러커이론의 연구자이다. 드러커 교수의 저서를 이미 세 편이나 번역했고 또한 1992년에서부터 1998년까지 드러커 교수를 직접 네 차례나 방문을 하여 인터뷰까지 할 정도로 드러커 전문가이다.

　드러커 교수는 하버드대학의 학술지인 《하버드 비즈니스 리뷰》에 1950년부터 1998년까지 48년간에 걸쳐 35편의 논문을 게재, 역대 최대 기고자로 기록이 되어 있다. 그중 여섯 편은 맥킨지상을 수상했다. 이들 논문 중 이미 고전이 된 12편의 논문을 엄선하여 한 권으로 펴낸 것이 이 책이다. 전반부는 경영학에 관한 논문이며 후반부는 지식경영에 관한 논문이다.

《하버드 비즈니스 리뷰》의 넌 스톤이 편집자 서문에서 밝혀 놓은 바와 같이 드러커는 1943년에 경영이라는 개념을 최초로 정의하여 오늘날 우리가 알고 있는 경영학의 기틀을 잡아 놓은 경영학의 대가이자 현대문명 비평가이며 미래학자이다. 또한 그는 정확한 분석과 뛰어난 예측을 하고 있는 사회과학자이기도 하다. 그는 대기업이 근대사회에서 가장 중요한 역할을 하는 사회적 기구라는 학설을 최초로 제창하였고, 또 산업사회가 지식경제사회로 이행하고 있다고 주장한 사람 중의 하나다. 그는 이미 1969년에 지식노동자에 대한 글을 쓰기 시작하였다. 그러면서도 90세가 넘은 현재까지 클레어몬트대학에 있는 그의 이름에 따라 명명된 피터 드러커 경영대학원에서 《포린 어패어즈》 등에 기고하는 등 왕성한 연구와 컨설팅 및 강의를 하고 있다.

지식경제 또는 정보경제에서 조직의 생산성은 지식노동자와 정보노동자의 생산성을 높이는 데 달려 있다. 1980~1990년 사이에 화이트칼라의 생산성은 0.28% 향상되는 데 불과했다. 그러나 미국 대기업의 정보기술을 통한 지식노동자와 정보노동자의 생산성은 90년대 상반기에 연평균 50%의 증가율을 나타냈다는 조사보고가 있다. 한국이 환란과 국가부도의 경제위기를 맞이하기 직전에 경제일간지인

《매경》이 소개한 부즈 앨렌과 해밀턴의 〈한국경제진단 보고서〉나 〈맥킨지 보고서〉에는 한국과 미국경영 간의 생산성 격차가 지식 격차에서 오는 것이라는 결론이 있는데, 이때 소개되어 유명해진 개념이 바로 지식경영이란 개념이다. 이 지식경영이란 개념에 대한 다양한 설명이 있지만 국내에서는 일본의 노나까 교수의 이론이 가장 많이 알려져 있다.

지식경영에 대한 다양한 설명을 살펴보면 다음과 같다.

지식경영에서 지식은 암묵지와 형식지로 이루어진다. 형식지는 도서, 기록, 도형 등으로 상징되고, 암묵지는 노하우, 복잡한 과업 완수를 위한 사회적 관계, 다년간의 경험, 잘 조직된 팀워크, 학습을 지원하는 가치와 문화 등으로 표현된다. 후자는 개인과 조직에 내재되어 있어 쉽게 끄집어낼 수 없다(Arrow, 72 ; Badadocco, 91 ; Quinn, 92). 또한 지식은 복합적 개념으로써 정보, 사회관계, 개인적 노하우, 기량으로 조직과 개인의 속성이다. 개인의 지식이 정당한 평가를 받고 문서, 소프트웨어와 일상관례로 형식화하여야 한다고 보고 있다(Laudon, 노나까, 1998). 기업은 시장 못지않게 암묵지를 잘 관리하는 데 집중해야만 생존해 나갈 수 있다. 조직도 개인처럼 지식과 정보에 의하여 변화할 수 있기 때문에 학습을 할 수가 있다(Huber, 1991). 그리고 조직에서의 가치창출은 다양한 전문적 지식의 적용을 필요로 한다(Quinn, 1992). 따라서 기업의 기능은 가치의 창출에 있다. 그 목적은 여러 분야의 전문적 지식을 통합하여 생존과 환경과의 효율적 적응을 기하는 것이다. 기업의 전략은 전문인력을 개발하고 핵심역량을 구축하여 타기업이 쉽사리 모방을 하지 못하게 하는 데 있다(Prahalad 와 Hamel, 1990). 궁극적으로 지식경영이란 조직 내의 지식을 저장하고 적극적이고 체계적으로 관리하고 활용하는 과정이다(Laudon, 1998).

정보통신기술과 팀 경영과 조직학습이론이 경영 지향적이고 정보통신기술(ICT, Information and Communication Technology) 지향적인 데 반하여, 경제학자들의 지식 개념은 상기한 바와 같이 포괄적이고 거시적이며 산업 지향적, 경제사회 지향적 또는 정치경제 지향적이자 문명비판 지향적이다. 드러커, 다니엘 벨, 맥루한, 토플러 등의 이론 전개에 가장 견실한 이론적 토대를 제공한 경제학자 매치랩의 이론은 다음과 같다. 모든 물리적 자본(자본, 토지, 노동)은 지식의 한 사례이다. 지식은 기계 속에 내장이 되어질 수가 있다(Matchlap, 62, Boulding, 66). 맨스필드는 기술이란 사회공유의 지식을 생산에 사용하는 것이라고 정의를 내리고 있다. 따라서 필자는 데이터, 첩보, 정보, 기술, 지식을 동태적 상호작용과 연속선상에서 봐야지 많은 우리의 식자들처럼 상하 분리된 개념으로 보는 것이 옳지 않을 뿐만 아니라 우리의 치명적인 약점이 된다고 주장하여 왔다(1998~1999). 최근 매스컴에서 자주 거론되는 학제성이나 퓨전의 세기라는 개념도 이와 유사한 특징을 지니고 있다.

이와 같은 맥락에서 드러커는 13장에 수록된 그의 저서 『자본주의 이후의 사회』에 대한 《하버드 비즈니스 리뷰》와의 대담에서 근대 세계문명의 발달과정은 지식의 다양한 적용의 형태에서 규정된다는 이론을 전개하고 있다. 전게서의 '자본주의에서 지식사회'라는 부분에서 드러커는 1750년부터 1900년까지 150년 동안을 자본주의와 기술이 세계를 정복한 시기로 규정하고 있다. 자본주의는 세계적으로 확대되었으며, 지식을 생산과 운반과정 그리고 도구에 적용하는 기술에 의하여 산업혁명이 사회적 변혁을 이룬다. 이와 같은 급진적 변혁은 지식에 새로운 의미를 부여하였으니 이전까지는 동양과 서양에서 지식이 존재의 문제에만 적용되었는데, 이때부터는 지식이 행위 또는 방법에 사용되기 시작하였고 도구와 과정과 제품의 제조에도 적용되기 시작했다. 동시에 소외와 신계급과 계급투쟁이 뒤따랐다. 지식 사용의 다음 단계는 제2차 세계대전까지의 시기이니 지식이 노동에 적용되기 시작한 시기이다. 이것은 생산성 혁명의 시기이며 프롤레타리아 계급이 준상류계급화되는 시기이기도 하다. 지식 적용의 마지막 시기는 제2차 세계대전 이후의 시기이니 지식을 지식 자체의 발전에 적용하는 시기이다. 드러커에 의하면 이 시기야말로 경영혁명의 시기이며 지식이 자본과 노동을 밀어내고 급속히 생산의 유일한 요소가 되는 시기이다. 따라서 이재규 교수는 보편적인 지식경영자의 개념을 쓰지 않고 이 드러커의 개념을 지식경영자로 빌려 쓰고 있는 것으로 보인다.

드러커는 아직까지는 지식사회가 성숙하지 않았어도 지식경제사회가 된 것은 분명하다 하여 후기자본주의 사회론을 전개한다. 그리고 그 과정에서 일본과 미국의 기업과 대학을 비교 분석한다. 마르크스의 유물사관과 베버의 유심사관에서 양자를 비판하면서도 왼쪽에 기울어진 많은 미래학자와 마찬가지로 드러커는 기술결정론적 입장을 취한다. 일본대학들의 낙후성을 지적하는 드러커는 동양과 서양의 지식 보급과 지식 창조의 과정인 교육의 철학적 입장을 예리하게 비교하고 있다.

서양의 경우 소크라테스와 프로타고라스에서 지식에 대한 상이한 두 가지 철학적 입장을 볼 수 있다. 소크라테스가 보는 지식의 기능은 자신에 관한 것이니 인간의 지성적이고 도덕적이며 정신적 성장에 관한 것이다. 그러나 그의 현명한 맞수였던 프로타고라스가 보는 지식의 목적은 무엇을 말하고 어떻게 말하는가 하는 능력을 갖추는 것이었다. 따라서 프로타고라스가 강조한 논리학, 문법 그리고 수사학은 후에 중세학교의 3과목으로 서구 교양교목의 중요한 전통이 되고 있다.

동양 역시 지식에 대한 두 가지 입장이 있다. 유교에서의 지식은 말하는 대상에 대한 앎과 속세의 출세와 성공을 위한 것이다. 도교와 불교에서 지식이란 자신에 관한 것과 계몽과 지혜를 얻기 위한 것이다.

동양과 서양의 경우 각기 대립하는 지식에 대한 입장이 있지만 그보다 동양과 서양의 차이가 더 중요하다. 동양과 서양은 지식의 기능에 대해서는 동의하면서도 지식의 효용에 대하여서는 대립하였다. 동양의 경우 지식이란 '무엇을 할 것인가'에 대한 것이 아니라고 보았기에 지식의 효용성은 이미 지식이 아니며 기량이라 하여 몹시 경멸하였다. 반면 소크라테스와 프로타고라스는 지식에 관한 입장의 차이는 있었지만 지식의 효용적 측면인 기술을 존중하였다. 그들은 기술을 보편적 원리를 가지는 지식이라고 인정하지 않더라도 기술을 지식의 특수한 적용이라고 존중하였다. 여기서 동양과 서양의 차이가 드러난다고 드러커는 보고 있다.

이와 같은 양대 전통의 결과를 재음미해 보자. 서구의 교육은 고대 희랍의 전통을 이어받아 논리적 토론과 비판적 대화를 통해 현대적 의미의 지식의 발전과 창의성 개발에 큰 효과를 거두었다. 이에 비해 동양의 경우 특히 한국은 도덕적 판단과 시문학적 정서를 강조해 왔다. 영미의 학생들은 중고교시절부터 철저한 자료수집과 논리의 전개를 통해 토론을 벌이고 결론을 도출하는 훈련을 받는다. 이와 대조적으로 우리의 중고등학교와 대학의 학생활동은 다분히 교조주의적이고 선동적인 카리스마에 의해 좌우되고 결국 정치문화가 보스 중심적이고 비생산적이며 쉽게 부패하게 되어 경제사회 발전에 아무런 기여도 못하고 오히려 저해요소가 되고 만다. 이는 우리가 지식경제사회로 나아가는 데 큰 문제가 된다고 지적할 수 있다.

이와 같은 우리의 교육전통이 지식경영과 학습조직이론의 암묵지의 공식화, 공유, 새로운 마인드 세트, 개인과 팀 학습에 문제가 되는 것은 한일 양국의 대표나 학자들이 국제회의에 나가서 침묵을 지키고, 졸거나 얼굴이 마주치면 계면쩍어 웃기만 한다는 외국인들의 지적과도 맥이 통한다. 내국인들의 모임에서도 침묵 또는 농담, 비방하기나 동조 위주의 일방통행만이 되기 쉬운 것은 외국어 구사력 이외에 비판능력이 없는 지식인을 양산하기 때문인 것으로 보인다. 그 대리 보상으로 마르크스의 권위를 활용하여 모든 것을 거부하는 유사 비판이론이 배출되기도 한다. 한국에서 가장 철저하고 특수하게 실천된 근 1,000년 동안의 과거제도와 현대적 각종 고시제도는 관료사회 지향적인 교육 풍토와 권력 지향적이며 권위적인 사회구조를 만들어 이른바 정치꾼이 우리 사회를 좌지우지하도록 만들었다. 그리고 그의 실천과정이 과거준비 공부에서 각종 고시준비 교육의 형식으로 교육에 강력한 영향력을 끼쳐 훈고학적 해석과 요점 암송의 학습방법을 조성하였다. 그 결과 고등교육까지도 교과서 위주의 요약과 암송방법에 의존하여 수렴적 사고는 가능하나 확산적 사고와 종합적 및 분석적 사고에는 약한 지식인을 양산하는 결과를 초래했다.

노벨상 수상자인 미국의 경제학자 폴 크루그만 교수는 한국인과 일본인이 모방과 변형 그리고 정교화작업은 잘 하지만 큰 폭의 창조작업에서는 미국인에 뒤진다고 지적했다. 우리나라의 사회조직은 개인의 자아정체성을 약하게 만들고 조직학습의 주요 과정인 집단학습을 소홀히 한다는 문제를 가지고 있다. 그래서 조직학습의 기술적 도구인 그룹웨어만 갖추면 지식경영이 되리라는 기대는 어긋나기 십상이다. 드러커의 지적대로 정보통신기술이 정보와 지식 자체를 의미하는 것이 아니라는 것은 최근 우리나라의 벤처 열기가 바로 벤처기업들의 성공을 의미하지는 않는다는 것과 일맥상통한다. 미국 교육은 유아에게 주변에 대한 세심한 관찰과 해석, 의미부여 및 표현 훈련을 시킨다(Show and Tell). 초등학교부터 대학원까지 미국의 교육기관들은 학생들에게 다양하게 참고문헌들을 조사하게 하고 지식과 정보에 대한 개성 있는 해석과 재조합 훈련을 하도록 만든다. 낙후된 영국의 산업이 급속한 산업화를 이룬 것과, 광학이나 화학산업이 취약했던 미국이 2차대전에서 기술 강국인 독일을 이긴 것도, 그리고 전후 일본의 도약과 후진국이었던 한국의 신흥공업국화도 드러커에 의하면 훈련의 결과이다. 일본은 일본식 지식경영을 통해 생산기술이 세계 최고 수준에 이르렀으며, 미국은 미국식 지식경영을 통해 정보통신기술을 활용하여 서비스직노동자들과 지식노동자들을 창조적으로 재구성하였다. 그리고 21세기의 승부는 지식경영에 의해 결정된다고 드러커는 지적하였으며, 우리는 지난 10년 동안 미국이 지속적인 경제번영을 누리는 모습과 일본이 장기적인 경기침체를 겪고 있는 모습을 지켜봐 왔다.

우리나라의 경영대학원들은 관련 논문들을 체계적으로 읽는 '코스워크' 과정을 실시하지만 형식적일 뿐이고, 소위 명문 경영대학원들은 인맥을 구성하기에 바쁘며, 기업들이 중견 경영자들을 미국의 저명한 경영대학원들과 제휴하여 양성하는 관행은 이미 10여 년 전부터 형성되었다. 그 이유는 아직까지 전세계에서 '코스워크' 과정이 제대로 이루어지는 대학원이 미국의 유명한 대학원들뿐이라는 사실 때문이라고 생각한다.

이와 같은 배경을 이해한다면 드러커의 논문집을 읽을 때, 국내에 소개된 많은 경영학과 경제학의 번역서들이나 서적들처럼 요약하거나 대충대충 읽지 말고 정독할 필요가 있다는 서평자의 입장을 이해하리라 믿는다. 1장의 기업이론과 2장의 성과 지향적 의사결정 등을 중심으로 하는 전반부의 경영자 기본수칙은 미국경제가 NICS의 약진과 일본식 경영 열풍에 의해 비관적인 분위기에 싸여 있을 때, 미국의 경영학자들과 경영자들에게 주었던 훌륭한 충고였으며 세계화의 구호가 난무하던 90년대 전반기나 IMF의 위기를 겪을 때부터 지금까지 한국기업들이 진지하게 귀담아듣고 행동하여야 할 훌륭한 지침이라고 생각한다. 이 책은 무한경쟁의 세계화시대에 우리 경영자들이 한 번 보고 잊어버리는 일회성 출판물이 아니라 항상 가까이 두고 명심하고 있어야 할 훌륭한 책이라고 생각한다. '제대로 드러커의 책을 읽은 사람'이란 드러커의 이론에 세뇌되어 모든 사물을 그의 시각에 의해서만 보는 사람이라고 생각한다. 적어도 미국의 경영자는 어떤 과학적 이론을 수용할 때에는 그 이론으로만 생각하고 행동하려 하며 또 현실에서 그 이론이 맞는지 항상 비교해 보는 자세를 가지는데 이러한 그들의 태도를 본받을 필요가 있다. 현재까지 미국처럼 지식노동자를 교육시키는 훌륭한 교육전통을 가지고 있는 다른 나라는 없는 것 같다. 그리고 지식경영과 지식경제에 대한 평가는 독자들이 매스컴에서 귀 아프게 들었을 것이기에 독자들의 판단에 맡긴다.

21세기, 그 이후 변화하는 것들

황우석 서울대 수의학과 교수

『비전 2003』

미치오 가쿠 지음 / 김승욱 옮김 / 2000 / 작가정신

누군가 사회의 발전은 미래에 대한 긍정적 전망과 적극적 의지
로부터 기원된다고 하였다. 21세기 세계는 급속한 전환기에 서 있다.
이와 같은 변화의 원동력은 과학기술임에 틀림없다. 인텔의 창업자
고든 무어는 컴퓨터의 능력이 18개월마다 두 배로 향상된다고 했다.
그러나 최근의 생명공학기술은 반년도 되지 않는 주기 특성을 띨 정
도로 급변하고 있다. 이같은 과학기술 주기의 단축은 사회 전반의 변
화를 수반하게 될 것이다. 과거에 우리는 뉴턴의 법칙, 아인슈타인의
상대성이론, 슈뢰딩거와 하이젠베르크의 양자이론 등 많은 자연의
법칙을 이끌어 내고 그 변화를 관찰하는 수동적 입장을 고수했다. 현

열린 생각 열린 책읽기—경제경영 [269]

대에 인간은 스스로 자연을 변화시켜 능동적 자세로 임하게 되었다. 생명공학기술에 의한 생명의 연장, 정보통신혁명에 의한 생활의 편의, 새로운 에너지의 개발, 우주시대의 실현 등 많은 분야에서 시시각각 새로운 이론과 변화를 찾고 실현시키기 위해 각고의 노력을 기울이고 있다. 이와 같은 일련의 과학과 생활의 흐름 뒤에는 양자이론의 확립이라는 계기가 있었다. 이것은 각 분야 과학자들이 거듭했던 실패를 성공으로 이끌어 주는 하나의 혁명이었다.

이 책 『비전 2003』의 저자인 미치오 가쿠는 이론 물리학자인데 여기에서 과학이 무조건 유토피아적인 미래를 가져다줄 것이라고 주장하지는 않는다. 물론 이 책의 주류를 이루고 있는 것은 미래에 대한 긍정적 전망이다. '인간 장기의 배양으로 낡은 장기와 교체', '인공지능 로봇의 개발로 인한 생활의 윤택함', '새로운 에너지의 개발로 인한 자원문제 해결' 등 미래의 청사진을 그리고 있다. 그러나 저자는 컴퓨터공학, 생명공학, 신소재산업 등 새로운 첨단기술에 수반될 수 있는 윤리적·사회적 문제, 예를 들면 '인공지능 시스템의 마비로 인한 각종 기계들의 오작동, 핵무기나 전력 공급상의 대혼란 발생', '모든 약품에 저항력을 지닌 새로운 미생물 슈퍼박테리아 탄생으로 인한 전염병의 확산', '복제인간의 출생으로 인한 사회질서의 붕괴' 등에 대해서도 심도 있게 다루고 있다. 21세기 국가경제는 기술력이 좌우한다고 말하는 이 책은 21세기를 주도할 첨단기술의 발전 단계와 가능성, 그리고 그것이 경제와 사회에 미치는 영향을 분석하여 21세기를 향한 새로운 비전을 제시하고 있다.

이 책은 다음과 같이 구성되어 있다. 제1부에서는 과학과 기술 발전의 전반적인 비전을 21세기 새 경제 패러다임으로 설명하고 있으며, 제2부에서는 정보화시대의 주체, 컴퓨터혁명이 우리에게 가져다 줄 놀라운 발전에 대해 이야기하고 있다. 온라인시장이 오프라인시장을 앞서고, TV와 인터넷의 병합, 음성에 의한 컴퓨터의 통제, 스스로 생각하는 로봇 등 컴퓨터혁명은 이미 우리 곁으로 다가서고 있다. 사이버문화가 사회의 일부를 점하였고, 온라인에서 하나의 사회를 구성하고 벌써 기업활동, 통신, 생활방식 등 우리 사회에 많은 변화를 일으키고 있다. 이제는 움직이지 않고도 집안에서 마우스를 클릭함으로써 쇼핑이나 영화관람 등 생활의 전영역이 이루어질 수 있게 되었다. 스스로 생각하고 행동하는 로봇의 등장은 언젠가 컴퓨터혁명이 지구 전역에 지능을 지닌 기계를 설치할 수 있을 것이라는 예측을 하게 한다. 제3부는 생명 연장과 창조의 꿈, 생체분자혁명을 다루고 있다. 인간 게놈 프로젝트의 실현, 불치병인 암의 정복, 유전병의 분자생물학적 규명과 다인자적 유전병의 해결, 분자의학으로 인한 노화와 에이즈의 정복, 부작용 없는 약품의 대량 생산, 유전자 공학으로 인한 식량문제 해결 등에 대해서 기술하고 있다. 또한 궁극적으로 생체분자혁명은 우리에게 생명체를 변화시키고, 새로운 생명체를 합성해 내며 새로운 약품과 치료법을 개발할 수 있는 능력을 가져다 줄 것으로 예측하고 있다. 제4부는 우주시대 개막을 알리는 양자혁명을 다루고 있다. 세 가지 혁명 중에서 어쩌면 가장 심오한 것일지도 모른다. 여기에서는 양자이론을 통한 새로운 에너지원의 발견, 극소전자기계 시스템을 이용한 의학적 · 산업적 혁명의 완성, 우주 정거장의 설치와 우주시대의 개막. 이로 인해 인간이 시간과 공간을 지배할 수 있다는 이야기를 다루고 있다. 즉 양자혁명은 우리에게 물질 그 자체를 자유자재로 조절할 수 있는 능력을 부여할 것으로 파악하고 있다.

최근 인간 게놈 프로젝트의 해독 선언, 체세포 핵이식기술에 의한 복제 돼지의 탄생 및 이로 인한 인공 장기의 생산 가능성, 인공지능 컴퓨터 개발 등 첨단기술 관련 사안이 발표되면서 이런 기술에 대한 기대가 유관 산업이나 개별 기업의 주가에 반영되는 등 사회적 영향의 정도가 심화되고 있다. 이와 같은 신기술에 특허권이라는 재산권이 부여되면서 경제를 움직여 가는 요인은 더욱 복합적이고 다각화되고 있다.

아울러 학문의 발전과정상 초기에는 물리학, 컴퓨터공학, 생명공학 등이 각각 별개 영역으로서 독자적 전문화에 치중하였으나 물질에 대한 완벽한 해석이 가능해진 양자혁명은 다학제적 연구나 통합기술로서 유기적 연계를 유도하고 있다. 즉 생명공학과 정보학이 융합된 생물정보학(Bioinformatics)과 같은 새로운 과학기술의 장이 미래의 지평을 열기 위해 태동 중이다. 동시에 양자이론, 컴퓨터과학, 분자생물학 등 생명공학이 결합하여 시너지 효과를 창출하고 물질, 정보, 생명을 동시에 제어할 수 있는 21세기적 능력을 맛볼 수도 있을 것이다.

그러나 저자 미치오 가쿠는 이 책에서 과학기술 유토피아만을 주장하지 않는다는 사실에 유의해야 할 것이다. 편집적 기술만능주의에 몰입한다면 생명공학 등 과학기술에 의해 초래될 수도 있는 재앙적 미래에 대한 대책 마련이 불가능할 것이다.

미래과학은 그 특징이라 할 수 있는 저렴한 초기 투자, 경제성 높은 회수율, 막대한 잠재력을 지니고 있기에 쿠바와 같은 빈곤국가도 생명공학기술 개발에 뛰어들기로 결정한 것이다.

또한 일정 규모 이상의 기반시설이 필수적인 핵기술과는 달리 십여 평 넓이의 공간, 2~3명의 훈련된 인원, 2~3억 원의 비용만 있으면 참여할 수 있다는 것이 생명공학기술 분야의 특성이다. 그러나 그 기술의 파급 효과는 핵기술에 버금가든지 더욱 심대할지도 모른다. 따라서 과학기술에 의한 인류 괴멸을 피하기 위해서도 학문 연구의 자유가 보장되는 선에서 사회적, 윤리적 규제장치와 윤리규범이 설정되어야 한다는 사실을 이 책에서 지적하고 있다.

저자는 4부에 걸친 21세기 미래 분석과 전망을 통해 완벽에 가까운 비전을 제시하고 있다. 아울러 전세계 석학들의 과거와 현재의 분석에 미래를 통찰하는 혜안이 투영되어 전문지식이 없는 일반 독자들도 쉽게 이해할 수 있게 꾸며져 있다. 사족으로 약간의 아쉬움이 있다면 각각의 사안에 대한 저자 자신의 명쾌한 입장을 찾아내기가 어렵다는 점이다. 원하든 원치 않든 우리와 우리의 후손이 펼쳐 나갈 21세기는 과학기술과 함께 하는 시대가 될 것이다.

그동안 독자 주변에 놓여진 대부분의 미래 예측서들이 사회과학자나 인문과학자에 의해 저술되어 상세한 과학기술의 미래 예측에는 원천적 한계가 있어 왔다. 그러나『비전 2003』은 정통파 자연과학자에 의해 설계된 과학적 미래 예측서이기에 관념적 기술지상주의가 아닌 분석적 기술역할주의를 주장하고 있다.

따라서 청소년에게는 미래 설계에 필요한 학문적 준비에, 사회인에게는 자신의 장래 구상에 대한 검색에, 사업가에게는 21세기적 성취자가 될 수 있는 길을 여는 필독서가 될 것 같다.

지속 가능한
마케팅 기업모델을 찾아서

안충영 중앙대 경제학과 교수

『**아시아 경제 보고서**』
필립 코틀러 · 허마원 카타자야 지음 / 황의방 옮김 / 2000 / 홍익출판사

홍익출판사는 필립 코틀러와 허마원 카타자야가 저술한 'Repositioning Asia : From Bubble to Sustainable Economy'를 『아시아 경제 보고서』로 출간하였다. 본 서는 아시아 통화위기를 계기로 세계에서 가장 역동적인 성장과 함께 경제 기적을 이룩하였던 동아시아의 선발 신흥공업국들이 어떻게 갑자기 투자하기에 부적합한 나라로 돌변하였는가에 대한 진단과 함께, 위기 탈출의 방안을 '지속 가능한 마케팅 기업모델'에서 찾고 있다.

본 서에서는 동아시아의 금융위기가 일어나기 이전까지 '아시아적 (的)' 경제성장 모델을 다음의 특성을 지닌 것으로 설명하고 있다. 첫

째는 권위주의적인 정부의 존재이다. 이 말이 반드시 부정적인 면을 강조하는 것은 아니다. 싱가포르의 경우 정부가 권위주의적이기는 하지만 몸집이 비대하지 않고 무척 효율적이기 때문이다. 둘째는 정부 주도의 발전이다. 이는 대부분의 아시아 국가들에 공통적으로 해당되는 특성이다. 예를 들어 일본의 통상산업성(MITI)은 발전을 위한 산업을 국가가 선별하고 적극적으로 지원하였다. 셋째는 아시아적 제도를 정착시켰다. 국가 주도의 발전을 추진하는 권위주의적 정부는 정책 집행을 위한 각종 제도를 나름대로 정착시켰다. 아시아인들은 나름의 통치 모델, 재정적 법률적 제도를 가지고 있지만 투명성이 항상 우선순위를 차지하지는 않았다. 때로는 비공식 기관이 공식적인 기관보다 훨씬 더 강력한 경우도 있다. 넷째로 아시아적 가치관을 들 수 있다. 좋은 인간관계를 관리하고 가족의 유대를 유지하며 조화를 중요시하는 '아시아적 가치관'은 아시아의 급속한 발전시기에 큰 기여를 했다고 볼 수 있다. 마지막으로 네트워크를 들 수 있다. 일본인들의 기업적 해외 네트워크, 동남아시아의 화교 자본처럼 문화적·민족적 네트워크가 형성되어 수출 주도 성장전략에 기여하였다.

아시아의 위기는 통화위기에서 비롯되었으며, 안정성을 잃은 아시아 통화시장이 국제 투기자본의 공격 대상이 되었다. 갑작스러운 외국 자본 이탈이 초래한 환율 불안과 금리 불안정 속에서 정부는 올바른 정책을 수립할 수 없었다. 불안정한 상황하에서 각국 경제에 대한 부정적이고 불확실한 정보들이 급속하게 번져 나갔다. 아시아의 경제 위기를 극복하기 위하여 대부분 국가들은 정부 주도적인 방법으로 대처하였고, 대규모의 외국인 투자를 신속하게 유치하기 위한 노력을 경주하였다. 외국인 투자자들이 요구하는 투자조건을 조성함으로써 곤경에 빠진 아시아 기업들을 재편하여 '지속 가능한(Sustainable)' 상태로 돌려놓을 수 있는 기초조건이 될 수 있을 것이다.

만약 아시아에 위기가 발생하지 않았더라면, 아시아는 창조적 파괴와 개혁을 수행할 어떤 요인도 주어지지 않은 채 아직도 고도성장이 초래한 거품경제의 문제점을 안은 채 불안하고 불확실한 지역으로 남아 있었을지도 모른다고 본 서는 주장하고 있다. 이 책의 본래 제목인 '아시아의 재정비 : 거품에서 지속 가능한 경제로'는 바로 이러한 점을 강조하고 있는 것이다.

본 서는 7장으로 나누어져 있다. 제1장에서는 아시아의 위기의 근본원인들을 분석하며 여러 전문가들의 견해를 열거하고 있다. 제2장에서는 국가 개조에서 아시아 국가들이 경제 활력을 되찾기 위하여 글로벌화된 세계 속에서 어떻게 경제 시스템을 재정비해야 하는가에 관한 논의를 하고 있다.

제3장에서는 아시아 경제의 재편성을 논의하고 있다. 재편성의 핵심을 기업의 역할에서 찾으면서 아시아에서 운영되고 있는 기업체들(아시아의 기업과 다국적기업을 막론하고)이 어떻게 활력을 되찾고, 또 위기가 제공하는 기회를 어떤 방식으로 이용할 수 있을 것인가를 설명하고 있다. 특히 변화(Change)와 고객(Customer), 경쟁자(Competitor)와 기업(Company)이라는 '4C'를 중심으로 논의하고 있다.

제4장에서는 아시아 문화의 비전의 재정립을 논의하고 있다. 아시아 위기는 종말이 아니라 새로운 시작임을 강조하고 있다. 아시아 각국은 필연적으로 타지역과 경쟁하게 될 것이므로 아시아 지역의 비전과 사명을 선언하고 지킬 필요가 있다. 그 방법으로는 아시아적 가치와 서구적 가치의 혼합물을 채택한 후 새로운 '아시아 지역문화'를 정착시켜 가야 할 것이다.

제5장 '지속 가능한 성공'에서는 아시아의 기업들을 네 개의 카테고리(거품기업, 공격적 기업, 보수적 기업, 지속 가능한 기업)로 분류한다. 거품기업, 공격적 기업, 보수적 기업들은 모두가 변화의 강도를 달리하면서 지속 가능한 기업이 되는 방향으로 전환되어야 함을 본서는 주장하고 있다.

제6장에서는 시장에 계속적으로 적응하는 기업, 즉 지속 가능한 기업으로 생존하기 위하여 '지속 가능한 마케팅 기업모델'을 이용해서 활력을 되찾을 수 있다고 예시하고 있다. 지속 가능한 마케팅 기업모델은 경험적 연구에서 허마원 카타자야가 인도네시아의 많은 기업들과 아시아의 몇몇 다른 기업들이 활력을 되찾는 것을 돕기 위해 만들어 낸 포괄적인 사업 골격이다. 마지막으로 7장에서는 다국적기업들이 아시아에서 성공적 기업으로 변모하기 위하여 당면하고 있는 문제를 도전과 기회라는 관점에서 논의하고 있다.

아시아 금융위기를 계기로 동아시아 기적을 평가하는 데 두 개의 학파가 분명히 다른 입장을 개진하고 있다. 아시아의 지도자들 가운데 싱가포르의 리콴유 전 수상, 마하티르 말레지아 수상 등은 정실

자본주의 요소 때문에 한계를 지니고 있으며 성장을 재개하기 위하여 개방, 경쟁, 투명성을 기조로 앵글로색슨 모델로 바뀌어야 된다고 주장하는 서구학파의 생각을 호의적으로 받아들이지 않고 아시아의 발전모델과 아시아적 가치관이 보다 적절한 것이라고 주장하는 아시아학파의 생각을 지지했다.

'동아시아 기적'에 관하여 아시아에 경제적 위기가 닥치기 이전에는 많은 찬사를 받았던 아시아적 가치관을 강조하는 학파는, 아시아 경제가 위기에 직면하여 있는 동안 미국은 전례 없는 호황을 누리고 서유럽의 경제 또한 회복되자 갑자기 신뢰도를 잃어버렸다. 이들 학파는 아시아의 기적은 특히 국가 주도의 산업정책과 정경유착 관계에 의존한 위장된 성장에 불과했다고 분석한다. 이 두 요인이 결과적으로 비효율적인 금융 부문의 도덕적 해이와 그에 따른 고전적인 거품 자산에의 과투자를 불러왔다는 것이었다. 국가 주도의 산업정책은 정경유착에 근거한 자본주의, 과다 생산시설, 정부의 지나친 영향력, 잘못된 투자를 초래할 수 있다. 아시아 각국 정부의 산업정책 관여와 아시아의 문화적 네트워크 또한 정경유착에 근거한 자본주의의 온상이 된다고 비난받을 수 있다.

그렇다고 린다 림의 지적처럼 자유시장과 민주주의라는 서구의 모델 역시 아시아의 위기를 초래하는 데 기여하였다는 지적에도 우리는 유념할 필요가 있다. 그녀가 지적한 '개방의 위험'을 음미할 필요가 있다. 개방이 아시아 경제 기적의 본질적 구성물이었다면 너무 빠른, 더구나 사전준비가 되지 않은 채 너무 지나친 개방이 몰락의 원인이 될 수 있음을 간과하지 말아야 할 것이다. 분명히 동아시아에서 1980년대 후반에 시작되어 외국 자본의 대량 유입을 초래한 급격하고 전면적인 자본시장 자유화는 화근의 한 원인을 제공하였다. 외국자본의 대량 유입이 경제적 호황을 불러일으켰지만 1990년대의 투자 거품에 한몫을 했다는 것이다.

서구 모델 지지자들이 보는 시각은 다르다. 그들은 아시아 경제모델의 아시아적 부분(특히 한국의 국가 주도 산업정책과 태국, 말레이시아, 인도네시아의 유착 자본주의)이 실패의 한 원인이라고 주장하고 있다. 아시아학파들은 세계 금융시장에서는 지극히 정상적인 운용이라고 할 수 있는 것도 개방된 소규모 경제에서는 큰 혼란을 불러올 수 있다. 시장과 정치 분야에서 너무 많은 자유가 너무 빨리 허용될 경우에도 몰락을 초래할 수 있는 것이다. 따라서 강하고 관대한 중앙의 국가 권력이 계속 필요하다는 주장이 제기될 수 있다.

한국의 경우에는 개방성, 투명성 그리고 공정성 측면에서 시계추의 극단처럼 서구 모델의 다른 쪽에 아직도 서 있다. 우리는 분명히 서구형 모델로 근접하는 중간 지점을 무조건 통과한 연후에 우리의 문화 형질과 가치관이 어느 정도 가미된 서구형 경제 시스템을 만들어가야 할 것임을 본 서는 시사하고 있다.

본 서는 아시아에서 새로운 경제 시스템을 지속 가능한 기업의 마케팅 전략에서 찾고 있다는 점에서 다분히 경영학적 접근을 취하고 있지만 새로운 시스템은 거시적 측면에서 경제 변수의 조율 및 다자간 경제 협력체제 또한 중요하다는 점을 지적하지 않을 수 없다. 본

서가 아시아적 문화 형질에 서구의 가치체계가 융합되는 과정에서 무조건적 수용이 아니라 혼합형 형질을 강조하고 아시아 특유의 공동 접근을 제창한 것은, 아시아 특히 동아시아 경제권 태동에 중요한 시사점을 제공한 것이라고 할 수 있다.

국제 석유시장의 역학관계를 설명한 책

곽상경 고려대 국제대학원장

『석유를 지배하는 자들은 누구인가』

앤서니 샘슨 지음 / 김희정 옮김 / 2000 / 책갈피

에너지는 산업부문뿐만 아니라 일상생활에서도 없어서는 안 될 필수적인 요소이다. 특히 석유는 근대 문명의 원천이라고 평가될 만큼 우리 생활에 깊숙이 자리 잡고 있다. 석유는 세계 1차 에너지 소비 중 40% 내외를 차지할 정도로 절대적인 에너지원이며, 석유화학 산업의 원료로써 활용되고 있는 중요한 자원이다.

석유산업은 탐사 및 개발 단계에서부터 거대한 자본이 필요할 뿐만 아니라, 사업적 위험성이 높아서 소수 메이저 석유회사들이 시장을 지배해 왔다. 이 책의 원제 'The Seven Sisters'는 OPEC이 등장하기 이전에 산유국들마저 지배하며 국제 석유시장을 좌지우지하였

던 Exxon, Shell, British Petroleum, Gulf, Texaco, Mobil 그리고 Socal의 7대 석유회사들을 말한다.

에너지 부문에 대한 전문적 식견으로 명성을 떨친 저널리스트인 저자 앤서니 샘슨(Anthony Sampson)은 이 책에서 석유산업의 태동기에서부터 1차 석유파동에 이르기까지, 석유산업에서의 무게중심 이동, 시장 지배력 변화를 7대 석유회사라는 생산자 카르텔과 OPEC이라고 하는 산유국 카르텔간의 대립, 항쟁을 중심으로 보여 주고 있다.

이 책은 크게 네 부분으로 나누어 볼 수 있는데, 서론 격인 1장 '지배자는 누구인가'에서는 1975년 OPEC 회의장의 풍경을 묘사하며, 이 책을 통하여 저자가 추적하여 보고자 하는 석유산업의 지배자가 진정 누구인가 등에 대한 문제의식을 제시하고 있다.

두 번째 부분인 2장 '록펠러의 유산'에서 6장 '이란과 민주주의'까지는 소위 7자매라고 불렸던 세계 7대 석유회사의 설립과 이들이 국제 석유시장을 장악해 나가는 과정을 보여 준다. 즉, 존 D. 록펠러의 'Standard Oil Company'의 해체로 비롯된 미국계 5개사와 유럽의 쉘과 BP 2개사의 설립으로부터 이들 7대 석유회사들이 국내외 정치상황에 따라 각국 정부와의 협력을 통하여 시장 분할에 성공하고 산유국의 저항을 진압하며 시장 지배력을 획득하게 되는 과정을 추적한다.

세 번째 부분인 7장 '침입자'로부터 14장 '새로운 카르텔'에서는 7자매들에 의해 지배되던 국제 석유시장 구조의 붕괴, OPEC으로의 시장 무게중심 이동 그리고 1차 석유파동의 발생과정을 서술하고 있다.

7대 메이저에 속하지 않는 독립계 석유회사들이 산유국에 보다 많은 이익을 제공하는 등 적극적으로 시장에 참여하면서, 산유국들은 국제 석유시장에서 자신들의 힘을 자각하게 된다. 또한 석유의 공급과잉이 지속됨에 따라 저유가로 인하여 선진국들을 중심으로 생활양식이 더욱 석유에 의존하게 된다. 이와 동시에 7자매라고 하는 생산자 카르텔에 대응하는 산유국 카르텔로서 OPEC의 결성을 통하여 시장 지배구조의 변화 조짐을 예고한다. 이러한 국제 석유시장의 여건이 변화되어 가는 과정에서 6일 전쟁이 발발하고, 아랍국가들은 더욱 결속을 강화하게 된다. 이를 바탕으로 OPEC은 시장 지배력을 확인하고, 산유국들의 석유사업에의 참여를 석유회사들에게 요구하며 석유의 금수까지 단행한다. 한편 석유 수요는 예상 밖으로 급격히 증가하여 공급부족 현상이 나타나며, 석유 가격은 큰 폭으로 상승한다. 7대 석유회사와 서방 선진국들 정부의 저항이 있었으나, OPEC은 생산량 감축을 통하여 대응하고, 1차 석유파동이 일어나면서 석유산업의 지배력은 완전히 산유국에 귀속되게 되었다. 이제 7자매는 국제 석유시장에서 산유국을 지배하는 것이 아니라 산유국에 종속된 입장에서 기업의 이익을 추구하게 되는 위치로 전락하게 된 것이다.

마지막 부분으로 결론이 되는 15장 '유혹'은 대내외 여건 변화로 인한 시장구조의 변화와 서방 선진국 정부 및 석유회사들의 대응에 대한 저자의 견해를 피력함과 동시에 향후 석유라는 에너지원을 중심으로 산유국, 선진국 그리고 석유회사들이 나아갈 방향을 제시하고 있다.

우선, 석유를 중심으로 한 국제시장의 동향과 국제정치의 역학적 변화를 통찰하지 못하고 대중적 방법으로 대응한 나머지 1차 석유파동이라는 엄청난 충격을 여과 없이 겪게 한 서방 선진국 정부의 단기적이며 비일관적 정책을 비난한다. 그리고 사회적 책임과 투명한 경영목표를 갖지 못하고 근시안적인 안정만을 추구하며, 산유국을 지배하기 위해서 자신들의 판매망을 이용하거나 때로는 본국 정부에 의존한 석유회사들이 결국은 산유국의 지배력에 굴복하게 된 것을 지적한다. 저자는 여기서 다시 '지배자는 누구인가?'를 묻는다. 이러한 질문에 대한 답으로 산유국 카르텔이나 거대 석유회사 카르텔 어느 누구도 절대적 지배자가 될 수 없음을 주장하며 산유국, 석유회사, 선진국 모두가 제3세계에 관심을 갖고 조화를 이루어야 한다고 강조한다.

이 책은 1차 석유파동 직후까지의 역사를 기술하고 있으나, 최근의 석유를 비롯한 에너지산업을 살펴보면 저자의 통찰력은 놀라운 것이다. 저자는 석유의 의미를 강조하면서 대체에너지 개발의 필요성, 석유 소비 패턴의 변화, 석유회사들의 사회적 책임 확대와 이에 대한 정부의 역할 등을 지적하고 있다. 오늘날 세계적 에너지기업들은 특정 에너지만을 생산 공급하기보다는 다양한 에너지를 생산 공급하고 있으며, 대체에너지 개발 및 에너지 절약 기술 개발에 힘쓰고 있다. 또한 상류 부문뿐만 아니라 최종 소비자에게 연결되는 하류 부문에 적극적으로 진출하여 기업의 수익을 높이고 수급 안정성을 도모하고 있다. 또한 정부는 에너지 기업들에 대해 적절한 통제와 감시를 통하여 사회적 책임을 묻고 있다.

이 책은 두 가지 측면에서 특징을 갖고 있다. 하나는 현대 석유산업의 역동적 역사에서 활동한 주체로서 2개 국가군과 하나의 기업군을 내세웠다는 것이다. 대부분의 석유 혹은 에너지에 관한 서적들은 그 산업에 대하여 수요 공급의 변동 요인과 그로 인한 결과를 중심으로 시장에 대한 분석이 이루어지거나, 특정 기업들의 부침 혹은 국가 간의 대립이나 타협을 중심으로 서술한다. 그러나 이 책에서는 산유국이라는 국가군과 7대 석유회사라는 기업군을 중심으로 하면서 다소 보조적인 역할로써 선진국을 역사의 주체로 설정하고 논의를 전개하고 있다. 7대 석유회사들은 대부분 서방 선진국들의 다국적기업들인데, 마치 독립 정부인 것처럼 자국 정부 혹은 산유국 정부와 때로는 타협하고 때로는 굴복시키고, 굴복당하는 역사적 과정을 설명하면서 국가군들에 상호의존적이면서도 독립적인 조직으로서 그들을 역사 속에서 부각시켰다. 이러한 분석은 저자의 의도가 국제 석유 시장의 역사를 논의함에 있어서 경제적 측면보다는 정치적 측면을 강조하고자 한 것으로 이해할 수 있을 것이다.

다른 하나의 특징은 역사의 진행과정에서 세 그룹간의 갈등을 풀어 가는 데 있어서, 각 그룹에 속한 개인들의 역할을 강조했다는 것이다. 즉 역사적 사건의 발생과 역학구조 변화의 인과를 추적하는 데 있어서 개인의 의사결정을 중심으로 설명하고 있다는 것이다. 마치 특정 사건에 대한 기사처럼 관련자들의 진술과 그들에 의하여 작성된 문건들을 통하여 사건 발생의 배경과 경위를 설명하는 것 같다. 이러한 서술방법은 역사의 중심에서 역할을 하였던 인물들의 생생한 육성을 듣는 듯한 현장감을 준다. 이러한 특징은 저자가 밝힌 바와 같이 방대한 자료와 관련된 사람들의 안목과 생각을 통하여 정치와 인간을 중심으로 석유의 역사를 서술하고자 하는 저자의 의도에 따른 것이다.

그러나 부분적으로 자료나 관련자들의 증언이 과도하게 인용되어 역사적 사건, 사실에 대한 전반적인 상황을 일목요연하게 전달하는 데 오히려 방해가 되기도 한다. 또한 정치적 측면의 서술을 강조하면서 때로는 포괄적 정치상황의 설명이 필요함에도 불구하고 지나치게 단순화시켜 다소 아쉬움이 남는다.

저자는 학자로서가 아니라 저널리스트로서 자신이 접한 인물들과 관련 문건들을 중심으로 역사적 진행과정을 서술하고 자신의 견해를 제시하고 있다. 또한 저자 역시 서문에서 밝히고 있듯이 전문용어보다는 일반적 언어를 사용하여 독자의 이해를 돕고 있다. 그 결과, 주제의 무게에 비하여 독자들이 읽기에는 오히려 친근하고 재미있게 읽어 나갈 수 있을 것이라고 생각된다. 또한 저자의 석유산업에 대한 깊은 성찰이 잘 드러나 오늘날 에너지산업에 대한 이해와 미래에 대한 조망에 도움을 줄 것이라고 믿는다.

미래 경영의 해법을 찾는 열쇠

이동기 서울대 경영대학 부회장

『미래의 경영』

로언 깁슨 대담 · 정리 / 손병두 옮김 / 2000 / 21세기북스

오늘날 우리 모두의 삶은 불확실성과 가속적 변화의 격류 속에 내몰리게 되었다. 돌이켜 보면 20세기의 마감은 기존의 모든 질서에 대한 종말이라고도 할 수 있다. 산업주의적 패러다임의 종말, 전후 세계질서의 종말, 이데올로기 대립의 종말, 복지국가의 종말 등을 예로 들 수 있다.

그렇다면 앞으로 전개될 21세기는 우리에게 어떤 의미를 갖는가? 이 책은 이러한 물음에 대한 해답을 제시하고자 시도하고 있다. 세계에서 가장 뛰어난 경영 철학자들의 견해를 체계적으로 정리하여 종합적으로 제시함으로써 미래를 생각하고 대비하는 관점을 마련해 준

다는 점에서 그 가치가 매우 높은 책이라고 볼 수 있다. 특히 미래 환경 변화의 방향을 제시하고 대응방안을 논의하는 글이나 말들을 혼란스러울 정도로 주변에서 많이 접하고 있는 우리들에게 미래 변화의 방향과 대응 비전을 본질적으로, 핵심적으로 정리하여 준다는 것은 그 의미가 매우 크다. 흔히 미래의 경영이라는 주제를 다룬 책을 보면 우리는 또 하나마나 한 이야기를 다룬 글이 나왔구나 생각하고 지나치기 쉽다. 필자도 처음에는 다소 이러한 선입견을 가지고 책을 잡았으나 곧 선입견이 잘못되었음을 깨닫게 되었다.

이 책이 전국경제인연합회 손병두 부회장에 의해 번역, 소개되었다는 사실도 이채롭다. 한국기업 실무계의 대변자라고도 할 수 있는 옮긴이는 이미 숱한 미래경영 담론을 접하였을 것이다. 그럼에도 이런 번역서를 새롭게 출간하게 된 것은 원서의 가치를 매우 높게 평가한 결과가 아닌가 한다.

이 책은 크게 미래의 원칙, 미래의 경쟁, 미래의 조직관리, 미래의 리더십, 미래의 시장, 미래의 세계라는 각각의 제목에 따라 총 여섯 장으로 구성되어 있다. 그리고 모든 논의는 '미래는 과거와 다르다' 와 '새로운 시대는 새로운 조직을 요구한다' 라는 두 가지 기본명제에서 출발한다. 여기서 제기될 수 있는 필연적 질문은 '미래가 과거와 다르다면 어떻게 다를 것인가?' 그리고 '미래의 경영과 조직은 어떤 모습이어야 하는가' 이다. 이 책에서는 미래가 과거의 연속이 아니라 비연속의 집합임을 강조한다. 따라서 미래를 정확하고 구체적으로 예측하기는 매우 어렵다. 그러나 통찰력을 가지고 미래를 보면 변화의 기본방향은 끌어낼 수 있다. 이런 취지에서 이 책도 '시장과 경쟁의 속성은 왜, 어떻게 변하게 되는가?', '네트워크 경제의 모습은?', '글로벌경제의 구조는 어떤 모습으로 변할 것인가?', '기술혁신시대 정부의 역할은?' 등의 질문을 던지고 있다.

미래의 글로벌경제 환경

21세기 글로벌경제는 중소기업의 역할이 커질 것으로 본다. 앞으로 대기업들은 작고 신속하게 움직이는 단위로 재편되지 않으면 살아남을 가능성이 희박해진다. 실제로 많은 대기업들이 해체되어 작고 독립된 기업들의 연합체로 변모해 가고 있으며, 조직 축소를 위해 외주에 많이 의존하기도 한다. 앞으로는 거대하고 관료적인 과거 조직으로는 신속하게 움직이는 작은 조직들과 경쟁할 수 없다는 것이다. 미래의 글로벌경제는 아주 거센 경쟁인 동시에 글로벌적 협동이라고 본다. 서로가 함께 번창하려면 우리는 글로벌 경쟁을 만들기 위한 상호협동이 필요하다.

인터넷경제의 확산은 시장과 경쟁구조를 근본적으로 바꾸고 있다. 경쟁우위의 탈평준화 현상 및 경쟁의 격화 등과 함께 차별화 및 집중화 현상이 나타날 것이다. 아울러 새로운 사업 기회의 확대, 직거래의 증가 등을 들 수 있다. 미래에는 시장 및 마케팅 환경도 급변할 것이다. 연예 오락의 홍수, 홈쇼핑의 증가, 매체의 세분화, 데이터베이스 마케팅의 확대, 제품의 맞춤화 등이 중요한 변수가 될 것이다.

21세기에는 정치 분야도 일종의 직접민주주의 형태로 옮겨 갈 것이라고 본다. 그리고 정부의 역할이 점점 줄어들게 될 것이며 정치 리더도 비즈니스 리더와 크게 다르지 않을 것이라 본다. 한편 아시아의 현대화가 전세계를 크게 변화시키는 요소로 작용할 것이다. 세계의 정치, 경제, 문화의 중심은 서양에서 동양으로 점차 옮겨 갈 것이다.

미래의 경쟁전략

21세기의 기업들은 명확한 전략적 비전을 하루빨리 갖추어야 한다. 우선 해당 산업을 실제로 변화시키고 재규정하는 전략이 필요하다. 그리고 기업으로 하여금 독보적인 위치를 차지하게 하는 차별화전략을 가져야 한다. 이러한 차별화전략은 분명한 선택을 요구한다. 경쟁우위를 확보하기 위한 글로벌화의 방향도 특정 사업 분야의 개발과 혁신을 홈베이스로 하여 여기에서 집중적으로 일어나는 형태가 될 것이다. 변화하는 시장과 경쟁여건에서 지속적으로 경쟁우위를 확보하기 위해서는 새로운 무엇을, 새로운 방식으로 제공하는 혁신이 필요하다. 이러한 혁신에는 두 가지 방법이 있다. 첫째, 자신들이 속한 기존의 경쟁영역을 재창안하는 방법이다. 둘째, 완전히 새로운 영역을 창조하는 방법이다.

전쟁에서 이기는 방법은 좁은 목표 지점에 초점을 집중시키는 것이다. 이것은 마케팅에서도 마찬가지이다. 마케팅의 힘은 전문화에 있다. 모든 사람에게 모든 것을 제공하는 데 있지 않다. 시간이 흘러 감에 따라 모든 것은 나뉘어질 것이다. 전문화되지 않는다면 커다란 문제에 봉착하게 될 것이다. 기업들이 경쟁에서 승리하기 위해서는 경쟁자보다 낮은 가격에 고품질을 제공해야 한다. 탁월한 가격 책정의 열쇠는 일단 누가 그 제품을 살 것인지, 그들이 제품을 어떻게 여길 것인지, 즉 제품의 가치를 어떻게 생각할 것인지를 알아내는 것이다. 그런 다음 제품과 제품의 서비스 내용을 가격에 맞게 정한다. 모든 제품은 특정 집단의 고객들에게 맞게 설계되어야 한다. 그리고 가격도 그 고객들에게 맞게 설정되어야 한다. 다음은 예상 수익에 맞게 비용을 책정하는 것이다. 그러니까 비용을 기준으로 가격을 정하는 것이 아니라 가격을 기준으로 비용을 정하는 것이다.

미래의 조직관리와 리더십

이 책은 이제 완전히 새로운 방식의 경영모델이 필요함을 역설하고 있다. 실무진들의 의사가 보다 많이 적용되는 경영방식, 최전선의 사람들에게 자율성과 책임이 보다 많이 주어지는 모델이 필요하다는 것이다. 즉 경영진이 있기는 하지만 그들은 아랫사람들을 명령하고 통제하는 것이 아니라 도와주고 편의를 제공하는 사람이라는 것이다. 아울러 학습을 체계적으로 이끌어 낼 수 있는 조직 설계가 이루어져야 할 것이다.

또한 전통적인 비즈니스 규칙에 얽매인 사고방식을 바꿀 필요성도 강조되고 있다. 전통적 룰을 바꾸는 구체적 방법론으로 장애제거이론(TOC)을 제시하고 있다. 장애제거이론이란 모든 시스템에는 적어도 장애물이 하나는 있다는 것을 전제한다. 그렇지 않으면 기업들은 무한한 수익을 올릴 것이다. 이 이론의 핵심은 장애제거에 초점을 맞추는 것이다. 즉, 사슬에서 약한 연결고리를 강화하는 것이다. 그리하여 매출액과 수익을 향상시키는 것이다. 그렇다면 우리는 어떻게 장애를 발견할 수 있을까? 우리는 그 질문들에 어떻게 답을 구할 수 있을까? 무엇을 변화시켜야 할까? 무엇으로 대체해야 할까? 그리고 어떻게 변화를 이끌어 내야 할까? 그래서 우리에게는 장애제거라는 사고과정이 필요하다.

미래기업의 경영 리더는 기업을 재창조하는 리더여야 하며 그 대표적 모델로 GE사의 잭 웰치를 들고 있다. 리더들의 주요 업무는 다른 리더들을 개발하는 것이다. 모든 구성원들의 의사결정능력, 변화적응능력을 키우는 환경을 만드는 것이다. 또한 미래의 성공적인 리더는 공유하는 목적의식을 창조해야 한다. 조직의 힘은 목적의식의 공유에서 나오기 때문이다. 효과적인 조직혁신을 위해서는 변화를 수용하는 기업문화가 요구된다. 조직의 리더는 자신들의 기업문화가 변화의 걸림돌이 아니라 자산이 될 수 있도록 체계적인 변화 관리를 수행해야 한다.

우리 기업 경영자들에 대한 시사점

이 책의 내용을 부분적으로 살펴보면 사실 별로 새로운 것이 없을 수도 있다. 그러나 이 책의 장점은 미래 경영에 대한 기존의 논의를 한데 묶어 체계적으로 정리한 점이다. 따라서 한국적 특수성을 감안한 몇 가지 점만 보충한다면 우리 기업 경영자들에게 매우 유용한 미래 경영 지침서 역할을 할 수 있다고 본다.

우선 미래의 기업 및 조직 구조에 있어서 자율책임 경영체제의 정착이 대단히 중요한 과제라는 것이다. 거대 공기업과 재벌그룹이 경제의 중추적인 역할을 하는 우리 경제 실정에서 자율책임 경영체제 구축을 위한 보다 심층적인 논의와 실행 가능한 방안 도출에 보다 많은 노력이 있어야 할 것이다. 필자의 견해로는 소유경영자와 전문경영자의 명확한 역할 분리와 전문경영자 시장의 활성화가 가장 중요한 과제라고 생각한다. 전문경영자 중심의 경영체제가 잘 정착되어야 조직 내부의 자율책임 경영도 활성화될 수 있을 것이다. 또한 경쟁우위 확보를 위한 차별화, 전문화 경영도 우리 기업 경영자들이 깊이 새겨야 할 과제일 것이다. 지금까지 많이 논의되었던 이슈이지만 아직 구체적 실행성과를 크게 거두지 못하고 있기 때문이다.

어떤 면에서 보면 미래는 과거와 다르다는 것, 그리고 미래의 경영과 조직도 과거의 그것들과 달라야 한다는 것, 또 어떻게 달라야 하는가에 대한 해답은 이미 우리가 익히 알고 있는 것들일 수 있다. 문제는 보다 구체적으로 실행방안을 마련하고 실행과정에 나타나게 될 장애요인들을 극복해 나가면서 효과적으로 성과를 거두어 나가는 과정일 것이다. 앞으로 이러한 과정에 대한 논의가 활발하고 짜임새 있게 진행되기를 기대해 본다.

21세기,
생명과학과 바이오 벤처의 시대

황우석 서울대 수의학과 교수

『**생명과학과 벤처 비즈니스**』

김완주 지음 / 2001 / 미래M&B

우리나라의 생명산업과 바이오 벤처는 IMF 이후 벤처기업에 대한 정책적 지원이 강화·확대되면서 주식투자 열풍을 불러왔고 일반 시민들의 관심도 집중되기 시작하였다.

생명공학기술에 대한 본격적인 조명은 유전자변형식품(GMO : Genetically Modified Organism)에 대한 시민단체나 환경보호론자들의 유해 논쟁이 불기 시작하면서부터이다. 거기에 1997년 영국에서 복제 양 '돌리'의 탄생이 발표되고 뒤이어 국내에서도 체세포 복제 소 '영롱이'가 태어나면서 생명공학은 우리와 함께 하는 '우리의 과학' 이라는 의식을 갖게 되었다.

[296]

또한 2000년 6월 26일 미국 백악관 기자 회견에서 인간 게놈 프로젝트(HGP : Human Genome Project)의 초안이 발표된 이후 세계 각국의 생명공학기술은 HGP 연구결과와 연계된 기술 개발에 많은 관심을 기울이고 있다.

그 뒤 미국과 영국 등 6개국 인간 게놈 프로젝트(HGP) 국제 컨소시엄과 미국 생명공학 벤처회사인 셀레라 제노믹스는 2월 11일, 마침내 인간 게놈 지도를 완성했다고 발표했다.

이들 연구팀은 연구 결과를 2월 12일 워싱턴과 도쿄, 런던, 파리, 베를린에서 기자 회견을 열어 동시에 발표하면서 인터넷에 공개하고 HGP는 영국 과학전문지 《네이처》 15일자, 셀레라는 미국 과학전문지 《사이언스》 16일자에 각각 구체적인 결과를 게재했다.

게놈 지도를 완성한 이번 연구결과는 질병유발 유전자 규명과 치료제 개발, 환경적 위험요소 규명, 인간의 진화 등을 밝히는 중요한 단서를 제공할 것으로 기대되고 있다.

한국은 그동안 인간 게놈 프로젝트를 수행하는 선진국의 공동 대열에 합류하지 못했다. 정부 차원에서 인간 유전체 연구 사업단이 출범한 것은 1999년이었고(뉴프런티어사업), 여기서는 위암이나 간암과 같이 한국인에 빈발하는 유전성 질병의 원인유전자 몇 가지를 밝히는 것이 주된 목표이다. 인체의 염기 서열 전체를 밝히는 선진국들의 인간 게놈 프로젝트 규모를 생각하면 극히 미미한 정도에 불과한 것이다. 뒤늦게 출발한 우리나라로서는 우리의 처지에 넘치지 않으면서 이에 상응한 비용 지출을 각오해야 할 것이다. 그것은 질병을 유발하는 유전자를 비롯하여 다양한 유전자에 특허가 부여되는 국제적 추세 때문이다. 그렇지 않으면 위암, 치매 등과 같은 우리 고유의 난치성 질환을 치료할 때도 막대한 '유전자 사용료'를 타국에 지불해야 할 상황이다. 우리 정부가 제한된 여건에서도 적지 않은 자금을 투입하여 인간 유전체 연구를 서두르려는 이유가 바로 여기에 있다.

2000년 1월 세계 주요 국가 지도자와 기업 대표들이 대거 모였던 스위스 다보스 세계경제포럼에서도 최대 화두는 인터넷(I혁명)과 함께 생명공학(G혁명)이었다. 당시 클라우스 슈밥 세계경제포럼 회장은 이들 두 가지 기술 분야가 금세기에 가장 중요한 산업이 될 것이라고 강조했다. 자연히 미국, 일본, 영국을 중심으로 한 기술 선진국들은 세계 바이오시장을 놓고 천문학적인 기술 개발비를 쏟아 부으며 각축전을 펼치고 있다. 생명공학기술은 식량혁명에서 생명연장에 이르기까지 우리 생활의 각 방면에 직접적인 영향을 끼칠 힘을 갖고 있기 때문이다. 우리나라가 온통 정보통신기술 개발에 온 신경을 쏟는 사이에 미국, 일본, 유럽 등 선진국들은 생명공학기술의 선점을 위하여 10년 후를 대비한 기술 · 경제 전쟁을 선포한 것이다.

바야흐로 포스트 게놈 시대(POST GENOME ERA)라고도 불리는 21세기는 게놈 과학과 바이오테크놀로지가 결합된 생명공학기술이 만개된 복지사회가 열릴 것이다.

이에 발맞춰 출간된 책이 있으니 주식회사 씨트리의 대표이사 김완주 사장의 『생명과학과 벤처 비즈니스』이다. 이 책은 모두 네 부분으로 구성되어 있다.

제1부는 바이오산업에 대한 개념 및 향후 전망에 대한 내용에서부터 바이오 벤처기업의 등장배경과 이들의 성공전략에 대해 기술하고 있다.

생명공학은 기초과학을 기반으로 하지만 그 결과는 바로 산업화로 직결된다는 특징을 지니고 있다. 따라서 생명산업의 발전은 대학 및 공공 연구기관의 과학적 기반을 어떻게 산업화로 연계시키느냐가 중요한 관건이라 할 수 있다. 미국에서는 이와 같은 중간 매개체로서의 역할을 중소 규모의 생명공학 전문기업들이 담당하고 있다. 이 전문기업(벤처회사)들은 소규모로 과학자에 의하여 설립되거나 그러한 과학자와 관계를 갖고 첨단 분야에서의 연구와 산업적 가능성을 탐색하면서 과학의 프론티어를 넓혀 가고 있다.

이를 위해 이 책에서도 밝혔듯이 우리나라 바이오 벤처기업들은 생존 및 성공을 위하여 1. 기초과학에 투자하고 2. 전문화로 공략하며 3. 기업간 효과적인 짝짓기를 꾀하고 4. 미래시장, 세계시장을 공략하며 5. 항상 진정한 벤처정신을 잊지 말아야 할 것이다.

제2부에는 국내 신약 개발의 배경에 대한 설명으로 시작된다. 장기간의 개발 기간과 적지 않은 연구 개발비가 소요되는 신약 개발은 개발 완료 이후에도 전임상, 임상실험 및 제품에 대한 안전성 검증실험 등 까다로운 절차를 밟아야 한다. 따라서 빈약한 국내 제약업계로서는 신약 개발을 위한 본격적인 참여에 인색할 수밖에 없었다. 이러한 문제를 극복하기 위해 이 책에서는 바이오 벤처기업이 전문적인 기술과 독창적인 아이디어가 요구되는 상품화 이전 단계까지를 전략

적으로 집중하고 그 결과 개발된 신약을 대기업이나 외국기업에 라이센싱하는 방법을 추천하고 있다. 또 미래 제약시장을 주도할 품목으로 면역 분야의 신약이 될 것이라고 예상하고 주식회사 씨트리를 통해 이를 전문화, 특화할 것임을 밝히고 있다.

지난 2월 11일 인간 게놈 지도가 완성이 된 이후 유전자 관련 연구는 더욱 가속화될 것이며, 향후 두 가지 정도의 방향으로 연구가 진행될 것이다.

그 하나가 염기 서열이 확정된 유전자의 기능을 규명하는 '기능 유전체학'이고, 또 다른 하나는 개인간, 인종간, 환자와의 게놈정보 비교를 통해 생체기능 차이의 원인을 규명하는 '비교 유전체학'이다. 이런 연구를 바탕으로 질병 원인을 규명하며, 새로운 진단법과 신약을 개발할 수 있을 것이다. 또 최적의 치료법을 개발하고, 치료 유전자 확보 등 다양한 형태의 의학 분야에 비약적인 발전을 가져올 것이다.

제3부는 이러한 국내외 바이오테크의 현황과 전망에 대한 내용을 다루었다. 우선 인간 게놈 프로젝트에 대한 상세한 설명과 함께 그에 따르는 연구에 대해 체계적으로 정리해 놓고 있는데 이 부분은 특히 일반인들에게 생명과학에 대한 기초적인 개념 정리와 바이오산업을 이해하는 데 있어서 크게 도움이 될 것이다. 뒤이어 포스트 게놈시대를 주도할 선진국들로서 미국, 영국, 프랑스, 일본, 독일, 중국, 이스라엘을 꼽고 각 나라의 정부 지원책을 소개하고 있다. 더불어 각국의 주요 생명공학기업들의 홈페이지 주소와 주력 사업 및 기술을 정리

해 놓았다. 우리나라도 정부 차원에서 생명과학 분야에 대한 각종 지원정책을 펴고 있으며 민간기업들 역시 21세기 최대 유망산업으로 떠오르고 있는 바이오산업에 대한 참여가 늘고 있다. 이 책을 통해 우리는 국내 대기업과 제약사들이 바이오산업에 참여 또는 도전하기 위하여 어떤 전략과 투자를 하고 있는지와 벤처기업과 대기업 간의 공생관계를 기업별로 상세히 알 수 있게 된다. 이후 이어지는 제3부의 후반부는 생명복제기술의 응용과 DNA칩의 산업 전망에 대해 알아보고 전쟁으로까지 불리는 유전자 특허제도에 대해 다루고 있다.

마지막으로 이 책에서 200쪽이 넘는 부분을 차지하고 있는 '국내 바이오 벤처기업별 현황'을 보면 저자의 국내 바이오 벤처에 대한 열의와 관심의 정도를 알 수 있게 된다.

결론적으로 『생명과학과 벤처 비즈니스』는 과학자의 위치에서, 동시에 바이오 벤처기업가의 입장에서 21세기에 가장 큰 이슈인 바이오 제약산업과 생명과학기술의 현재와 향후 전망에 대해 설파한 역작이다. 따라서 이 책은 생명과학에 관심을 갖고 있는 일반인은 물론이고 이를 전공하는 과학도들과 벤처기업을 경영하고 있는 기업가, 바이오산업에 대한 투자자들에게 좋은 지침서가 될 것이다.

세상을 보는 지혜와
성공적 투자자

고봉찬 서울대 경영대학 교수

『지혜와 성공의 투자학』
로버트 해그스트롬 지음 / 석기용 옮김 / 2001 / 이끌리오

『워렌 버핏의 완벽 투자기법(The Warren Buffett Way)』의 저자로
우리에게 잘 알려진 로버트 해그스트롬(Robert G. Hagstrom)은 그 후
속편으로 투자에 대한 새로운 시각과 철학을 담고 있는 『지혜와 성
공의 투자학(Latticework : The New Investing)』을 내놓았다. 이 책은
저자의 첫 작품인 『완벽 투자기법』에서 워렌 버핏의 성공적인 투자
기법들을 소개한 것과는 달리, 워렌 버핏의 참모이자 사업 파트너인
찰리 먼거(Charlie Munger)의 투자철학에서 얻은 교훈을 바탕으로 성
공적인 투자자가 되기 위해 보다 넓은 관점에서 세상을 보는 지혜가
필요함을 역설하고 있다. 시장을 독립적인 시스템으로 보기보다는

사회 전체를 구성하는 하나의 하위 시스템으로 보고, 사회를 구성하는 각 시스템간의 상호작용을 이해할 필요가 있다는 것이다. 이런 점에서 이 책은 몇 가지 투자기법들을 과대포장해서 말하거나 경험을 통해 체득한 투자기준을 그럴듯한 형식으로 기술하고 있는 일반적인 투자 지침서들과 분명히 다르다고 할 수 있다.

오늘날 우리가 진정으로 필요로 하는 것은 한 학문 분야에 대한 전문지식보다도 여러 학문 분야의 전문지식들을 통합하여 판단할 수 있는 지혜라고 할 수 있다. 물론 우리 인간의 능력으로 이러한 지혜를 얻기란 쉽지 않다. 저자도 레그 메이슨 포커스 캐피탈사의 부사장으로서 재무학 및 경제학 지식을 두루 섭렵한 뛰어난 전문투자가이지만, 이러한 지식만으로는 금융시장의 복잡한 현상들을 모두 설명하는 데 한계가 있음을 피력하고 있다. 그렇다면 어떻게 보다 넓은 관점에서 세상을 보는 지혜를 획득하고 투자에 활용할 것인가? 저자는 이 책을 통해 여러 학문 분야별로 위대한 지성들이 발견한 몇 가지 중요한 빅 아이디어를 추출하고, 이들이 어떻게 시장 현상들과 관련되어 있는지를 예시함으로써 그 답을 찾고자 한다. 재무학 및 경제학 지식뿐만 아니라 보다 넓은 지식체계인 물리학, 생물학, 사회과학, 심리학, 철학, 문학 등 다양한 학문 분야의 중요 지식들을 격자 모양의 정신적 틀(Latticework)에 적절히 끼워 맞추어 통합하고 상황에 따라 재평가하고 재결합시킴으로써 새롭고 복잡한 시장 현상을 보다 정확히 이해하고 판단할 수 있다는 것이다. 이처럼 다양한 분야의 지식을 종합하고 사고하는 능력을 키우는 것이 보다 높은 투자수익을 지속적으로 얻는 지름길이 된다는 굳은 믿음이 깔려 있다. 이런 든든한 정신적 기반 없이 거둔 성공은 생명력이 짧은 한낱 요행수에 지나지 않는다는 것이다. 그렇다고 우리가 모든 분야에 대한 전문가가 될 필요는 없다. 각 분야의 중요한 지식 또는 빅 아이디어에 대한 기본적 이해만으로도 격자 모양의 정신적 모형을 구축할 수 있으며, 세상에 존재하는 학문 분야는 많으나 진정 중요한 빅 아이디어는 그다지 많지 않다는 것이다. 저자는 이 책에서 몇 가지 빅 아이디어를 예시하는 것과 함께 방대한 참고문헌을 제시함으로써 독자들이 나름대로 새로운 지식들을 습득해 나갈 수 있도록 도와주고 있으며, 이들 지식을 잘 배열하고 꾸준히 다듬어 가면서 시장 작동원리에 대한 통찰력을 키울 수 있는 훌륭한 정신적 모형을 만들어 나가기를 기대하고 있다.

이 책은 현실 시장과 관련되어 있으나 어쩌면 편협할 수도 있는 단일 모형의 신호에 따라 투자하기보다 여러 가지 다른 관점에서 시장을 바라보는 모형들로부터 얻게 되는 공통적인 신호에 따라 투자하는 것이 보다 높은 수익률을 얻을 수 있는 비결이라고 밝히고 있다. 이 책 어디에도 재무학이나 경제학만의 고유한 이론을 설명하거나 이해시키고자 하는 부분이 없음에도 불구하고, 현실 시장에 대한 많은 중요한 현상들과 그 배경들을 쉽고 간결하게 밝혀 주고 있다. 이 책은 모두 8장으로 구성되어 있는데, 각 장에서 언뜻 보면 금융시장과는 전혀 상관이 없을 것 같은 물리학, 생물학, 사회과학, 심리학, 철학, 인문학 등의 학문 분야에서 발견된 핵심적인 빅 아이디어들이 현실 시장과 어떠한 관계를 갖는지 설명하고 있다. 제1장에서 저자는 워렌 버핏이 운영하는 투자회사 버크셔 햇서웨이의 부사장인 찰리 먼거의 강의에서 격자 모양의 정신적 모형을 구축하는 것이 성공적인 투자자가 되는 지름길이 된다는 사실을 알게 되었으며, 실제로 이러한 모형이 유용하게 적용되고 있는 사례들을 소개하고 있다.

제2장에서는 17세기 뉴턴이 발견한 물리학의 균형이론이 그 이후 200여 년간 고전 경제학의 수요공급 균형이론과 합리적 기대가설의 뼈대가 되었으며, 1960년대 개발된 현대재무이론(포트폴리오이론, 자본자산가격결정이론(CAPM), 시장효율성가설)들의 토대가 되었음을 밝히고 있다. 즉 주식시장에는 합리적인 투자자들로 인해 관련 정보가 주가에 즉시 반영되기 때문에 균형을 회복하려는 성질이 있다는 것이다. 그러나 최근 주식시장이 과연 효율적인가에 대해서 강한 의문을 품게 하는 현상들을 우리는 흔히 볼 수 있다. 그 대표적인 예가 1987년의 주가 대폭락 사건이다. 이 사건은 시장이 정보에 대해 합리적으로 반응한 결과라고 보기보다, 주가 하락에 대한 공포감과 과잉반응 등 심리적인 요인이 더 크게 작용한 결과로 보아야 할 것이다. 이처럼 최근에는 주식시장이 뉴턴식의 기계적이고 합리적인 법칙에 의해 지배되기보다는 유기체적이며 비효율적으로 움직이는 경우가 많다는 견해가 지지를 받고 있다. 이러한 취지에서 미국의 산타페 연구소(Santa Fe Institute)도 1980년대 중반 이후부터 물리학, 수학, 컴퓨터공학, 심리학, 경제학, 재무학 등 여러 분야의 전문가들을 한자리에 모아 하나의 유기체적인 복합적응 시스템(Complex Adaptive

System)으로서의 시장에 대한 연구를 활발히 진행해 오고 있다.

제3장에서는 2장에 이어 완벽한 균형상태에서 작동하는 뉴턴식의 기계적 세계관은 이제는 낡은 사고방식이 되었으며, 시스템 내의 개체간 상호작용과 피드백 효과를 고려하는 생물학적 세계관에 대한 관심이 고조되고 있음을 강조하고 있다. 그 예로서 18세기 다윈에 의해 제창된 생물학적 진화론이 금융시장에서 경제 선택의 법칙과 밀접히 연결되어 있음을 밝히고 있다. 생태계에서 종들의 상호작용과 진화과정을 금융시장의 투자전략간의 상호작용에 비유하면서, 투자자들이 선호하는 투자전략이 시대에 따라 변화하고 진화해 왔음을 지적하고 있다. 예컨대 1990년대까지 가장 인기 있는 주식 선택기준은 부채 비율, 배당 수익률, 장부가 등이었으나, 이들의 주가 예측력이 점차 떨어지면서 최근에는 수익 성장성, 현금흐름 모형, 자기자본 수익률 등이 인기를 얻고 있다는 것이다. 이것은 생물학적 진화가 식량의 영향을 받는 것처럼 투자전략의 진화는 돈의 영향을 받아, 효율적이지 못한 전략들은 시장에서 사라지게 됨을 의미하는 것이다.

제4장에서 저자는 더 나아가 인간의 조직과 사회를 복합적응 시스템으로 파악하고 그 작동원리를 연구하는 사회과학 이론들과 금융시장의 관련성에 대하여 기술하고 있다. 이중에서 자기조직화이론과 창발론, 그리고 자기조직화의 절대 위기라는 개념을 이용해서 금융시장이 어떻게 형성되고, 발전하며, 그리고 우리가 기억하는 몇 가지 유명한 주식시장붕괴 현상이 어떻게 일어났는가를 설명하고 있다. 제5장에서는 심리학적인 측면에서 주식투자자의 비합리적인 매매

행동을 설명하고 있다. 주식투자자들은 각기 상이한 행동방식을 보이는 시장 구성원이지만, 이들이 하나의 집단으로써 나타내는 행동방식은 개별적인 행동과 전혀 다른 양상을 보이며 군중심리에 의해 영향받게 된다는 것이다. 또한 심리학과 재무학을 결부시킨 행동주의 재무학 관점에서 투자자들의 비합리적 행위를 투자자들이 갖는 극도의 손실혐오 현상으로 설명해 주고 있다.

마지막으로 제6장과 7장에서는 철학과 문학 영역의 핵심 아이디어를 이용해서 지금까지 설명한 모든 요소들을 어떻게 이해하고, 어떻게 서로를 연결시켜서 훌륭한 투자가가 될 수 있는가를 설명하고 있는데, 그 시작점은 철학의 실용주의이다. 형이상학적인 인식론에서 벗어나서 현실의 결과와 결부된 인식으로의 전환을 주장하고 있는 저자는 모든 과정을 결과와 결부시켜서 사고할 것을 권유하고 있다. 즉 우리가 여러 학문 영역에서 획득한 지식을 바탕으로 무엇인가에 투자할 때, 결국 가장 중요한 귀결점은 '그것의 현금 가치가 얼마인가?'이어야 한다는 것이다. 이것은 수없이 많은 의사결정 속에서 살아가는 오늘날의 현대인들에게 중요한 요소라고 생각한다. 제8장의 문학 영역에서는 최종적인 의사결정을 위한 입력 변수가 될 여러 학문 영역의 지식들을 어떻게 축적할 것인가를 이야기하고 있다. 저자는 현실의 교육이 이렇게 광범위하고도 포괄적인 사고를 위한 교육이 되지 못하고 있으므로, 각자가 개별적인 독학을 통해서 이러한 지식을 쌓아야 하고, 그렇게 하기 위한 방법론으로써 독서를 제시하고 있다. "현명한 투자자는 많이 읽는다"고 말하는 저자는 세인트존스

대학의 학생들이 정규 교과과정에는 없으나 꼭 가지고 다니는 모티머 애들러(Mortimer Adler)의 『독서의 기술(How to Read a Book)』을 소개하고 있다. 광범위한 지식을 얻는다는 것은 쉽지 않을 뿐만 아니라 많은 시간을 필요로 한다. 이러한 광범위한 지식을 보다 빠른 시간에 획득하기 위해서 저자는 『독서의 기술』이라는 책에서 소개된 적극적인 독서를 권유하고 있다. 즉 일차적인 정보수집 차원의 독서를 넘어서서 과연 책에서 이야기하고자 하는 것이 무엇이며, 어떻게 이야기하고 있는가를 이해하는 적극적인 독서를 통해 창조적인 지식축적이 이루어져야 함을 이야기하고 있다.

시장의 불확실성과 변동성이 커지고 있는 현시점에서 과거의 균형적 관점의 시장 접근은 분명 크나큰 한계성을 내포하고 있다. 더이상 시장은 일정한 균형 틀 속에서 움직이지 않으며, 투자자들 역시 시장 효율성에 대해 부정적인 견해를 갖고 있는 것이 사실이다. 시장 움직임 역시 한 치 앞의 미래에 대해서도 예측이 어려운 상황 속에 있다. 특히 1980년대를 기점으로 장외 파생 금융상품 시장의 급속한 성장은 이러한 시장의 변동성을 더욱 증폭시키고 있다. 저자는 이러한 현실에 대한 깊은 이해를 바탕으로 시장 내부만을 바라보는 좁은 관점에서 벗어나 사회조직 전체에 대한 보다 포괄적이고 유기체적인 관점에서 시장의 현상들을 바라볼 것을 강조하고 있다. 이렇게 기존의 시장 접근방법과는 사뭇 다른 저자의 접근방식은 앞으로 많은 유용성이 있을 것으로 판단된다. 이러한 움직임은 재무학계에서도 찾아볼 수 있는데, 예컨대 많은 연구들이 이미 자본시장의 이상현상

(Anomalies)을 시장 비효율성에 대한 증거로 받아들이고 있으며, 이들 현상을 설명하기 위하여 기존의 합리적 투자자 가정에서 벗어나 시장 참가자들의 비합리적, 비이성적 행위를 인정하고 이를 설명하려는 노력을 시도하고 있다.

이 책을 읽으면서 한 가지 아쉬운 점이 있다면, 복합적응 시스템인 시장을 이해하기 위해 광범위하고도 포괄적인 지식이 필요한데, 이러한 지식을 얻는 것이 현실의 일반 투자자들에게 얼마나 가능할 것인가에 대한 세심한 고찰이 없다는 점이다. 광범위한 지식을 가지고 시스템적인 사고를 통해 투자의사 결정을 내리는 것이 현명한 투자자의 자세이며 그 유용성도 인정될 수 있다. 그러나 이것은 각 학문 분야의 전문가들이 모여 집중적으로 연구하는 산타페 연구소에서나 가능할지 모르며, 이러한 광범위한 지식들이 과연 우리에게 얼마나 올바른 판단과 예측을 가능케 하는지에 대해서는 산타페 연구소조차 자신 있게 답하기 어려울 것이다. 저자가 지적한 대로 그다지 많지 않은 핵심적인 아이디어들만을 가지고 효율적인 정신적 모형을 만드는 것이 과연 일반 투자자들에게도 가능할까? 저자는 일반 투자자들에게 시장의 전문가를 믿지 말고 자기자신의 고유한 모형을 만들라고 말하지만, 갈수록 많은 정보가 주어지고 있는 현실에서 언제 누가 그런 광범위한 정보들을 취합해서 투자에 활용할 수 있을까? 결론적으로 정보수집 비용이 많이 드는 현재 상황에서는 이러한 역할이야말로 시장의 전문투자가들의 몫이 아닐까 생각한다. 저자가 주장한 대로 실용주의적 관점에서 판단해 보면, 일반 투자자들이 그러한 광범위한 지식을 수집하는 데 드는 비용은 그러한 지식을 전문 투자가로부터 제공받을 경우에 비하여 훨씬 클 것임은 쉽게 짐작할 수 있다. 그러나 미래의 정보수집과 분석기술은 현재로써는 상상할 수 없는 수준으로 발전할 것임이 분명하다. 특히 인공 신경망과 같은 고도의 지능을 보유하는 컴퓨터에 의해 고속의 정보처리가 보편화될 것으로 예상되는 미래에는 현재의 전문투자가들이 갖고 있는 기계적인 전문지식들은 더 이상 가치를 갖지 못할 것이며, 개개인의 지식 수준과 판단이 의사결정의 중요한 입력변수로 작용하게 될지도 모른다. 이러한 미래는 결코 멀지만은 않으며, 산타페 연구소에서와 같은 학제간 연구와 교육이 더욱더 보편화될 것이다. 따라서 저자가 제안하는 폭넓은 지식의 축적과 이들을 종합하고 시스템적으로 사고하는 훈련은 현재의 투자자를 위해서라기보다는 미래를 준비하는 투자자들에게 반드시 필요한 과정이라고 하겠다.

신경제시대를 이끌고 나가는 행동주의자들

조형기 AIO COMPANY 인사평가팀 팀장

『꿀벌과 게릴라』

게리 해멀 지음 / 이동현 옮김 / 2001 / 세종서적

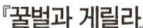마이크로소프트의 빌 게이츠, 애플컴퓨터의 스티브 보트니크, 수십 개의 벤처 비즈니스를 운영하는 필 로마노, 스타벅스의 하워드 슐츠, 아마존의 제프 베조스, 이들의 공통점은 무엇인가? 이들의 공통점은 대자본가가 만든 회사에서 사장으로 발탁되어 훌륭한 경영을 한 사람들이 아니라, 독자적인 훌륭한 기술과 경영 노하우를 가지고 창의성을 발휘하여 모험을 감당하면서 혁신적인 기업을 만들어 경영의 새로운 신화를 창조한 사람들이라는 것이다. 이들은 '절차 중심의' 보다는 '창조적인', '원주의적' 보다는 '확장적인', '기존 지식에 의존한' 보다는 '독창적인', '엘리트 위주의' 보다는 '포괄적인' 의 형

용사에 더 가깝다. 우리는 이들을 21세기에 필요한 진정한 기업가정신(Entrepreneurship)을 소유한 기업가들이라고 부를 수 있을 것이다.

과연, 21세기가 요구하는 혁명 전사들의 모습은 어떤 모습일까? 이 책에서는 그 실마리를 조금씩 풀어 나가고 있다. 이 책은 새로운 이론에서 새로운 법칙을 창조한다기보다는 기존 지식체계에서, 기존의 질서 안에서 지식들을 새로운 각도에서 연계시켜서 창조적 파괴를 하는 방법들에 대해서 나열하고 있다.

혁명의 시대에는 모든 기업이 이미 만들어진 장소보다는 최소한의 가능성만 존재하는 장소에서 하나의 안내 시스템이 자리를 잡게 하는 기회 추구 미사일이 되어야 한다. 전략 실패에 대한 현실적인 인식 및 새로운 부의 창출을 위한 몰입을 냉정하게 바라볼 수 있어야 전략 혁신, 즉 혁명을 위한 토대를 마련할 수 있는 것이다. 저자는 지속적인 개선만이 최고의 선으로 인식되고 있는 기존의 산업질서를 넘어 비선형적인 아이디어로 새로운 부를 창출할 수 있는 혁명의 시대의 도래를 시사하고 있다.

주주들은 날마다 더 많은 배당금을 원하고 투자수익에 대한 기대치를 높이고 있으며, 실제로 그러한 바람을 달성해 줄 경영자를 찾고 있다. 하지만 냉혹한 현실은 다음과 같다. 평범한 기업군은 점증하고 있지만, 탁월한 성과를 내고 있는 기업군은 오히려 감소하고 있다. 기업들은 지난 수년간 혁신을 외치면서도 지속적인 개선, 통계적 공정관리, 식스 시그마, 리엔지니어링, 전사적 자원관리 등과 같은 진보의 원리를 적용하여 효율성 향상만을 강조하였다. 이에 따라 기업은 수익 성장율의 개선보다는 이익 성장율의 상승에만 그치고 말았다. 고정된 수익은 분명 한계가 있다. 또한 기업의 가치 성장보다는 재무적 기법을 발휘하기에 급급하여 탈합병, 분사, 자사주 매입이 난무하고 있고, '베스트 프랙티스'라는 이념하에 성공 기업의 비즈니스 모델은 창의력이 부족한 타기업들에게 마치 유일무이한 것처럼 비추어지고 있다. 이러한 까닭으로 동종 산업 내에서 전략은 중심화 경향, 수렴화 현상으로 귀결되어 소모적인 경쟁만을 일삼는 결과를 낳고 있다. 저자는 이러한 문제들을 임기응변으로 대응하는 방식에서 탈피하여, 진정한 혁신을 통해서 풀어 나갈 것을 권고하고 그 방안들에 대해서 차례로 서술하고 있다.

비즈니스 개념의 혁신을 혁신의 출발점으로 여기고 있다. 비즈니스 모델 혁신 자체가 경쟁우위를 목표로 고객에게 새로운 가치를 전달하고 경쟁자를 갑작스럽게 공격하며 투자자를 위해 새로운 부를 창출한다는 측면에서 기존의 비즈니스 모델을 다시 생각하게 하는 계기로 작용한다. 비즈니스 모델 혁신은 자원이 별로 없는 신생기업이 승리할 수 있는 유일한 방법이고, 위기에 빠진 기존 기업이 재기할 수 있는 유일한 대안인 셈이다. 저자는 비즈니스 개념이 현실에 투영된 모습이 바로 비즈니스 모델이라는 점에서 이 두 개념은 서로 동일하다고 간주하고, 비즈니스 개념 혁신은 비즈니스 모델을 식별하고 그 다음으로는 그것을 해체하고 재구성하는 능력이 바로 혁신의 핵심이라고 보았다. 새로운 비즈니스 개념은 기본개념을 해체하고 그 구성요소들을 정확히 파악한 후에야 창조 가능하다고 주장하고 있다.

저자는 비즈니스 모델을 핵심 전략, 전략적 자원, 고객과의 접점, 가치 네트워크 이 네 가지 핵심 요소 틀로 분석하고 각각의 핵심 요소에 따른 몇 개의 하위 구성요소를 부가 설명하였다. 그리고 더불어 네 가지의 핵심 요소들을 세 가지의 연결고리 요소로 설명함으로써 그 관계를 명시하여 혁신의 기회를 볼 수 있도록 유도하고 있다. 예를 들어, 핵심 전략의 요소로는 비즈니스 사명, 제품·시장의 범위, 차별화의 기반이 있다. 기업 특유의 독특한 자원에 해당하는 전략적 자원은 핵심 역량, 전략적 자원, 핵심 프로세스로 구성되어 있다. 핵심 전략과 전략적 자원은 적절한 배치로 연결되어 있을 때 그 힘을 발휘하게 되는데, 전략과 전략적 자원의 역량, 자산, 프로세스 간의 독특한 조합에 따라서 탁월한 비즈니스 모델을 창조할 수 있는 것이다. 특히 이 부분에서는 각각의 요소에 대한 설명뿐만 아니라 사례, 스스로에게 물어보기, 생각해 보기 등의 코너로, 혁신과정에 있어서 쉽게 놓치고 넘어갈 수 있는 부분에 대해 세심하지만 체계적이고 종합적으로 제시하고 있어서 매우 설득력이 높다고 할 수 있다.

이 책의 중반부 이후부터는 '어디서부터 시작할 것인가?', '어떻게 움직일 것인가?', '혁명의 시대를 이끌 행동주의자들을 어떻게 이끌어 낼 것인가?', '기업이 급진적이고 영속적인 혁신을 하는 능력을 갖추도록 하는 일련의 설계 규칙을 어떻게 세울 것인가?'에 대한 대답을 실제 사례를 들어서 설명하고 있다.

저자는 혁신을 하기 위한 가장 근본적인 핵심 요소를 사람에게서 찾고 있다. 비즈니스 모델이 영원할 수 없는 불연속적인 세상에서 창조적인 파괴를 주도하고 발칙한 상상을 이끌어 내는 사람들의 중요성을 역설하고 있다. IBM의 존 패트릭과 데이비드 그로스만, 소니의 켄 쿠타라기, 쉘의 조지 듀폰-록 이들은 기업의 이단자이자 반란자라는 점에서 공통점을 찾을 수 있다. 이들은 충성스러운 반대자들로 이들의 목표는 회사 내부에는 운동을 외부에는 혁명을 창출해 내는 것이고, 또한 이들은 불만을 조장하고, 동지의식을 불러일으키고, 규칙에서 벗어난 프로젝트를 이끌었다. 그리고 그들은 궁극적으로 세계에서 가장 크고 복잡한 기업들의 운명을 변화시켰다. 존 패트릭과 데이비드 그로스만은 오만하고 현실세계와는 동떨어진 곳에서 세력다툼만을 일삼는 IBM이 인터넷의 물결을 잡을 수 있도록 구원자의 역할을 하였고, 켄 쿠타라기는 92년 이후 깊은 침체에 빠진 소니를 '플레이스테이션'을 출시시킴으로써 소니가 디지털시대로 도약할 수 있는 발판을 마련해 주었다. 로얄 더치 쉘의 듀폰-록은 쉘의 이면의 세계를 간파하고 무명의 스태프로서의 안정을 포기하고 보다 대담하게 재생 가능 에너지의 챔피언이 되고자 했다. 이들은 성실하고 겸손한 사람들이라기보다는 예리한 통찰력을 가진 비전주의자들이자 행동주의자들이었다. 저자는 이들의 실례를 들어서 이들의 공통점을 유추하여 행동주의자들이 혁신을 이끌어 나가기 위한 방법과 더불어 최고경영층이 전략 수립에 대한 독점권을 포기하고 행동주의자들을 참여시킴으로써 비로소 비즈니스 창조가 가능해진다는 점을 설명하고 있다.

또한 저자는 엔론이나 찰스 슈왑, 시스코와 같은 기업의 실례를 들어서 끊임없이 혁명적인 새로운 비즈니스 개념을 만들어서 창조를 이끌어 내는 '노련한 혁명 기업'에 대해서 이야기하고 있다. 1회에 그치고 마는 혁신이 아니라 끊임없는 재창조의 노력을 통한 기업의 변신을 알려 주고 있다. 이는 처음에는 혁신적인 비즈니스 개념을 들고 나와 시장에서 혁명의 선도자 역할을 수행하다가 쓸쓸히 사라진 많은 기업들과 지금 막 싹을 내민 신생기업들에게 혁신의 필요성을 강조하고 있는 것이다.

저자는 마지막으로 사업의 정의나 조직 측면, HR, 내부 프로세스, 자본 예산, 동기 부여 등과 같은 구체적인 혁신의 설계규칙 아홉 가지를 나열함으로써 혁명의 준비를 마무리하고 있다. 저자는 이 저서를 통해서 창조적인 행동주의자들의 필요성을 강조하고 이들을 보좌할 만한 조직체계와 환경을 요구하고 있다. 이를 위해서 행동주의 위의 기술혁신이나 경영 프로세스 혁신을 통해 혁명의 속도를 배가하는 혁신 포트폴리오를 작성할 것을 당부하고 있다.

솔직히 혁명, 혁신을 외치고 있는 이 책에서 참신하고 파괴적인 면을 찾아보기란 여간 쉽지 않다. 하지만 이 책은 분명히 혁신을 이야기하고 있다. 참 아이러니하지 않은가? 저자는 분명히 우리가 기존에 알고 있는 내용이었음에도 불구하고 실제로 행동주의자가 되어 실천하지 못한 점을 지적해 주고 일깨워 줌으로써 혁신을 말하고 있는 것이다. 이 책의 장점을 몇 가지 뽑는다면 그중의 으뜸은 풍부한 사례를 접할 수 있다는 점이다. 풍부한 사례를 통해서 혁신과정에서 취사선택할 부분들에 대한 감각을 키울 수 있도록 돕고 있다. 그리고 조직과 기업 차원의 혁명을 넘어선 개인 차원의 혁명을 강조하여 설득함으로 신선함을 주고 있다. 또한 체계적으로 정리된 방대하고 다양한 내용을 보면서 다시 한번 경영혁신 분야의 대가 게리 해멀의 풍부한 지식세계를 엿볼 수 있었다.

우리나라는 IMF라는 거센 소용돌이 안에서 빠져나올 수 있는 동력원을 벤처기업들에게서 얻을 수 있었다. 하지만 작년 2000년에는 신경제 조류였던 벤처기업들이 거품론에 휘말려 사회 전반적으로 어려움을 안겨 주기도 하였다. 비즈니스의 개념 혁신에 대한 정확한 이해가 없는 기업들의 섣부른 행동이 사회에 얼마나 큰 해를 입힐 수 있는지 여실히 드러났다. 이러한 시점에서 이 책은 상상력이 풍부하고 창조적인 행동주의자가 어떻게 다 죽어 가는 기업을 살리는지 생생히 보여 주는, 우리 기업 모두에게 귀감이 될 만한 혁신 선언서이자 매뉴얼이라고 할 수 있겠다. 스스로를 혹은 자신이 속한 산업을 변화시킬 능력이 없는 기업은 기껏해야 '원가와 효율성에 중독된 기업'과 한때 산업 리더 역할을 톡톡히 수행하였지만 현재는 신규 진입자들의 전략의 모방만을 일삼는 '느림보 관료 기업'들에게 엔론, 찰스 슈왑, 시스코, AOL과 같이 끊임없이 재창조하는 일련의 법칙들을 보여 주는 책이라 할 수 있겠다.

인간을 위한 학문 경영학,
그 100년의 역사

조동성 서울대 경영대학장

『경영의 세기』
스튜어트 크레이너 지음 / 박희라 옮김 / 2001 / 더난출판

학부에서 경영학을 전공한 어느 사업가로부터 다음과 같은 이야기를 들은 적이 있다.

대학에 들어와 설레는 마음으로 들은 첫 경영학 강의에서 경영학은 돈, 즉 이익 극대화를 추구하는 학문이다라는 강의를 듣고 크게 실망했습니다. 그래서 대학 4년 동안 학교 공부는 등한시하고 흥사단 모임만 열심히 쫓아다녔습니다. 그러다가 대학 졸업반의 마지막 강의에서 경영학은 사람, 즉 인간의 본성을 이해하는 학문이다라는 강의를 듣고 경영학을 충실하게 공부하지 못한 것을 얼마나 후회했는지 모릅니다.

만일 그 사업가가 대학을 다니는 동안 스튜어트 크레이너의 『경영의 세기』를 읽었다면 경영학에 대해서 새로운 인식을 하기 위해서 4학년 마지막 강의까지 기다릴 필요가 없었을 것이다. 이 책은 경영학은 인간을 위한 학문이자, 생산활동에 필요한 노동의 주체가 인간이라는 입장 위에 존엄성을 가진 사람을 발견하고 연구하는 최초의 학문이라는 대전제하에 지난 20세기를 10년씩 나누어 각 시대에 등장한 새로운 경영학의 사조를 정리하고 있다. 다시 말해서 이 책은 경영학에 등장하는 모든 이론을 객관적인 시각으로 소개하고 있는 것이 아니다. 이 책은 알렉산더 대왕, 나폴레옹 황제 등 인류사에 등장한 수많은 지도자들이 인간을 자신의 욕망을 달성하는 데 사용하는 수단으로 보아 온 데 반해서, 경영학에서는 인간을 존엄성을 가지고 있는 인격의 주체로 보고 있음을 강조한다.

　필자는 인류사에서 각 세기마다 새로운 물결이 나타났고, 인간은 그때마다 이러한 물결을 과학적으로 접근해서 새로운 학문을 형성해 왔다고 믿는다. 예컨대 세계적으로 수많은 전쟁이 일어나고 유럽국가 간에 여러 차례 분리와 통합이 진행된 17세기를 정치학의 시대라고 본다면, 산업혁명이 일어나고 생산활동에 근본적인 발전이 있던 18세기는 공학의 시대였다. 19세기가 공장 단위의 미시적인 생산활동을 국가 차원의 거시적인 경제활동으로 승화시켜 우리가 이를 이해하는 데 논리적인 틀을 제공해 준 경제학의 시대였다면, 20세기는 인류사에서 처음으로 인간이 필요로 하는 수요보다 더 많은 재화를 공급하여 사회의 강자로 부상한 기업을 다루는 경영학의 시대였다.

이 책의 저자인 크레이너는 20세기를 '경영의 세기'로 설명함으로써 필자가 가지고 있던 믿음을 적어도 20세기에 대해서는 확인해 주었다. 그는 20세기를 10년 단위의 시대로 구분하고 각 시대마다 새롭게 나타난 경영학 이론 중 특징적인 몇 가지 이론을 그 시대를 대표하는 흐름으로 파악하고 있다. 보다 구체적으로, 1900년대는 프레데릭 테일러가 과학적 관리법을 통해서 생산의 단위활동을 인간의 '노동'이라고 보고 이에 대한 과학적인 접근을 추구한 시대였다. 1910년대는 헨리 포드가 포드자동차회사라는 조직에서 '대규모 노동'을 찾아낸 시대였고, 1920년대는 체스터 버나드가 기업에서 '조직'을 발견하여 관료주의적 행정조직과 의사결정이론을 기업현장에 도입한 시대였다. 그리고 1930년대는 엘톤 메이요가 호손 공장 실험을 통해서 생산활동에서 '인간'을 처음으로 찾아내어 인간 중심의 경영을 촉발한 시대였다. 이와 같이 경영학은 20세기의 첫 40년 동안 노동의 주체인 인간을 합리적이고 심리적 존재로서 접근하여 이를 규명하였다.

1940년대가 전쟁을 통해서 기업으로 하여금 과학을 신제품 개발에 도입하게 하고, 경영 품질의 중요성을 일깨운 시대였다면, 수요가 공급을 초과하는 공급부족 시대에서 인류 역사상 처음으로 공급이 수요를 초과하는 수요부족 시대로 들어선 1950년대는 생산 중심의 경영에서 소비 중심의 경영, 즉 마케팅이 활짝 꽃을 피운 시대였다.

1960년대는 갈등구조를 필연적으로 보이는 생산과 마케팅을 통합해서 기업 전체의 목적을 달성하는 경영전략이 기업경영에 도입되어 기업경영은 정태적인 경영관리 중심에서 동태적인 경영전략 중심으로 변화되었다. 이렇듯 20세기의 중반 30년은 생산 중심의 기업을 시장 속에서 존재하는 기업으로 바꾸어 목적 달성을 위한 수단으로써의 경영개념을 정립한 시대였다.

구미를 중심으로 하여 형성된 세계경제가 추락하는 양상을 보인 1970년대는 미국의 기업이 새로운 환경으로부터 본격적인 도전을 받는 시대였다. 한편 환경을 더 큰 눈으로 보면 앨빈 토플러가 갈파한 대로 산업사회가 정보사회로 변화하면서 산업사회를 대표하는 기업이 변신과 몰락 중 하나를 강요당하는 시대가 된 것이다. 1980년대는 이러한 환경의 도전 속에서 기업이 변신을 위한 모험을 감행하는 시대였고, 1990년대는 혁신과 구조조정을 통해서, 그리고 지식혁명과 IT혁명을 통해서, 이러한 환경의 도전에 대해 (미국 중심의) 기업이 성공적으로 응전한 시대였다. 이와 같이 20세기의 마지막 30년은 새로운 21세기를 준비하는 변신과 적응, 그리고 창조의 시대였다.

필자는 20세기 100년을 10개의 시대로 구분하고 각 시대의 특징을 대표적인 학자의 주장으로 요약해 가면서 경영학을 한눈으로 파악할 수 있도록 정리해 준 크레이너의 수고에 대해서 찬사를 보내면서, 다음 네 가지 문제를 제기함으로써 독자들이 이 책을 보다 객관적인 시각으로 보면서 실제적인 도움을 받을 수 있도록 했다.

첫째, 연속된 시간의 흐름일 수밖에 없는 한 시대를 (이 책에서 선택한 대로) 여러 개의 단속적인 개념이 물리적으로 연결된 것으로 파악하는 역사 서술방식이 과연 옳은가.

둘째, 미국의 기업경영을 중심으로 하여 서술된 이 책의 20세기 경영사가 한국기업과 경영자에게는 어떤 시사점을 줄 것인가.

셋째, 지난 100년 동안 변화 발전한 경영학의 모습으로부터 향후 100년 동안에 나타날 경영학의 새로운 모습은 무엇이겠는가.

넷째, 17세기가 정치학의 시대였고, 18세기가 공학의 시대였으며, 19세기가 경제학의 시대, 20세기가 경영학의 시대였다면 과연 21세기는 어느 학문이 주도하는 시대가 될 것인가.

이 책의 번역본을 보면서 아쉽게 느낀 부분은 번역의 정확성이었다. 필자가 원저를 보지 않은 까닭에 번역본의 문장이 이상할 때 그것이 어떤 원문을 번역한 것인지 확실하지는 않다. 그러나 필자가 보기에 너무나 분명한 오역이 자주 보이는 탓에 좋은 글을 대하는 즐거움이 사라지는 것이 안타까웠다. 예를 들어 131쪽에는 1920년대 GM의 슬론 회장이 채택했던 다계열조직에 대해 언급하면서 "당시의 사상가 수만트라 고샬과 크리스토퍼 바틀릿은 말한다"라는 구절이 있는데, 이 두 사람은 1920년대의 사상가가 아니라 현재 생존하고 있는 50대 중반의 학자이다. 아마도 'contemporary'라는 단어를 '당시'로 번역한 듯하다. 출판사에서는 반드시 번역의 정확성을 점검하기 바란다.

고령화 파동이 가져올 대변화

박양호 국토개발연구원 국토계획환경연구실장

『증가하는 고령인구, 다시 그리는 경제지도』

폴 윌리스 지음 / 유재천 옮김 / 2001 / 시유시

인구구조의 고령화 : 연령지진의 전망

그동안 미래 전망에 관한 서적이 많이 간행되었다. 대체로 21세기의 변화 전망을 폭넓게 다룬 서적이 주류를 이루었다. 정보화혁명, 세계화 추세, 그리고 삶의 다양화와 관련된 미래 서적이었다. 그런데 여기, 색다른 소재의 전망을 다룬 서적이 발간되었다. 영국의 비즈니스 컨설턴트인 폴 윌리스가 『연령지진(Agequake)』이란 타이틀로 선보인 책이다. 이 책은 인구구조의 변화가 사회 전반에 어떠한 영향을 미치는지를 다루었다. 우리의 삶의 양식을 바꾸고 있고, 바꿀 지렛대

로써 인구구조, 특히 인구 연령구조의 변화 전망을 심도 있게 다루고 있다. 매우 드문 소재를 담고 있으며, 많은 자료를 수집하여 알기 쉽게 설명하고 있다. 21세기 고령화 사회의 현상을 쉽게 독자들이 예측할 수 있고, 그에 대응하는 마음가짐을 가질 수 있도록 유도하고 있다. 유재천 교수가 이 서적을 번역하면서 『증가하는 고령인구, 다시 그리는 경제지도』라는 타이틀을 적절하게 붙였다.

이 책의 주요 내용을 소개하기 전에 저자에 대하여 언급하고자 한다. 저자인 폴 월리스는 학자라기보다는 언론인이며 경제컨설턴트이다. 따라서 사회의 흐름을 학자적인 관점에서 바라보기보다는 현실의 밑바닥을 통찰하면서 발견한 흐름을 심층 분석했다고 볼 수 있다. 폴 월리스는 캠브리지대학을 졸업하고 《인디펜던트》지의 경제부장을 역임했다. BBC 등에서 비즈니스와 금융에 관한 프로그램을 진행해 오고 있는데, 런던 중심부를 소재로 한 그의 저서 『스퀘어마일(The Square Mile)』은 영국, 일본 등에서 큰 반향을 일으켜 TV시리즈로 제작되고, BAFTA상을 수상하기도 하였다.

저자가 말하는 미래사회 혁명의 중심축은 고령화 파동이다. 고령화 파동이 무엇인가? 이는 평균연령이 낮고 인구가 급격히 증가하던 시대에서 벗어나 평균연령이 높고 인구감퇴 현상마저 일어나는 시대적 현상을 의미한다. 인류의 긴 역사를 통해서 볼 때, 인류의 평균연령은 20세 이하로 매우 젊은 편이었으나, 미래의 상황은 실로 크게 변할 것으로 예측된다. 즉, UN의 자료에 의하면, 세계의 평균연령이 1975년의 22세에서 2050년에는 38세로 두 배 가까이 늘어날 것으로 전망된다. 평균연령이 50세 이상 되는 국가도 많을 것으로 보고 있다. 이러한 고령화 현상은 전세계적인 현상이며, 그 현상은 개인의 삶에 지대한 영향을 미치는 바 그 현상은 하나의 파동, 즉 고령화 파동으로 간주할 수가 있는 것이다. 이러한 맥락 속에서 본 저서는 두 가지 사항을 다루고 있는데, 한 가지는 고령화 파동이 미치는 사회적 영향을 살펴보는 것이며, 다른 한 가지는 고령화 파동에 대응하는 방법을 알아보는 것이다. 그러나 아쉽게도 이 서적은 전자, 즉 고령화가 유발하는 변화의 양태에 치중하고 있고 후자, 즉 고령화 파동에 대응하는 방식에 대해서는 많은 경우 독자의 판단에 맡기고 있다. 하기야 너무 많은 것을 알려 주려고 하는 강박관념 때문에 저자가 독단에 흐르기 쉬우므로 많은 부분을 독자의 두뇌에 맡기고 고령화 파동의 현상을 예측하는 데 치중함이 더욱 현명한 저자의 자세라고 할 수 있을 것이다.

여섯 가지의 대변화

폴 월리스는 고령화 파동이 몰고 오는 대변화를 1. 금융 2. 부동산 3. 비즈니스 4. 사회 · 문화 5. 직업 6. 연금 등 여섯 분야로 나누어 살펴보고 있다. 이 점은 본 저서의 핵심으로서 독자들이 유의하여 정독해야 할 것이다.

첫째는, 금융계의 격변이다. 미국과 유럽에서는 40~60세 사이의 쌍봉연령대 인구가 점점 많아지고 있다. 이는 금융자산을 축적하려는 인구가 많아짐을 의미한다. 또한 공공연금제도로부터 탈피하여 사기업에 의한 개인적립연금제도가 활성화되고 있다. 이러한 추세는 고령화가 확산되면서 2000년대에는 증권과 채권시장이 활성화될 것임을 전망케 하고 있다.

둘째는, 부동산의 새로운 동향이다. 결혼율 감소, 이혼율 증가, 그리고 고령화 파동이 복합적으로 이어져 주택시장에도 상당한 영향을 미치게 될 것이다. 특히 1인가구가 증가할 것이며, 이에 따라 독신들이 즐겨 찾을 주택상품이 인기를 끌 것이다. 고령자의 경우는 의료시설을 갖춘 실버타운뿐만 아니라 전원에 위치해 있으면서 도회적인 생활양식을 따르는 마을공동체와 같은 주거단지를 선호할 가능성이 크다.

셋째는, 고령화 파동이 비즈니스의 새로운 경향을 유발하게 될 것이다. 고령화 파동으로 어떤 사업은 성공하고 어떤 사업은 망하게 될 것이다. 발기부전 치료제인 비아그라의 폭발적인 성공, 신의약제품의 막강한 잠재력은 고령화되는 인구집단이 갖는 구매력을 대표하고 있다. 부유한 50대 인구의 숫자가 급증하면서 관광·레저산업에도 호황의 파도가 밀려올 것이다. 반면에 패스트푸드산업에서 청바지산업에 이르기까지 전후 베이비붐세대 덕에 긴 상승세를 탔던 산업은 곤경에 처하게 될 것이다.

넷째는, 문화적 혁명이다. 인구를 여러 계층으로 분류하던 과거의 기준선은 없어지고, 그 대신 '세대'를 구분짓는 새로운 기준이 생기고 있다. 고령화 사회가 지난날의 사회와 확실하게 차별화되는 요인 중의 하나는 바로 세대간의 구분 현상일 것이다. 또한 소수 인종의 비중이 이민의 증가로 커짐에 따라 수없이 다른 생활방식과 더욱 다양해진 사회, 이른바 무지개사회로 옮아가게 될 것이다.

다섯째는, 직업구조의 변화이다. 고령자가 수적으로 우세해지면서 직장에서 고령자 차별 현상이 사라지게 될 것이다. 상대적으로 희소해진 젊은 사람들의 영입을 위해 회사간의 경쟁이 치열해질 것이다. 다수의 나이든 노동자들은 프리랜서 또는 소규모 자영사업가로서 큰 회사의 하청을 받아 일하게 될 것이다. 많은 사람들이 안정된 직장이 없이 잡다한 일을 하게 되고 수입이 천차만별일 것이다.

여섯째는, 연금의 위기이다. 고령화 파동의 충격을 가장 먼저 받게 될 영역은 국가연금일 것이다. 많은 나라에서 국민연금을 유지하는 데 필요한 재원을 확보할 수 없게 되어, 국민연금제도가 큰 타격을 받게 될 것이다. 각국 정부는 연금제도 개혁의 필요성을 절감하게 될 것이다.

이렇듯 고령화 파동이 뿜어내는 여섯 가지의 대변화에 얼마나 합리적으로 대응하느냐에 따라 국가간 힘의 서열이 바뀌게 될 것이다. 저자는 젊은 이민의 숫자가 늘어나게 될 미국의 힘이 미래에도 선두를 유지할 것으로 보고 있다. 즉, 고령화 파동을 슬기롭게 넘길 수 있는 미국의 힘이 미래에 이어져 미국의 세기를 예고하고 있다.

처방의 아쉬움, 새로운 기대

폴 윌리스의 본래 의도는 고령화 파동이 유발하는 변화를 예측하고, 이에 대응하는 삶의 방식을 제시하려고 하였다. 그러나 독자는 고령화 파동에 대응하는 방식이 명쾌하게 드러나지 않음을 아쉬워하게 될 것이다. 이러한 고령화 파동이 엮어 내는 새로운 시대에 어떻게 살아남을 수 있을 것인가? 어떻게 더욱 풍요롭게 삶을 개척할 수 있을 것인가? 저자는 이러한 물음에 많은 힌트와 시사(示唆)로써 대답하고 있다. 이는 아쉬움이라기보다는 현명한 방식일 것이다. 결국 미래의 대응은 개인과 사회의 특성에 따라 천차만별일 것이기 때문에 표준화된 처방이란 있을 수 없을 것이다. 구체적인 처방에 대한 논의는 저자의 힌트로부터 사고해야 하는 독자의 몫으로 남겨 놓았다고 봐야 할 것이다.

아무튼 이 책은 인구구조의 변화가 일궈 내는 미래의 분명한 사회혁명을 예고한 것으로 그 가치가 매우 크다. 그러나 앞으로 고령화 파동에 대한 보다 과학적이고 전세계적인 증거가 더욱 보완되어야 할 필요가 있다. 그리고 이 책은 전세계적인 보편적 현상으로서 고령화 파동을 다루었으나, 보다 엄밀하게 말하면 나라마다 그 파동의 속도와 넓이가 달리 나타날 것이므로 국가간의 비교사회적인 탐구가 향후 요구된다.

이러한 아쉬움과 미래의 보완사항에도 불구하고 폴 윌리스의 쾌저는 새로운 시대에 거는 우리의 새로운 마음가짐을 요구한다. 즉 저자가 말미에 강조하였듯이 "인류가 맞이하게 될 새로운 시대에 적응하려면 힘들고 종종 고통스럽기까지 한 개혁을 시행해야만 한다. 인구가 감소하고 고령화하는 새 시대는 무엇보다 새로운 마음가짐을 요구한다. 새로운 밀레니엄은 미래를 관망하는 우리의 시각을 바꾸고 성실하게 고령화 파동에 대비하기 시작하기에 적절한 시대이다." 바야흐로 고령화 사회로 치닫고 있는 한국사회에 불어 닥칠 한국형 고령화 파동은 무엇인가? 이를 논하는 서적을 조만간 만날 수 있길 기대해 본다.

창조와 도전의 세월

황규승 고려대 경영대학 교수

『잭 웰치 · 끝없는 도전과 용기』
잭 웰치 지음 / 이동현 옮김 / 2001 / 청림출판

제너럴일렉트릭(General Electric : GE)은 1896년 맨 처음 다우존스지수(Dow Jones Industrial Average)에 포함된 열두 회사 중에서 지금까지 지수에 남아 있는 유일한 회사이다. 이러한 진기록을 수립하는 데는 과거 백여 년에 걸쳐 경영사에 기록될 만한 우수한 경영자들이 GE를 이끌어 왔기 때문이다. 이들 중 특히 지난 세기 마지막 20년간 GE의 사령탑을 맡아 온 잭 웰치(Jack Welch) 회장은 그의 특이한 경영방식과 리더십(Leadership) 스타일로 말미암아 세인들의 관심거리를 지나 거의 우상화되었을 뿐만 아니라 경영학자들의 주요 연구대상이 되어 왔다. 따라서 지금까지 잭 웰치에 관하여 미국에서 출간

된 서적만 하더라도 수십 가지에 이르고 개중에는 우리말로도 번역되어 베스트셀러에 수록되었으므로 그는 아마도 국내 경영자 이상으로 우리에게 잘 알려진 인물이 아닐까 한다. 특히 우리나라가 1997년 경제위기를 겪으면서 기업의 경쟁력 강화를 절감하여 왔고 조직혁신과 투명경영을 모토로 하고 있는 작금의 상황에서 이러한 경영을 이미 실천하여 온 웰치는 우리나라 경영자들에게는 경영학습의 실존모델이라 할 수 있다.

웰치하면 우선 떠오르는 것이 가차 없는 구조조정이다. 구조조정은 지난 수년간 우리나라 정부, 재벌기업, 금융산업의 혁신을 위한 전략 수립의 화두일 뿐만 아니라 해외에서 우리나라의 경제발전을 예측하는 잣대로서 인식되고 있다. 그러나 구조조정은 조직의 군살 빼기, 즉 해고를 동반하므로 이 단어에 제법 익숙해진 지금에도 거리낌 없이 사용하기에는 부담이 가는 표현이다. 『잭 웰치·끝없는 도전과 용기』는 그간에 발간된 서적들과 달리 웰치 자신이 직접 저술한 자서전으로서, 그가 GE의 최고경영자로서 내린 어려운 결단의 배경들이 진솔하게 기술되어 있다.

5부 26장으로 구성된 자서전 본문의 제1부는 웰치가 태어나서 GE의 회장이 되기까지의 과정을 회고하였고, 제2부는 회장 웰치로서 경영의 특징이라 할 수 있는 경영기법 주제에 따라, 제3부는 주요 사업 부문에 따라, 제4부는 주요 경영전략에 따라 별개의 장으로 구분하여 다루고 있다. 마지막 제5부는 네 가지의 상이한 주제들을 독립된 장으로 다루었다.

제1부는 누구나 재미나게 읽을 만한 소설 같은 내용들이다. 웰치는 근로자 가문의 늦둥이 외아들로 태어나서 보스톤 근교의 작은 마을 살렘에서 어린 시절을 보내고, 매사추세츠대학을 거쳐 일리노이대학교 대학원에서 화학공학 박사학위를 취득한다. GE에 플라스틱 개발 연구원으로 입사하여 관료주의에 좌절을 겪기도 하지만, 입사 4년 만에 폴리머 개발의 총책임자가 된 후 플라스틱 사업부장, 섹터 총책임자를 거쳐 GE의 회장으로 선출된다. 웰치의 도전정신과 적극성이 두드러지게 엿보이는 일화들로 넘쳐 있는 부분이다. 전임 회장 레그 존스가 회장 후보들에 대하여 질문한 '비행기 면접(Airplane Interview)' 이야기를 비롯하여 회장으로 선출되기까지의 과정이 생생하게 그려져 있다.

제2부는 1981년 45세의 나이로 40만 4천 명의 직원을 거느린 거대 기업의 회장에 취임하여 새로운 GE문화를 창조하여 가는 과정이다. 웰치의 경영철학과 웰치식 경영의 요체를 이해하려면 정독을 요하는 부분이다. '고쳐라, 매각하라, 아니면 폐쇄하라(Fix, Sell, or Close)'를 외쳐 가며 구조조정을 단행하고 경쟁 풍토를 조성하여 초일류를 추구해 나가는 배경과 과정이 낱낱이 기술되어 있다. 계층을 단순화하고, 새로운 비전과 목표를 설정하고, 전망이 없는 사업부를 매각하는 대신 RCA와 같이 엄청난 캐시플로우를 가진 기업을 인수하고, 인사평가 시스템을 혁신하여 차별적 보상을 실시하고, 최고의 인재양성을 위한 교육훈련 시스템을 구축한다. '워크아웃(Work-Out)' 이라는 모임으로 직원의 아이디어를 적극 활용하고, 사내외의 우수 아이

디어를 전사적으로 도입하고, 부서간의 벽을 헐어 가치를 공유하며, 스톡옵션의 지급 대상을 대폭 확대하여 직원들의 노력에 보답한다.

제3부는 웰치가 회장으로 재임 중 도전했던 주요 사업 부문의 경영과정을 기술하면서 경험을 통하여 깨달은 값진 교훈과 견해를 직간접으로 피력하고 있다. GE와 문화적 차이가 큰 키더 피바디 투자은행을 인수하여 겪은 고생스런 경험을 술회하며 경영에 있어서 문화의 중요성을 강조한다. 훌륭한 인재들을 키워가며 GE캐피털의 비약적 성장을 이룩한 이야기, 고군분투하며 마침내 NBC를 부활시키는 이야기, 최고 수준의 환경친화성과 안전성을 추구하며 도덕적으로 최상의 기업을 지향하며 겪는 일화들을 회고한다.

제4부는 웰치가 추진한 네 가지 핵심 전략에 관한 기술이다. GE는 인도 및 아시아 국가와 같은 개발도상국을 중심으로 세계화전략을 본격화하고, 제품판매에 수반되는 후속 서비스사업에 역점을 두어 획기적인 수익을 창출한다. 6시그마 운동을 전개하여 전직원을 품질 향상에 참여토록 하고 고객의 입장에서 사고하는 것을 체질화시킨다. e비즈니스를 도입하여 시장을 확대하고 새로운 고객을 찾아서 기존 사업과의 시너지 효과를 창출한다.

제5부는 웰치가 회장 퇴임을 앞두고 전력을 다해 추진한 허니웰 인수가 유럽연합의 보수적 대응으로 좌절된 이야기를 비롯하여 최고경영자가 유념하여야 할 경영의 포인트들을 나열하여 설명하고, 어려서부터 즐겨 온 취미인 골프에 얽힌 일화를 털어놓는다. 제프 이멜트를 후임 회장으로 선택하기까지 겪어 온 중압감과 곤혹스런 과정

그리고 후임자에게 보내는 박수를 마지막 장으로 자서전 본문을 마감하고 있다.

이 자서전은 부모의 사랑과 가정교육의 중요성을 새삼 확인하게 한다. "나는 그리 부유한 집안에서 태어나지는 않았다. 하지만 나는 그보다 더 큰 축복을 받았는데, 그것은 바로 넘치는 사랑이었다"라고 웰치는 술회하고 있다. 그의 어린 시절 언제나 아들에게 자신감을 심어 주는 것을 교육의 최우선 목표로 여겼던 어머니, 하루도 빠짐없이 근면하게 일한 아버지에 관한 이야기에서는 우리 주위에서 흔히 볼 수 있는 자수성가한 소시민풍의 웰치를 느끼게 한다.

구조조정에 대한 웰치의 논리는 의외로 단순하다. 피터 드러커가 말했던 "만약 어떤 사업에 아직 진출하지 않았다면, 지금이라도 그 사업에 진출하겠는가? 아니라면 이제 그 사업을 어떻게 하겠는가?"라는 질문에 답하여 보라고 한다. 또한 직원에 대해서도 '종신고용'을 보장 않는 대신 '종신고용능력'을 길러 주어야 한다고 강조한다. 하위 10퍼센트에 속하는 노력하지 않는 사람은 뒤늦게 나이가 들어 직업 선택의 기회가 줄어든 상황에서 해고하지 말고 일찌감치 회사를 떠나게 하는 것이 옳다고 주장한다.

웰치는 새로운 GE문화를 창조하여 가면서 성과를 달성하는 것 못지않게 가치를 공유하는 것을 중요시하였다. 현실을 직시하고, 높은 도덕성을 갖추고, 최고의 품질을 추구하고, 작은 조직처럼 신속하게 결단하며 실천하고, 권한을 위임하고, 적극적으로 세계화 전략을 추진하면서 매일매일 더 나은 방법을 찾아가는 이러한 모든 것이 직원들의 일상생활이 되고 GE가 공유하는 가치로 자리 잡도록 이끌어 왔다. 그러나 가장 중요한 것은 웰치 자신이 누구보다도 솔선한 가치의 창조자인 동시에 또한 공유자라는 사실일 것이다. '워크아웃'을 비롯한 수많은 프로그램이 웰치에 의해서 직접 창안되고 다듬어져서 GE의 가치로 자리 잡았다.

이 자서전은 웰치와 같이 직선적이며 자기주장이 강한 인물이 과연 우리 사회에서도 그처럼 성장할 수 있을까 하는 점과 웰치가 주장하는 경쟁문화가 우리나라 기업들에게 효과적으로 접목 가능한가 하는 의구심을 갖게 한다. 또한 이와 같이 철저하게 경쟁을 바탕으로 한 기업문화가 구성원들을 행복하게 하고, 따라서 기업의 장기적 발전에 궁극적으로 기여할 것인가 하는 의문을 제기하기도 한다. 그러나 미국의 최고경영자가 어떠한 역할을 수행하고, 얼마나 구체적으로 경영하는가를 이해함으로써 기업경영의 틀을 세우는 데 많은 도움이 될 것이다. 본문의 제2부와 4부는 경영 아이디어 구상에 도움이 될 내용들이 가득 차 있으므로 실무경영자나 관리자에게 필독을 권할 만하다. 또한 제1부와 2부는 야망과 도전정신을 키워 갈 꿈이 있는 젊은이들에게 꼭 읽히고 싶은 내용들이다.

미래 변화를 주도할 9가지 키워드

정기호 경북대 경제통상학부 교수

『마켓쇼크』
토드 부크홀츠 지음 / 이기문 옮김 / 2001 / 바다출판사

디지털 네트워크화(化) 추세의 세계적 확산과 성숙에 따라, 현재 우리는 국지적인 변화가 전역적인 빠른 연쇄 반응을 불러일으키는 작은 세계(Small World)에 살고 있으며, 이러한 공간과 시간의 축소는 앞으로 더욱 가속화될 것이 분명하다. 이처럼 정신없이 밀려오는 빠른 변화의 파도에 휩쓸리지 않고 살아남으며 더 나아가 파도를 적극적으로 활용하기 위해서는 어떻게 해야 할까? 무엇보다도 현재에서 눈을 들어 앞으로 어떤 큰 파도들이 밀려올 것인지를 파악하고 더 나아가 대처방안까지도 머릿속에 담아 두는 일을 지속적으로 해야 할 것이다.

토드 부크홀츠(Todd G. Buchholz)가 쓴『마켓쇼크(Market Shock)』는 미래 변화의 큰 축이 될 아홉 가지 경제, 사회, 자연현상과 이러한 현상들이 가져올 시장 변화의 내용 그리고 시장 변화에 대처하는 투자방향을 제시한다. 저자는 케임브리지대학과 하버드대학에서 경제학과 법학을 전공하였으며, 하버드대학 경영학 교수와 백악관 경제자문 그리고 타이거 헤지펀드 이사를 역임했다. 그의 저서 중『죽은 경제학자들의 살아 있는 아이디어(New Ideas From Dead Economists)』와 『경제를 알려면(From Here To Economy)』은 국내에서도 번역되어 소개된 바 있다.

본 책은 9장으로 구성되어 있으며 각 장은 저자가 선정한 아홉 가지 현상들의 각각을 다루고 있다. 1장은 생명공학과 정보기술 분야의 기술 혁신을, 2장은 인구 고령화 현상, 3장은 일본경제의 장기 침체, 4장은 중국경제의 개혁, 5장은 유럽공동체, 6장은 뮤추얼펀드의 폭발적 성장과 위험, 7장은 미국의 다민족 다문화 추세, 8장은 범죄 분야, 9장은 지구 온난화 현상을 다루고 있다. 책에서 이러한 아홉 가지 현상들이 선정된 근거는 제시되지 않고 있는데, 저자가 어떠한 현상들을 처음에 고려했었고, 또 아홉 가지 현상들이 최종적으로 선정된 과정이나 근거가 언급되었더라면 좋지 않았나 하는 생각이 든다.

기술혁신에서 정작 큰 이윤이 생기는 곳은 원래 의도했던 분야와는 다른, 그래서 어디로 튈지 모르는 럭비공과 같다. 1장에서는 생명공학과 정보기술 두 분야에서 기술혁신의 가장 유망한 분야를 찾는 몇 가지 투자 지침들이 제시되고 있다.

2장에서는 인구 고령화 및 출산율 감소에 따른 인구 불균형문제를 다루고 있다. 인구 피라미드의 붕괴는 경제성장 원동력을 약화시키고 사회보장제도 및 노인 의료보장제도를 벼랑 끝으로 몰아가고 있다. 저자는 현재의 젊은 층에게 불확실한 노후를 스스로 대비해야 하며 저축을 늘리고 증폭될 세대간의 갈등에 대비해 어린이들과 친해두라고 권한다. 저자가 투자유망 분야로 선정한 것은 건강산업, 휴가용 주택, 조립식주택 관련 기업이다.

3장에서는 10년 넘게 지속되고 있는 일본의 경기 불황과 인구 고령화 그리고 공장의 해외 이전에 따른 경제 공동화 등 일본경제의 문제점들이 거론된다. 이러한 요소들이 일본정부로 하여금 다음 세기를 위한 전략을 짜도록 재촉하고 있다. 저자는 해외 투자처를 보호하고 국제 테러로부터 아시아 인접 국가들을 방위해 주는 국가라는 이미지를 심기 위해 일본이 재무장 노력을 증대시킬 것이고, 수입 에너지의 의존도가 높으므로 북미 지역 이외에 기지를 둔 석유 관련 해외 기업의 주식을 적극적으로 구입할 것이라는 시나리오를 제시하며 국방 관련 산업 및 에너지산업을 건강 관련 산업과 함께 유망한 투자 분야로 제시한다.

4장은 구소련의 붕괴에 자극을 받아 현재 중국의 주룽지 총리가 추진하는 개혁정책을 논하고 있다. 저자는 주룽지의 결단력 있는 개혁정책을 높이 평가하고 있는데, 주룽지가 계속 권력을 유지하고 국영기업의 폐지, 인플레이션 억제, 다국적기업의 투자 유치에 성공을 할 경우 중국 주식을 매입해도 좋지만, 만약 주룽지가 총리직에서 물러날 어떤 징후가 보인다면 중국 주식을 매각해야 할 것이라고 말한다. 이와 함께 서구 투자자들의 경우 개인 사치품을 팔기 위해 중국 시장을 뚫고 들어오는 기업과 뉴질랜드의 소고기산업 등에 주목해야 할 것이라고 지적한다.

　앞의 네 장들에서는 각 현상이 가져올 문제점과 파급 효과 그리고 유망한 분야와의 연결 등이 그다지 매끄럽게 전개되는 편이 아니었다. 그러나 5장에서 저자는 유럽통화 통합이 생기게 된 정치적 배경, 단일 시장가격으로 발생될 문제점과 기회를 비교적 매끄럽게 전개하고 있다. 유럽통화 통합이 받아들여지게 된 동기는 통일 독일에 대한 유럽의 두려움이었다. 앞으로 유럽의 각국은 아직 가입하지 않은 영국을 제외하고 모두 화폐의 관리권을 유럽 중앙은행에게 넘겨주고 유로라는 단일 통화를 사용해야 한다. 단일 통화는 통화 지역의 동질성과 노동력의 이동성 그리고 가격 및 노동의 유연성 등이 전제가 될 때 성공 가능성이 높아진다. 이러한 점에서 보면 유로의 성공 가능성은 떨어진다. 그럼에도 불구하고 만약 단일 통화가 성공한다면 저자는 가장 큰 혜택이 스페인, 포르투갈, 이탈리아 등 지중해 연안국에 떨어질 것으로 전망한다. 단일 통화는 단일 공식적인 이자율을 의미하는데 이들 세 나라는 지금까지 해외로부터 높은 이자율을 지불하고 자본을 빌려 왔었지만, 이제는 예컨대 독일과 동등한 이자율로 유럽 중앙은행으로부터 돈을 빌릴 수 있게 되었기 때문이다. 낮은 이자율은 기업의 생산비용 감소와 경쟁력 향상을 의미하게 되므로 이들 세 나라의 기업들이 유망한 투자 분야가 될 것이다. 아울러 인터넷

전자상거래업체 그리고 정크본드 성장 전망에 따른 정크본드시장 점유율을 높여 나가는 은행들이 유망한 투자 분야로 제시되었다.

6장에서는 뮤추얼펀드가 갖는 잠재 위험요소와 위험을 피할 수 있는 지침이 제시된다. 뮤추얼펀드는 투자자들로부터 돈을 모아 그 기금으로 금융상품에 투자를 하는 회사를 말한다. 미국의 경우 최근 10년 동안 폭발적으로 증가하여 미국 가정의 절반 정도가 뮤추얼펀드에 투자하고 있으나, 우리나라에서는 펀드운영 성과의 미흡으로 투자자로부터 신뢰를 얻지 못해서 한때 최고 실적 대비 절반 수준으로 규모가 줄어든 상태이다. 따라서 6장의 내용은 우리 실정과는 거리가 있는 내용이다.

7장에서는 최근 미국의 젊은 세대에서 소수 민족의 비중이 빠르게 증가하고 있어서 미국이 다민족·다문화 사회가 되고 있는 현상을 다루고 있다. 이러한 현상 역시 우리와 상관없는 것으로 생각될 수 있지만 우리나라 역시 외국계 노동자들의 수가 증가하고 있고, 이것이 아니더라도 디지털 네트워크시대의 영향으로 세대와 문화의 세포분열이 빠르게 진행되고 있어서 경청할 대목이 아닌가 싶다. 특히 저자가 언급하는 유망 투자 분야 중에서 미디어산업의 내로우캐스팅 개념과 새로운 세대의 취향에 부응하는 주택건설회사나 부동산개발회사 등은 유념할 만하다.

8장은 성인 범죄율은 줄어들고 있지만 10대들의 범죄율이 높은 수준에서 지속되고 있는 현상으로부터 유망 투자 분야를 이야기한다. 저자는 여기서 도난경비와 같은 범죄대항기술을 개발하는 회사와 경찰 훈련 시뮬레이터와 같은 소프트웨어를 개발하는 회사 그리고 민간감옥회사 등을 선정한다. 책에서 갱, 총, 살인, 강도와 같은 전통적 범죄만이 언급되고 있어서 금융범죄나 네트워크를 이용한 범죄 등과 같이 최근 지능화되고 있는 범죄 추세가 간과되지 않았나 생각된다.

9장에서는 지구 온난화 현상이 논의된다. 북반구에 한정할 때 온난화 현상으로, 남쪽은 따뜻하고 북쪽은 춥다라는 상식은 앞으로 남쪽은 지옥처럼 뜨겁고 북쪽은 따뜻하다는 것으로 바뀌게 될 것이다. 이에 따라 캐나다, 구소련, 북유럽 등은 혜택을 보게 되지만 적도에 위치한 나라들은 타는 듯한 열기와 늪지 그리고 모기, 말라리아 등으로 고통받게 될 것이다. 또한 보험회사들이 자연재해로 손해를 많이 받게 될 것인 반면에 내구력이 강한 농작물의 개발과 열대성 질환의 치료방법을 개발하는 생명공학 분야는 큰 이익을 얻게 될 것이다.

모든 변화는 위기와 기회의 양면을 갖고 있다. 이 책이 전하는 메시지는, 밀려드는 변화 하나하나를 나에게 기회의 면으로 다가오게 하려면 약간 정도만이라도 앞날을 내다보고 닥쳐올 중요 흐름을 파악하고 미리 준비해야 한다는 것이다. 본 책에서 다루는 아홉 가지의 다양한 현상들은 저자의 학문적 배경에 비추어 볼 때 버거운 면이 없지 않아 있지만, 앞으로 큰 변화의 축이 될 현상들이 무엇이고 어떠한 파급 효과를 가져올 것이며 각 현상의 발생으로 누가 혜택을 입고 누가 손해를 볼 것인가 등 미래의 큰 줄거리를 파악하는 데 매우 유익하다고 생각되며 특히 기업경영자들에게 일독을 권한다.

평생직장인가, 평생직업인가

곽수일 서울대 경영학과 교수

『코끼리와 벼룩』
찰스 핸디 지음 / 이종인 옮김 / 2001 / 생각의 나무

요사이 우리 생활 속에서 가장 큰 변화 중의 하나는 직업에 대한 개념이 바뀌고 있다는 것이다. 즉 얼마 전까지만 해도 일반적으로 좋은 직업이란 어느 회사나 기관에 입사하여 평생을 보내고 정년되는 해에 은퇴하는 것이었다. 이는 평생직장의 개념으로 어느 한 직장에서 평생을 보내면서, 그 회사에 대해서 어떠냐고 물으면 "좋아, 그런대로"라고 답하는 것이다. 이러한 평생직장의 개념하에서 직장을 사임하는 것은 최악의 생활을 자초하는 것으로 여겨졌고, 자연히 모두들 정년하는 나이까지 근무하는 것이 사회의 규범이었다.

그러나 지난 몇 년 사이에 아시아의 금융위기와 더불어 우리 경제

가 곤경에 빠지고, 기업이 경영난에 허덕이며 감원 선풍이 일어나고, 50세 이상의 사람들에게는 해고의 바람이 불기 시작하였다. 게다가 기업의 경영체제가 회사 내에서, 기술에서 원료부터 완제품까지 모든 것을 직접 생산한다는 생각에서 탈피하여, 혁신 역량을 가지고 핵심 인원에 의한 핵심 사업만 수행하고 나머지는 외부에 아웃소싱(Outsourcing)하는 전략으로 바뀜에 따라 자연히 기존의 인력들을 줄이고 있다. 이에 따라 몇 년 전에 시작된 인원감축 전략은 경제가 회복되었음에도 불구하고 지속적으로 실시되고 있으며, 앞으로도 계속될 전망이다. 이러한 결과로 우리 사회에서는 평생직장의 개념이 깨지면서, 새롭게 평생직업의 개념이 정착되고 있다. 여기서 평생직업이란 비록 어느 한 회사에 계속 근무하지 못할지라도, 평생 동안 직업을 가지면서 생활하겠다는 개념이다. 이때 한 가지 유의할 점은 아직 우리나라에서 평생직장을 그만두는 이유는 자의라기보다는 타의에 의해 사직하는 경우이다.

그러나 찰스 핸디의 『코끼리와 벼룩』은 저자가 49세 생일날에 이제까지 본인이 근무하던 직장을 스스로 사임하고 프리랜서로 독립적 생활을 시작하는 것으로 시작되고 있다. 저자는 이제까지 자기가 근무한 로얄 더치 쉘 석유회사나 런던 비즈니스 스쿨은 코끼리와 같이 거대한 기업이나 조직으로서, "그런대로 좋은" 직장이고, 코끼리가 자기의 "평생을 책임져 주는 사실에 기쁨을 느꼈지만 곧 그들이 나의 인생을 대행한다는 그런 전제 때문에 짜증"이 나는 것을 벗어나고, 새로운 연금사(Alchemist)로 태어나기 위하여 혼자서 자유분방하게 살아가는 벼룩으로 전환하는 이유와 과정을 재미있게 설명하고 있다.

저자는 거대한 기업이나 조직을 코끼리에 비유하면서, 과거의 코끼리를 아폴로형 회사라고 부르고 있다. 아폴로형 회사란 "가지런한 수직과 수평의 라인에 놓여진 네모 상자(직위와 지휘 계통)로 이루어진 조직도로서…… 회사를 여러 조각으로 나누어서 그 조각들을 논리적 위계적 관계로 배정…… 조직원이 그 논리를 이해하고 자신의 역할을 매뉴얼대로 해낸다면 투입량을 최대 효과와 함께 산출량으로 전환되도록" 하고 있다. 그러나 이러한 아폴로형 회사의 시대는 급속히 지나가고 있고, 오늘날의 기업은 클로버형 회사로서 3분의 1은 핵심 직원, 3분의 1은 하청업자 그리고 나머지 3분의 1은 파트너와 컨설턴트 등 비상근인력으로 구성되어 있다. 따라서 앞으로는 젊은 나이에 기업에 입사하여 경험을 쌓은 후에 자연스럽게 코끼리에서 나와 자신의 생활과 희망을 추구하는 벼룩으로 변신하는 것을 보여주고 있다. 이는 우리가 이제까지의 평생직장의 개념에서 평생직업의 개념으로 전환되는 과정을 다른 각도에서 설명하며 이를 필연적인 현상으로 보고 있다.

이 책에서 재미있는 중국 속담을 하나 들고 있다. 즉 "행복은 할 일이 있는 것, 바라볼 희망이 있는 것, 사랑할 사람이 있는 것, 이 세 가지"로써, 저자는 이러한 행복을 계획하며 이 책을 쓰고 있다. 이런 행복을 추구하기 위해서는 그런대로 좋은 회사에서 짜증나는 삶을 보내기보다는 프리랜서 활동가로서 새롭게 할 일을 만들어 평생직업을 가지도록 하고, 평생직업에서 성공하기 위하여서 명확한 목표와 희망을 가지는 것을 강조하고 있다.

이를 위하여 이 책에서는 제3부 '어떻게 살아남을 것인가?'에서 평생직업을 위한 포트폴리오를 구성할 것을 권유하고 있다. 저자는 이를 가리켜 포트폴리오생활이라고 이름 붙이고 있다. 포트폴리오생활의 어려움은 이제까지 코끼리와 같은 대기업에 속해 있을 때 가지는 소속감을 상실하는 것이다. 이를 위하여 R-경제를 설계하여 관계관리의 필요성을 역설하고 있다. 그리고 성공적 포트폴리오생활을 위해서는 새로운 목적의식을 정립하고, 자신이 내세울 수 있는 무엇을 하나 가지고 있으면서, 남보다 낫기보다는 남들과 다르게 하는 방식을 권유하고 있다. 또한 자유로운 프리랜서로서 생활을 할 때에 포트폴리오의 구성은 크게 4가지로 나누어 가정일, 자원봉사, 학습활동 그리고 운동으로 일의 배분을 퍼센티지로 나눌 것을 설명하고 있다. 이 책에서 특이한 것은 포트폴리오생활에서 행복하기 위해서는 중국 속담대로 사랑할 사람이 있어야 하는데, 이를 위하여 원만한 결혼생활을 위한 유형별 분석까지 하고 있는 것이다.

이 책을 읽으며 저자 찰스 핸디는 행복한 사람이란 것을 느낄 수 있다. 이는 저자 핸디가 프리랜서로서 평생직업을 가지고 있고, 늘 자기 일에서 바라볼 희망이 있으며, 사랑할 부인이 있기 때문이다. 이와 같이 행복한 삶을 이루기까지 저자는 대대로 목사 가정에서 태어나 학교라는 이름의 감옥 같은 고등학교를 졸업하고, 옥스퍼드대학에서 그리스어를 전공하며 성장하였다. 그러나 저자가 전공한 그리스어는 졸업 후 얼마 지나 다 잊어버렸고 따라서 대학에서의 학과 내용은 중요한 것이 아니고, 정말 중요한 것은 사물을 분류하여 변화를 도모할 수 있는 능력이 중요함을 강조하고 있다.

이 책은 요사이 우리 사회에서 평생직장보다는 평생직업의 개념으로 전환되는 시기에 독자에게 여러 가지 자신감과 도움을 줄 것이다. 특히 평생직업을 가지기 위하여 포트폴리오생활로 전환을 시도하는 사람들에게 유익한 독서가 될 것이다. 그러나 이 책의 큰 약점은 저자가 너무나 성공적인 벼룩(프리랜서)이라는 것이다. 저자가 49세에 코끼리에서 나와 벼룩이 되면서 어떻게 돈을 벌고 어떻게 생활을 할 것인지를 걱정할 때 그의 부인은 그를 작가로서, 경영학을 가르친 사람으로서 여러 가지 책을 쓸 수 있다고 말하고 있다. 실제로 저자는 책 속에서도 이야기되었지만 여러 권의 경영경제 도서를 출간하여 크게 성공하였다. 더욱이 저자는 특출한 강연을 하는 전직 교수로서 여기저기 불려 다니는 인기 있는 강연자로서도 성공하였다. 따라서 특정 분야의 저술이나 강연의 능력이 결여되어 있는 사람들에게 이 책은 재미있는 비전을 제시하고는 있지만 실질적인 도움이 되지는 못하고 있다. 또한 옥스퍼드대학을 나오지 못하고, 런던 비즈니스 스쿨의 교수가 되지 못한 사회 중간층의 사람들, 평생직장보다 평생직업이 더 중요한 개념이 되는 세상에서 그들에게 도움이 되는 조언은 별로 없다. 단지 이 책에서 성공적인 벼룩생활(포트폴리오생활)을 위해서는 뚜렷한 목적의식을 가지고 각자가 내세울 수 있는 무엇을 남보다 낫게 보다는 다르게 행할 것을 권유하고 있을 뿐이다.

이 책은 우리 사회에서 기업의 고급관리자로서 근무하다 조기퇴직이나 정년을 맞은 사람들에게 권하고 싶다. 비록 이 책에서 퇴직이나 정년 후에 평생직업을 가질 수 있는 비법을 제시하지는 못하고 있으나, 이들에게 새로운 용기와 비전을 제시하며 각자가 다시 한번 평생직업을 모색할 생각을 가지게 할 것이다. 또한 이 책은 저자의 유년시절부터 70세까지의 생활을 돌이켜 보며 쓴 회고록의 형태이기 때문에, 이 책을 읽는 독자들에게 저자와 같이 자기의 유년시절부터 오늘을 이루기까지 자기의 모습을 되돌아보는 기회도 제공할 것이다. 대부분의 성공적인 경영경제 분야 교양도서가 그러하듯이 이 책도 쉽고 재미있게 읽으며 유익한 지식을 얻을 수 있는 책이다.

고객과 함께 하는 e-마케팅

채서일 고려대 경영학과 교수

『마케팅 51%의 법칙』
스탠 랩 외 지음 / 은석준 옮김 / 2002 / 세종연구원

몇 년 전 기업들은 고객과의 관계를 중시해야 한다는 생각에 고
객관계관리(CRM : Customer Relationship Management)라는 개념을 도
입하였고, 이를 실현하고자 많은 돈을 들여 고객관계관리 시스템
(CRM Solution)을 구축하였다. 그러나 고객관계관리 개념에 대한 잘
못된 이해로 이들을 제대로 활용하지 못하고 있는 것이 기업들의 현
실이다. 즉 시스템은 있는데 어떻게 활용해야 할지를 정확하게 알지
못하고 있었고, 아직도 그런 기업들이 상당수 존재하고 있다.

저자들은 이러한 고객관계관리에 대한 잘못된 이해를 바로잡아
주는 역할을 하고 있다. 즉 고객관계관리란 단순히 시스템을 구축하

고 새로운 기술을 익혀 나가는 것이 아니라 고객과의 상호작용을 통해 고객의 욕구를 정확히 파악하고, 그 욕구를 충족시켜 줌으로써 지속적인 관계를 유지해 나가는 것이다. 저자들이 말하고 있는 맥스-e-마케팅(Max-e-Marketing)이 바로 그것이다. 이러한 맥스-e-마케팅은 기업들이 필수적으로 선택하고 실행해 나가야 하는 것이다. 이를 위해서 고객과의 관계에 중점을 둔 4A-판단력(Addressa bility), 신뢰도(Accountability), 비용 효율성(Affordability), 그리고 접근성(Accessibility)을 반드시 알아야 한다고 얘기하고 있다.

저자들은 이러한 내용을 7가지의 법칙으로 정리하고 있다. 그리고 이들 법칙에 맞게 어떻게 맥스-e-마케팅을 실천해 나갈 수 있는지 구체적인 방안 또한 제시하고 있다. 이들 내용을 좀 더 구체적으로 살펴보면 다음과 같다.

제1법칙; 새로 알게 된 사실을 비즈니스에 즉각 활용하라.

기업들은 수많은 고객들과 매일 접하고 이야기를 나눈다. 그러한 고객과의 관계를 통해 기업은 수많은 고객 정보를 얻을 수 있고, 실제 얻고 있다. 그러나 대다수의 기업들은 이러한 정보를 적절하게 활용하지 못하고 있다. 기업이나 제품이 성공할지 여부에 대한 답은 고객이 가지고 있다. 그러므로 고객에 대한 정보를 얼마나 정확하게 파악하고, 그 정보를 어떻게 활용하는가에 따라 기업의 성패는 가름될 수 있다고 저자들은 이야기하고 있다.

제2법칙; 제품과 서비스를 하나로 묶어 오퍼링을 창출하라.

저자들은 제품과 서비스는 따로 분리되는 것이 아니라 통합된 상품으로서의 역할을 해야 한다고 말한다. 미국의 노드스트롬 백화점은 좋은 예이다. 노드스트롬의 경우 제품보다 서비스로 더 유명한 기업이다. 노드스트롬과 관련된 이야기들은 서비스와 관련된 많은 신화적인 사례로 평가받고 있으며, 고객들은 이러한 서비스에 대한 기대와 만족으로 노드스트롬을 찾는다. 이는 제품과 서비스를 분리하는 것이 아니라 통합하여 고객에게 전달해야 함을 보여 준다.

제3법칙; 고객이 백 명이면 그들과의 관계도 백 가지여야 한다.

고객관계관리의 핵심은 얼마나 고객을 잘 아는가이다. 과거에는 수많은 고객들의 정보를 적절히 수집하고 관리하고 활용할 도구가 충분치 않았다. 그러나 인터넷은 고객관계관리를 위한 훌륭한 도구이다. 이러한 인터넷의 발달로 고객과 다양한 관계 형성이 가능해졌다. 이렇게 형성된 관계를 지속적으로 유지하고 강화해야만 효과적인 마케팅을 실행할 수 있다. 이렇게 형성된 고객과의 관계는 고객자산(Customer Equity)이라는 형태로 나타난다. 즉 자사와 좋은 관계를 유지하고 있는 고객들은 자사의 제품을 구매할 확률이 높아지고, 이들은 자사의 평생고객이 된다는 것이다. 또한 자사 제품 구매빈도나 구매액수가 높아져 고객의 생애가치(Customer Lifetime Value)가 증가한다. 이는 기업에 안정적인 수익구조를 가져다줄 수 있기 때문에 매우 중요하다. 그러므로 고객과의 관계를 지속적으로 향상시키기 위해서는 천편일률적인 형태의 관계보다는 고객 개개인의 요구에 따라 다른 형태로 관계를 형성하고 발전시켜 나가야 할 것이다.

이를 위해서 기업들은 시장 지향적이 되어야 한다. 즉 시장을 형성하고 있는 고객들로부터 정보를 얻고 그 정보를 기업 전체에 유통시키고, 그 정보를 바탕으로 고객과의 관계를 유지해 나가야 하며, 이를 위해서 기업 전체의 시스템이 하나로 통합되어야 한다. 즉 기업 내부정보 관련 시스템을 하나로 통합하여 모든 기업 구성원이 정보를 공유해야만 한다. 이렇게 될 때 기업은 시장 지향적이 될 수 있으며, 고객들과의 관계에서 일관성을 유지할 수 있을 것이다. 저자들은 이에 대해 충분히 설명하고 있다.

제4법칙 : 직접 하는 일을 최대한 줄여라.

최근 기업들은 자신의 몸을 축소해 나가면서, 자사의 핵심 경쟁력을 구성하는 부분을 제외하곤 모두 아웃소싱(Outsourcing)을 실시하고 있다. 이는 자사의 불필요한 업무를 줄이면서 남은 시간과 자원을 핵심 역량에 투여하기 위해서이다. 이러한 추세는 지속될 것으로 보이며, 기업 성공을 위해 반드시 거쳐야 할 과정이다. 저자들은 이러한 추세를 정확히 파악하고 실행해 나갈 수 있는 길을 제시하고 있다. 특히 인터넷이 발달하면서 수동적으로만 인식되던 고객들이 능동적으로 바뀌고 있다. 이런 능동적인 고객들이 늘어갈수록 기업이 해야만 하는 일들은 줄어들게 된다. 일이 줄어든다는 것은 시간과 자원이 남음을 의미하며, 이러한 잉여 시간과 자원은 다시 고객과의 관계를 창출하고, 유지하고, 강화시키는 데 재투여되어야 한다. 즉 불필요한 데 투여되는 자원을 고객과의 관계를 위해 재투여해야 함을 의미한다.

제5법칙 : 고객과의 관계, 그 자체가 바로 상품이다.

과거 수동적으로 인식되던 고객에게 기업들은 좋은 제품을 만들어 고객에게 제공하는 것이 기업 성공의 핵심이라고 믿었다. 이를 위해 다양하고 품질이 뛰어난 제품을 만들기 위해 많은 노력을 해 왔다. 그러나 지금은 인터넷 등 다양한 매체의 발달로 고객과 대화할 수 있는 통로가 많아졌다. 이는 고객들이 원하는 것이 무엇인지를 더욱 정확히 파악할 수 있음을 의미한다. 현재의 능동적인 고객들은 단순히 품질이 좋은 제품을 원하는 것이 아니라 자신과의 관계를 소중히 여기고 자신의 말에 귀 기울여 주는 기업을 원한다. 그러므로 기업들은 고객들이 무엇을 얘기하고 싶어하고 어떤 방식으로 얘기하는 걸 좋아하는지를 정확히 파악하기 위해 다양한 경로들을 활용하여 계속 그들과 대화하고자 시도해야 한다.

제6법칙 ; 미래 가치를 높이기 위한 계획을 체계적으로 수립하라.

기업은 고객을 만족시키기 위해서 반드시 고객의 기대를 넘어서는 가치를 지속적으로 제공해야 한다. 이를 위해서 기업들은 자사가 고객들에게 제공하는 가치를 높이기 위해 체계적인 계획을 수립하고 실행해야 한다. 이렇게 체계적으로 진행된 마케팅은 기업의 브랜드 가치를 높이며 고객과의 관계를 더욱 강화시킨다. 이렇게 강화된 고객과의 관계는 높은 고객자산으로 이어질 것이다.

제7법칙 ; 기업과 마케팅은 하나다.

과거 마케팅은 홍보와 동일한 용어처럼 사용되었다. 그러나 기업이 발전할수록 마케팅은 기업활동 전반에 걸쳐 진행되어야 하는 중요한 활동으로 인식되기 시작했으며, 그 중요성은 시간이 흐름에 따라 더욱 커지고 있다. 특히 정보기술의 눈부신 발전은 시장을 빠르게 변화시키고 있다. 이렇게 빠르게 변화하는 환경 속에서 기업은 시장정보를 빠르게 입수하고 그 정보를 바탕으로 발 빠르게 변화해 나가야 한다. 이를 위해서 마케팅의 역할은 더욱 중요해질 수밖에 없으며 기업활동의 한 부분이 아니라 전체 기업활동 속에서 이루어져야 한다.

기업은 더 이상 고객과의 관계를 단기적으로 보아서는 안 된다. 여러 기존 연구에서도 나타나듯이 새로운 고객을 취득하는 비용보다는 기존 고객을 유지하는 비용이 적게 든다. 그리고 새로운 고객보다 기존 고객들로부터 얻는 수익이 높다. 그러므로 기업들은 고객과의 장기적인 관계를 구축해야 하며, 이를 위해서는 고객이 기대하는 것 이상의 가치를 고객에게 제공해야 한다. 이러한 모든 과정들 속에서 마케팅활동은 수행되어야 하며, 장기적인 관점에서 마케팅활동이 진행되어야 할 것이다. 저자들은 이러한 마케팅활동을 얘기하면서 구체적인 실천방안도 제시하고 있다.

삶 속의 '히딩크' 같은 코치

곽수일 서울대 경영학과 교수

『네 안에 잠든 거인을 깨워라』
앤서니 라빈스 지음 / 이우성 옮김 / 2002 / 씨앗을뿌리는사람

지난 6월 월드컵 경기를 치르면서 우리 사회에서 가장 화제의 인물로 떠오른 사람은 두말할 나위도 없이 히딩크 국가대표 축구팀 감독이다. 히딩크 감독은 이제까지 평범한 수준에서 헤매고 있던 우리의 축구팀을 세계 4강의 수준까지 오르게 하면서, 우리의 축구도 바꾸어 놓았지만, 우리 국민들에게도 여러 가지 교훈을 주고 있다. 심지어는 기업에서 히딩크의 경영을 배워서 도입해야겠다고 하는가 하면, 일부 연구소에서는 성급하게 히딩크 경영학이라는 용어를 쓰며 히딩크의 성공비결을 분석하고 있다.

이 책의 저자는 히딩크 돌풍에 비유하면, 스스로를 삶 속의 히딩크가 되겠다고 자처하고 있다. 즉 저자 스스로가 "이 책을 통해 나는 당신의 개인적인 코치가 되려 한다"고 선언하고 있다. 또 독자는 코치가 제공하는 전략들을 활용해서 즉각적으로 그리고 극적으로 업무 능력을 변화시킬 수 있으나, 많은 경우가 선수의 입장에서 보면 새로운 것이 아니다. 이미 알고 있는 것을 일깨워서 그것을 행동으로 옮겨 경기에서 이길 수 있게 하는 것이 이 책의 목적이다.

지난번 월드컵 경기에서 우리 팀이 4강에 오르자 '붉은 악마' 응원단이 내세운 구호 중의 하나가 '꿈은 이루어진다' 였다. 이 책에서도 제1장은 '새로운 운명에의 꿈'으로 시작하고 있다. 즉 이제까지의 자신의 평범한 생활과 삶 속에서 새롭게 승자로 변화하기 위해서는 히딩크와 같이 '지속적인 자기 혁신을 창조'하여야 되고, 이와 같은 새로운 꿈의 시작은 첫 단계로 '인생의 기준을 높이고', 두 번째 단계로 '제한된 믿음을 변화시키고', 세 번째 단계로 '삶의 전략을 변화시킬 것'으로 이 책은 시작하고 있다.

이 책에서 우리가 주변의 평범한 삶 속에서 흔히 볼 수 있는 현상 중의 하나를 '나이아가라 증후군'으로 표현하고 있다. '나이아가라 증후군'이란 사실 대부분의 사람들이 일생을 지내는 모습을 단적으로 표현하고 있다. 즉 "대부분의 사람들은 어디로 가겠다는 구체적인 결정을 하지도 않은 채 그냥 인생이라는 강물에 뛰어든다." 그리고는 강물에 흘러가며 여러 가지 사건이나 두려움 또는 도전에 맞닥뜨리게 된다. 또 강물을 따라가다 보면 어디로 가야 할지, 어느 방향으로 가야 좋은지 결정하지 못하고 물줄기를 따라 흘러갈 뿐이다. 이런 평범한 사람들을 저자는 "자신의 가치관이 아닌 사회적 환경에 휘둘리는 집단의 일원"이라고 부르고, 결과적으로 무엇인가 잘못되고 있다는 것이다. "이렇게 무의식적인 상태로 살다가 어느 날 갑자기 물살이 빨라지고 요동을 치는 소리에 깨어나니…… 바로 몇 미터 앞에 나이아가라 폭포가 있음을 발견하지만 배를 강변으로 저어 갈 노조차 갖고 있지 않다." 그제야 '아' 하고 한탄하지만 때는 이미 늦었고 결국 물과 함께 모두가 폭포의 낭떠러지로 추락하게 된다.

저자는 이러한 추락을 자신에 대한 신뢰나 믿음의 추락이 될 수 있고, 또는 건강을 상실하는 추락이 될 수도 있고 그외에 경제적인 추락도 될 수 있다고 표현하고 있다. 따라서 폭포에서 추락하는 것을 피하기 위해서는 배가 상류에 있을 때 더 나은 결단을 내렸어야 하고, 나아가서는 "단기적인 처방보다는 장기적인 결과를 위해 행동" 하여야 한다는 히딩크 감독식의 이야기를 전개하고 있다.

나이아가라 증후군에 속하는 사람 중에서 가장 비참한 경우는 "일하는 것이 무의미할뿐더러 자신은 아무에게도 도움이 못 되는 쓸모없는 사람이고, 무엇을 하든 항상 실패할 운명"이라고 느끼기 시작할 때이다. 심리학에서는 이런 파괴적인 마음 자세를 '학습된 무능'이라고 부르고 있다. 이러한 학습된 무능을 탈피하기 위하여 저자는 CANI(Constant and Neverending Improvement, 지속적이고도 끊임없는 개선)라는 단어를 제시하고 있다. 구체적인 예로 이 책에서 어느 미국 프로 농구팀을 들고 있다. 이 팀 "선수들에게 자신의 최고 기록을 단 1퍼센트만 뛰어넘게 하고…… 12명의 선수들이 다섯 가지 분아에서 단 1퍼센트의 향상을 꾀해도 예전보다 60퍼센트나 향상"되는 결과로 승승장구하였다는 것이다. 이런 이야기는 히딩크 감독이 월드컵을 얼마 남기지 않고 한 말이나 같은 것이다. 즉 선수들이 하루에 1퍼센트만 좋아져도 50일 후에는 50퍼센트가 좋아지는 것이다. 우리는 매일 조금씩 좋아지고 있으니 기대해 달라는 것이다.

이 책은 위와 같은 주제를 중심으로 새로운 삶을 얻기 위해서는 어떻게 각자가 생각하고 변해야 할지를 이야기하고 있다. 이 책의 구체적인 내용으로 들어가면, 각자가 자신에 대한 자신감이나 믿음을 어떻게 회복할까에서부터 자신이 쓰는 단어나 말의 선택은 물론이고 삶의 웅대한 폭포를 설정하는 방법까지 쉽게 이야기되고 있다.

이 책의 제3부에서는 새로운 삶을 여는 7일간의 대장정이라 하여 감정정복, 신체정복, 부부관계정복, 경제력정복, 행동정복, 시간정복, 그리고 휴식과 놀이까지 생활 속에서 각자가 지켜야 할 규칙이나 신조를 제시하고 있다. 따라서 이 책은 우리 사회의 급속한 발전에서 어떤 형태로든지 자신을 잃었거나, 방황하거나 또는 낙담한 사람들에게는 무척이나 도움이 될 것이다. 마치 히딩크가 우리 축구팀의 위상을 올려놓았듯이, 삶 속에서 자신의 위상을 높이고자 코치를 구하는 사람에게는 이 책이 코치로서의 역할을 충분히 할 것이다.

그러나 코치의 정의가 그렇듯이 어느 코치든 어떤 새로운 기술이나 전략을 개발하기보다는 현상을 파악하여 약점을 보완하고 잘 다져진 기초 위에서 각자가 조금 더 잘하도록 지도하는 것이다. 따라서 선수의 입장에서 보면 이미 다 알고 있는 것을 이런 때는 이렇게 하고 저런 때는 저렇게 대처하라고 지도하는 데 지나지 않는다. 이 책도 굉장히 두꺼운 책으로 처음 시작부터 각자가 다 알고 느끼고 있는 것을 중심으로 삶은 그렇게 사는 것이 아니라고 코치한다. 따라서 책을 읽을수록, 다 아는 것인데 그동안 무관심하게 느꼈던 것들이 마음속에서 다시 작동하게 할 것이다. 그래도 마음속으로는 다 알고 있는 것인데 할 것이다.

요즈음 히딩크가 훌륭한 코치로 우리 축구의 위상을 높였다면, 각자가 이 책을 읽으면서 새로운 삶을 개척하고 발전시키기 위한 훌륭한 코치를 맞이하는 느낌이 들것이다.

끝으로 수잔 폴리스 슈츠(Susan Polis Schutz)의 시가 이 한 권의 내용과 분위기를 한 장으로 요약한 느낌이 들어 여기에 첨부한다. 이 책은 결국 이런 꿈을 이루게 하는 실질적인 대책과 방법을 이야기하고 있다.

Always Create Your Own Dreams and Live Life to the Fullest

Dreams can come true
if you take the time to
think about what you want in life
Get to know yourself
Find out who you are
Choose your goals carefully

Be honest with yourself

Always believe in yourself

Find many interests and pursue them

Find out what is important to you

Find out what you are good at

Don' t be afraid to make mistakes

Work hard to achieve successes

When things are not going right

don' t give up - just try harder

Give yourself freedom to try out new things

Laugh and have a good time

Open yourself up to love

Take part in the beauty of nature

Be appreciative of all that you have

Help those less fortunate than you

Work towards peace in the world

Live life to the fullest

Create your own dreams and

follow them until they are a reality

— **Poem by Susan Polis Schutz**

지식과 정보화가 중심이 된 미래사회

박명섭 고려대 경영학과 교수

『Next Society』

피터 드러커 지음 / 이재규 옮김 / 2002 / 한국경제신문 한경BP

오늘날 우리 사회를 둘러싼 커다란 화두는 '정보화 사회'일 것이다. 인터넷으로 대표되는 정보화는 많은 사람들의 생활양식에 커다란 변화를 가져왔다. 인터넷과 데이터베이스를 매개체로 하여 다양한 지식과 경험을 축적하고 그것을 공유하는 이른바 '지식경영'은 최근 기업에서 경쟁력 확보를 위해 도입을 서두르고 있는 상황이다.

드러커 교수의 새로운 책 『Next Society』에서는 저자의 깊은 통찰과 넓은 경험을 바탕으로 앞으로 진행될 미래사회의 모습과 그 특징을 잘 설명하여 주고 있다. 《The Economist》를 비롯한 여러 매체를 통해 발표된 저자의 원고와 인터뷰 기사를 한데 묶은 이 책을 통해 드러커 교수는 미래사회의 모습을 노령화 사회, 정보화 사회 그리고 지식근로자가 중심이 된 사회라는 세 가지 축으로 설명한다.

출산율의 저하와 평균연령의 증가로 인해 미래사회가 갖는 첫 번째 특징은 노령화 사회가 될 것이라는 것이다. 따라서 신규 노동력의 지속적인 유입을 전제로 하는 오늘날의 산업은 근본적인 변화를 요구받게 되며, 이러한 변화에 적응할 수 있는 유일한 대안이 지식근로자 혹은 지식기술자들의 생산성 향상이라는 것이다. 즉 기업 자신이 지식을 관리하고 또 지식근로자를 관리하는 전문가가 되어야 한다는 것이다.

지식사회에서는 물리적인 제한 없이 지식의 전파가 용이하다. 오늘날 인터넷은 지구 반대편에 있는 사람들의 지식까지 쉽게 접근할 수 있도록 만들었다. 누구에게나 열려 있는 지식은 사람들에게 보다 많은 교육 기회를 부여하고, 이러한 기회를 통해 상위 계층으로 상승하는 사람의 수를 늘려 준다. 지식은 과거의 어떤 자원과도 다른 매우 독특한 자원으로써, 오직 고도로 전문화되었을 때만 효과를 발휘한다. 저자는 본 서에서 기업경영의 중심이 이제 지식으로 이동하고 있음을 지속적으로 강조하며, 개인과 기업에게 그것이 의미하는 바를 다각도로 제시하여 준다. 결국 지식근로자는 미래의 사회에서 부를 창출해 내는 가장 주요한 집단이며, 이들 지식근로자는 보다 전문적인 직업을 수행하는 지식기술자로 성장해 나갈 것이다.

저자는 앞으로 자본주의가 어떻게 진행되어 갈지에 대해서도 예견하고 있다. 영국이 쇠퇴한 원인을 산업혁명 당시 기술지식을 가진 계층에 대한 푸대접에서 찾는다. 기술자를 '신사'로 인정하지 않았으며, 새로운 기업을 시작할 벤처자본가를 양성하지 않았으며, 벤처 자본가가 시작할 산업에 자금을 공급할 기관 설립에도 등한시했다. 그 결과 산업혁명의 발원지로 해가 지지 않는 제국을 건설했던 영국은 2차대전 이후 미국에게 주도권을 넘겨주고 말았다.

20세기의 농업과 21세기의 제조업에 대한 비교 역시 흥미롭다. 농업은 1920년대 가장 많은 사람을 고용하여 국민소득에 높이 기여하는 산업이었다. 하지만 오늘날 농업 생산량은 4배 이상 증가하였지만, 전체 노동인구 가운데 그 비중은 3%를 넘지 않는다고 한다. 제조업 역시 마찬가지다. 정보화와 자동화의 진전으로 제조업의 생산성은 크게 증가하지만, 신규 고용인력은 지속적으로 감소하게 될 것이다. 그 결과 발생하는 실업은 정치적인 불안을 야기시킬 것이며, 이는 1930년대 유럽에서 전체주의가 발생한 것과 비슷한 사회적 상황을 제공하게 된다는 것이다.

오늘날 주식시장을 움직이는 가장 큰손은 연기금을 바탕으로 하는 투자자들이다. 이들은 지식근로자들이 가입한 투자신탁이나 연금을 기반으로 하고 있다. 바꾸어 말하면 오늘날 전세계 기업들에서 대부분의 주주는 지식근로자들이 차지하고 있다고 할 수 있다. 결국 지식근로자는 단순한 노동자가 아닌 자본가의 역할을 함께 갖고 있는 전문가 집단이며, 지식근로자들에 대한 정당한 대우가 미래사회 기업의 성패를 좌우하게 된다는 것이다. 여기에 노령화 사회의 급속한 진전에서 오는 노동인구의 연령 변화를 함께 감안하는 경영전략이 필요할 것이라고 저자는 지적한다.

정보화는 미래사회에서 대단히 중요한 역할을 수행할 것이다. 저자는 몇몇 사례를 중심으로 정보화가 미래사회에 미칠 영향에 대해 설명한다. 마르틴 루터의 예에서 지식의 전파가 유럽의 신앙사회를 근본적으로 변화시켰다는 사실과 마키아벨리의 군주론이 사회에 미친 영향을 예로 들면서 정보혁명의 영향에 대한 분석을 시도하고 있다. 이러한 형식의 지식 전파는 산업에도 직접적인 영향을 미친다. 바이오산업의 지식 축적에 의한 연어양식은 과거 고급음식이었던 연어를 누구나 즐길 수 있도록 하는 식생활의 변화를 가져왔다.

인터넷의 보급은 기존의 상거래를 변화시킨 전자상거래를 탄생시켰다. 과거에는 일소에 부쳐졌을 아이디어들이 인터넷을 통해 현실화되면서 미래사회의 중요한 축을 차지하고 있다. 온라인 서점, 온라인 자동차딜러, 온라인 주식거래 등은 상거래의 지역적 한계를 극복하고 전세계를 대상으로 하는 상권의 개발을 가능하게 했다.

저자는 이러한 변화를 보다 현실적으로 지원하기 위해서는 반드시 금융 분야의 변화가 필요하다고 지적한다. 지난 30년간 안정적인 영업을 통해 수익을 창출하던 현재의 금융기관은 정보화와 지식사회로 표현되는 미래사회에 생존하기에는 부적절하다는 것이다. 따라서 미래사회에 알맞은 금융상품을 개발하고, 새로운 금융산업 참여자를 받아들여 금융 분야에 대한 근본적인 개혁이 필요하다고 말한다. 즉 지식근로자들의 투자를 위한 투자상품의 개발 혹은 중소기업의 재무 관리 업무의 아웃소싱 등 앞으로 금융 분야에서 일어날 수 있는 변혁은 얼마든지 가능성이 있다고 주장한다.

저자는 책의 마무리를 일본에 관한 이야기로 끝맺는다. 저자는 오늘날 일본이 가진 문제점에 대해서도 나름대로의 명확한 분석을 제시하고 있다. 일본의 문제점은 외부로부터 다가오는 변화의 위협에 대해 높은 보호장벽을 쳐 놓은 일본의 사회 시스템이라고 지적한다. 이러한 보호장벽은 다가올 미래사회에 커다란 문제를 야기시킬 것이라는 것이다. 즉 농업에 대한 높은 보조금, 그리고 낙후한 금융산업 등 화려한 일본경제의 이면에는 여러 가지 문제점이 숨어 있다는 것이다. 하지만 오늘날 일본의 사회 시스템과 경제 시스템은 밀접하게 맞물려 있기 때문에 좀처럼 개선을 위한 행동을 보일 수 없다고 꼬집는다. 일본에 대한 명확한 분석 때문이었을까? 이 책은 미국에 앞서 일본에서 먼저 번역, 출간되었다.

결국 앞으로 다가올 미래사회는 끊임없는 변화가 이어지는 사회일 것이다. 노령화로 인한 노동인구 구성의 변화, 지식근로자의 등장으로 인한 노동에 대한 정의의 변화, 정보화의 진전으로 인한 자유로운 지식의 이전과 흡수 등의 변화는 자본주의 사회를 완전히 새로운 모습으로 바꾸어 놓을 것이다. 따라서 미래사회 경영자, 전문가 또는 지식근로자는 이러한 변화에 대해 능동적으로 대처할 수 있어야 한다. 또한 경영자는 새로운 사람을 고용하거나 해고하는 것이 아니라, 기존의 조직을 갖고 최고의 성과를 낼 수 있도록 이들을 잘 관리하는 것이 중요하다. 지식근로자는 이미 주요한 부의 창출원이 되고 있다. 이들을 잘 관리하여 최고의 노동생산성을 이룰 수 있는 환경을 제공해 주는 것이 앞으로 최고경영자들이 해 나가야 할 과제인 것이다. 또한 경영자와 지식근로자 간의 불평등이 발생하지 않도록 기업 성과의 공정한 분배 역시 앞으로 경영자가 귀담아들어야 할 부분이다.

세계는 지금 동서양을 막론하고 큰 전환기에 직면해 있다. 드러커 교수에 따르면 이 전환기는 지난 250년 동안 선진국이 경험하는 세 번째의 큰 변화라는 것이다. 이러한 엄청난 변환기에서는 그 변화의 본질과 추세를 올바로 이해한다고 해도 성공을 보장받기는 어려울 것이다. 그러나 그 반대의 경우에는 명확한 실패와 좌절을 예견할 수 있다. 본 서는 앞으로 전개될 세상이 어떤 것인지 이해하고, 행동하고, 극복하는 데 필요한 훌륭한 지침을 제공하고 있다고 평가된다. 따라서 기업의 경영자, 전문가 그리고 그것을 추구해 가는 사람들은 한번 읽어 볼 것을 권하고 싶다.

드러커 교수는 이미 1960년대부터 지식근로자, 지식경영 등에 대한 개념을 제시해 왔다. 그리고 본 서는 별도의 시기에 쓰여진 그런 여러 원고를 한데 묶은 책이기 때문에 미래사회라는 주제에 대해 순차적으로 접근하지 못한 아쉬움이 있다. 또한 지식근로자, 지식경영에 대해 충분한 설명 없이 지식사회의 모습을 전개해 나간다. 그러다 보니 드러커 교수의 과거 저술들을 별로 읽지 않은 독자들은 중간에 전개되는 개념이 쉽게 다가오지 않는 부분이 있을 것 같다. 아마 2001년에 저자가 쓴 『프로페셔널의 조건』을 같이 읽는다면 많은 도움이 될 것으로 생각한다. 그외에 책의 곳곳에서 발견되는 일본어식

문투는 읽는 사람들에게 익숙하지 않을 수 있고 이해를 힘들게 만들기도 할 것이다. 또한 원서를 보아야만 내용을 이해할 수 있는 서투른 번역의 흔적들이 여기저기서 눈에 띄는 것이 아쉬움으로 남는다.

스티글리츠의 IMF 비판
—IMF가 문제의 원인이다

정진영 경희대 국제관계학과 교수

『세계화와 그 불만』
조지프 스티글리츠 지음 / 송철복 옮김 / 2002 / 세종연구원

　스티글리츠는 1997~1998년 동아시아 위기 때 세계은행의 부총 재로 있으면서 IMF의 역할에 대한 강도 높은 비판을 제기함으로써 우리에게 잘 알려진 인물이다. 물론 그는 뛰어난 경제학자로서 2001 년에 노벨 경제학상을 수상하기도 하였으며, 클린턴 행정부시절에는 대통령의 경제자문위원장을 맡아 1990년대 미국경제 부활에도 기여 했다. 또한 세계은행의 부총재로서 세계은행이 개도국들의 발전과 빈곤문제 해결에 보다 많은 관심을 기울이도록 하기 위해 노력했다.

　2002년에 출간된『세계화와 그 불만』은 스티글리츠의 IMF에 대한 비판의 결정판이다. 그는 이 책에서 IMF뿐만 아니라 IMF와 함께 3대

국제경제기구로 불리는 세계은행과 WTO의 역할에 대해서도 비판하고 있다. 그러나 그의 주된 관심은 역시 IMF에 대한 비판이다. 그의 핵심적인 논지를 차례로 살펴보자.

첫째, IMF는 서방 선진국들, 특히 미국의 주도로 운영되고, 그들의 금융 관련 이익을 대변한다. IMF의 의사결정은 기금납부 비율에 따라 투표권이 부여되는 가중투표 제도와 실질적인 이슈에 대하여 85% 이상의 지지가 있어야 한다는 규칙에 따라 이루어지고 있다. 그런데 이러한 의사결정 방식은 서방 선진국들, 특히 미국에게 절대적으로 유리한 방식이며, 미국에게 IMF의 결정에 대한 실질적인 거부권을 부여하고 있다. 따라서 IMF가 주로 봉사해야 하는 대상인 개도국들의 의사는 반영되기 어렵다. 스티글리츠는 이러한 현상을 두고 '대표 없는 과세'라고 지적한다.(57쪽) IMF의 운영과 관련하여 또 하나 문제가 될 수 있는 것은 이 기구의 운영에 관한 결정을 내리는 사람들이 회원국의 재무장관이나 중앙은행 총재라는 사실이다. 이들은 각 국가의 내부에서 금융 관련 이익과 밀접히 관련된 사람들이다. 특히 미국의 경우 이러한 현상이 뚜렷하다. 클린턴 행정부시절 재무장관을 지낸 로버트 루빈은 골드만삭스 출신으로 장관 퇴임 후에는 시티그룹으로 갔다. 이 시기 IMF의 2인자였던 스탠리 피셔 역시 시티그룹으로 자리를 옮겼다.

둘째, 1980년대에 들어 IMF는 원래의 설립목적과는 동떨어진 새로운 성격의 기구로 변했다. IMF는 원래 국제수지 적자로 어려움을 겪는 국가들에게 금융지원을 제공함으로써 이러한 나라들이 자유무역

질서로부터 탈퇴하거나 긴축에 따른 지나친 고통을 겪지 않고도 국제수지 문제를 해결할 수 있도록 하기 위해 설립되었다. 그러나 1980년대 라틴아메리카의 외채위기에 대응하는 과정을 통하여 재정 지출과 통화량 감축을 기본으로 하는 이른바 '워싱턴 합의(Washington Consensus)'가 형성되었고, 이를 개도국들의 외채-외환위기와 구공산권 국가들의 체제전환 문제에 적용하기 시작했다. 스티글리츠는 IMF의 이러한 변신을 매우 잘못된 것으로 신랄히 비판한다.

> 태동 이래 오랜 세월 동안 IMF는 획기적으로 변모했다. 시장이란 왕왕 잘못 작동하게 마련이라는 믿음을 기초로 설립된 IMF는 이제 이념적 열정을 지닌 채 어느 누구보다 시장 지상주의를 열렬히 옹호한다. 많은 국가들에게 더욱 팽창적인 경제정책을 강요할 필요가 있다는 믿음을 기초로 설립된 IMF가 이제는 단지 국가들이 모순적인 정책에 관여할 경우에만 자금을 지원한다. 자기 자식에게 무슨 일이 벌어졌는지 본다면 저승에서 케인즈가 통곡이라도 할 판이다.(47쪽)

1980년대에 이후 IMF가 강조하기 시작한 또 하나의 정책 처방은 금융 자유화이다. 금융 자유화는 자본이 가장 효율적으로 사용될 수 있는 곳으로 흘러가게 함으로써 경제적 효율성을 증대시킨다고 주장된다. 그리고 각 정부들로 하여금 자본을 유치하기 위해서 건전한 경제정책을 채택하도록 만든다고 주장된다. 그 결과 건전한 경제정책과 자본의 유입이 결합하여 경제발전이 촉진된다는 것이 금융자유화론자들의 믿음이다. 그러나 스티글리츠는 이러한 주장에 반대하면서 금융 자유화에 따른 위험을 거듭해서 강조한다. 그에 따르면 "적절한 규제 구조를 수반하지 않은 금융시장 자유화는 경제 불안정의 거의 확실한 처방이다."(158쪽) 더욱이 자본의 유출입은 개별 국가들의 경제상황과 연동되면서 거품을 만들거나 위기를 촉발한다. "자본 흐름은 불경기 때에는 나라 밖으로 빠져나가고 호경기 때에는 나라 안으로 들어와 인플레이션 압력을 가중시키는 법이다. 두말할 것도 없이, 국가들로서는 외부 자본이 필요한 바로 그때에 은행들이 대출금을 갚으라고 요구한 것이다."(182쪽)

셋째, IMF의 처방은 경제위기를 해소하기보다 오히려 심화시켰다. IMF는 동아시아 위기의 원인을 잘못 진단하고 재정긴축, 고금리를 처방함으로써 수요 감축, 기업 파산, 금융 부실을 심화시켜 외국자본의 유출을 오히려 촉진시켰는데, 이는 "경제 전체에 사망 진단서를 끊는 것"과 같은 것이었다.(188쪽) 더욱이 "이 나라 저 나라에 긴축을 강요함으로써 실제로는 질병의 전파를 가속화"시켰다.(343쪽)

스티글리츠는 1999년부터 동아시아 국가들의 경제가 회복하기 시작한 것은 IMF 처방의 덕택이 아니라 그 처방에 따라 행동하지 않았기 때문에 가능했다고 주장한다. 예컨대 IMF 처방을 따랐던 태국보다 IMF를 거부한 말레이시아의 경제가 훨씬 좋은 상태이다. 말레이시아의 경우, 자본 통제로 인하여 경기 하강의 속도가 느렸고, 이자율도 낮게 유지할 수 있었으며 그 결과 기업 파산, 금융 부실의 정도가 낮았고, 공적자금의 투입 규모도 작고 국가 부채도 덜 지게 되었다.

넷째, IMF는 체제 전환국의 고통을 완화시키기보다 오히려 악화시켰다. IMF는 경제 개혁의 순서와 속도를 무시한 채 충격요법을 처방함으로써 러시아를 비롯한 많은 중동구 국가들을 끝없는 침체의 늪에 빠뜨렸다. 그리고 경제 개혁의 사회·정치적 파급 효과를 무시한 채 '편협한 경제적 시야'에 얽매임으로써 빈부 갈등을 심화시키고 정치적 혼란을 가중시키는 결과를 초래했다.

> IMF는 안전망이 펼쳐지기 전에, 적절한 규제의 틀이 마련되기 전에, 현대 자본주의의 일부분인 시장 정서의 급격한 변화가 초래하는 역효과를 개별 국가들이 감내할 수 있기 전에, 자유화를 강요했다. IMF는 또 일자리 창출을 위한 본질적 요소들이 갖춰지기도 전에 일자리 파괴로 이어진 정책들을 강요했다. 그리고 IMF는 적절한 경쟁과 규제의 틀이 갖춰지기도 전에 민영화를 강요했다.(141쪽)

다섯째, 결과적으로 IMF는 서방 채권 금융기관들의 수금원으로 활동하고, 그들의 도덕적 해이를 부추겼다. IMF의 금융지원은 채무국의 외채를 상환하는 데 사용되었고, 채권은행들은 잘못된 대출에 대한 책임도 지지 않고 높은 금리의 이자와 원금을 고스란히 돌려받을 수 있게 되었다. IMF의 처방에 따른 긴축정책, 평가절하도 채무국의 수입을 줄여 무역수지 흑자를 낳게 하고, 외채상환 능력을 증가시키는 데 기여했다. 따라서 IMF의 금융지원은 "국가를 위한 구제금융이라기보다 국제적 은행들을 위한 구제금융"이었다.(175쪽) 따라서 채권 금융기관들의 입장에서는 채무국의 상환능력에 대한 면밀한 검토 없이 돈을 빌려 주는 도덕적 해이에 빠지게 되었다. 높은 이자를 받고 돈을 빌려 주었다가 잘못되면 IMF를 통하여 돈을 돌려받을 수 있기 때문이다. 따라서 "투기꾼들의 투기를 부추긴 것은 결국 IMF다."(342쪽)

여섯째, IMF의 구제금융을 통한 위기 해결은 민간 부문의 채무를 국가 부채로 전환시키고, 기업 및 금융의 부실에 따른 책임을 납세자들에게 전가시키는 결과를 초래했다. 이른바 부채의 '국유화' 또는 '사회화'가 일어난 것이다.

IMF가 가지고 있는 이러한 심각한 문제점들은 동아시아 위기 발생 이후 IMF와 국제금융 체제에 대한 개혁의 필요성을 광범위하게 제기했다. 그러나 '신국제금융구조'의 건설이라는 이름으로 진행된 이러한 개혁 논의는 용두사미로 끝나고 있다는 것이 스티글리츠의 판단이다. 그는 지금의 IMF 역할에 대한 대안으로 다음의 두 가지를 특히 강조하고 있다.

첫째, IMF는 경제위기가 발생했을 때 팽창적인 통화 및 재정정책을 채택하도록 권고해야 한다. IMF의 설립취지는 "개별 국가들이 자신의 의사에 따라 선택했을 경우보다 더 팽창적인 정책들을 채택"하도록 국제적 압력을 행사하는 것이었다. 그러나 IMF는 "개별 국가들이 자신의 의사에 따라 선택했을 경우보다 더 수축적인 정책들을 실행하도록 압력"을 행사하고 있다. 그 결과 IMF는 "너무도 자주 IMF

가 해결을 모색한 바로 그 문제들을 오히려 악화시키는 것에 더해 이러한 문제들이 거듭해서 반복적으로 불거지게끔 허용한 정책들을 내놓았다."(340쪽)

둘째, 미국의 파산법 11조와 같은 강력한 국제적 '슈퍼 11조'를 만들어 경제위기가 발생할 경우 파산 처리와 기존 부채의 상환 동결을 가능하게 만들어야 한다. 이렇게 되면 채권 금융기관들은 대출을 보다 신중히 결정할 것이고, 위기가 발생하면 자신들도 상당한 책임을 지게 될 것이다.

물론 이러한 변화가 일어나기는 현실적으로 매우 어려울 것이다. 힘 있고 가진 세력들이 반대할 것이기 때문이다. 그러나 세계의 안정과 평화를 위해서는 이러한 방향으로 변화가 일어나야 한다. 세계화 그 자체는 좋지도 나쁘지도 않다. 즉 혜택과 위험을 모두 갖고 있다. 세계화를 위험한 것으로 만드는 것은 세계화에 대한 관리가 잘못 됐기 때문이라는 것이 스티글리츠의 입장이다. 따라서 우리는 이제 국제경제기구들의 지배구조와 운영방식을 바꾸어 세계화가 인류의 복지와 평화에 기여하도록 만들어야 한다.

지금이야말로 국제경제 질서를 지배하는 일부 규칙들을 바꾸고, 이념에 대한 강조를 줄이는 한편 실질에 대한 관심을 늘리며, 국제적 차원에서 결정이 어떻게 이루어지며, 누구의 이익 위주로 이루어지는가에 대해서 다시 한번 생각해 볼 때이다.(59~60쪽)

최병일 이화여대 국제대학원 교수

『**우울한 경제학자의 유쾌한 에세이**』
폴 크루그먼 지음 / 김이수 옮김 / 2002 / 부키

公항 출국장 면세점에서 파는 김치는 시중 백화점의 김치보다
훨씬 비싸다고 하면 당신은 어떤 반응을 보일 것인가? 한국을 찾는
외국 손님들에게 폭리를 취하고 국가 이미지를 손상시킨다고 분개할
것인가. 쉽게 흥분하는 애국자가 많은 한국에서는 금방 방송에 이러
한 사실이 제보될 것이고, 기자는 이것을 마치 무슨 비리나 파렴치한
행위인 것처럼 목소리를 높여 뉴스거리를 만들 것이다. 조금만 따져
보면 공항에서 파는 김치가 시중 백화점의 김치보다 당연히 비쌀 수
밖에 없다는 결론에 이른다. 공항에서 김치를 사는 사람은 김치를 사
기 위해 굳이 백화점까지 애써 다리품을 팔지 않아도 되고 운반도 쉽

기 때문에 비싼 가격을 지불하고라도 김치를 살 의향이 있는 사람들이다. 경제학자의 관점에서 보면 공항에서 파는 김치와 시중 백화점의 김치는 분명히 다른 상품이다. 『우울한 경제학자의 유쾌한 에세이』(원제 : The Accidental Theorist, 1998년 출간)는 이런 류의 일반인들이 그럴듯하다고 믿는 속설을 경제논리로 뒤집어 보이는 글들의 모음이다.

정통 경제학자 훈련을 받고 일찍이 젊은 나이에 그 명성을 떨친 바 있는 크루그먼은 국제경제학자로 그 학문적 편력을 시작했다. 그가 만약 그의 직장생활의 대부분을 보냈던 MIT대학의 연구실에 칩거하면서 고난도의 수학 방정식과 그래프를 동원한 논문만 계속 쓰고 있었더라면 그는 세간의 주목을 받지 못했을 것이다. 그가 아시아권의 일반 지식인들의 인구에 회자된 것은 1994년 동아시아의 비약적인 경제성장이 기적이 아니라 당연히 발생할 수밖에 없는 현상(아무것도 않고 놀고 있다가 하루에 10시간씩 일하기 시작하면 당연히 경제성장률은 올라가게 되어 있다. 일하는 시간이 15시간이 되면 경제성장은 계속된다)이며, 동시에 조만간 성장의 한계에 직면할 수밖에 없다(하루에 24시간 이상 일할 수는 없는 노릇 아닌가)는 것을 누구나 읽을 수 있는 평이한 글(많은 일반인들이 두려워하는 수식이나 그래프가 없는)로 발표하면서부터이다. 불과 일년 전에 세계은행이 동아시아의 경이로운 경제성장을 기적이라고 공식적으로 명명한 데 대한 도전인 셈이다. 투입물이 증가할수록 초기에는 생산물이 증대하지만 투입물의 증대에 따른 생산량의 증가는 갈수록 둔화된다는 수확체감의 법칙을 경제학개론 수업의 첫 시간에 강의하는 경제학자로서는 당연한 주장일 수 있다.

비슷한 시기에 크루그먼은 서구권 지식인들 사이에도 논박의 대상이 되었다. 1990년 구소련이 붕괴하고 동구권의 공산주의가 몰락하면서 이제는 이념 전쟁이 아니라 무한경제 전쟁의 시대가 열렸다는 일반의 통념을 크루그먼은, 경제는 이기고 지는 전쟁이 아니라 거래를 통해 모두 서로의 이익을 도모할 수 있는 Win-Win game이라면서 통렬히 논박한 것이다. 비교우위론의 관점에서 보면 그의 주장은 전혀 새로운 진리의 발견이 아니다. 그는 공격의 화살을 막 집권한 미국 클린턴 행정부의 경제정책 입안자들, 정치인들에게 돌렸다. 이 두 가지 사건은 크루그먼으로 하여금 상아탑에서 나와 본격적인 대중적인 글쓰기를 시작하게 하는 계기가 되었다. 같은 경제학자들에게는 별로 색다를 것이 없는 크루그먼의 주장이 주목받는 것은 바로 그의 글의 대중성 때문이다. 그는 2000년 초부터 세계에서 가장 유력한 신문의 하나인 《뉴욕타임스》의 고정 컬럼니스트가 되어 지금도 부지런히 경제논리에 무지한 세상을 상대로 글쓰기를 계속하고 있다. 국가간 경쟁에 대한 그의 논지를 한국적인 상황에 적용시켜 보기로 하자.

자유무역이 이루어지고 경쟁이 촉진된다면 한국이 보다 덩치 큰 강대국들에게 잡아먹힌다는 주장은 사실무근이다. 한 국가가 열심히 수출을 하는 이유는 더 많이 수입하기 위해서이다. 그 나라가 유한한 자원을 들여서 생산하기에는 기술력이나 경영능력 등이 떨어지는(경제학자들이 '비효율적'이라고 표현하는) 제품들을 수입하기 위해서 말이다. 만약 이들 제품을 수입하지 않고 국내 생산에 의존하게 된다면 생산량은 절대적으로 부족하여 소비자들은 비싼 가격을 지불하면서도 소비량을 줄일 수밖에 없는 상황을 감수해야 할 것이다. 이러한 관점에서 보면 국가간의 무역 확대는, 개별 국가들이 가지고 있는 비효율적인 생산 분야의 소비를 확대할 수 있는 수단을 제공하는 또 다른 형태의 생산기술이다(수출이 생산요소이고 수입이 산출물이 되는). 무역이 확대될수록 이 생산기술은 더 효율적이 된다.

어떤 국가가 자유무역을 통해 이득을 얻는다고 해서 상대 국가가 그만큼 손해를 보는 것은 아니다. 모든 자발적인 거래는 그것이 거래 당사자 서로에게 이득이 되기 때문에 이루어진다. 만약 자유무역을 통해 강대국은 승리하고 약소국은 패배한다면 싱가포르의 경제번영, 핀란드의 세계 수준의 정보통신산업, 아일랜드의 지속적인 유럽 최고의 경제성장, 아이슬란드의 유럽 최고의 고용률 등을 설명할 수 있을까? 국제경제가 국가간 패권 경쟁의 장이라는 논리는 너무나 도식적이다.

『우울한 경제학자의 유쾌한 에세이』는 세계화 논쟁에 대해서도 경제학적인 시각을 제공한다. 세계화를, 경제적 약자를 영원한 경제적 약자로 만들기 위한 서방 자본가들의 음모로 생각하는 사람들이 있다. 그들의 논리는 간단하다. 세계화라는 것이 투기자본이 자유로이 국경을 넘어 이동할 수 있는 상황이 가속화되는 것인데, 그 과정에서 이익을 챙기는 것은 자본가이고 자본의 논리에 녹아나는 것은 노동자라는 것이다. 반세계화 입장에서는 이들은 1997년의 아시아 금융 위기, 1998년의 러시아, 브라질의 위환위기를 세계화의 대표적인 피해 사례로 지적한다.

세계화가 모든 사람을 끊임없는 경쟁으로 내몰기 때문에 반인간적이며, 경제적 강자와 약자의 차이를 영속화하기 때문에 정의에 어긋난다고 주장하는 사람에게 경제학자들은 단호하게 이야기한다. 사실을 직시해야 한다. 경제적 강자의 기득권을 옹호하고 약자의 경제적 기회를 박탈하는 것은 세계화가 아니라 반세계화 운동이라고. 반세계화 운동의 핵심 세력인 선진국의 노동단체는 개도국의 싼 물건 때문에 선진국 노동자들의 대량실업 사태를 몰고 오는 세계화를 중단시키고 싶어한다. 이들은 포장을 그럴듯하게 해서, 자신들의 이야기는 쏙 빼고 대신 개도국 노동자의 인권이니 노동환경을 들먹인다. 인도네시아의 나이키 신발 공장의 노동자들의 시간당 임금을 이야기하고, 학교에 다녀야 할 나이에 공기도 잘 통하지 않는 침침한 작업장에서 카펫을 짜는 파키스탄의 소년을 내세운다. 이들이 세계화의 피해자이며, 세계화는 더 많은 개도국의 노동자들을 이러한 환경으로 내몬다고 주장한다.

그러면 세계화가 중단되면 이들 개도국 노동자들의 삶은 더 나아질까? 천만에 말씀. 그마나 외국기업이 진출했기에 국내기업보다 나은 임금을 받을 수 있는 일자리가 생기게 된 것이고, 카펫을 짜서 수출할 수 있는 해외시장이라도 있기에 그 소년의 가족이 굶주림을 면하는 것이다. 아니면 길거리에 나가서 구걸을 하거나 도둑질을 해야 하는 것이 극빈 개도국의 현실이다. 이들이 당장 선진국 노동자와 똑같은 임금을 받지 못하며 선진국 청소년과 같은 교육여건을 누리지 못하기 때문에 세계화를 중단시키라고 한다면, 그것은 개도국의 경제적 약자들이 경제적 부를 축적할 수 있는 기회를 영원히 박탈하는 셈이다. 세계화를 반인권이라고 반정의라고 목소리 높이는 개도국의 양심을 대변한다는 사람들은 과연 무엇이 인간적이며 무엇이 정의인지 곰곰 생각해 봐야 할 것이다.

『우울한 경제학자의 유쾌한 에세이』에서 크루그먼은 정보통신혁명 덕택에 이제는 지속적인 경제성장과 물가안정이라는 두 마리의 토끼를 잡을 수 있다고 외치는 정치인들, 일부 학자들의 무지와 오만을 통박하고 있다. 20세기 막바지에 몰아닥친 정보통신혁명이 경제에 미칠 효과에 대해서 그는 우울할 정도로 그리 낙관적이지 않다. 지금까지 인류가 경험했던 인쇄술의 발명, 기차의 발명, 전기의 발명에 비교하면 인터넷은 그리 대단하지 못하다는 것이 그의 주장이다. 번역서의 한계, 쉽지 않은 주제들에 대한 짧은 글들의 모음에서 오는 어려움 때문에 그리 대중적인 인기를 끌지는 못할 것 같지만, 모든 것이 순식간에 변하는 세상에서 이제는 모든 것이 바뀌었다는 광고가 난무하는 세상에서 크루그먼은 분명 신선한 청량제이다.

미국은 21세기에도 국제정치의 주도 세력으로 남아 있을 것인가

양준희 경희대 국제관계학과 교수

『제국의 패러독스』

조지프 나이 지음 / 홍수원 옮김 / 2002 / 세종연구원

로마제국 시대 이후 미국만큼 절대적인 권력을 가지고 세상을 지배한 제국은 없었으나 그와 같은 미국의 권력도 다른 나라의 도움과 존경이 필요하다는 것이 조지프 나이(Joseph S. Nye Jr.)의 최근 저서 『제국의 패러독스(The Paradox of American Power)』의 핵심 내용이다. 이 책은 나이를 잘 알고 있는 학자들에게는 제목만큼 역설적인(Paradoxical) 인상을 남겨 줄 것이다. 책의 내용이 중요한 주제를 깊이 있게 다루고 있고, 미국에 대한 매우 합리적인 분석을 하고 있으며 통찰력이 뛰어난 추천을 하고 있음에도 불구하고 아쉬움이 많이 남는다는 것이다. 특히 나이를 클린턴 행정부에서 차관보를 지낸

정책결정자가 아닌 로버트 코헤인(Robert O. Keohane)과 함께 국제 정치학계에 지대한 영향을 끼친 국제정치학자로서 평가한다면 『제국의 패러독스』는 참신하지도, 깊이를 느낄 수도 없는 저서로 비쳐질 수도 있다. 왜냐하면 책의 내용 중 상당 부분이 그의 이전 저서들에서 이미 다루어진 개념과 주제들이고, 미국의 국익을 위한 정책 추천 또한 진지한 국제정치학자들이 논할 영역이 아니기 때문이다. 하지만 하버드의 정치학과(School of Government) 교수에서 클린턴 행정부의 차관보로 또다시 하버드의 존 F. 케네디(John F. Kennedy School) 행정대학원의 학장으로 변신한 그를 국제정치학계의 이론가로만 평가하려는 시도는 바람직하지 못할 것이다. 국제정치학계의 진지한 사회과학적 저서가 아닌 정책 추천으로써, 또한 나이의 이전 저서들을 읽어 보지 않은 일반인들과 정책결정자들에게 있어, 이 책은 나이의 대부분의 저서들을 읽고 느낄 수 있는 명료함, 참신함, 독창성, 합리성 등의 신선한 감동을 전해 줄 것이다.

나이는 미국이 21세기와 그 이후에도 국제정치를 주도하는 세력으로 남아 있을 가능성이 높다고 진단하고 있다. 그리고 그 이유는 군사력, 경제력, 소프트 파워 등 세 가지 차원에서 미국을 능가할 만한 나라가 현재에도 미래에도 나타날 가능성이 희박하고, 과거 로마제국을 무너뜨린 국내적 문제—즉 자신들의 문화와 제도에 대한 신뢰 상실, 엘리트들의 권력 다툼, 부패의 증가, 경제의 쇠퇴—가 미국사회에서는 발견되지 않고 있기 때문이라고 한다.

로마제국이 거의 1,500년간 지속되었다는 점을 감안할 때 미국이 다음 세기에도 패권국으로 남아 있을 것이라는 나이의 주장은 어떻게 보면 매우 상식적이다. 하지만 나이의 주장이 다른 상식적 논의들과 차별될 수 있는 부분은 그가 구체적인 통계와 자료들을 통하여 위의 논의들을 전개시키고 있다는 점이다. 우리는 미국이 현재 세계 최강의 국가인 것을 통념적으로 알고 있지만, 미국의 국방비가 주요 8개국 국방비를 합친 총액보다 많고, 미국의 생산량이 전세계 생산량의 27%를 차지하고(일본, 독일, 프랑스를 합친 생산량과 비슷한 수준임), 시가총액 기준으로 전세계 100대 기업 중 59개가 미국회사이고, 세계 10대 비즈니스 스쿨 중 9개가 미국에 있다는 구체적 사실들을 나이의 도움 없이는 알 수 없다.

또한 나이는 많은 학자들이 미국의 패권에 도전할 수 있는 가능성이 있는 국가들로 꼽고 있는 중국, 일본, 러시아, 인도, 유럽 등이 왜 미국을 따라잡기가 힘들 것인지에 대해 설득력 있게 논의를 전개한다. 중국의 경우, 미국경제가 연평균 2%씩 성장하고 중국이 6%씩 성장한다고 가정하더라도 2020년이 되어야 두 나라의 경제 규모가 비슷해질 것이고, 2056년부터 2095년 사이의 어느 시점이 되기까지 1인당 소득면에서 미국을 따라잡지 못할 것이라는 것이 나이의 주장이다. 그와 같은 추정도 중국의 정치가 안정적이라는 가정하에 가능한 것이지 그렇지 않다면 경제가 후퇴할 수도 있다는 것이다. 이와 유사한 이유에서 일본, 러시아, 인도, 유럽도 미국의 도전 세력이 될 가능성이 희박하다고 나이는 예측하고 있다.

로마제국을 무너뜨린 것은 외부의 적이 아니라 내부적인 문제였다고 지적하면서 나이는 미국은 외부의 적이 없을 뿐만 아니라 내부적으로도 상당히 건강하다는 것을 강조한다. 일부 학자들이 현재 미국이 "윤리적 신조와 관습의 붕괴, 권위와 제도에 대한 존경심 상실, 가족의 해체, 예의범절의 약화, 고급문화의 통속화, 대중문화의 저급화" 등의 현상에 직면하고 있다고 지적한 것에 대해, 나이는 찰스 디킨즈가 150년 전에 "개개 시민들의 말만 믿는다면, 미국은 늘 억눌리고 정체되어 있으며 항상 걱정스런 위기상황에 처해 있는데, 지금까지 이와 다른 말을 한 번도 들어 본 적이 없었다"는 말을 인용하면서 매우 설득력 있게 미국사회의 강건함을 증명한다.

이와 같이 미국을 무너뜨릴 만한 외부의 적과 내부의 문제들이 없지만, 나이는 미국이 다른 나라의 이익을 고려하는 형태로 국익을 폭넓게 규정할 필요가 있으며 미국인들이 자신의 힘만 믿고 일방적이며 오만한 태도를 보여 풍부한 소프트 파워 자원을 함부로 낭비하지 말아야 한다고 강조한다. 여기서 소프트 파워란, 자국이 바라는 것을 다른 나라들이 원하게끔 만드는 매력적인 문화나 이데올로기, 제도처럼 눈에 보이지 않는 힘의 원천을 말한다. 테러와의 전쟁이나 배기가스 기준 설정 등의 이슈들에서 글로벌 공익성을 추구해야 한다고 나이는 강조한다. 왜냐하면 이런 전략은 미국에 두 가지 이익을 가져다주는데, 그것은 공익성 그 자체로부터 이득을 볼 뿐만 아니라 그런 공익성이 국제사회에서 미국의 파워를 정당한 것으로 비치게 만든 데서도 이득을 얻기 때문이다. 하지만 미국이 일방적이거나 편협한 국익을 앞세울 경우 미국에 대한 존중이 실망과 경멸로 쉽사리 바뀌어 미국의 소프트 파워를 약화시킬 것이며, 부시 대통령의 일방적인 교토 의정서 사문화가 그 좋은 예라고 보고 있다. 20세기 초 미국의 대통령 테오도르 루즈벨트(Theodore Roosevelt)는 "미국은 말은 부드럽게 하되 몽둥이는 큼지막한 것을 들고 다녀야 한다"고 충고하였는데, 이제 미국은 그런 몽둥이를 쥐고 있는 만큼 말을 부드럽게 하는 데 더 많은 관심을 기울여야 하고, 또한 말만 부드럽게 해서는 안 되고 다른 나라의 주장이나 견해도 주의 깊게 경청해야 한다고 나이는 강조한다.

미국이 세계 최고의 강국임에도 불구하고 다른 나라의 주장이나 견해를 경청해야 하고, 다른 나라의 도움과 존경이 필요하다면서 소프트 파워의 중요성을 강조하는 나이의 분석은 오만과 일방주의로 점철되고 있는 미국 부시 행정부의 정책들을 감안할 때 매우 고무적이다. 하지만 이와 같은 나이의 저서에 대해 아쉬움이 남는 것은 그의 이런 주장들이 많은 국제정치학자들에게는 이미 너무나 잘 알려졌기 때문일 것이다. 즉 소프트 파워란 개념은 그의 저서 『이끌고 나갈 의무(Bound to Lead)』에서, 정보화 혁명과 세계화에 대한 논의는 『국제분쟁의 이해(Understanding International Conflicts)』에서 이미 개진되었다. 또한 나이의 부시 행정부에 대한 비판은 너무나 간접적이고 미약하다는 생각이 든다. 결론적으로 나이의 『제국의 패러독스』는 영화의 속편과 같다고 하겠다. 전편을 보지 않은 사람들에게는 깊은 감동을 줄 것이고 본 사람들에게는 미진함을 남길 것이다.

복잡계 과학에서 배우는
인간중심 경영의 원리

이동현 가톨릭대 경영학부 교수

『컴플렉소노믹스』
로저 르윈 외 지음 / 김한영 옮김 / 2002 / 황금가지

기업을 둘러싼 경영환경이 지금처럼 복잡하고 불확실한 경우가 있었던가? 인터넷으로 대표되는 디지털경제의 도래, 국경과 지역을 넘어서는 글로벌시장의 형성, 정보기술, 생명공학, 나노기술 등 신기술의 급속한 발달 및 확산 등 17세기 산업혁명 이후 가장 극적인 변화가 지금 지구촌을 뒤흔들고 있다. 그런데 특이하게도 저자들은 뉴턴으로 대표되는 기계론적 과학관을 대체하는 새로운 패러다임으로 주목받고 있는 '복잡계 과학이론'과, 가장 오래된 경영의 문제이면서도 아직 뚜렷한 해답을 못 찾고 있는 '인간 중심의 경영'을 접목시키고 있다. 설명하고 예측하기 어렵기 때문에 가장 비과학적이라고

분류되는 인간의 문제를 가장 진보적인 과학이론으로 설명하려는 시도 자체가 참신한 것 같다.

사실 이 책의 저자인 로저 르윈과 버루트 레진은 정통 경영학자는 아니다. 로저 르윈은 원래 생물학자로 복잡계 과학이론을 생물학에 접목하면서 이 분야에 권위자가 되었다. 또한 대중이 이해하기 힘든 과학의 내용을 쉽게 대중에게 전달한 공로를 인정받아 상을 받기도 했다. 또 다른 저자인 버루트 레진도 발달 생물학자이자 임상의학자로 인간관계의 발달을 전문적으로 연구하고 있다. 하지만 주류 경영학의 아웃사이더라는 저자들의 약점이 기존 경영이론이 간과했거나 무시했던 경영현상을 더 잘 설명한다는 점에서 오히려 강점으로 작용하고 있다.

이 책은 크게 3부로 구성되어 있다. 1부에서는 이 책의 이론적 틀인 복잡계 과학의 원리를 간단히 설명하고, 기업경영에서 등한시되었던 인간관계를 왜 복잡계 과학으로 설명하려는지 그 이유와 근거를 제시하고 있다. 2부에서는 규모는 다르지만 다양한 업종에 속한 기업 연구를 통해, 인간 중심의 경영이 어떻게 현장에 적용되고 성공하였는지를 실제 사례와 함께 서술하고 있다. 끝으로 3부에서는 이상에서 설명한 내용들을 종합해서 복잡계 과학에 근거한 몇 가지 경영원리를 요약하고 있다. 저자들이 주장하는 핵심적인 내용들을 책의 구성에 따라 살펴보도록 하자.

우선 복잡계 과학은 아인슈타인의 상대성이론과 양자역학이 출현하기 전, 과학계를 지배했던 과학 패러다임인 뉴턴의 기계론적 세계관과 대비되는 이론이다. 뉴턴이론이 확정적이고 선형적인, 즉 원인과 결과가 분명한 현상을 설명하는 패러다임이었다면 복잡계 과학이론은 불확실하고 비선형적인, 즉 원인과 결과가 불분명한 현상을 설명하는 패러다임이다. 이때 저자들은 복잡계 과학의 대표적인 개념으로 '비선형적(Nonlinear)' 성질과 '창발적 진화(Emergence)'를 강조하고 있다.

비선형적 성질이란 쉽게 말해, 작은 변화는 작은 효과만을 낳고 큰 변화는 큰 효과만을 낳는다는 뉴턴의 설명과 달리 작은 변화가 큰 결과를 낳는다는 개념이다. 예컨대 나비 한 마리가 브라질에서 날개를 퍼덕인 것이 여러 기상학적인 과정을 촉발시켜 텍사스 지방의 태풍으로 발전할 수도 있다는 것이다. 다소 황당하게 들릴지 모르겠지만, 저자들은 기업이라는 조직이 바로 이러한 비선형적 성질을 갖는 복잡 적응계의 대표적인 사례이며, 조직 내 구성원들의 작은 노력이나 시도가 엄청난 결과를 가져올 수 있다고 주장한다.

창발적 진화 역시 복잡계 과학에서 매우 중요한 개념이다. 기계론적 세계관에서는 매우 복잡한 체계라도 그 구성요소들에 대한 정보가 충분히 주어진다면, 복잡하기는 하지만 이해는 가능하다고 주장한다. 그러나 복잡계 과학에서 이해하는 복잡성은 이와 다르다. 복잡성이란 단순히 번잡하다는 의미가 아니라 체계를 구성하는 요소들의 상호작용이 부분들의 산술적인 합 이상의 것을 생산하며, 부분들로는 예상하지 못했던 복잡한 특성들이 나타난다는 것이다. 뉴턴의 세계관에서는 창발적 진화라는 용어 자체가 불분명한 사고의 증거이자신비하고 비과학적인 용어로 간주되었다. 그러나 복잡계 과학이론에서는 창발적 진화는 엄연한 사실이고 신비한 현상이 아니라, 과학적으로 설명할 수 있는 복잡 적응계의 핵심 특성이다.

저자들은 바로 이러한 두 가지 개념, 즉 비선형적인 성질과 창발적 진화라는 특성을 기업 조직 내 인간관계에서 발견하였고, 이런 의미에서 저자들에게 있어 조직 내 인간관계는 바로 복잡계 과학에서 설명하고자 하는 복잡 적응계인 셈이다. 사실 기업경영의 요소 중에서도 인간만큼 비선형적이고 창발적 진화가 발생하는 요소도 없을 것이다. 많은 사건들을 통해 우리는 기업 구성원들의 작은 힘이 기업에 엄청난 결과를 초래하거나, 구성원들의 상호작용 속에서 전혀 의도하지 않았던 결과들이 발생하는 경우를 많이 목격할 수 있었다.

저자들은 20세기 초에 등장한 이래 경영학의 고전이자 지금까지도 각종 경영이론의 틀이 되고 있는 프레드릭 테일러의 '과학적 관리론'을 비판한다. 테일러의 과학적 관리론이야말로 바로 뉴턴의 기계론적 세계관에 근거를 두고 있으며, 경영에서 인간이라는 요소에 대한 심한 왜곡현상을 불러일으켰다는 것이 저자들의 주장이다. 이상하게도 인간 중심의 경영을 하는 기업들이 그렇지 않은 동일 분야의 기업들에 비해 경영실적이 꾸준히 향상된다는 증거들이 증가할수록 경영자들은 오히려 테일러식 경영방법에 더욱 집착한다. 이는 결국 새롭고 불확실하고 낯선 경영방식을 추구하기보다는 기존의 익숙한 방식에 더욱 집착함으로써 자신의 지배권을 유지하려는 필사적인 노력이라고밖에 볼 수 없다. 그러나 이런 기업들이 혁명적인 환경 변화에 생존할 수 있을지는 매우 의문스럽다.

책의 2부는 아직도 인간 중심 경영에 의구심을 갖고 있는 경영자들을 위해 복잡계 경영을 실천한 성공 기업들을 자세히 소개하고 있다. 나열하고 있는 사례들도 매우 인상적인 내용들이다. 예컨대 환자와 의사, 간호사, 경영진 간의 관계가 무너져 버린 병원의 신뢰 회복과 혁신을 다룬 뮬렌버그 병원, 한탕주의와 탐욕이 판치는 광고업계에 정직과 도덕적 가치를 내걸고 윤리경영을 실천한 세인트 루크스 광고사, 살벌한 하이테크 분야에서 관심과 배려가 넘치는 인간적인 회사를 만든 베리폰, 수지 맞추기 어려운 외식사업에서 가족적인 분위기로 성공한 코넬리아 스트리트, 인간 존중의 경영수칙으로 노조와 지역 주민과의 갈등을 해결한 화학회사 듀폰, 환경오염의 주범인 화학회사에서 인류를 위한 생명공학기업으로 변신에 성공한 몬산토 등 모두 복잡계 경영원리를 실천해 놀랄 만한 성과를 거둔 기업들이다.

그렇다면 이들 기업들에서 공통적으로 발견할 수 있는 복잡계 경영원리에는 어떤 것들이 있을까?

첫째, 복잡계 경영에는 새로운 리더십이 필요하다. 명령과 통제의 리더가 아니라 변화와 적응의 리더가 필요하다. 이 새로운 리더는 전지전능한 영웅일 필요도 없고 모든 것을 완벽히 통제하는 두려움의 존재일 필요도 없다. 다만 그는 통제의 환상을 포기해야 한다. 물론 경영자로서 통제를 포기하는 것은 매우 어려운 일이다. 왜냐하면 통제는 종종 권력으로 간주되므로 많은 경영자들이 권력에 집착한다. 또한 통제를 포기하기 위해서는 새로운 확신이 필요하다. 그 자신에 대한 확신뿐만 아니라 다른 사람들에 대한 확신이 필요하다. 따라서 복잡계 경영의 리더는 실험, 실수, 때로는 실패라도 허용하면서 구성원들을 지켜보고 도와주는 유연성과 인내심을 반드시 갖추어야만 한다.

둘째, 복잡계 경영이 성공하기 위해서는 창발적인 팀이 필요하다. 자율적인 팀이 조직되고 운영되는 것이 매우 중요하다. 그렇다고 무조건 팀만 구성되면 창발적인 팀이 되는 것은 아니다. 창발적인 팀이 일반적인 팀과 다른 것은 목적의 차이이다. 창발적인 팀은 사람들의 능력을 계발시켜서 그들의 잠재력을 표출하고 조직 목표에 기여할 수 있는 기회를 창출하는 것이다. 이 책에 소개된 기업들은 이러한 팀을 운영하는 데 대단히 혁신적이었다. 그들은 팀의 구성을 강요하지 않고 자연스럽게 생기도록 허용했다. 대개 이러한 창발적 팀들은 10명 이하의 소규모로, 행동과 대응이 민첩하면서도 실험적이었다.

셋째, 복잡계 경영에서는 인간관계를 중시한다. 일반적으로 사람들은 직장 내에서 야망이라는 인간적 욕구, 즉 업적이나 권력이나 성공을 지나치게 추구할 때 조직 내에서의 균형을 잃어버린다. 사업의 가장 근본적인 의미가 두 사람이 상호이익이 되는 관계 속에서 서로에게 필요한 것을 교환한다는 것을 간과해서는 안 된다. 경영자도 마찬가지다. 경영자가 현장에 나가 사람들을 돌보지 않는다면 사람들은 그를 위해 일하지 않을 것이다. 필요한 것은 꾸준한 관심이다. 회사가 존재하는 것은 그 사람들이 일하고 있다는 바로 그 사실 때문이다. 작은 행동에서부터 축적되는 신뢰, 바로 그 신뢰라는 것이 엄청난 경영 성과로 연결될 수 있다.

경영혁신에 관한 많은 문헌들이 있지만 이 책을 통해 인간요소라고 하는 퍼즐의 한 조각을 찾은 것 같은 느낌이다. 조직관리에서 인간의 문제에 관심을 갖고 있는 리더들에게 꼭 권하고 싶은 책이다.

성공의 비결은 존재하는가

김성영 방송통신대 경영학과 교수

『마켓 리더의 조건』

제러드 J. 텔리스 외 지음 / 최종옥 옮김 / 2002 / 시아출판사

성공은 인간이면 누구나 바라는 것이다. 그렇지 않다면 성공의 비결에 관한 온갖 종류의 책들이 끊임없이 베스트셀러 목록에 올라갈 리 없을 것이다. 소위 성공학으로 불리는 분야로서 카네기의 『처세술』부터 최근 스티븐 코비의 『성공하는 사람들의 7가지 습관』에 이르기까지 책의 리스트는 끝이 없다. 조직도 하나의 유기체로 볼 때 개인과 마찬가지로 성공에 대한 욕구를 가지고 있는 것은 당연하다. 따라서 개인의 성공 비결에 관한 책만큼이나 조직, 특히 기업의 성공에 관한 저서가 수없이 많고, 또 많은 책들이 베스트셀러 목록을 화려하게 장식해 오고 있다. 널리 알려진 톰 피터스의 저서 『우수성을

찾아서(In Search of Excellence)』는 이미 고전이 되어 버렸고 최근에는 짐 콜린스의 『좋은 기업을 넘어 위대한 기업으로(Good to Great)』가 기업 성공학의 대표적인 베스트셀러이다. 텔리스와 골더의 『마켓 리더의 조건』도 이러한 부류의 책이다.

개인에 관한 것이든 기업에 관한 것이든 이들 저서들은 성공은 학습할 수 있는 것이다라고 가정한다. 인간 혹은 기업이 성공하는 것은 이유가 있으며 그것을 그대로 따라하면 다른 인간 혹은 기업도 성공할 수 있다는 것이 기본적인 가정이다. 이러한 가정은 틀렸다고 단정 짓기는 어려울 것이나 몇 가지 중요한 사실을 무시하고 있다. 먼저 인간이나 기업이 활동하는 상황을 대체로 무시하고 있다. 세속적 의미의 성공 비결이라고 여겨지는 성실을 예를 들어 생각해 보자. 성실한 사람이 성공한 경우는 무수히 많지만 아무리 성실하게 생활하여도 성공하지 못하는 사람은 여전히 많다. 성공이란 인간의 노력뿐 아니라 주어진 상황과의 적합성 여부에도 크게 좌우하기 때문이다.

이 가정은 또한 인간의 타고난 능력도 대체로 경시하고 있다. 성공이 타고난 능력 때문이라면 애당초 성공의 비결이 무엇이다라고 논할 근거가 없어지기 때문일 것이다. 그런데 성공이 그 사람의 타고난 자질 때문인 경우도 분명히 있다. 그렇지 않다면 오나라의 주유가 죽으면서 "왜 공명을 나와 함께 이 땅에 보냈는가"라고 하늘을 원망할 아무런 이유가 없었을 것이다.

방법론적으로 볼 때 성공학 저서들은 대체로 귀납적 방법(이 책에서는 역사적 방법이라고 하고 있다)을 택하고 있다. 귀납적 방법은 본질적으로 한계가 있다. 지난 수천만 년 동안 아침에 해가 떴다고 해서 내일 아침에도 해가 뜬다고 결론 내릴 수는 없을 것이다. 해가 폭발해 버릴 가능성이 있는 한, 해가 내일 아침에는 뜨지 않을 가능성이 있기 때문이다. 저자들이 발견한 성공하는 기업의 조건인 의지와 비전(Will and Vision)을 가진 기업들이 성공했다고 해서 의지와 비전을 가지면 다른 기업들도 반드시 성공한다고 이야기할 수는 없을 것이다.

귀납적 방법을 사용하여 발견한 사실은 많은 경우 필수조건일 뿐이지 충분조건이 아닌 경우가 많다. 저자들이 주장하는 대로 대량 소비시장에 대한 비전과 마켓 리더가 되는 것이 상관관계를 가지고 있는 것은 확실해 보인다. 그렇지만 대량 소비시장에 대한 비전을 가지고 있었다고 하더라도 반드시 성공한 것은 아니다. 소니의 베타맥스가 엠펙스와 달리 대량 소비시장을 지향했지만 VHS에 의해 도태된 예가 이 책에도 자세히 소개되어 있다. 대량 소비시장에의 지향은 성공을 위한 필요조건이지 충분조건은 될 수 없는 것이다.

이 책은 'First-mover'라고 흔히 이야기하는 시장개척자가 마켓 리더가 되는 것이 일반적이라는 상식이 틀렸다는 이야기로 시작하고 있다. 그런데 시장개척자가 경쟁우위를 가지는 데 여러 면에서 유리하다는 것이 일반적인 상식이라는 주장에 선뜻 동의하기 어렵다. 시장개척자가 기억의 편리함, 브랜드 충성도, 소비자의 타성, 특허 장벽, 경험의 경제, 자원 동원 등의 면에서 유리함을 가지고 있기에 상대적으로 유리한 위치에 있다는 주장이 널리 알려져 있는 것은 사실이다. 그렇지만 후발기업(Late Entrant)은 이미 시장이 형성되어 있기에 적은 자원으로 시장 진입이 가능하고 마케팅 비용도 적게 들며, 약간의 노력으로 시장개척자의 제품보다 우수한 제품을 만들 수 있기 때문에 오히려 유리할 수 있다는 주장도 결코 만만치 않으며 후발기업이 시장개척자를 물리친 예는 주위에 매우 흔하다. 이런 면에서 이 책에서 의외의 발견이라고 소개하는 현재의 마켓 리더들이 시장개척자가 아니라는 사실은 새로운 것이라고 보기 어렵다. 또한 이 책에서 제시한 시장개척자가 마켓 리더가 되지 못하였다는 실증적 사례가, 시장개척자가 유리하다는 주장에 결정적인 반론을 제기하지도 못한다. 시장개척자가 마켓 리더의 자리를 훌륭히 지키고 있는 사례도 얼마든지 있기 때문이다.

저자들은 시장개척자가 마켓 리더가 된다는 연구들이 가지고 있는 오류를 잘 지적하고 있다. 실패한 기업에 대한 기억은 쉽게 사라진다. 따라서 시장개척자가 실패하면 기억에서 사라져버리고 성공한 후발기업이 시장개척자로 간주되어 버린다. 이에 따라 실제로 시장개척자가 아닌 질레트, 제록스 같은 기업이 시장개척자로 간주되어 시장개척자가 마켓 리더가 된다고 결론짓는 오류를 범하고 있다는 것이다. 이것은 올바른 지적이기는 하나 여기서 우리는 시장개척자의 정의를 다시 되새겨 볼 필요가 있다.

시장개척자를 이름 그대로 시장에 처음 나온 기업으로 보아야 하는 것인가에 대하여는 이견이 있을 수 있다. 저자들이 잘 지적한 대로 시장의 정의에 좌우되는데, 면도기시장의 경우 저자들처럼 시장을 광범위하게 정의하게 되면 시장에 처음 진출한 기업을 밝히는 것은 불가능할 수밖에 없다. 아마도 중세시절 역시 시장에서 판매되는 면도기를 생산하는 기업이 존재했을 것이기 때문이다. 비교적 역사가 짧은 개인용 컴퓨터 운용시스템의 경우조차 시장개척자가 누구인지 매우 모호하다. 저자들의 의견에 따라 시장을 광범위하게 정의하면 최초는 CP/M이 아니라 애플의 O/S일 것이다. IBM PC가 표준적 모델로 정착하기 이전에는 저자들이 소개한 대로 CP/M일 것이다. 현재의 표준적인 PC의 경우는 마이크로소프트사의 DOS일 것이다. 그럼에도 불구하고 저자들은 CP/M이 최초의 운영시스템이라고 소개하고 있는데, 이는 시장의 정의를 그들 말대로 광범위하게 정의한 것도 아니고 현재 표준화된 PC시장만을 대상으로 하는 것도 아니다. 저자들도 시장개척자를 자신들의 의도에 맞추어 작위적으로 상정하고 있는 셈이다.

현재의 마켓 리더들이 시장개척자가 아니었다는 사실을 밝힌 것을 매우 자랑스럽게 여겨서인지 1장부터 이 점을 크게 부각시키고 있다. 그런데 이 책의 핵심은 마켓 리더가 시장개척자가 아니었다는 점이 아니다. 이 책의 핵심은 책의 한국어 번역본의 제목 『마켓 리더의 조건』이 말해 주듯이 마켓 리더가 되기 위해서 기업은 어떻게 행동해야 하느냐이다. 대량 소비시장에 대한 비전을 가지고 끈기 있게 부단히 혁신하고 자신의 모든 금융자산을 헌신하고 자산 레버리지를 실행하면 마켓 리더가 될 수 있다는 것이 저자들의 결론이다. 1장부터 3장까지 이어지는 시장개척자에 대한 번잡한 논의는 오히려 이 책의 핵심을 이해하기 어렵게 만들며 독자들을 혼란스럽게 하고 논리의 흐름에 긴장도를 떨어뜨리는 요인으로 작용하고 있다. 비슷한 내용의 책인 『좋은 기업을 넘어 위대한 기업으로』가 대중적인 인기를 크게 얻었음에 비해 이 책이 그렇지 못한 이유가 바로 이런 점에 있을 것으로 짐작된다. 『좋은 기업을 넘어 위대한 기업으로』의 저자인 짐 콜린스가 주로 컨설턴트로서 활동했고, 이 책의 저자인 텔리스와 골더는 이론적인 연구에 관심을 가지고 꾸준히 학계에 공헌을 해 온 사람이라는 차이에서 비롯된 것일 수도 있다. 이 책과 같이 대중적인 책을 집필할 때에도 이론적인 관심을 떨쳐 버리지 못하는 학자의 한계가 느껴진다.

이런 종류의 책들이 항상 빠지기 쉬운 지나친 일반화의 오류는 이 책도 예외는 아닌 것 같다. 지나친 일반화는 결론의 추상화를 야기하기도 한다. 성공하는 기업의 조건이라고 제시한 의지, 비전, 끈기, 헌신 등은 성공하기 위해서 너무나 당연한 조건 아니겠는가? 결국 별 뾰족한 비결 없이 열심히 할 수밖에 없다는 결론뿐이다. 이러한 느낌은 카네기부터 코비에 이르기까지 개인의 성공학에 관한 책이 재미는 있지만 읽고 나면 비결이 무엇인지 여전히 알 수 없는 허탈함과 맥을 같이 한다. 하긴 뾰족한 비결이 있다면 누구나 다 성공할 것이고 이런 종류의 책은 아예 존재하지 않았을 것이다.

이러한 여러 가지 한계에도 불구하고 이 책은 학계에 있는 사람, 기업경영자, 일반인들 모두 일독할 만한 책이다. 흥미 위주의 가벼운 경영서들이 범람하는 가운데 정통 학자가 오랜 시간에 걸쳐 방대한 문헌을 연구하여 깊이 있는 결론을 도출한 의미 있는 책이다. 소개하고 있는 사례 분석을 통해서도 많은 도움을 얻을 수 있을 것이다.

100년간의 지혜로 풀어 본
미래사회의 비전

이윤철 한국항공대 경영학과 교수

『경영의 지배』
피터 드러커 지음 / 이재규 옮김 / 2003 / 청림출판

이 책의 원제는 'A Functioning Society'이다. 이를 직역하면 '기능적인 사회' 내지는 '잘 작동하는 사회'라 할 수 있다. 이를 '경영의 지배'라 이름 붙인 역자의 뜻을 유추해 보면, 미래의 사회는 보다 기능적인 사회로 나아갈 것이고, 이러한 기능적 사회에서 중추적인 역할을 하는 것은 결국 지식으로 무장된 기업이라는 의미를 암시한다. 즉 미래사회를 이끄는 것은 혁신적인 변화에 적응하기 어려운 정부가 아니라 변화를 주도하는 기업이라는 의미에서 『경영의 지배』라 명명했다고 유추할 수 있다. 저자인 드러커는 이 시대의 살아 있는 지성으로 존경받는 인물이다. 1909년 탄생해서 2002년 이 책을 저술

했으니 그의 100여 년에 걸친 경험이 책의 곳곳에 녹아 있다. 아마도 독자들은 책의 첫 장을 넘기면서 바로 저자의 정치, 경제, 역사, 사회 등 다방면에 걸친 해박한 지식과 예지력에 압도당하게 될 것이다. 그러나 침착하게 읽어 갈수록 전문적인 견해가 추구하는 종착점은 일반적인 지혜라는 사실을 깨달을 수 있게 된다.

완전히 고립된 개인은 존재할 수 있는가? 흔히 우리가 극단적인 고립의 표상으로 생각하는 로빈슨 크루소조차 남태평양의 한 섬에 조난당하기 이전의 기질을 지니고 있었다. 다시 말해 본래 자신이 속해 있던 스코틀랜드 사회의 영향을 고스란히 간직하고 있다. 이처럼 드러커의 관점에서 볼 때 지식을 가진 '개인'과 이들의 역할로 구성되는 기능적인 공동체인 '사회'는 유기적으로 연결되어 분리될 수 없다. 역사적으로 볼 때 기능적인 공동체에 대한 욕구는 자유주의, 전체주의 등의 다양한 이데올로기를 낳았으며, 국가체제 형성의 바탕이 되기도 했다. 또한 농경사회에서 산업사회, 자본주의사회를 거쳐 지식사회로 옮겨 오는 동안 기능적 공동체의 모습은 다양하게 변해 왔다. 이러한 변화의 종착점으로 저자가 제시한 것이 지식사회로, 기업이 중추적인 역할을 하는 사회이다.

저자의 해박한 지식은 7부 19장의 구성으로 전개되고 있다. 1부와 2부는 대부분 제2차 세계대전 기간과 대공황이 시작되는 시점에 관한 것이다. 역사적 시각으로 근대 산업계의 기능적 사회를 정의하면서, 유럽에서 전체주의를 이끌어 낸 과정과 공동체를 재창조할 수 있었던 제도를 규명하고 있다. 예컨대 오늘날 우리가 향유하고 있는 자유는

17~18세기 계몽사상과 프랑스혁명으로부터 비롯되었고, 이는 19세기 사회질서 구축의 기반이 되는 자유주의 사조를 전파하는 데 결정적인 역할을 하였다. 하지만 이성과 자유에 대한 절대적인 맹신을 한 나머지 이성적 자유주의는 전체주의 사상으로 발전했다는 것이다. 이성적 자유주의자들은 무엇이 올바른 것인지를 파악하고 있었으나 실제로 행동에 옮기지 못하는 무능함을 보여 주었다. 반면에 마르크스와 같은 비이성적 자유주의자들은 강력한 실천을 통해 사회적인 권력을 획득하는 데 성공했다. 그러나 전체주의가 추구했던 완벽한 평등은 구현되지 못했고 결국 이들이 추구했던 사회는 실패했다.

3부에서 저자는 사회·경제 영역에서 정부의 역할이 한계에 달했다는 점을 지적하고 있다. 1차 세계대전 이후 1970년대 영국 대처 정부 시기까지 50여 년간 정부는 규모가 크고 활동을 많이 할수록 효과적이라고 인식되어져 왔다. 이에 따라 어떤 사회적 문제라도 정부가 다루면 모두 해결할 수 있으리라는 믿음이 존재했다. 그러나 수많은 시행착오를 거치면서 정부의 역할에 대한 환상은 깨어졌다. 특정 분야의 문제를 정부에게 넘기는 것은 필연적으로 갈등을 유발하고 기득권과 이기적인 집단 반발로 의사결정이 더 복잡해진다. 최근 신정부 들어 사회 각층의 의견이 분출되는 과정에서 운수대란, 검찰파동 등에 정부가 무능하게 대응하는 데 실망했던 사람들은 쉽게 공감할 수 있는 부분이다. 저자는 극단적으로 전쟁을 일으키거나 통화를 팽창시키는 것 이외에는 정부가 할 수 있는 역할이 더 이상 없다고 비판하고 있다.

4부에서는 비정부 조직인 사업법인, 대학, 노동조합, 병원, 공동체 기구 등과 같은 자율적인 권력기관들의 등장에 따른 다원주의 현상을 다루고 있다. 서구의 역사는 다원화된 권력이 중앙집권적인 정부로 집중되는 과정을 거쳐 왔다. 그러나 정부로 집중되었던 권력은 다시 다원화된 비정부 조직으로 이전되고 있다는 것이다. 이렇게 다원화된 권력의 특징에 대해 기술하면서 기업을 비롯한 비정부 조직의 특성을 제시하고 있다. 이들의 특성은 단일 목적을 지니고 있고, 상호의존성을 지니며, 지식을 창출하는 조직이라는 것이다. 그리고 이러한 다원화된 사회의 중추적인 역할을 담당하는 것은 지식을 창조하는 기업조직이라고 강조하고 있다.

5부에서는 기업이 단순한 경제조직이라기보다는 사회조직이라는 점을 부각시키고 있다. 이는 1946년에 출간된 『기업의 개념』에서 다루었던 내용을 재정리한 부분으로 세계 최대의 제조회사인 GM에 대한 연구를 기본으로 한다. 여기서 저자는 기업을 경제적 관점뿐만 아니라 '인간 노력의 집합'이나 '사회기관'의 관점에서 바라보면서 논리를 전개하고 있다. 기업은 지식사회의 주체로 절대적인 복종을 강요하는 제도나 권력에 의해 구성원들을 통제하기보다는, 기업을 구성하는 개인의 기능과 역할을 존중하는 방향으로 운영되어야 한다. 그리고 개인은 자신의 노동에 지식을 적용하거나 활용하여 단순한 육체노동자의 범주를 벗어나 지식기술자 내지는 지식근로자로 경영에 참여해야 한다는 것이다. 지식사회의 중심인 기업에 대한 저자의 견해는 1950년대까지는 신선한 아이디어였지만 오늘날에는 너무 일반화되어 다소 진부한 인상을 주는 면도 있다.

6부는 지식사회의 부상에 대한 것이다. 지식은 기업의 핵심 자원으로 가치를 창출하는 기본단위이다. 이러한 지식이 지닌 의미가 근본적으로 변화하고 있고, 다양한 지식들로 분화되고 있는 과정을 설명하고 있다. 단지 많은 양의 지식을 축적하는 것이 아니라 지식을 바라보는 관점의 변화가 이루어지고 있다는 것이다. 이에 따라 노동에 지식을 적용하는 차원에서 지식에 지식을 적용하는 차원으로 발전하고 있다는 논리를 설득력 있게 제시하고 있다. 자본주의 사회에서 지식사회로의 이전을 예견하는 저자는 지식근로자의 생산성을 높이기 위해서는 어떤 노력이 필요한지를 역설하고 나아가 단순한 정보에서 상호작용을 유발하는 커뮤니케이션으로의 이전을 언급하고 있다.

결론에 해당되는 7부에서는 정보혁명과 사회 변화로 생겨난 다음 사회의 비전을 제시하고 있다. 이는 2001년 11월 《이코노미스트》에 게재된 내용으로, 탈고 당시 9.11 테러로 세계정치의 근본이 흔들리던 시기에 집필된 내용이다. 그러나 저자는 테러로 인한 변화보다 더 근원적인 사회의 변화를 역설하고 있다. 최고경영자의 역할 변화, 노령인구의 위상 변화, 이민의 정치적 파장, 인구증가와 시장의 변화, 지식근로자의 등장, 새로운 생산개념, 합작과 제휴 등 다음 사회의 특성을 나름의 예지력으로 정리하고 있다.

이 책은 새로운 저술이 아니라 드러커의 오랜 기간에 걸친 지적 활동을 집대성한 것이다. 따라서 각 부를 논리적으로 연결하는 데 있어 매끄럽지 못한 단점이 있다. 서구의 철학 내지는 정치상황에 익숙하지 않은 독자들에게 1부에서 3부까지의 내용은 다소 지루하기까지 하다. 그러나 4부와 5부에서 다루고 있는 기업과 경영에 대한 논의에서는 공감하는 부분을 많이 발견하게 될 것이다. 특히 6부에서 다루는 미래 지식사회에 대한 논의에서는 드러커를 유명하게 만든 명쾌한 논리를 맛볼 수 있다. 그러나 7부에서 제시한 다음 사회의 전개방향에 대한 부분은 최근의 경영 관련 책들에서 흔히 제기되는 내용들과 차별성이 부각되지 않는다. 노령화, 여성 역할의 확대, 합작과 제휴, 네트워크의 확산 등은 미래학자들이 즐겨 제시하는 단골 메뉴들이다. 이렇듯 다음 사회에서는 지식근로자가 사회를 주도하는 '경영의 지배'가 도래할 것이라는 일반적인 논의를 매끄럽지 않게 연결하여 방대한 내용을 어렵게 전개했다는 아쉬움이 남는다. 그러나 드러커의 해박한 지식을 책 한 권으로 접하고 그의 경험과 생각을 겸허하게 경청한다는 자세로 읽으면 엄청난 식견을 접할 수도 있을 것이다. 마지막으로 저자가 가장 강조한 지식근로자의 중요성에 비추어 볼 때 "아는 것이 힘이다"라는 격언의 중요성을 새삼 느끼게 된다. 결국 기능적으로 역할하는 개인이 되기 위해서는 지식을 습득하는 교육에 투자하는 것이 가장 중요하다는 일반적인 교훈을 일깨워 준다.

강력한 브랜드는 어떻게 구축되는가

이명식 상명대 경영학부 교수

『데이비드 아커의 브랜드 경영』
데이비드 아커 지음 / 이상민 옮김 / 2003 / 비즈니스북스

세상이 빠르게 바뀌고 있다. 정보통신기술의 발전에 따라 패러다임이 달라지고 소득이 증가하면서 소비의 가치 및 패턴도 급변하고 있다. 어느 것 하나 항구적인 것은 없다. 기업 입장에서는 생존하고 성장하기 위해서 소비자의 니즈를 한 박자 빠르게 분석하고 파악하여 소비자 만족을 추구함은 물론 언제 어디서나 자사 제품이 소비자의 최초 상기 대상이 되기 위해 모든 노력을 경주해야 한다. 기업이 경쟁력을 제고하기 위해서 효과적인 마케팅을 수행해야 함은 불문가지이다. 나날이 변화해 가고 있는 소비자의 니즈에 소구하고 그 소비자를 붙들어 놓기 위해서 기업이 보유해야 하는 핵심 요소는 무

엇일까. 마케팅 학자들은 그것을 브랜드(Brand)라고 지적하고 있다. 브랜드란 결국 무엇인가. 어떤 기업 제품이 다른 것보다 우월하다는 느낌을 주어 소비자의 마음을 사로잡아 최종적으로 그 제품을 선택케 하는 어떤 힘이라고 할 수 있다.

켈러(Keller)라는 마케팅 학자에 의하면, 높은 자산의 브랜드는 독특하고 다른 브랜드보다 더 뛰어남을 의미하는, 또한 강력하게 유지되고 호의적으로 평가되는 연상들을 갖고 있다고 하였다. 브랜드는 아주 기본적인 식별과 연상기능에서 상품의 개성 확립에 기여하고 상품의 자산 가치를 도모하는 것이라고 판단한 것이다. 즉 브랜드는 단순히 특정 상품의 이름뿐만 아니라 사람들이 자신들의 이름으로 서로를 식별하듯이 상품을 식별하는 기능을 가지고 있다. 나아가 한 사람의 이름이 그 사람의 많은 특성을 집약하여 그에 대한 연상을 하게 하듯이 브랜드도 한 상품의 많은 특성을 연상시킨다. 소비자는 나만의 개성을 나타낼 수 있는 브랜드를 소유함으로써 나를 다른 사람들과 차별화하고, 나만의 이미지를 확립하고 싶어하는 경향이 있다. 소비자들은 자신의 가치를 다른 사람들에게 증명하고 스스로 자긍심을 느끼기 위해 제품이 아니라 브랜드를 구매하고 소유한다.

이러한 브랜드의 역할을 먼저 소비자의 입장에서 살펴보면 브랜드가 구매 결정을 쉽게 해 준다는 것이다. 유명 브랜드를 구입함으로써 위험(Risk)을 줄일 수 있고 스스로를 외부에 표현하는 기회를 브랜드가 제공하게 된다. 예를 들어, 나이키라는 운동화를 신었을 때 소비자는 스스로가 성과 지향적이고 역동적인 사람이라는 만족을 얻게 되며 이러한 점이 바로 브랜드의 의미라고 할 수 있다. 반면에 기업의 입장에서 브랜드는 높은 가격(Premium Price)을 책정할 수 있도록 해 주며, 기업의 순이익에 기여하게 되고 고객의 로열티(Loyalty)를 구축할 수 있으며, 경쟁업체들의 시장 진입에 장애요인으로써 중요한 의미를 지니게 된다. 이제 브랜드는 기업에 있어서 가장 중요한 자산가치로 평가받고 있다. 가격과 품질, 서비스는 어느 경쟁자라도 모방할 수 있지만 독창적인 브랜드 가치는 모방할 수 없기 때문이다.

브랜드이론과 전략을 그 어느 누구보다도 과학적으로 체계화시키고 발전시킨 데이비드 아커(David A. Aaker) 교수(U. C. Berkeley의 Haas경영대학원 명예교수)가 쓴 『데이비드 아커의 브랜드 경영(Building Strong Brands)』은 브랜드경영을 이론적으로 공부하고자 하는 사람들에게는 물론 브랜드 전략을 기획하고 적용하려는 브랜드 관리자들에게도 유익한 지침서가 될 수 있는 책이다. 1991년 『브랜드 자산의 전략적 관리(Managing Brand Equity)』라는 아커 교수의 책을 국내에 처음 소개할 때 그 번역에 참여했던 필자로서는 새로운 감회를 가지고 한 장 한 장 넘기면서 저자 특유의 브랜드에 대한 지식과 통찰력을 경험할 수 있었다. 『브랜드 자산의 전략적 관리』에서 하나의 브랜드가 장기적 관점에서 전략적 자산으로서 관리되기 위해서 브랜드 자산의 개념에 대한 구조와 정의를 구체화시키고 브랜드 자산의 네 가지 구성요소인 브랜드 인지도, 지각된 품질, 브랜드 로열티, 브랜드 연상 이미지 등을 통해서 효과적인 관리방안을 제시하는 데 초점을 맞추었다면, 이 책에서는 브랜드 전략의 핵심을 구성하고 있는 브랜드 아이덴티티(Brand Identity)의 개념을 체계화시키고 강력한 브랜드 구축을 위해서 이 개념을 전략적으로 적용할 수 있는 방안을 제시하는 데 초점을 맞추고 있다.

이 책은 11장으로 되어 있지만 크게 다섯 가지 주제로 구성되어 있다고 할 수 있다. 첫 번째는 브랜드 아이덴티티를 소개하고 정의하였다. 브랜드 연상 이미지가 브랜드가 지각되고 있는 방법이라면, 브랜드 아이덴티티는 브랜드를 호의적으로 인식하는 방법으로서 특정 브랜드가 추구하는 열망을 의미한다. 즉 브랜드 아이덴티티는 특정 브랜드가 어떻게 인식되기를 원하는가에 대한 것으로, 브랜드 관리자가 제품 속성을 초월하여 브랜드 개성, 조직과 관련된 연상, 브랜드 심벌 등을 통해서 열망하는 브랜드 이미지를 구체화시키는 것을 의미한다. 따라서 브랜드 아이덴티티는 소비자들과 공감하고 그 브랜드를 차별화시키기 위하여 설정해야 하는 가장 중요한 핵심 단위라 할 수 있다.

두 번째 주제는 브랜드 아이덴티티의 관리이다. 이는 브랜드 포지션을 정립시키는 문제로 브랜드 아이덴티티의 적용 프로그램과 연계되어 있다. 현실적으로 브랜드 메시지와 심벌 등은 국가와 민족, 시장과 고객 등 브랜드경영을 둘러싼 환경의 변화에 따라 조화롭게 적용되어야 함에도 불구하고 많은 경우에 기존의 틀 속에서 일관성 유지라는 강력한 힘에 의해서 저항받고는 한다. 이 책에서는 브랜드 경영목적을 효과적으로 달성하기 위해 전략적 브랜드 분석을 통해서 브랜드 아이덴티티를 실행하고 궁극적으로 브랜드경영에 적용되는 방안을 서술하고 있다.

세 번째는 브랜드관리를 위한 새로운 차원인 브랜드 시스템에 대한 개념을 다루고 있다. 특정 브랜드와 하위 브랜드들이 다양한 형태로 연결되어 있는 형태인 브랜드 시스템은 명확하게만 설정되어 있다면 상승작용을 일으키지만, 그렇지 아니할 경우에는 혼란과 부조화를 초래할 수밖에 없다. 브랜드 시스템이 제대로 구사될 때, 특정 브랜드는 기업의 사업 영역을 확장시켜 주고 다른 하위 브랜드들을 지원해 줄 수 있으며 고객들에게도 관계된 각 브랜드들의 명확한 가치를 제공해 줄 수 있게 된다. 브랜드의 수직적, 수평적 확장으로 여러 제품군에 걸쳐 특정 브랜드가 적용되는 경우와 공동 브랜드가 적용되는 브랜드 간의 레버리지 효과를 창출하는 방안도 소개되고 있다.

네 번째로 다룬 주제는 브랜드 자산을 측정하기 위하여 제품과 시장을 초월해서 적용되는 접근방법을 기술하고 있다. 브랜드 자산 측정은 브랜드와 시장을 다각적으로 관리하고 창출하는 마케팅 관리자들 대부분에 의해서 실제로 수행되고 있으며, 이 책에서는 개념화된 브랜딩 모델들을 계량적으로 평가하는 방법들을 소개하고 있다.

다섯 번째로 기업의 조직적인 차원에서 브랜드를 어떻게 육성할 것인지에 대해서 살펴보고 있다. 현실적으로 특정 시점에서 기업이 다루어야 하고 이에 따라 요구되는 브랜드 시스템의 쟁점사항이나, 시장과 제품에 걸쳐 적용되는 브랜드의 역할과 그 내용들을 상호조정하는 문제 등이 브랜드 구축과 관련된 주요 현안으로 부상하고 있다. 이러한 쟁점들을 효과적으로 다루기 위해서 기존의 기업조직들이 접근할 수 있는 방안들을 나름대로 제시하고 있다. 이 책은 이외에도 강력한 브랜드를 구축하여 효과적으로 브랜드경영을 수행한 성공 사례들―새턴, 코닥, 바디샵, 할리 데이비슨, GE, 스미노프, 헬시 초이스, 킹스포드 등―을 소개하고 있다.

한 가지 아쉬운 점은 '강력한 브랜드 구축'을 표제로 하고 있는 이 책에서 소비자-브랜드 관계(Consumer-Brand Relationship) 내용이 소홀하게 다루어진 점이라 할 수 있다. 소비자-브랜드 관계는 소비자가 브랜드를 인지하고, 구매하고, 사용 및 경험하는 전과정에 걸쳐 관계를 맺는 것으로, 기존의 불특정 다수를 대상으로 하는 대량 마케팅(Mass Marketing)에서 핵심 고객과의 지속적인 관계를 유지하고자 하는 관계 마케팅(Relationship Marketing)으로 이행되어 가는 정보사회에 있어 매우 중요한 과제이다. 이러한 차원에서 보았을 때, 결국 브랜드를 구축하는 것은 소비자의 구매행동에 긍정적인 영향을 미치고자 하는 것이다. 하지만 현실적으로 소비자는 기업의 마케팅 행위에 주관적인 해석을 가하여 기업이 제공한 것 이상의 가치를 브랜드에 부여하기도 하며, 때로는 기업이 의도하지 않은 의미를 브랜드에 부여하기도 한다. 이렇듯 소비자들은 다양한 소비자-브랜드 접점을 통해 브랜드를 경험하게 된다.

따라서 소비자와 브랜드가 동등한 당사자로서 브랜드에 대한 소비자 태도와 소비자에 대한 브랜드 태도 사이에 주고받는 상호작용이라고 할 수 있는 소비자-브랜드 관계 부분이 구체적으로 다루어졌더라면 저자가 의도했던 저술의 목적을 보다 더 완벽하게 살릴 수

있지 않았을까 하는 아쉬움이 남는다. 왜냐하면 저자 자신도 소비자
-브랜드 관계의 구도를 브랜드 전략의 중요한 단서로 취급하고, 브
랜드 아이덴티티의 시스템 속에서 바람직한 관계 형성을 제안하고
있기 때문이다.

성공적인 산업클러스터의 비밀

김기찬 가톨릭대 경영학부 교수

『클러스터』
복득규 외 지음 / 2003 / 삼성경제연구소

디지털세계로 진전될수록 경쟁우위에서 입지(Location)의 중요성은 감소될 것으로 예상하고 있다. 이른바 '거리의 소멸'이다. 그러나 혁신에 필요한 지식은 서류화할 수 있는 형식지가 아니라 암묵지이다. 코드화할 수 없는 암묵지는 서로 만나 얼굴을 맞대고 이야기할 수밖에 없다. 도요타 시의 세계적 경쟁력의 비밀도 암묵지를 이해하지 못하고서는 설명할 수가 없다. 도요타 시와 그 주변에는 포도송이처럼 관련 기업들이 올망졸망 모여 있음으로써 특정 공간 내에서 동적인 학습조직화가 이루어지고 있다. 이것이 산업클러스터(Cluster)이며, 도요타클러스터 경쟁력의 핵심 비밀은 학습조직 공간의 확보에 있다. 자동차산업의 경쟁 원천을 꿰뚫고 있는 복득규 박사와 다른 산업별, 지역별 전문가들인 저자들은 각각의 산업별 사례들을 통해 미래 한국산업의 생존전략의 대안으로 클러스터를 제안하고 그 작동 원리를 분석해 주고 있다. 그들은 여러 선진국들에서 클러스터 전략 성공의 실제적 증거들을 발굴 제시함으로써 긴박감을 주고, 아울러 현실적 공감대가 확산될 수 있도록 독자들을 설득하고 있다. 클러스터 전략 성공의 결정요인은 단순한 공간 집적이라는 하드웨어에 있지 않고 성공적인 작동원리의 문화를 가꾸어 가는 소프트웨어가 그 핵심임을 강조하고 있다.

클러스터 전략의 경쟁우위에 관한 한 하버드대학의 마이클 포터 교수를 빼놓을 수 없다. 그는 클러스터를 형성함으로써 전문화된 기능과 지식을 쉽게 활용할 수 있고 경쟁자와 관련기관, 수준 높은 고객들이 상호작용을 통하여 경쟁우위를 창출하는 것이 가능하다고 주장하였다. 기업의 경쟁력은 개별 기업보다는 기업이 입지하고 있는 지역의 클러스터에서 그 원천을 찾아야 한다는 것이다. 기업의 경쟁 우위란 기업(경쟁기업, 부품기업)과 기관(대학, 연구소)과 지원서비스 기업(금융, 법률, 회계 등)이 모여 네트워크적인 상호작용으로 얼마나 효율적으로 시너지 효과가 나타나고 있느냐 하는 것이 중요하기 때문이다.

저자들은 이러한 클러스터의 이점 때문에 세계는 클러스터 경쟁에 돌입하고 있다고 설명하고 있다. 미국의 국가경쟁력위원회와 포터 교수는 미국 전역을 40개의 산업클러스터로 분류하여 지도를 작성하고 실천 로드맵을 만드는 클러스터 맵핑 프로젝트를 진행하고 있으며, OECD는 클러스터 포커스 그룹을 만들어 회원국들의 클러스터 사례를 분석하고 있다. 영국은 2001년 영국 전역을 154개의 클러스터로 구분한 클러스터 지도를 이미 완성하였다. 일본은 2000년부터 지역산업 회생정책의 일환으로 산업클러스터 계획을 시행하고 있다. 이렇게 하여 형성된 클러스터들은 신기술, 신산업으로 각광받고 있는 IT, 바이오, 나노 등과 같은 고위험·고수익형 산업의 혁신과 발전의 원동력이 되고 있다.

한국산업과 지역의 생존전략으로써 클러스터가 중요한 이유도 여기에 있고, 이것이 우리가 이 책을 주목하고 있는 이유이기도 하다. 1인당 국민소득 2만불 시대로 진입하기 위한 필수조건 중 하나로 우리는 성공적인 클러스터의 개발을 염원하고 있는 것이다.

한국경제의 고도성장 기간 동안 국내산업의 형성과 발전을 지탱해 오던 '기업 집단형 발전모델'은 외환위기 이후 많은 한계점을 노출하였다. 특히 기존의 모델은 산업간 융합을 요구하는 시장수요의 급격한 변화에 대한 경쟁 대응능력의 한계를 보여 주었다. 이제 치열한 경쟁 속에서 대면접촉을 통해 신기술과 신지식을 창출하는 혁신능력이 무엇보다도 중요해지고 있다. 이에 기존의 기업 집단형 발전모델의 대안으로 저자들은 클러스터 접근방식을 제안하고 있다. 기업 집단형 발전모델을 산업별 접근방식이라고 한다면, 클러스터 접근방식은 거점별 접근방식이다. 거점별 접근방식은 클러스터에 모인 다양한 주체들이 각자의 전문 분야에서 아이디어와 기술을 제공함으로써 보다 혁신적인 이노베이션이 가능해진다. 클러스터는 벤처와 기업 집단의 단점을 보완함과 동시에 세계시장에서 경쟁할 수 있는 규모와 혁신능력을 갖출 수 있게 하기 때문이다.

다만, 클러스터는 대안적 산업발전 모델로서 바람직한 방향이기는 하지만 많은 사람들이 입지 내 공간적 집적 그 자체에 너무 집착하는 경향이 있다. 많은 나라에서 성공적인 클러스터로 평가받고 있는 실리콘밸리를 벤치마킹하여 제2의 실리콘밸리를 꿈꾸고 있지만 대부분 실패로 돌아갔다. 그 이유는 단지 벤처와 대학, 연구소, 벤처캐피털 등 하드웨어 위주의 구성 주체들을 집적시키는 하드웨어 중심적 클러스터를 모방한 결과이다. 그러면 클러스터의 성공원리는 무엇인가? 이 원리를 이해하는 것이 이 책을 읽는 독자들에게 가장 핵심적인 내용이 아닌가 생각한다. 우선 클러스터를 구성하는 하드웨어보다 클러스터를 작동시키는 휴먼웨어와 소프트웨어를 이해하려는 노력이 필요하다. 이에 도요타 클러스터의 성공원리를 연구했던 필자가 얻었던 결론을 참고로 소개하면 다음과 같다.

도요타 시를 중심으로 해서 형성된 지역클러스터(Cluster)는 단순한 기업집적 도구가 아닌 '필요한 물건, 정보 그리고 지식을 필요할 때 조달하고 생산하는' 공간 활용의 가시화된 철학이었다. 클러스터의 하드웨어는 도요타 자동차를 중심으로 형성된 부품업체들의 물리적, 정보적 네트워크를 구성한 지리적 공간이었으며, 클러스터의 원리는 분업적 사고와 휴먼웨어들의 끊임없는 지식창조활동이었다. 도요타클러스터 내에는

'게스트 엔지니어링(Guest Engineering)' 제도와 '부품업체주도적 설계방식(승인도방식)'을 통해 보이지 않는 지식, 이른바 '암묵지(暗默知)'의 학습조직화가 이루어지고 있었다. 이러한 제도를 통해 도요타 자동차와 부품업체 간 상호 동적인 지식의 학습(Dynamic Learning)과 축적이 이루어지고 있었으며, 이는 도요타 이노베이션의 DNA를 진화시키는 동인으로 작용하였다. 따라서 산업클러스터 형성과 발전의 가장 중요한 성공요인의 하나는 휴먼웨어들의 연구개발 활동과 학습과정이라고 할 수 있을 것이다. 또한 도요타클러스터의 소프트웨어는 '간판(Kanban)' 방식이며, 간판이란 생산량(Lot Size)과 생산 시점(Timing), 발주 시점을 알려 주는 도구였다. 이처럼 하드웨어와 휴먼웨어, 소프트웨어가 결합되어 도요타 생산 효율성의 원천인 JIT 방식이 탄생되었다. 그러면서 도요타 생산방식은 '사람 인(人)'이 붙은 자동화(自動化)를 기본으로 하고 있다. 휴먼웨어가 중심이 된 하드웨어 시스템이라는 뜻이다. 그 결과 도요타 자동차는 지난 50여 년 동안 거의 적자 없이 성장을 거듭해 오고 있으며, 2002년 도요타 자동차는 약 15조 1천억 엔의 매출에 경상이익 1조 1천억 엔, 순이익 6,158억 엔의 재무성과를 거두고 있어 이제 도요타 은행이라는 별칭을 얻게 되었다.

이처럼 성공한 클러스터를 제대로 이해하기 위해서는 네트워크라는 하드웨어의 밑에 숨어 있는 휴먼웨어와 소프트웨어의 실체를 파악하는 데 주력해야 한다. 할리우드 뒤에 있는 사람에 대한 이해 없이 할리우드를 이해할 수 없고, 클러스터 내 커뮤니케이션 센터 인

미팅 포인트 시스타에 대한 이해 없이 세계 최고의 와이어리스 밸리인 스웨덴의 시스타 사이언스 파크를 이해할 수 없다. 60년 동안의 진화과정에 대한 이해 없이 실리콘밸리의 실체를 파악하려는 것은 난센스이다.

클러스터의 배후원리를 분석하기 위해 저자들은 대학, 연구소 주도형, 대기업 주도형, 창작자 주도형, 지역 특산형, 실리콘 밸리형으로 나누어 국내외 성공 사례와 그 주요 특징들을 분석해 주고 있다. 이중 실리콘 밸리형은 클러스터 진화의 최종 단계이자 가장 고도로 발달한 클러스터 유형으로 지적하고 있다.

저자들이 제시한 해외 선진 성공 클러스터의 작동원리를 읽어 내려가다 보면 국내 클러스터들은 아직 하드웨어적 공간 집적에 치중하고 있고, 구성주체간 경쟁과 협력의 네트워크 구축이 핵심적인 문제임이 쉽게 드러나게 된다. 한 예로 1999년 이후 대구를 중심으로 한 정부의 섬유클러스터 투자는 건물에 대한 투자, 단지조성, 기술혁신 센터 조성을 중심으로 2조 원을 투자했지만 비즈니스 모델은 전혀 구축되지 않고 있다. 이런 점에서 이 책은 클러스터라는 하드웨어적 시스템보다 클러스터의 작동원리인 휴먼웨어와 소프트웨어 그리고 이것이 통합된 문화 형성이 가장 중요하다는 것을 잘 지적해 주고 있다. 최근 정부 주도로 지역 균형 발전의 한 수단으로 클러스터를 이야기하면서 혹자는 클러스터를 경제특구라고 번역해야 한다는 우스갯소리가 나오기도 한다. 지역클러스터는 결국 새로운 노조클러스터만 만들어 노사분규 공동체가 확대될 뿐이라는 비판적인 주장도 있다. 만일 클러스터가 경쟁우위의 수단으로써 비즈니스 모델 개발이 아니라 정부 주도로 단기적인 지방 후원의 목적이라면 이것이 소득 2만불 시대의 주춧돌이 아니라 오히려 또 하나의 잃어버린 10년을 만들어 내는 함정일 수도 있음을 경계해야 한다. 결국 산업의 지리적 집중인 클러스터는 클러스터 내 요소간 상호작용이 산업의 경쟁력에 선순환적으로 영향을 미치도록 만들어 주는 것이 필요하다.

다만 본 연구에서 아쉬운 점은 클러스터의 유형에 대한 분류의 기준과 사례 분석의 틀이 통일되지 못하고, 아직 원론적인 수준에 머무르고 있는 부분들이 아쉬워 보인다. 대안으로 클러스터의 유형은 중심 산업의 아키텍춰적 특성의 연속선상에서 분석되어야 보다 포괄적인(Exhaustive) 분류가 가능할 것으로 보인다. 예를 들어, 통합형 아키텍춰인 경우 대기업 주도형 클러스터가 형성될 것이며, 대신 모듈형 아키텍춰인 경우 실리콘 밸리형으로 클러스터가 형성되어질 것으로 보인다. 통합형 아키텍춰로서 자동차산업 클러스터의 경우 도요타 자동차가 조직자가 되어 후지산의 정상에서 마차 효과(Band-wagon Effect)를 주도한 것이 대표적이다. 반면 실리콘밸리는 모듈형 클러스터로서 세계적인 경쟁력을 가지고 스스로 혁신을 주도할 수 있는 능력을 가진 구성주체들이 모듈 개발과 생산으로 클러스터 경쟁력이 생성되어 가고 있다. 그러나 이러한 한계는 클러스터 연구가 아직 초기 단계이므로 사례에서 이론을 만들어 가는 단계의 과도기적인 현상이라고 생각한다. 분석의 틀이 확정된 상태에서 사례를 분석하기보다는 사례 분석을 통해 귀납적으로 원리와 논리를 찾아가는 과정이기 때문이다.

그럼에도 불구하고 이 책은 자칫하면 하드웨어적 공간 집적의 도그마에 빠뜨릴 수 있는 클러스터를 소프트웨어적으로 이해하게 해 주었다는 점에서도 좋은 지침서라고 생각한다. 또한 신약일수록 검증해 가면서 자기 체질에 맞게 사용해야 하는 점을 여러 사례 분석을 통해 잘 시사해 주고 있다. 그러므로 우리는 외국의 산업클러스터 형식을 단순히 벤치마킹할 것이 아니라 지역의 경쟁력의 핵심이 되는 지식 확산과 학습구조를 벤치 러닝(Bench Learning)하는 자세가 중요하다.

마지막으로 저자들이 분석한 여러 사례들의 공통점은, 산업클러스터의 경쟁력은 더 이상 노동 생산성이 아닌 연구 생산성에 의해 좌우될 것임을 보여 주고 있다. 결국 한국산업과 지역의 생존전략으로써 산업클러스터 전략을 채택하는 경우, 연구 생산성이 산업클러스터를 끊임없이 혁신 첨단산업으로 이끌어 가도록 해야 한다는 가장 핵심적인 요소를 명심해야 할 것이다. 이노베이션을 주도하고 미래 첨단산업으로 변화를 주도적으로 이끌어 가는 동적 전환능력, 이것이 산업클러스터의 진정한 힘이기 때문이다.

아쉬움이 남는 경제학의 역사

이근 서울대 경제학부 교수

『세계사를 지배한 경제학자 이야기』
우에노 이타루 외 지음 / 신현호 옮김 / 2003 / 국일증권경제연구소

大중을 위한 경제학은 어디에서 출발해야 할까? 전문지식을 풀
어 쓰는 가벼운 지식서들이 유행하는 추세여서인지, 서점의 경제·
경영 코너에서도 이러한 종류의 관련 서적들을 쉽게 찾아볼 수 있게
되었다. 10년 전만 해도 초급 경제학 서적에서 경제학의 역사가 차지
하는 비중은 적지 않았다. 대중서로서 베스트셀러에 올랐던 『부자의
경제학, 빈민의 경제학』이나 『죽은 경제학자의 살아 있는 아이디어』
가 그 대표적인 예일 것이다. 당시의 책들은 아담 스미스에서 현대의
경제학자들에 이르는 경제사상을 해당 시기의 경제상황들과 연관시
켜 보이려는 접근을 취했다.

그런데, 최근의 대중 경제서들에서는 이러한 역사적인 접근이나 태도를 접하기 힘들게 되었다. 요즘의 책들은 대부분 대학교의 교양 과목으로 개설된 경제학 개론의 체계를 따르고 있다. 즉 경제학 교과서의 표준체계인 미시경제학과 거시경제학을 그대로 가져오되, 수학 공식이나 그래프와 같은 전문적인 진입장벽만 없앤 것이다. 시장경제의 지구적인 확산 때문일까? 아니면, 보편을 지향하는 경제학의 특성 때문일까? 이유야 어찌되었든, 경제학에서 이렇게 사상의 발자취를 지워 버리는 대가는 적지 않을 듯싶다. 선현의 지혜를 배우고 어리석은 과거를 되풀이하지 않기 위해 역사를 배운다는 일반적인 의미에서 말이다.

『세계사를 지배한 경제학자 이야기』는 야자와 사이언스 오피스 경제반이라는 독특한 이름을 지닌 집단이 엮어 낸 책이다. 소개에 따르면, 이들은 국내외 저널리스트, 경제학자 등으로 구성된 정보 네트워크라고 한다. 책의 집필에 참여한 사람들은 주로 일본의 경제학사 전공자들이며, 해외 통신원의 자격으로 서양의 경제 관련 저널리스트 두 명이 참가했다. 집필진의 구성면에서 보면 아카데미와 저널리즘의 균형이라는 점에서 구색을 갖추고 있는 셈이다.

책은 크게 1부 역사편과 2부 현대편으로 나뉘어 있다. 역사편에는 중상주의와 중농주의의 발흥과 아담 스미스 및 맬더스, 벤담, 리카도, 밀을 묶는 고전파 경제학의 전개과정을 거쳐, 고전파에 대한 경제학 비판을 통해 형성된 칼 마르크스의 사회주의론이 담겨 있다. 2부는 케인즈 경제학의 형성배경 및 그 이론과 통찰을 상세히 살피고,

케인즈 경제학에 반대 입장을 취한 대표적인 이론인 프리드먼의 통화주의를 소개하고 있다. 케인즈와 통화주의 사이에 폰 노이만의 게임이론과 인구이론이 등장하지만 현대편의 전체적인 구성이나 흐름과는 잘 어울리지 않는다.

책의 장점을 꼽으라면 경제학 이론과 더불어 개설서로서의 친절함과 전기로서의 재미가 함께 녹아 있다는 것이다. 프롤로그에 실린 경제학의 이해를 돕는 9가지 사례 연구는 이후 접하게 될 다양한 경제이론을 생생하게 음미할 수 있는 역사적 소재를 제공하고 있다. 또한 책은 경제학자들의 이론적 업적을 소개하기에 앞서 그들의 생애와 사적인 에피소드 및 관련 사진들을 풍부하게 보여 주고 있다. 경제학이라면 지레 겁부터 먹는 사람일지라도, 아담 스미스나 케인즈의 사생활을 엿보는 재미에 어느덧 그들에게 흥미를 느끼는 데 이를지 모를 일이다.

책에서 가장 매력적인 부분을 꼽으라면 저자들이 공을 들인 흔적이 역력한 케인즈에 대한 해설이다. 1970년대에 발생한 스태그플레이션과 더불어 케인즈 경제학에 대한 이론적인 호소력이 약화된 이후, 그 경제학적 상상력까지 평가절하되는 것이 대체적인 분위기였다. 저자들은 케인즈의 경제학이 형성된 역사적인 배경과 그의 이론이 지닌 공과를 다방면에서 섬세하게 조망함으로써 오늘날까지 지닐 수 있는 케인즈의 가치를 재발견하고자 한다. 분명, 자본주의 세계의 건전한 발전을 위해 시장이 지닌 내적인 불안정성을 직시했던 케인즈의 날카로운 통찰은 오늘날에도 여전히 유효하다.

하지만 보다 온전하고 발전적인 의미에서 경제학의 역사에 대한 개설서가 되기에는 이 책은 여러 가지로 부족해 보인다. 우선, 내적으로 볼 때 책의 구성 자체가 고르지 못하다. 각 경제학자의 생애를 소개하고 그의 이론을 요약 및 평가한다는 서술의 기조는 유지되는 편이지만, 그 형평성이나 통일성은 매우 낮다. 예를 들어, 현대편에서 게임이론의 창시자인 폰 노이만 및 통화주의에 대한 소개는 지나치게 단호하고 간략하여 무모하다는 느낌까지 준다. 게임이론은 최근까지 경제학의 다양한 분야에서 각광받고 있는 인기 있는 방법론임에도 불구하고, 그 출발점만을 살짝 비추는 정도에서 멈추고 말았다. 이는 저자들이 스스로 꼽은 3대 경제학자(아담 스미스, 칼 마르크스, 존 메이나드 케인즈)의 중요성을 감안하더라도 지나치게 한편으로 기운 구성임이 틀림없다. 또한 동일한 장에서 저자가 달라질 경우 중복된 서술과 내용이 꽤 자주 등장한다는 것도 이 책의 약점이다. 경제학에 익숙하지 않은 독자를 위한 복습이라는 배려의 차원인지 알수는 없지만, 500페이지에 달하는 책의 규모를 고려해 볼 때 깔끔함의 미덕도 갖추었으면 더욱 좋았을 것이다.

외적으로 본다면, 책이 다루지 않은 경제학자들의 소중한 통찰과 현대적 중요성이 독자들에게 전달될 수 없는 점이 크게 아쉽다. 물론 모든 경제학자를 일일이 다룰 수는 없는 일이다. 하지만 현대에 와서 셀 수 없이 다양한 갈래로 전개된 경제학의 진면목을 살피기에 책의 학문적 테두리는 너무 낡았다. 특히 현대 경제학의 뼈대를 이루는 미시경제학의 출발점을 제시한 한계학파와 자본주의 발전의 동태적인 측면을 포착했던 슘페터가 빠진 것은 선뜻 수긍하기 힘들다.

경제학이 자연과학적 의미에서 과학이 될 수 없다는 것이 엮은이와 저자들의 입장이긴 하지만, 경제학의 과학화를 지향했던 한계학파가 현대 경제학에 가장 큰 영향을 끼친 세력임을 부인하기는 힘들다. 제본스, 멩거, 발라(Walras)를 거쳐 마샬을 통해 완성된 한계학파는 시장에서 경제 행위자들이 보여 주는 행태를 분석하는 데 필요한 미시적 기초를 제공했다. 특히 발라는 시스템으로서의 경제에 대한 엄밀한 수리적 분석을 최초로 시도한 인물이기도 하다. 한계학파에 대한 저자들의 평가와 입장이 어떠하든 간에, 한계학파를 음미하지 않고 마르크스에서 곧장 케인즈로 직행해 버린 것은 책의 구성상 커다란 공백이다.

자본주의의 동태적 발전과정을 이론화한 슘페터를 지나친 것 또한 문제이다. 책은 부록으로 실린 12대 경제이론이라는 요약 페이지를 통해 슘페터를 간략히 다루고 있는데, 그에 대한 저자들의 평가는 지나치게 혹독하고 부당하다. 저자들은 그의 성장이론은 분명 참신하다고는 하겠지만 리얼리티가 결여되어 있고, 슘페터로부터 경제사를 배울 수는 있지만, 새로운 경제이론의 구축과는 완전히 동떨어져 있었던 것이라고 단정한다. 하지만 경제학 연구의 최근 흐름은 저자들의 평가와는 상반된 경향을 보여 주고 있다. 기업의 혁신과정에서 발생하는 역설 때문에 자본주의 자체가 붕괴할 것이라는 슘페터의 예언은 틀린 것이지만, 자본주의에 고유한 혁신의 메커니즘 및 이를 통한 경제 전체의 구조 변동에 대한 그의 통찰까지 그릇된 것은 아니었다. 슘페터 이전의 경제학이 균형과 정학(Statics)에 몰두했던 데 반해 그는 불균형과 동학(Dynamics)에 주목했다. 슘페터의 이러한 선구적인 통찰은 기업이론, 경제성장론, 경제발전론 등 다양한 분야로 확산되어 가고 있다. 특히 근래에 가장 주목받는 경제학의 하나인 진화 경제학은 슘페터의 이론을 진화 생물학에 접목하여 시장경제의 진화에 대해 값진 연구 성과를 생산하고 있다.

에필로그를 통해 저자들 스스로 밝혔듯이, 이 책의 출판 취지는 경제학의 주요한 흐름을 쉽게 소개하여 보다 많은 사람들이 경제에 관심을 갖도록 이끈다는 것이다. 번역이지만 본 서가 이러한 의도를 보다 적극적으로 해석했더라면 어땠을까 싶다. 원저의 고르지 못한 부분을 다듬어 내고 빠진 부분을 독자적으로 보충하는 정성이 곁들여졌더라면, 이 책은 대중성과 더불어 현대성까지 갖춘 뛰어난 경제학 역사서가 되었을 것이다.

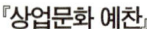

시장경제와 예술의 조화

김재홍 한동대 경영경제학부 교수

『상업문화 예찬』
타일러 코웬 지음 / 임재서 외 옮김 / 2003 / 나누리

시장경제는 문화와 예술의 발전을 촉진하는가 방해하는가? 소위 상업성의 동기로 대변되는 시장경제가 문화를 발전시킨다는 문화낙관주의와 타락시킨다는 문화비관주의의 논쟁에 대해 이 책은 분명하게 낙관주의를 지지한다. 저자는 자본주의 시장경제는 다양한 예술적 시각이 공존할 수 있도록 지원하고, 새롭고 훌륭한 창작품이 지속적으로 생산될 수 있도록 도와주며, 소비자와 예술가의 취향을 더욱 세련시키고, 잊혀진 과거의 유산을 보존하고 복원하여 널리 알리는 등 문화발전에 기여함에도 불구하고 제대로 평가받지 못했다는 문제의식하에서 시장과 돈, 그리고 예술적 창조 간의 긍정적 연결 메

커니즘을 입증함으로써 시장경제 및 상업주의에 대한 부정적 시각을 바로잡으려 한다. 이것이 바로 저자가 이 책에서 말하려고 하는 내용이다.

시장경제는 지구상의 대부분의 국가들이 채택하고 있는 경제질서이다. 마르크스(Marx) 이후 지속되어 왔던 사회주의 계획경제와의 힘겨루기에서 승리한 시장경제는 적어도 당분간 새로운 체제의 위협을 받지는 않을 것 같다. 시장경제가 승리한 것은 인간이 시장경제하에서 가장 큰 행복을 얻었기 때문일 것이다. 그렇지 않다면 인간은 다른 경제체제를 선택했을 것이 분명하다. 그러나 시장경제는 그 외형적 승리와 전반적 지지에도 불구하고 각 영역에서는 여전히 강한 반발과 비난을 받고 있다. 우리나라의 경우 농산물시장 개방과 스크린쿼터제의 축소가 강력한 저항을 겪고 있음은 바로 해당 영역의 특수성 논리를 잘 대변한다. 즉 일반적으로 시장경제를 지지하지만 특수한 영역에서는 시장경제 원리는 옳지 않다는 특수논리가 힘을 발휘한다는 것이다.

이러한 특수논리가 가장 설득력을 가질 수 있는 영역은 바로 이 책이 다루고 있는 문화 혹은 예술의 영역일 것이다. 형이상학적 가치를 추구하는 문화 영역에서 물질적 이기심에 근거한 시장경제 원리는 아무래도 심각한 문제, 특히 문화상품의 질적 저하를 초래할 것 같은 염려가 생긴다. 문화비관주의는 바로 이러한 우려를 대변하고 있다. 문화비관주의의 배경에는 고급문화와 저급문화의 구별이 있다. 상업성에 부응하는 대중문화는 저급문화인데, 시장경제는 바로 이러한 저급문화를 양산할 것이라는 것이다. 상업성을 초월한 고급문화는 시장에서 몰락할 것이라는 주장이다.

그러나 이 책은 이러한 고급문화와 저급문화의 구별을 재해석한다. 저자는 성공적인 고급문화는 건강하고 풍요로운 대중문화, 즉 저급문화를 온상으로 자란다는 사실을 확인시켜 준다. 대중문화를 만드는 힘이 결국 고급문화를 창조하는 힘이라는 말이다. 저자는 심미적 잣대를 들이대어 예술작품을 고급-저급으로 구분하는 대신, 경제적 인센티브에 따라 문화의 소비자가 결정됨을 밝히고 있다. 예를 들어 시(詩)는 창작비용이 적기 때문에 소수의 취향만을 만족시켜도 되지만, 영화는 막대한 제작비용을 감당하기 위해 수많은 관객을 사로잡아야 한다. 시를 고급문화, 영화를 저급문화로 구분하려는 시도는 이러한 경제원리를 이해하지 못함이다.

문화상품도 상품이라면 그것은 수요와 공급의 원리에서 벗어날 수는 없다. 공급은 물론 예술가의 창작동기에 의해 영향을 받겠지만, 동시에 예술가의 부에 대한 욕망에 의해서도 영향을 받는다. 이 책은 이러한 사실을 확인하기 위해 위대한 예술가들을 동원하고 있다. 위대한 음악가인 베토벤은 "나는 여러분들이 생각하는 것처럼 오직 돈을 벌기 위해 곡을 쓰는 음악의 고리대금업자는 절대 아니다. 하지만 나는 독립적으로 살고 싶다. 그리고 이렇게 하려면 얼마간의 수입이 있어야 한다"고 말하고 있다. 대중문화의 저급함을 극복한 위대한 찰리 채플린은 1972년 아카데미상 수상연설에서 이렇게 말한다. "전 돈을 벌기 위해 이 일을 시작했는데 거기서 예술이 생겨났지요. 여러

분이 제 말에 환멸을 느끼셔도 상관없습니다. 그게 사실이거든요."
채플린의 이 말은 문화낙관주의가 감정보다 이성, 주관보다 객관적
사실에 근거함을 말한다.

물질적 풍요로움은 예술가의 궁극적 목표인 동시에 예술가로서의
창조동기를 충족시켜 줄 재원 마련의 수단이기도 하다. 그렇다면 이
러한 동기를 만족시켜 줄 예술작품의 소비자들은 예술발전에 극히
중요하다. 예술작품은 의식주와 같은 필수품이거나 컴퓨터나 자동차
와 같이 생활의 직접적 편리를 증진시키는 상품이 아니기 때문에 자
발적 수요창출이 상대적으로 어렵다는 점을 상기한다면, 예술에 대
한 수요를 만들어 내는 것이 얼마나 중요한 과제인지 알 수 있을 것
이다. 문화비관론자의 주장에 동조하는 사람들에게는 역설적으로 들
리겠지만 시장경제는 예술활동의 재원을 풍부하게 하고, 따라서 특
정 소비자의 직접적인 요구로부터 예술가를 자유롭게 함으로써 예술
을 발전시킨다. 중앙집권적 경제체제하에서 예술가는 유일한 구매자
인 정부나 귀족, 혹은 교회의 요구에 따라 작품을 만들 수밖에 없어
예술의 독립성과 창의성이 억제된다. 이들 이외에는 시장에서 재원
을 제공할 소비자들이 존재하지 않기 때문이다. 그러나 분권적 시장
경제하에서는 다양한 욕구의 소비자들이 후원자가 되기 때문에 특정
요구에 구속되지 않는 창의적 작품활동이 가능해진다. 예술가는 경
제성장과 함께 성행한 직업이다. 사회가 부유해지면 금전적인 이유
와 상관없이 쾌락을 추구한다. 기본적, 육체적 욕구가 충족되면 사람
들은 아름다움을 추구하고 이는 예술에 대한 수요를 창출한다. 이는

곧 왕실이나 교회 등과 같은 특정 집단이 아니라 다수의 대중이 문화에 대한 수요자가 됨을 의미한다. 즉 시장경제가 발전하면 부와 소득을 보유한 다양한 소비자들이 생겨나고 이들의 예술에 대한 수요는 특정 소비자의 욕구를 충족시켜야 재원을 마련할 수 있는 한계를 무력화시킴으로써 예술의 독립성과 창의성을 보호하게 될 것이다. 이것이 바로 저자가 문화낙관주의를 지지하는 이유이다.

본 책은 다섯 개의 장으로 구성된다. 제1장은 시장경제에 기반을 둔 상업주의가 문화를 타락시킨 것이 아니라 발전시켰다는 문화낙관주의를 지지하는 논리적, 실증적 증거들을 제시한다. 그후 이러한 결론적 주장을 뒷받침하기 위한 구체적 사례로 저자는 문학(2장), 미술(3장) 그리고 음악(4장)을 분석한다. 그러나 이 세 장을 읽어 나가는 것은 약간의 인내를 필요로 할 듯하다. 마치 예술사 혹은 예술가의 세계를 공부하는 듯한 느낌이니까. 저자는 풍부한 자료를 가지고 있는 듯하다. 자신의 주장을 뒷받침하기 위해 문학, 미술, 음악을 포함한 다양한 예술 분야에서 많은 자료를 수집했음이 틀림없다. 그러나 그런 자료들을 나열하는 정도가 지나쳐서 경제와 예술의 관계에 흥미를 가진, 그러나 예술의 역사 그 자체에 대해서는 별 흥미가 없는 나와 같은 독자들에게는 다소의 혼란과 지루함을 줄 것 같다. 객관적으로 볼 때에도 저자의 주장에 대한 근거와 상관없는 자료들이 너무 많은 것 같다.

마지막 5장에서 저자는 자신의 주장을 더욱 공고히 하기 위해 문화비관주의의 오류를 지적함으로써 이를 해체하고 있다. 자신의 주장을 입증하기 위해 이러한 구성은 매우 지능적이란 생각이 든다. 결론을 선언적으로 제시하고, 이를 대표적 예술 분야를 통해 경험적으로 입증하며, 마지막으로 반대 논리를 다시 한 번 해체하는 것이다.

현실을 피상적으로 파악하는 사람들에게는 문화비관주의가 옳다는 느낌이 들지도 모른다. 어떤 예술양식도 시장의 힘에 의해 무너지거나 다른 양식으로 바뀌는데, 바로 이러한 현상을 시장 혹은 상업주의에 의한 문화의 몰락으로 설명하는 것은 매우 설득력이 있기 때문이다. 문화비관주의를 주장하는 자들은 기존의 문화를 지지하는 보수주의자들이며 이들은 새로운 문화의 등장을 문화파괴라고 치부한다. 문화의 절정기는 단기간임에 비해 비교적 오랜 쇠퇴기를 맞는다는 사실도 문화비관주의의 배경이 된다. 우리는 문화의 황금시대를 직접 경험할 때보다 이미 지나간 과거의 업적을 바라볼 때에 매혹과 향수를 느끼는 경향이 있다는 것이다.

또한 문화비관주의는 현재의 문화를 과거 최고의 문화와 비교하는 오류를 범하고 있다. 시간이 지남에 따라 과거는 누적되고 아직 입증되지 않는 현재의 문화와 과거 최고의 문화의 비교는 당연히 후자의 승리가 되기 때문이다. 마지막으로 현재의 문화는 아직 잘 알려지지 않고 정확한 평가가 어렵다. 시간이 지난 후에야 가치를 인정받게 될 것이다. 이런 이유들에 추가하여 물질세계를 부패와 타락의 장으로 묘사하는 종교들의 영향력도 문화비관주의를 강화시킨다. 그러나 이러한 모든 이유들은 문화비관주의가 왜 많은 사람들에게 설득력을 갖게 되는가를 설명할 뿐 그 정당성을 입증하지는 못한다. 오히려 근거 없는 주장의 오류를 입증할 뿐이다.

　시장경제 원리를 받아들인다면 시장에서 거래되는 상품의 특성을 고집하지 말아야 할 것이다. 그것이 쌀이든, 영화든, 라면이든, 미술이나 음악작품이든지. 모두 동일한 원리하에 움직인다는 주장은 매우 사실적이면서 동시에 매우 도전적이다. 내가 속한 영역, 내가 좋아하는 영역, 내가 특별한 가치를 부여하는 영역에 그런 형이하학적 원리가 적용됨을 참지 못하는 것은 인간의 강력한 이기심이기 때문이다. 가장 고상한 영역인 문화 혹은 예술도 시장에서 거래되는 다른 상품과 다를 바가 없다는 저자의 주장은 아직도 특수논리에 사로잡힌 감상주의자들에게 듣기 싫은 교훈이 될 것이지만 동시에 부정할 수 없는 명백한 사실인 것이다.

지식사회와
사회 · 문화적 '단절들'

김인춘 연세대 동서문제연구원 연구교수

『단절의 시대』
피터 드러커 지음 / 이재규 옮김 / 2003 / 한경BP

『단절의 시대』는 그 유명한 피터 드러커(Peter F. Drucker)의 한 저작을 번역한 책이다. 원제목(The Age of Discontinuity : Guidelines to Our Changing Society)이 시사하듯이 이 책은 변화하는 사회에서 어떻게 살아가야 하는지를 안내하고 있다. 변화하는 사회란 바로 지식 근로자가 주체가 되는 지식사회의 도래를 의미한다. 사실 지식사회는 이미 도래해 있다. 이 책이 1969년에 처음 출판된 지 불과 얼마 지나지 않아 '지식', '지식사회', '지식경제'라는 용어가 일상적으로 사용되고 있기 때문이다.

오늘날 우리 사회에서 지식의 가치, 지식사회의 개념은 너무나 잘 알려져서 이미 대다수의 사람들이 지식사회에서의 생존방법을 터득하고 있다. 그것은 바로 남보다 더 좋은, 더 많은 지식을 획득하고 그러한 지식을 응용하는 것이다. 저자가 지적했던 지식사회로의 흐름은 오늘날 일개 고등학생이나 아줌마들도 정확하게 파악하고 있을 정도가 되었다. 산업사회의 단순노동은 오늘날에 적합하지 않다는 말은 이미 귀에 못이 박히도록 들어오지 않았는가? 다만 이 책에서 저자가 예언했던 미래의 모습이 오늘날 얼마나 실현되었는지 고찰해 보는 것이 오늘날 이 책을 읽는 사람들에게 중요한 일이 될 것이다.

피터 드러커(1909~)는 『자본주의 이후의 사회』(1993), 『넥스트 소사이어티』(2002) 등으로 국내에 잘 알려진 세계적인 경영학자이자 사회학자, 미래학자이다. 『단절의 시대』는 저자의 초기작으로 드러커의 사상이 그대로 담겨 있는 책이다. 비록 35년 전에 출간되었지만 몇 차례의 수정과 보완을 거친 2000년판을 기준으로 번역된 책이다. 이 책은 사회적 측면에서의 변화와 단절뿐 아니라, 경제학, 정치체제, 사회문제, 기술, 지식의 세계 등을 포괄하고 있다. 이렇듯 『단절의 시대』는 정치, 경제, 교육 등을 넘나드는 방대한 내용을 다루고 있음에도 이 책의 일관적인 주제는 '단절'로, 이전 시대와 단절이라고 할 만한 사회·문화적 변화를 다루고 있다. 이러한 변화를 설명하면서 20세기 역사의 많은 에피소드도 말해 주고 있다.

이 책은 총 4부로 구성되어 있다. 제1부는 '지식사회'를 논하고 있다. 지식사회에서 지식은 새로운 형태의 자본이며 지식근로자는 새로운 자본가집단이라는 주장은 오늘날 그대로 나타나고 있다. 조직을 경영하는 지식인들이 새로운 권력 중심인 동시에 주요 사회집단으로 등장하고 있는 것이다. 따라서 지식과 지식인의 책임과 의무가 핵심 과제가 될 것이라고 강조하고 있다. 이는 드러커가 파악한 첫 번째 단절 현상이다. 지식사회에서의 '지식' 은 이전 사회의 지식과 다르다. 지식사회에서 지식은 오직 기능적(Functional)으로 활용될 때만 존재하는 에너지 같은 것이기 때문이다. 지식은 '일에 적용이 가능한가' 가 중요한 것이다.

제2부는 '조직으로 구성된 사회' 라는 제목으로 새로운 조직들의 등장과 정부의 문제를 분석하고 있다. 이는 드러커가 파악한 두 번째 단절 현상이다. 다양한 조직들에 기초한 새로운 다원주의가 등장하고 있으며 그로 인해 정치와 사회에 관한 전통적인 이론들이 유명무실해지고, 정부의 업무수행 능력 또한 심각하게 위협받고 있다는 것이다. 다양한 조직 중에서도 기업은 변화에 잘 대처하는 유연성 있는 조직이라고 한다. 또한 기업은 반드시 성과를 내야 하며, 그러기 위해 위험까지 감수할 수 있는 기관이기 때문에 기업은 어떤 과제를 수행하는 데 가장 적합한 기관이며, 집행자가 되기에 가장 준비가 잘된 조직이라고 주장한다.

제3부 '지식과 기술' 에서는 새로운 지식산업의 발전과 경제의 문제를 다루고 있다. 새로운 기술이 급속도로 발전하고 있으며 이를 바탕으로 새로운 산업이 형성되고 있다는 것이다. 즉 지식이 새로운 경제의 핵심 자원이 되면서 새로운 지식에 의한 지식산업이 등장한다는 것이다. 마지막 제4부 '국제경제에서 글로벌경제로' 에서는 글로

벌경제의 등장과 세계적인 경제발전의 문제를 논하고 있다. 새로운 세계경제, 즉 글로벌경제가 형성되고 있으며 국가 내의 계급갈등 대신에 선진국과 개발도상국 사이의 갈등이 자리를 잡아가고 있다고 한다.

저자는 서문에서 이 책은 "미래의 모습은 어떨까?"라고 질문하지 않으며, 대신 "미래를 만들기 위해 우리가 해결해야 할 일이 무엇인가?"라고 질문한다고 했지만, 아무래도 이 책은 미래에 대한 예언으로 가득 차 있는 것이 사실이다. 사실 이 책에서 볼 수 있는 미래학자로서의 저자의 역량은 상당하며, 미래의 모습을 상당히 예리하게 그려 내고 있다. 그러나 그보다 더욱 중요한 것은 그가 그러한 미래에 대비하기 위한 비전을 제시해 주었다는 것이다. 다만, 이 책은 개인이 지식사회에 실질적으로 어떻게 대처해야 하는지에 대해서는 거의 다루지 않기 때문에, 대부분의 사람들에게 이 책은 교양용 정도의 의미밖에 갖지 못한다는 것이다. 사실 저자는 지식사회에 어울리는 경제상을 그려 낸다거나, 지식사회에 대처해야 할 기업, 정부, 교육의 모습을 제시하는 데에 지면의 대부분을 할애하고 있다. 게다가 그 속 내용 역시 지식산업의 생산성을 높인다거나 근로자들을 효율적으로 관리하는 등의 내용이기 때문에, 사실 이 책은 경영자나 지도자쯤 되는 사람들을 위한 지침서로서의 성격이 강하다.

지금까지 인류가 배출한 과학자와 기술자 가운데 90%가 오늘날 생존해 활동하고 있으며, 구텐베르크 이후 500년 동안 3천만 권의 책이 출판

되었는데, 지난 25년 동안 그보다 더 많은 책이 출판되었다.

분명 지식사회로의 급격한 흐름을 나타내는 인상적인 수치이긴 하지만, 실제로 지식사회가 반드시 지식의 폭발적인 증가를 수반할 필요는 없으며, 지식의 폭발적인 증가가 지식사회를 창출해 낸 것도 아니다. 지식사회로의 변모는 다름 아닌 지식의 수요가 늘었기 때문이며, 그것에 앞서 사회가 너무나도 변화되었기 때문이다. 이 변화된 사회를 가리켜 저자는 '단절 현상'으로 바라보고 있다. 이 단절 현상의 핵심은 다원주의 사회로의 전환이다.

저자는 이러한 다원주의 사회에 어울리는 새로운 정부상을 제시하고 있는데, 왜냐하면 전통적인 정부로는 새로운 다원주의 사회에 적절히 대응할 수가 없기 때문이다. 정부는 모든 것을 통제하지 못하며, 관료주의는 더 이상 적절치 않다고 주장한다. 게다가 정부는 변화에 적절히 대처할 능력이 없다고까지 주장한다. 오히려 변화에 민감하게 반응하는 조직은 바로 기업이며, 예전에 정부가 했던 일은 점차 민간조직으로 넘어가는 추세이다. 그렇기 때문에 저자는 '민영화'의 중요성을 강조하고 있다. 그러면서 이제 정부의 과제는 사기업들에게 넘겨야 하며, 정부는 집행자가 아닌 통치자로서의 역할을 해야 한다고 주장하고 있다. 위에서 말했듯이 기업이야말로 변화에 적절히 대처하는 유연성 있는 조직이고 성과를 내기 위해 위험까지 감수할 수 있는 조직이기 때문이다.

교육에 관한 내용에 있어서도 우리는 저자의 색다른 시각을 읽을 수 있다. 저자는 교육의 생산성이 너무도 낮기 때문에, 교육이 앞으로 커다란 변혁을 겪게 될 것이라고 바라보고 있다. 사실 교육은 이미 생명력을 잃어버렸으며, 학생들은 더 이상 학교에 흥미를 가지지 못한다. 아이들은 오히려 미디어가 제공하는 화려한 영상을 통해 세상을 배우고 있으며, 그에 비해 학교는 너무나 지루한 곳이다. 하지만 그렇다고 해서 교육이 변화할 가능성이 얼마나 있는지는 회의적인 것이 사실이다. 교육의 기본적인 구도를 바꾸기에는 세상은 여전히 근대적인 제도에 의해 움직이기 때문이다. 또한 저자는 교육 그 자체의 필요성에 대해서도 회의를 가지고 있다. 근대에 와서 정규 교육을 받을 기회와 시간은 늘었지만, 과연 그렇게 배우는 지식들이 모두 실제 직업현장에서 쓸모가 있는 것인가? 학교가 가르쳐 줄 수 있는 것은 너무나 한정적이지 않은가? 그러면서 저자는 졸업장을 가진 사람에게만 출세의 기회를 부여하는 것은 낭비라고 말하고 있다. 그렇지만 이미 학력에 의한 신분제 질서가 확립되어 있는 현실을 바꿀 대안은 제시하지 못하고 있다.

피터 드러커의 지식사회 개념은 다니엘 벨의 후기산업사회론, 앨빈 토플러의 정보화 사회론과 맥을 같이 하고 있다. 벨은 드러커와 달리, 지식과 서비스로 움직이는 후기산업사회에서 국가의 역할이 매우 중요하다고 하였다. 후기산업사회에서 벌어지는 수많은 이해갈등과 사회적 문제의 조정이 국가가 해야 하는 일이기 때문이다. 사회적 관계를 조율하고 조정할 수 있는 강력한 정부가 필요한 것도 이 때문이다. 벨의 주장을 따르지 않더라도 정부의 역할에 대해 매우 회의적인 드러커의 시각은 글로벌시대가 요구하는 새로운 정부 역할을 왜곡할 수 있다. 물론 정부 실패와 같이 정부 역할에 문제가 없다는 것은 아니지만, 정부가 기업을 대신할 수 없듯이 기업 또한 정부를 대신할 수 없기 때문이다. 오늘날 정부와 기업이 교집합의 영역을 넓혀 상호보완적인 관계를 유지하고 이를 발전시키는 것은 매우 바람직한 현상이다.

사실, 지식사회는 불안한 사회이다. 지식사회는 고도의 경쟁사회이며 이로 인해 개인은 '내가 무엇을 할 것인가'를 부단히 결정해야 하는 부담을 안고 살아야 하기 때문이다. 또한 모든 사람이 지식근로자가 될 수 없으며, 설령 모두가 지식근로자가 된다 하더라도 지식근로자간의 계층화가 생길 수밖에 없다. 산업사회에서 산업근로자가 모두 똑같은 산업근로자가 아니었듯이. 최근 우리 사회에서 보듯이, 글로벌경제 또한 수많은 문제를 발생시키고 있다. 글로벌경제는 글로벌 경쟁을 의미하고 글로벌 경쟁의 사회적 결과는 매우 심각하다. 이러한 문제에 대해 정부가 외면할 수 있는가?

마지막으로 드러커는 비영리조직에 대해 매우 긍정적인 시각을 보여 주고 있다. 비영리조직이 새로운 공동체를 만들어 줄 수 있다고 보고 있기 때문이다. 그 자신이 피터 드러커 비영리재단을 설립하였으며, 비영리조직의 역할과 기능이 커져 치열한 경쟁의 지식사회가 '인간적' 사회가 될 수 있는 기회를 비영리조직에서 찾고 있다. 비록 기업조직에 대한 찬양이 지나치긴 하지만, 저자가 주장하는 조직의 공생과 다원주의 사회는 우리에게도 시사하는 바가 크다.

윤리경영,
지속 가능한 성장의 원천

조윤애 산업연구원 산업경쟁력실 연구위원

『**영혼이 있는 기업**』

데이비드 뱃스톤 지음 / 신철호 옮김 / 2003 / 거름

최근 기업과 정부의 밀착관계를 둘러싼 기업 비리들이 SK글로벌을 시작으로 하나둘씩 드러나면서 기업의 역할이 무엇인가에 대한 의문이 제기되고 있다. 기업은 이윤을 추구하는 조직이다. 또한 기업은 임직원, 주주, 소비자, 지역사회 등 다양한 이해관계자들과의 관계 속에서 존재하는 실체이기도 하다. 따라서 기업은 이윤을 추구하되 이해관계자들과의 조화 속에서 추구해야 한다. 그러나 많은 기업들은 이해관계자들과의 관계를 고려하지 않고 단순히 이윤을 추구하여 왔다. 이 과정에서 기업의 성장원천은 성장 초기단계의 저임금에서 기술, 브랜드 중심으로 바뀌어 왔다. 최근 들어 여기에서 한 걸음

더 나아가 윤리경영이 지속 가능한 성장의 원천으로 새롭게 인식되고 있다. 그러나 아직도 윤리경영에 대해 부정적으로 생각하는 사람들이 많다. 그들은 수익 창출에 전력하는 것이야말로 기업이 사회에 공헌하는 최선의 방법이라고 주장한다. 기업이 성장해야 고용기회도 늘어나고 더 많은 재화와 용역을 창출하여 경기가 활성화된다는 것이다.

그럼에도 불구하고 윤리경영에 대한 이러한 인식의 변화는 국내외적으로 확산되고 있다. 브랜드 이미지가 좋고 경영성과도 좋았던 기업들이 비윤리적인 경영으로 하루아침에 몰락하는 사례가 등장했기 때문이다. 미국의 에너지 부문을 대표하는 엔론(Enron)사는 회계부정 사건으로 시장과 사회의 신뢰를 상실하면서 하향길로 접어들었다. 엔론사태는 단지 한 회사의 흥망사 정도로 그치지 않고 타이코, 월드컴, 웨이스트 매니지먼트, 글로벌 크로싱 등 유명 대기업들이 잇따라 엔론의 전철을 밟기 시작하였다. 기업의 비윤리적인 행위나 의사결정으로 인해 시장에서 퇴출되는 기업들이 증가하면서 기업경영 시스템의 윤리성에 문제가 있음이 드러나기 시작한 것이다.

윤리경영은 기업이나 국가의 범위를 넘어서 국제적인 이슈로 확산되는 추세로까지 발전되고 있다. 기업 경쟁력을 평가하는 글로벌 스탠더드(Global Standard) 중의 하나로 윤리경영이 부각되면서 국제표준화기구(ISO)와 미국 등에 의해 윤리경영의 표준화 움직임이 급진전되고 있다.

국내에서도 대우그룹 및 SK글로벌 회계부정 사건 이후 기업의 준

법정신을 높일 수 있는 근본 처방으로써 기업윤리가 강조되고 있으며, 윤리적인 의사결정은 단 한 번의 실수로 기업이 도산할 수도 있다. 1997년 외환위기 이후 30대 그룹 가운데 17개가 망하게 된 직접적인 원인이 회계 투명성의 부족 때문이었다는 사실이 이를 입증하고 있다. 더욱이 인터넷의 확산으로 소비자들의 불만 사례를 쉽게 공유하고 집단 행동을 도모하는 사이버 파워(Cyber Power)가 형성되고 있다. 또한 제조물책임제법(PL법) 발효, 주주대표 소송 등으로 인해 이해관계자들의 영향력이 커지면서 소송에 잘못 휘말릴 경우 기업의 존립 자체가 위협을 받을 수 있다.

그러나 윤리경영에 대한 변화 추세를 인식하고 있지만 시급한 경영과제로 받아들이지는 못하였다. 우리나라의 경우 스위스 IMD가 발표하는 국가경쟁력 순위에서도 국내기업의 윤리경영과 관련된 지표들은 매우 부정적으로 평가되고 있다. '기업이 윤리적으로 경영되고 있는가' 라는 항목에서 2003년 우리나라는 전체 59개국 중에서 53위이다.

이러한 국내외 환경 변화 속에서 이 책『영혼이 있는 기업(Saving Corporate Soul)』은 매우 시의 적절할 뿐 아니라 윤리경영이 왜 중요하며, 기업 행동을 변화시키는 데 필요한 사항에 대해 매우 실용적인 시각을 제시하고 있다. 즉 현재는 장부상의 실적이 단기간에 호전되지 않더라도 미래에 대한 비전을 제시하고 꿋꿋하게 건전한 경영을 하는 경영자들이 절대적으로 부족한 실정이다. 이러한 상황에서 무엇보다 시급한 과제는 윤리경영이 결코 비용을 증가시키지 않으며 회사의 실적에도 긍정적인 효과를 가져다준다는 확신을 갖도록 경영자들을 설득하는 일이다. 저자는 단순히 기업이 윤리적이어야 한다고 강조하고 있지 않다. 기업의 목적은 이윤 창출에 있다는 것을 전제로 기업이 지속 가능하게 성장하기 위해서는 윤리적이지 않으면 불가능하다는 점을 강조하고 있다.

저자는 기업이 수익을 창출하면서 장기간 살아남기 위한 윤리경영의 8가지 원칙을 제시하고 있다. 첫째, 기업의 이사진과 경영진은 개인적인 이해관계를 회사의 이해관계자들의 운명과 일치시켜야 하고, 회사의 생존과 활력을 보장하는 책임 있는 방식으로 경영활동에 임해야 한다. 둘째, 기업경영은 주주와 임직원, 그리고 국민들에게 투명하게 공개되어야 하고 경영진은 책임경영을 통해 의사결정에 대한 책임을 져야 한다. 셋째, 기업은 스스로 시장의 일부가 아닌 지역사회의 일부로 생각해야 한다. 넷째, 기업은 자사의 제품을 정직하게 홍보해야 하고, 거래상의 이해관계를 넘어 소비자를 존중해야 한다. 다섯째, 기업은 사원을 단순한 고용인이 아니라 조직을 구성하는 소중한 인재로 대우해야 한다. 여섯째, 기업은 환경을 기업의 소중한 이해관계자로 대우하고 환경보호에 대한 책임을 져야 한다. 일곱째, 기업은 사원, 고객, 거래업체와의 관계에 있어서 균형, 다양성, 평등을 구현하기 위해 노력해야 한다. 여덟째, 기업은 국제적인 교역 및 생산활동을 추구하는 데 있어서 교역 상대국의 근로자와 국민들의 권리를 존중해야 한다.

저자는 장기적으로 볼 때 이러한 원칙을 실행하고 있는 기업은 재정적으로 우수한 성과를 거둔다고 말한다. 그 대표적인 사례의 하나로 1930년대부터 윤리경영을 실천해 온 미국의 존슨앤존슨사의 경우를 들고 있다. 존슨앤존슨사는 지난 82년 타이레놀 알약을 먹고 8명이 숨지는 사태가 발생했을 때, 정확한 사망원인이 규명되기도 전에 약국에 비치된 타이레놀 3천 1백만 통을 신속하게 수거하였다. 정밀조사 결과 존슨앤존슨의 과실이 아닌 것으로 밝혀졌고, 2억 4천만 달러의 손실을 입었으며 매출액도 전년도의 절반으로 뚝 떨어졌다. 그러나 경영진은 신속한 결정을 통해 타이레놀 브랜드를 회생시켰고, 회사의 윤리경영을 믿은 소비자들의 폭발적인 호응에 힘입어 화려하게 재기에 성공했다.

이 책의 저자인 데이비드 뱃스톤(David Batstone)은 언론인, 교수, 기업경영인 등 매우 다양한 경험을 가지고 있다. 저자는 언론인으로서 현재 정치, 비즈니스, 종교, 문화 전반에 걸쳐 여론을 주도하는 잡지인 《소저너스(Sojourners)》의 편집장이다. 미국의 기업 전문지인 《비즈니스 2.0》의 창립 편집자였고, 《뉴욕타임스》지, 《트리뷴》지 등과 같은 유력 언론지의 기고가였으며, 두 차례에 걸쳐 언론인상을 수상했다. 또한 기업경영인으로서 천부적인 재능을 발휘하여 엔터테인먼트와 기술 부문에서 국제적인 영업망을 구축하여 틈새시장을 공략하는 투자은행의 중역으로 활동하고 있다.

이러한 저자의 다양한 경험이 저서의 내용을 매우 풍부하게 만들고 있다. 미국기업들을 사례로 들면서 독자가 이해하기 쉽게 서술하고 있다. 특히 기업이 당면한 현실적인 역경을 소개하고 원칙과 소신이 있는 회사가 어려움에 부딪쳤을 때 어떻게 대처하는지를 자세하게 기술하면서 윤리경영의 중요성을 사실감 있게 설명하고 있다.

이 책은 단순히 기업경영에 대한 이야기만 하고 있는 것은 아니다. 저자는 윤리경영은 기업과 사원이 추구하는 가치가 동일해질 때 시작된다고 하면서 이 책을 회사원들을 위한 기업윤리 지침서로 기술했다고 한다. 저자는 직장에서 대부분의 시간을 보내는 사람들에게 자신이 속해 있는 기업의 경영방식은 자신의 삶의 방식을 결정하는 것이라고 하면서 윤리경영이야말로 기업의 영혼을 살리는 길이며 아울러 사원들의 영혼도 살리는 길이라고 말한다. 이런 점에서 이 책은 기업경영에 대한 패러다임이 변화되고 있는 시점에서 기업들이 장기적인 번영을 누리기 위해 나아가야 할 방향을 제시할 뿐 아니라, 진정한 삶의 의미를 찾고자 하는 사람들에게 영감과 의욕을 불어넣어 주고 있다.

지식정보사회와 디지털 권력

조화순 한국전산원 선임연구원

『디지털 권력』

장승권 외 지음 / 2004 / 삼성경제연구소

最근 인터넷으로 대표되는 정보통신기술의 비약적인 발달은 이러한 기술을 도입해 조직, 행정, 업무의 효율성을 꾀하려는 움직임과 맞물리면서 정보통신기술이 우리 사회의 전반에 확산되고 있음을 쉽게 관찰할 수 있다. 전자정부로 대표되는 각 국가의 행정전산화사업과 경영정보 시스템(MIS)을 도입하고 있는 각 기업의 움직임은 바로 이러한 시대의 흐름을 반영한 결과일 것이다. 그렇다면 인터넷과 같은 새로운 정보통신기술의 도입은 우리의 조직과 사회를 어떻게 변화시키고 있는가? 이러한 담론의 핵심이 되는 것은 디지털기술에 의해, 그리고 정보통신기술을 매개로 하여 행사되는 권력, 즉 디지털 권력일 것이다. 즉 '기존의 권력관계가 어떻게 변화하고 있는가' 와 '어떤 권력이 행사되고 구조화되고 있는가' 의 문제는 정보기술의 영향력을 논의할 때 핵심적인 질문이라 할 수 있다.

장승권 · 최종인 · 홍길표는 이러한 권력의 담론에 몰입하여 지식정보사회의 도래와 더불어 새로이 형성되어 가고 있는 권력이 어떤 것인지를 그들의 저서 『디지털 권력』을 통해 규명하고자 한다. 특별히 우리의 관심을 끄는 것은 이 책이 '경영학자' 가 쓴 '디지털 권력론' 이라는 점이다. 그동안 지식정보사회의 도래로 인한 권력 변화의 문제는 정치학, 사회학 등의 사회과학자들이 주축이 되어 연구를 진행해 왔다. 반면 경영학자들은 정보통신기술과 조직 변화, 지식경영의 문제를 연구의 대상으로 하면서 기술과 조직의 변화 속에 내재되어 있는 권력관계에 대해서는 연구대상 밖의 것으로 간주하여 왔다. 이것은 기능성과 실용성을 강조하는 학문으로서 경영학이 가질 수 있는 당연한 귀결일 수 있을 것이다. 그러나 이러한 입장은 정보사회의 발전에 대한 지나친 낙관론, 기술결정론적인 접근과 맞물려 정보통신기술의 발전과 그 이용이 가져올 수 있는 조직과 인간 개개인의 삶에의 문제를 비판적으로 이해할 수 없게 한 요인이었음을 부인할 수 없을 것이다. 이 책의 저자들은 그동안의 경영학자들의 입장을 비판하면서 정보통신기술과 조직이 만나는 사이에 권력의 문제가 매개되어 있으며 이러한 권력관계에 대한 이해가 조직과 기술의 문제를 이해하는 핵심이 되어야 한다고 보고 있다. 즉 그들은 이제는 "누구를 위한, 그리고 무엇을 위한 정보사회와 지식경제인가" 라는 질문을 해야 할 때임을 주장하고 있다.

이 책은 크게 두 부분으로 나누어 생각해 볼 수 있다. 먼저 저자들은 조직 내에서 권력과 정보통신기술의 네트워크가 결합되면서 나타나는 현상을 '디지털 권력'이라고 부르고, 새로운 권력관계를 어떻게 이해할 것인가에 책 전반부를 할애하고 있다. 저자들은 우리 사회가 지식정보사회로 접어들면서 생기는 권력 현상은 단순히 정보통신기술, 경영조직의 변화에서 파악되는 것이 아니라 지식정보사회에서 새로운 권력 현상이 어떻게 나타나고 있는지에 초점을 둠으로써 파악될 수 있다고 본다. 정보화시대에는 우리 사회의 기존 권력관계가 어느 정도 붕괴되면서 새로운 권력 현상과 새로운 권력관계가 나타나고 있으며, 이러한 권력문제는 새로운 관점에서 재조명되어야 한다는 것이다. 새로운 관점은 권력을 소유 혹은 질서로서 이해하는 것이 아니라 지배자와 피지배자 간의 네트워크를 강조하는 '지배로서의 권력'이다. 즉 새로운 권력에 대한 이해는 누가 권력을 갖고 있고, 무슨 의도와 목적을 가지고 있는가에 초점을 두는 것이 아니라 푸코(Foucault)가 주장하듯이 권력의 결과로서 주체가 형성되어 가는 과정은 어떤 것인가에 초점을 두는 것이어야 한다는 것이다.

저자들은 정보통신기술이 만들어 내는 권력은 기술이 사회 변혁을 결정한다는 기술결정론의 입장에서가 아니라 기존의 권력관계를 중심으로 하여 새롭게 조정되고 향상되는 권력 속에서 이해되어야 한다고 주장한다. 이런 점에서 파놉티콘의 원리에 기초하여 규율권력이 어떻게 만들어지는가에 대한 저자들의 설명은 흥미롭다. 공장과 사무실에 정보 시스템을 통한 운영관리의 자동화는 일종의 파놉티콘의 통제과정이 될 수 있다. 중앙집중형 경영통제 시스템의 도입은 조직 내의 일상적인 사회관계를 물리적으로 규정하고 질서를 잡아 주는 권력이 되며 파놉티콘원리의 구현을 통해서 새로운 권력관계를 형성한다. 이것은 지속적으로 쉽게 관찰하고 관찰받을 수 있는 사회적 가시성에 바탕을 둔 권력관계로, 파놉티콘 속에서 노동자뿐만 아니라 조직의 관리자도 '통제'로부터 자유롭지 못함을 이야기하고 있다.

책의 후반부는 전반부에서 발전시킨 저자들의 권력관을 바탕으로 정보통신기술을 통해 우리 사회와 기업에서 권력관계가 만들어지는 과정을 실제로 볼 수 있는 몇 가지의 사례를 소개하고 있다. 정보격차, 경영통제, 지식경영, 네트워크, 감시의 사례에 나타나고 있는 권력 현상을 독자가 이해하기 쉽게 설명하고 있다는 점이 특히 눈에 띤다. 지식정보사회에서 정보의 양과 질이 권력의 불평등을 가져오고 있으며 디지털시대에는 정보격차(Digital Divide)가 대표적인 정보통신기술의 역기능이 되었다는 것이다. 또한 경쟁력의 우위를 확보하기 위한 '지식경영'의 도입도 권력의 측면에서 보면 지식의 공유, 창출, 접근의 측면에서 나타나는 문제점이 쉽게 파악될 수 있다고 본다. 이외에도 지식정보사회가 가지는 감시의 문제에 대해서도 저자들의 시각을 읽을 수 있다.

현재 정보지식사회의 도래와 더불어 변화하는 권력관계의 문제는 크게 두 가지 방향에서 생각해 볼 수 있다. 한 입장은 정보통신기술을 권력의 분산을 가능하게 하는 '자유의 기술' 로 인식하는 것이다. 정보지식사회에는 베버적인(Weberian) 국가, 즉 방대한 정보력을 가지고 전례 없는 양의 정보를 소유하던 정부가 무력해지고 국가에 집중되어 있는 감독과 폭력의 권한이 이제는 전체 사회로 분산되고 있음을 강조하는 시각이다. 기존의 매스 미디어와 달리 디지털기술의 발전은 쌍방향적이고 분산적인 속성을 가지고 있으므로 권력은 국가와 같은 기구나 기업과 같은 상징체계의 조정자에게 집중되어 있지 않다고 본다. 한편 다른 시각은 사이버 공간에 적용되는 디지털기술이 권력 분산과 시민 자유의 증진을 위한 기술이 아닐 수 있다는 주장이다. 이 시각은 정보사회에서 정보를 장악하는 개인이나 조직은 물리력에 의한 권력 이상으로 개인을 통제하는 힘을 가지게 되었고 개인에 대한 강력한 감시의 수단을 확보하고 있다는 것이다. 따라서 정보지식사회의 도래와 더불어 등장하는 권력이 인간존엄과 인격존중의 가치를 훼손할 수 있음을 지적하는 시각이다.

『디지털 권력』의 저자들은 이러한 양자의 시각을 아우르는 입장에서 정보통신기술이 세상을 예측하고 질서를 잡아 주고 효율성을 예측하는 도구로 사용될 수 있지만, 권력의 관점에서 보면 유토피아가 아니라 디스토피아로 갈 수도 있음을 지적하고 있다. 즉 디지털기술이 단순히 조직의 효율성을 고양하는 도구가 아니라 기존의 위계적 권력관계를 재생산 내지는 강화하는 매체로도 사용될 수 있다는 것이다. 따라서 저자들은 우리가 정보통신기술의 이용을 통해 만들어지는 권력관계에 적극적으로 개입하여 새로운 권력관계를 형성해 나가야 한다는 현실적이고 균형 잡힌 시각을 제안하고 있다.

지식정보사회의 권력문제에 대해 연구하는 전문학자들이 이 책을 읽는다면 보다 깊이 있는 연구로 이 책이 보완되기를 바랄 수도 있을 것이다. 그러나 이 책의 장점은 무거울 수 있는 권력에 대한 담론을 가볍게 터치하면서 쉽게 읽어 나갈 수 있다는 점이다. 저자들은 자신들의 전문 분야인 경영의 문제들에 권력의 문제가 어떻게 내재되어 있는지를 쉽게 설명함으로써 독자가 별 부담 없이 권력의 문제에 다가가게 한다. 이 책은 일반인을 대상으로 한 지식정보사회의 권력에 대한 입문서로서 지식정보사회의 양면을 동시에 바라보는 데 훌륭한 길잡이가 될 것이다.

신뢰는 기업 성공과
발전의 핵심도구

박승록 한국경제연구원 선임연구위원

『**위대한 기업의 조건**』
라인하르트 K. 슈프랭어 지음 / 배진아 옮김 / 2004 / 더난출판

신뢰(trust)란 사람, 사물 또는 사실에 대해 그 정직성(진실성),
성실성, 정의로움 등을 의심할 여지없이 확실하게 믿을 수 있다는 것
을 의미한다. 특히 사람과의 관계에서 신뢰란 오랫동안 인간관계의
기본이 되는 가치관으로써 높게 평가되어 온 덕목이기도 하다. 따라
서 사람들간의 관계에서 신뢰가 깨어지게 되면 인간관계가 깨어지거
나 소원해지게 되는 것이 일상사였다. 그런 만큼 신뢰란 인간관계에
있어서 하나의 도덕적 덕목으로 인식되어 왔다.

신뢰에 대한 이런 의미가 한국에서 특별히 세인의 관심을 끌게 된
것은 프란시스 후쿠야마(Francis Fukuyama)가 『신뢰(Trust)』라는 책

에서 "신뢰는 사회발전, 경제발전의 원동력이 되는 일종의 자본"이라고 하면서 "한 나라의 안녕과 경쟁력은 오직 한 가지의 문화적 특징, 즉 그 사회에 존재하는 신뢰의 양에 의해 결정된다"고 하였기 때문이다. 이 책은 오랫동안 한국에서 많이 알려진 책이자 일약 후쿠야마를 유명하게 만든 책이기도 하다.

물론 경제학자들이 한 사회의 신뢰를 바라보는 것도 비슷한 견해이다. 케네스 애로우(Kenneth Arrow)도 "오랜 기간 동안 지속된 거의 모든 상업적인 교류에는 신뢰라는 요소가 포함되어 있다. 그러므로 경제적인 후진성을 면치 못하는 이유가 서로간의 신뢰가 부족하기 때문이라는 설명은 상당히 설득력이 있다"고 한 바 있다.

신뢰에 대한 보다 본격적인 언급은 라인하르트 K. 슈프랭어(Reinhard K. Sprenger)가 지은 『위대한 기업의 조건』에서 찾을 수 있다. 본 서의 핵심은 신뢰를 기업 성공을 위한 결정적 도구로 간주하고 있다는 점이다. 성공적인 기업경영을 위해 왜 신뢰가 중요한 것인지를 언급하고 있다. 신뢰는 기업 가치를 높인다. 신뢰는 조직을 유연하게 하고 기업의 변화에 대한 저항을 없앤다. 신뢰는 고객을 유치하고, 신뢰는 기업의 시장대응력을 높여 준다. 신뢰는 기업의 창의력을 높이며, 신뢰는 기업의 비용을 절감시켜 기업 성공을 보장하게 된다. 또한 신뢰는 아이디어의 공유를 통해 생산성을 높이고, 구성원의 협력을 끌어내게 된다. 필자의 신뢰에 대한 이런 인식을 볼 때 기업의 성공에 있어서 얼마나 신뢰가 중요한가를 알 수 있다.

저자는 기업경영의 도구로써 신뢰를 어떻게 이해하여야 하는지에 대해서도 언급하고 있다. 신뢰는 원초적 본능으로서의 신뢰, 사회적 관습으로서의 신뢰, 개인적 능력으로서의 신뢰와 같이 다양한 모습을 지니고 있으며, 신뢰는 협력관계를 전제로 하고 있다는 점을 언급하고 있다. 아울러 저자는 신뢰를 선한 것도 악한 것도 아닌 우리가 평가할 필요조차 없는 것으로 이해하면서 거의 전적으로 합리적인 성찰의 산물로서 도덕과는 관련이 없는 이성적 사고에 의한 결과물로 바라볼 것을 권유하고 있다.

본 서의 마지막 장에서 기업경영의 성공조건으로서 이렇게 중요한 신뢰를 어떻게 실현할 것인가에 대해 저자는 전문성을 보여 주고 있다. 독일 최고의 경영전문가이자 경제 · 경영 분야 최고의 베스트셀러 작가로서 또한 수많은 독일 상장기업의 자문을 담당하는 전문가로서의 혜안이 녹아 있다고 할 수 있다. 신뢰를 구축하기 위한 기본원칙으로써 신뢰를 구하려 애써 노력하지 말 것, 일관성 있게 행동할 것, 경영자로서 결정적인 영향력을 훼손하지 말 것, 진실하게 행동할 것, 약속을 지킬 것, 타인에게서 신뢰를 빌릴 것 등을 제시하고 있다.

신뢰를 구축하기 위한 구체적 행동으로서 신뢰는 상처 입을 가능성을 수용하는 행동에서 시작된다고 보고, 위험을 무릅쓰고 능동적으로 신뢰할 것, 상처 입을 각오가 되어 있는 상사가 될 것, 신뢰를 얻기 위한 위험 부담을 감수할 것을 제안하고 있다. 그리고 신뢰를 더욱 강화하기 위해 저자는 책임감을 가질 것, 적극적 진실을 통해 신뢰를 강화할 것, 신뢰를 통해 신뢰를 재창조할 것을 강조하고 있다. 저자는 신뢰를 망치는 것으로 안전에 대한 집착이 불신을 만들고, 통제와 불신은 악순환하며, 불신은 불신으로 답하고, 불신은 불신을 먹고 자란다는 점을 지적하며 이에 유의할 것을 당부하고 있다.

이 책의 저자인 라인하르트 K. 슈프랭어는 한국에는 그동안 잘 알려져 있지 않은 저술가이지만 혁신적 사상과 도발적인 논제로 독일에서는 최고의 경영전문가로 알려져 있다. 많은 독일 상장기업들뿐만 아니라 코카콜라, 3M, 지멘스, 필립모리스, 휴렛패커드, 베텔스만 등 세계적 기업의 경영컨설턴트로서 활동한 바 있고,『동기유발의 원칙』,『자기결정의 원칙』,『자기책임의 원칙』,『개인주의시대의 경영원칙』과 같은 다양한 경영서적을 저술하였다. 독일 최고의 경제·경영 베스트셀러 저술가답게 최근 저술한『위대한 기업의 조건』은 한국의 많은 기업경영자에게 큰 도움을 줄 것으로 생각된다.

외환위기 이후 한국사회에서 기업의 조직문화는 많은 변화를 겪고 있다. 가장 큰 특징의 하나라면 많은 회사원들은 자기가 소속된 기업이 자신의 장래에 어떤 보장도 해 주지 않는다는 조직에 대한 불신을 갖고 있다. 30~40대의 한참 일할 나이에 갑작스레 직장을 그만두어야 하는 일이 비일비재하면서 조직에 대한 소속감, 충성심, 상사에 대한 신뢰감이 무너져 버린 것이다. 아울러 직장동료간에도 오로지 생존을 위한 경쟁심만 팽배할 뿐 상호 신뢰의 분위기는 사라진 삭막한 분위기가 일상사가 되었다. 외환위기 이후 기업은 생존을 위한 몸부림 속에서 가장 손쉬운 구조조정 방편으로 많은 직원들을 해고하는 과정에서 정작 기업의 경영과 생존에 필요한 중요한 자산의 하나인 신뢰를 잃어버리게 된 것이다.

기업과 기업가에 대한 신뢰의 상실로 인해 사회 일각의 부정적 이미지는 점차 확대되고 있다. 혁신과 보수진영의 불신과 아울러 가진 자와 못 가진 자의 불신도 우리 사회를 불안정하게 하고 있다. 서울과 지방, 지역간의 불신도, 다양한 단체간의 불신도 우리 사회의 성장 잠재력을 훼손하고 있다. 이런 불신이 우리 사회의 건전한 사회발전, 정치발전, 경제발전, 기업발전을 가로막고 있는 것이다.

신뢰를 바탕으로 기업이 사회적으로 존경을 받고, 신뢰를 바탕으로 기업 조직원들이 기업발전에 노력하며, 지역과 지역, 진보와 보수가 또는 서로 다른 입장을 가진 사회단체가 신뢰를 바탕으로 사회적 합의를 이끌어 우리 사회는 얼마나 많은 발전을 이룩할 수 있을까를 생각한다면 신뢰라는 자본의 중요성이 새삼 인식되는 시점이다.

이런 점에서 볼 때 『위대한 기업의 조건』은 한국의 정치 지도자와 경영자 그리고 사회 구성원들이 우리 사회와 기업조직을 신뢰의 관점에서 진단하고, 사회발전과 기업 성공의 아주 중요한 도구로써 재인식할 수 있는 계기를 제공할 수 있을 것으로 믿는다. 본 서의 보다 구체적이고 실용적인 관점에서의 신뢰의 개념에 대한 정의나 신뢰를 구축하고, 강화하는 구체적 방법론은 분명 한국사회의 지도층에 그동안 무시되었던 신뢰를 구축하여야겠다는 강한 유인을 제공해 줄 것으로 판단된다.

비록 외국인에 의해 저술된 책이지만, 본 서가 제시하는 신뢰의 의미와 신뢰를 구축하는 다양한 방법은 한국사회에서 가장 이해와 실천이 필요할 것으로 보이며, 그 가치를 인정받을 수 있을 것으로 생각된다. 신뢰의 위기에 직면한 우리 사회의 발전뿐만 아니라 불신으로 가득 찬 기업조직에서 새로운 기업 생존의 방법을 찾기 위한 도구로써 본 서는 역시 많은 의미를 줄 수 있다.

이 책이 많은 사람들의 공감을 얻게 된다면 신뢰의 회복과 강화를 통한 우리 사회의 안녕과 경쟁력 강화, 지속적인 발전을 통한 선진경제의 달성이 가능할 것으로 보인다. 신뢰를 기업 성공의 가장 중요한 도구로 삼아 기업경영에 힘쓴다면 100년 이상 장수하며 사회적으로 존경받는 보다 많은 기업의 탄생이 가능할 것으로 보인다.

■ 고봉찬

서울대 경영학과, 동 대학원 졸업. 미국 오하이오주립대 경영학 박사. **논문** : 〈Time-varying Risk Premia, Volatility, and Technical Trading Rule Profits〉 〈Information, Trading, and Stock Returns〉 〈Do Foreign Investors Destabilize Stock Markets? The Korean Experience in 1997〉 〈Banks, the IMF, and the Asian Crisis〉 〈US banks, Crises, and Bailouts : From Mexico to LTCM〉 등 .

■ 공병호

고려대 경제학과 졸업. 미국 라이스대학 경제학 박사. 일본 나고야대학 객원 연구원 역임. **저서** : 『한국경제의 권력이동』 『시장경제란 무엇인가』 『갈등하는 본능』 등.

■ 곽상경

고려대 경제학과 졸업. 미국 뉴욕주립대 경제학 박사. **저서** : 『대통령의 경제학』 『에너지의 장래』 등 20여 권. **논문** : 〈A Study of Price and Wage Behavior in U. S. Manufacturing Industries, 1964 - 71〉 등.

■ 곽수일

서울대 상과대학 졸업. 미국 워싱턴대 경영학 박사. 대한민국학술원회원. **저서** : 『새로운 시대가 열리고 있다』 『세계가 열린다 미래가 보인다』(공저) 등. **논문** : 〈인터넷 : 진화인가 혁명인가?〉 〈전자 상거래의 발전과 정책 과제〉 등.

■ 권영훈

뮌헨대 경제학 학사. 일리노이스대 경제학 석사. 하이델베르그대 경제학 박사. **논문** : 〈부족한 자원을 소유한 개도국의 산업화과정에서 성장전략의 함수능력〉 〈한국경제를 위한 다원주의적 신경제정책〉

■ 김균

고려대 경제학과 졸업. 미 듀크대학 경제학 박사. **저서** : 『진화론적 제도론』 『하이에크화폐사상』 『자유헌정론』 등.

■ 김기찬

서울대 경영학 박사. 동경대학 경제학부 객원연구원. **저서** : 『마케팅조사 이렇게』(공저) 『기업진화의 속도』(역서) 등.

■ 김상일

연세대 신학과, 동 대학원 졸업. 美 필립스, 클레어먼트 대학원. **저서** : 『현대물리학과 한국철학』 『퍼지와 한국문학』 『세계철학과 한』 등.

■ 김선식

서울대 상대 졸업. 서울대 경영학 박사. **저서** : 『한국기업의 기업특유경쟁우위 형성에 관한 실증적인 연구』(1997) 등.

■ 김성영

서울대 경영학과 졸업. 미국 워싱턴대 경영학 박사. **저서**: 『마케팅 신조류』(공저) 『마케팅론』 등. **논문** : 〈제품별 가격촉진 형태의 차이에 관한 연구〉 등.

■ 김세원

서울대 법대 졸업 및 부랏쎌대 석·박사(국제경제학). **저서** : 『국제경제질서』 『한국경제의 선택』 『한국의 경제발전전략』 『무역정책』 『한국의 국제경제정책』 『EC의 경제·시장 통합』 등.

■ 김시경

한국외국어대학, 프랑스 몽벨리에대학 및 그르노블대학 졸업. 경제학 박사. **저서** : 『무역금융의 지식』 『국제기업경영론』 『최신무역학개론』 등.

■ 김식현

서울대 상학과 및 대학원 졸업. 경제학 박사. **저서** : 『노사관계론』 『인적자원관리』 『인사관리론』 외 다수. **논문** : 〈90년대 노사평화를 위한 사용자의 역할〉 〈기업경영의 세계화와 인적자원전략〉 등.

■ 김영용

서울대 공대 졸업. 고려대 경제학 석사. 오하이오주립대 경제학 박사. **저서** : 『자유와 시장』 『시카고학파의 경제학 : 자유, 시장 그리고 정부』 등. **논문** : 〈내외적 충격과 지역

소득 변동〉 등.

■ 김인춘
연세대 사회학과 졸업. 미국 미시간대 사회학 박사. **논문** : 〈복지축소시대의 복지국가〉
〈한국 비영리부문의 구조와 성격〉 등.

■ 김재홍
서울대 경제학과 졸업. 미국 펜실베니아대 경제학 박사. **저서** : 『한국의 진입규제』 『진
입규제의 이론과 실제』 등.

■ 김정호
미 웨슬리안대 수학·경제학과 졸업. 하버드대 경영경제학 박사. **저서** : 『Essays on
Competition in Declining Industries』 『Long-term Credibility of Observed
Strategy Choices』 『주요 기술선진국 기업의 경영전략과 우리 기업들의 대응 방안』 등.

■ 박명섭
고려대 무역학과 졸업. 미국 텍사스주립대 경영학 박사. **저서** : 『생산계획 및 재고통
제』 『생산관리』(공저) 『경영통계』(공저) 등.

■ 박승록
고려대 경제학과 졸업. 미국 노던일리노이대 경제학 박사. **저서** : 『중국의 경제성장과
외국인 투자』 등.

■ 박양호
서울대 지리학과, 동 환경대학원, 미국 캘리포니아대학(버클리) 졸업. 도시 및 지역계
획학 박사. **저서** : 『국토 21세기』(공저) 『지방의 도약』(공저) 『21세기 국토비전』 『첨단
산업과 지역발전』

■ 박종호
연세대 화학과 졸업·일본 닛케이 리서치 국제부 근무.

■ 서극성
서울대 문리대 및 동국대 행정대학원 졸업. **저서** : 『북한의 경제』 『심리전 개론』 『북한
의 후계자 문제연구』 등.

■ 서정해
경북대 경영학과 졸업. 히토츠바시대 경영학 박사. **저서** : 『기업전략과 산업발전』 등.

논문 : 〈혁신의 국가시스템 : 일본의 기술축적에 있어서 상호작용적 학습과정〉〈산업진화에 있어서 경쟁과 협조〉 등.

■ 성태경

성균관대 경영학과 졸업. 미 텍사스 대학원. 경영정보학 박사. **저서** :『현대회계정보시스템』(공저) 등.

■ 신철호

서울대 경영학과, 동 대학원 졸업. 경영학 박사. **저서** :『재미있는 경영이야기』『한국기업의 국제경영전략사례』『전략평가시스템II』 등.

■ 안중호

서울대 정치학과, 동 대학원 행정학 석사. 미국 뉴욕대학 경영학(정보시스템) 박사. 서울대 경영학과 교수. **저서** :『인터넷과 전자상거래』『경영을 위한 정보시스템』

■ 안충영

미국 오하이오주립대 경제학 박사. 한국계량경제학회 회장, 한국국제경제학회 회장 등 역임. 현재 국민경제자문회의 위원. **저서** :『현대 동아시아 경제론』 등.

■ 양준희

미국 브라운대 국제관계학 및 경제학 학사. 미국 콜럼비아대 정치학 석·박사. **저서** :『티모스와 국제정치─현실주의를 넘어서』『국제분쟁의 이해』(역서) **논문** : 〈비판적 시각에서 본 헌팅턴의 문명충돌론〉 등.

■ 엄영석

서울대 경제학과, 동 대학원, 미국 캘리포니아대학 졸업. 경제학 박사. **저서** :『한국경제학 서설』『한국경제 발전할 것인가 퇴보할 것인가』 등.

■ 이근

서울대 경제학과 졸업. 미국 캘리포니아대(버클리) 경제학 박사. **저서** :『한국인을 위한 경제학』『지식정보혁명과 한국의 신산업』『중국의 기업과 경제』 등.

■ 이동기

서울대 경영학과, 동 대학원 경영학과 졸업. 미국 뉴욕대 경영학 박사. 뉴저지 주립대 교수 역임. **저서** :『한국통신의 민영화』『강한 기업의 지배구조 메카니즘』『서비스 산업의 국제 경쟁력』(공저) 등 다수. **논문** : 〈M&A형 외국인투자의 활성화 방안〉 등.

■ 이동현

서울대 경영학과 졸업. 동 대학원 경영학 박사. **저서** : 『CEO 히딩크』(공저) 『잭 웰치 : 끝없는 도전과 용기』(역서) **논문** : 〈첨단산업에서 후발 기업의 Catch-up 전략에 관한 연구〉(공저) 등.

■ 이만기

서울대 경제학과, 동 대학원 졸업. 고려대 경제학 박사. 한양대 경영대학원장, 한양증권 사장 역임. **저서** : 『한국 경제론』 『한국경제 오늘과 내일』 『성서로 본 한국경제』 등. **논문** : 〈한국자본시장의 개선과제〉 등.

■ 이명식

서울대 섬유공학과, 동 대학원 경영학과 졸업. 미국 앨라배마대 경영학 박사. **저서** : 『서비스마케팅』 『관광서비스 마케팅』(공저) 『브랜드자산의 전략적 관리』(역서) **논문** : 〈뉴패러다임에서의 신용카드 마케팅〉 등.

■ 이백만

서울대 경제학과 졸업. 한국일보 경제부 차장.

■ 이상호

서울대 경제학과 및 미국 신시내티대학교 졸업. 경제학 박사. **저서** : 『산업구조의 지식』 『미래산업의 발전과 전개방향』 외.

■ 이윤철

서울대 경영학과, 동 대학원 졸업. 경영학 박사. **저서** : 『21세기 글로벌 경영』 『조직과 환경』 『환경창조기업』(공저) 등. **논문** : 〈전략적 경영의 학술사적 발전과정〉 〈한국기업의 아시아 네트워크 구축전략〉 등.

■ 이재규

서울대 상과대학 상학과 및 동 대학원 경영학 석사. 경북대 경영학 박사. 대구은행 비상임 이사. **저서** : 『경영학원론』 『인적자원관리론』 등.

■ 임재수

서울대 상학과, 동 대학원 졸업. 상학 석사. 조흥은행장. 중앙대학 국제경영대학원 객원교수. **저서** : 『사람을 보는 눈, 일을 보는 눈』 『고비용 · 저효율구조의 개혁』 등.

■ 장원종

동국대 경제학과, 동 대학원 경제학 박사. **저서** : 『경제발전의 조건』 등.

■ 전규정
연세대 지질학과. 미 볼 주립대학교. 아리조나 주립대학교. 자원경제학 박사. **논문** :
〈90년대 석유수요전망과 효율적 대응방안 연구〉 등.

■ 전성인
서울대 경제학과, 동 대학원 졸업. MIT대학원 경제학과 졸업. 경제학 박사. **저서** :『경
제통계학』『화폐와 신용의 경제학』 등.

■ 전용덕
고려대 경제학과, 미국 오하이오주립대학교 졸업. 경제학 박사. **저서** :『자유와 시장』(공
저)『시카고학파의 경제학』(공저)『경쟁과 독점』『국제무역과 산업조직』 등.

■ 전주성
서울대 경제학과 졸업. 미 하버드대 경제학 박사. **저서** :『개방시대의 시장과 정부』 등.

■ 정기호
고려대 경제학과 졸업. 미국 위스콘신주립대 경제학 박사. **논문** : 〈최소효율규모 분석
을 통한 중소기업형 업종식별〉〈전력부문의 가격효율성에 관한 연구〉〈기업의 무형자
산 측정〉 등.

■ 정진영
서울대 정치학과 졸업. 미국 일리노이대 정치학 박사. 세종연구소 연구위원. **논문** : 〈
외환 · 금융위기와 동아시아 발전의 미래 : 발전모델, 구조조정, 지역협력을 둘러싼 논
쟁을 중심으로〉〈외환위기 대응의 논리와 정치경제적 효과 : 무슨 일이 일어나고 있는
가?〉 등.

■ 정창영
연세대 상경대 경제학과 졸업. 미국 남가주대학 경제학 박사. **저서** :『경제성장의 기본
전제』『한국제조업의 기술발달』 등.

■ 조동성
서울대 경영학과 및 미국 하버드 경영대학원 졸업. 경영학 박사. 산업정책연구원장.
저서 :『경영정책과 장기전략계획』『국제경영학』『한국재벌연구』 등.

■ 조윤애
연세대 경제학 박사. **저서** :『한국산업의 지식경쟁력 강화 방안』(공저)『디지털경제학』
(공저) 등.

■ 조형기

서울대 대학원 경영학과 박사과정 수료. **저서** : 『전략평가시스템(1, 2)』(공저) 『디지털 시대의 연봉제』 **논문** : 〈한국기업의 전략평가시스템에 대한 연구〉 외.

■ 조화순

연세대 정외과 졸업. 노스웨스턴대 정치학 박사. **저서** : 『공공부문의 개인정보 보호』 등.

■ 채서일

서울대 경영학과 졸업. 인디아나대 경영학 박사. 한국마케팅학회 회장. **저서** : 『마케팅』 『신제품 밀레니엄』 『HITMASS : 마케팅 전략 시뮬레이션 게임』 등.

■ 최병일

서울대 경제학과 졸업. 예일대 경제학 박사. **저서** : 『한국의 경제개혁사례연구』 **논문** : 〈Symbols do matter-Screen Quota Dispute between Korea and US〉 등.

■ 한기춘

연희전문대 정외과 졸업. 미 보스톤대 · 동 대학원 경제학 박사. **저서** : 『1968년 한국산업의 자본 및 재고계수』 등.

■ 한정화

서울대 경영학과, 조지아대 대학원 졸업. 경영학 박사. **저서** : 『초일류기업으로 가는 길』 『한국기업의 사회참여활동』 『한국 대기업의 경영특성』 등.

■ 허철부

한국외국어대 영어학과 졸업. 서울대 경영대학원 석사. 뉴욕주립대 버팔로 박사과정 이수. 중앙대 경영학 박사. 명지대 경제연구소장. **논문** : 〈亞細亞大學의 産學協同 : 韓國事例〉 〈지식경영의 배경과 그의 한국적 접근〉 등 130여 편.

■ 황규승

서울대 기계공학과 졸업. 동 대학원 경영학 석사. 미국 일리노이대 경영학 박사. 고려대 경영대학장, 한국생산관리학회장, 한국경영과학회장 역임. **저서** : 『생산관리』(공저) **논문** : 〈기술 가치평가 기법과 연구 방향〉 등.

■ 황우석

서울대 수의과대 졸업. 동 대학원 석 · 박사. **저서** : 『동물유전공학』 『이것이 첨단과학이다 1. 어떻게 양을 복제할까?』 **논문** : 〈핵이식을 이용한 복제송아지 생산에 관한 연구〉 등.